dtv
premium

Elizabeth Falconer

Mondlicht über der Insel

Roman

Deutsch von Angelika Felenda

Deutscher Taschenbuch Verlag

Für meinen Vater

Deutsche Erstausgabe
Juli 1999
Deutscher Taschenbuch Verlag GmbH & Co. KG,
München

Titel der englischen Originalausgabe:
›The Counter-Tenor's Daughter‹ (Black Swan, London)

Umschlagkonzept: Balk & Brumshagen
Umschlagbild: © Ramsey Gibb (mit freundlicher Genehmigung
von Transworld Publishers Ltd.)
Satz: Fotosatz Reinhard Amann, Aichstetten
Gesetzt aus der Sabon Antiqua 10,5/12,5· (QuarkXPress)
Druck und Bindung: Kösel, Kempten
Gedruckt auf säurefreiem, chlorfrei gebleichtem Papier
Printed in Germany · ISBN 3-423-24167-5

Trage ich den Mond in meiner Tasche?

Robert Browning,
›Master Hugues von Sachsen-Gotha‹

I

Dido Partridge fuhr mit ihrem kleinen Mietwagen einen schmalen zerfurchten Feldweg entlang, bis er schließlich nicht mehr weiterkam und sie gezwungen war, ihn stehenzulassen und zu Fuß weiterzugehen. Sie nahm ihre Tasche vom Rücksitz, sperrte das Auto ab und verweilte einen Moment, ergriffen von der Einsamkeit der Wälder aus hohen, unbeschnittenen Olivenbäumen, deren majestätische Stille nur vom schrillen, durchdringenden Zirpen der Zikaden gestört wurde, die sich millionenfach in den Ästen verbargen. Nun, dachte sie, wo ich schon so weit bin, kann ich auch versuchen, die richtige Stelle zu finden. Sie begann, sich genauer umzusehen, und entdeckte, daß da, wo die Straße aufhörte, ein Ziegenpfad weiterführte. Nach einem weiteren Blick auf ihre Karte und der Prüfung des Sonnenstands entschied sie, daß der Pfad offenbar in die richtige Richtung führte – nach Westen. Gut, sagte sie sich, ich werd's versuchen.

Im Schatten der Oliven war die Luft kühler und duftete süß und wohltuend nach Thymian, der unter den Füßen grasender Ziegen zertreten worden war. Etwa zwanzig Minuten folgte sie dem Pfad, bis sie plötzlich entdeckte, wonach sie gesucht hatte: Das kleine Kloster Myrtiótissa, das sich blendend weiß gegen den blauen ionischen Himmel abzeichnete. Nahe der Tore fand sie den halb verborgenen Eingang zu dem Klippenweg, der sie an den einhundert Meter tiefer liegenden Strand führen würde.

Mit der Hand die Augen beschattend, blickte sie in die Tiefe, durch die Zypressen, die knorrigen Olivenbäume und Myrtensträucher hindurch, die bis zum weit unten liegenden Meer die Klippen bedeckten. Das Wasser war von einem unglaublich klaren Smaragdgrün und von langen Lichtstreifen durchzogen, die sich in sanften Wellen unter der gläsernen Oberfläche bewegten. Sie begann, den schwindelerregenden, felsigen Pfad hinabzusteigen, der über dem tief unten liegenden Wasser in der Luft zu schweben schien.

Die Augen fest auf den schmalen Weg gerichtet, schlug sie sich vorsichtig durch die Felsen und stachligen Büsche hindurch, die den Weg zu versperren drohten, und hielt sich an den Ästen der kleinen verkümmerten Bäumchen fest, die aus dem nackten Felsen wuchsen. Bald darauf sah sie die riesige Fläche grünen Meeres ihr gegenüber und blieb einen Augenblick stehen, um auf den schmalen, von Felsen eingeschlossenen Streifen aus goldenem Sand hinabzublicken. Der leere, vom warmen Glanz der Nachmittagssonne überzogene Strand schien sie willkommen zu heißen, und Dido beglückwünschte sich, daß sie die Stelle gefunden und den Mut gehabt hatte, die Furcht vor dem gefährlichen Abstieg zu überwinden. Nachdem sie ein paarmal tief Luft geholt hatte, überwand sie auch noch die letzten Meter des tückischen Pfades und trat auf den weichen, gelben Sand. Sie blickte auf die hohe, steil aufragende Klippe aus Kalkstein zurück, ohne den Weg ausmachen zu können, den sie heruntergekommen war. Ein heftiges Gefühl der Einsamkeit überkam sie; die ungeheure Stille des Ortes wurde nur von dem leisen, kaum hörbaren Zwitschern der Vögel und dem sanften Plätschern der kleinen, schaumbekränzten Wellen gestört, die sich sanft am Strand brachen.

Dido streifte ihre Sandalen ab, ging am Wasserrand entlang und ließ sich von den kühlenden winzigen Wellen die Füße umspielen. Als sie sich dem hohen, gezackten Felsen näherte, der sich am Ende des Strandes erhob, entdeckte sie, daß die See sein

Fundament ausgewaschen hatte und kleine, natürliche Becken voller kristallklarem Meerwasser entstanden waren, in denen winzige rosafarbene Fische schwammen, die die zurückweichende Flut hier ausgesetzt hatte. Es war Anfang Oktober, und das Meer war noch warm genug zum Schwimmen, aber die Becken waren noch wärmer, wie sie entdeckte, als sie sich an deren Rand niedersetzte und die Hand durchs Wasser gleiten ließ. Sie warf einen Blick über die Bucht und die Klippe hinauf, um sicherzugehen, daß sie noch immer allein war, dann streifte sie ihre Kleider ab und stieg in das Becken. Wohltuend schloß sich das Wasser über ihr, und sie legte sich mit geschlossenen Augen auf den Rücken. Ihre Arme und Beine fühlten sich schwerelos an, und sie spürte ihr kurzes dunkles Haar um den Kopf schweben wie Seetang. Die ledrigen grau-grünen Blätter der verkrüppelten Olivenbäume, die direkt über ihrem Kopf aus der Klippe wuchsen, warfen gesprenkelte Schatten auf ihr Gesicht, und durch die überspülte, ausgehöhlte Felswand hörte sie das ferne, dumpfe Rauschen der See. Sanft gewiegt vom Heben und Senken des Ozeans, lauschte sie dem rhythmischen Pulsieren des Wassers und fühlte sich als Teil davon.

Lange blieb sie dort, entspannt vor sich hin dösend, ihre Gedanken schweiften umher, Bruchstücke halb vergessener Ereignisse fielen ihr ein, manche glücklicher, manche lächerlicher, manche unwirklicher Natur. Sie sah Maria, ihre Mutter, in ihrer Garderobe in der Scala vor sich, der man ihr ›Tosca‹-Kostüm zuschnürte, während sich der treue kleine Signor Pernice im Hintergrund zu schaffen machte und von Marias Garderobiere Mabel, die sie auf allen Reisen begleitete, ausgeschimpft wurde. Luigi Pernice war selbst Sänger gewesen, ein Countertenor, und auch er hatte die Welt bereist, Konzerte gegeben und Plattenaufnahmen gemacht, hauptsächlich von Barockmusik. Seine größte Leistung hatte seiner Meinung nach in der Interpretation einer zeitgenössischen Rolle bestanden, der des Feenkönigs Oberon in Brittens ›Sommernachtstraum‹, einer Oper, die er über alles liebte, und in ihren Träumen hörte Dido häufig Bruchstücke des herrlichen, überirdischen Gesangs des Countertenors. Obwohl sie immer gewußt hatte, daß Luigi Pernice ihr Vater war, hatte Dido ihn aus unerklärlichen Gründen immer Signor Pernice genannt, und erst nach seinem Tod, als sie sechzehn war, hatte sie ihrer Mutter die Erlaubnis abringen können, ihren Namen in Partridge abzuändern. Halb traurig lächelte Dido bei der Erinnerung an den lebhaften kleinen Mann, der neben der eindrucksgebietenden Gestalt von Maria Corning, seiner berühmteren Frau, wie ein Zwerg erschienen war. Ihr Lächeln verflog, als sie sich an die überzogene und nicht enden wollende Trauer ihrer Mutter über seinen Tod erinnerte. Das Licht war aus ihrem Leben verschwunden; zwei Jahre später war sie Luigi ins Grab gefolgt und hatte ihre Tochter zurückgelassen, die sich nun, so gut sie eben konnte, allein in der Welt zurechtfinden mußte. Die einzige Welt, die Dido kannte, war die des Theaters, und da sie kein Talent besaß, geschweige denn den Ehrgeiz, selbst aufzutreten, war sie ins Filmgeschäft eingestiegen und hatte ganz unten als Botin angefangen. Sie war zum Scriptgirl aufgestiegen und hatte sich schließlich zur Produktionsassistentin, ihrer gegenwärtigen Tätigkeit, hochgearbeitet.

Plötzlich flog laut raschelnd ein Vogel aus den Myrtensträuchern über Didos Kopf. Verwirrt setzte sie sich auf, stieg aus dem Becken und lief über den Sand, um trocken zu werden. Sie zog ihre Shorts an, setzte sich auf die warmen Felsen und beobachtete die Sonne, die langsam über den Himmel auf den Horizont zuglitt. Ich sollte mich lieber nicht zu lange aufhalten, dachte sie und zog ihr zerknittertes T-Shirt an. In einer Stunde ist es dunkel; ich muß nach Koulari zurück. Zu dem Kloster hinaufzusteigen erschien viel leichter als der Abstieg vorhin, und eine halbe Stunde später war sie wieder bei ihrem Wagen und fuhr in Richtung Nordküste, wobei sie in langsamem Tempo silbrige Olivenwälder durchquerte, die mit hoch aufragenden dunklen Zypressen durchsetzt waren. Sie drehte die Scheinwerfer an, als Warnung für die alten Schafhirtinnen mit ihren Herden und die alten Männer, die, seitwärts sitzend, auf trippelnden kleinen Eseln ritten und plötzlich wie Phantome mitten auf der Straße auftauchten. Vorsichtig und nervös fuhr sie an ihnen vorbei, voller Angst, einen Unfall zu verursachen.

Als sie nach Koulari zurückkam, stellte Dido fest, daß auf der Terrasse über dem Meer bereits die Tische fürs Abendessen gedeckt waren. Sie ging in ihr Zimmer hinauf, bürstete sich das Haar und zog eine Hose und einen Pullover an, denn die Abendluft war recht kühl, und eine frische Brise wehte vom Meer herein. Es war erst acht Uhr, aber sie hatte ziemlichen Hunger, daher ging sie zur Bar hinunter, bestellte einen Ouzo und fragte Spiros, was es zum Abendessen gebe. Dieses kleine Ritual veranstalteten die beiden jeden Abend, aber da die Saison schon fast vorbei war, war das Abendessen immer das gleiche: ein Salat aus Feta-Käse und Oliven, gegrillter Fisch mit Zitrone und irgendeine Art süßes Backwerk oder Eiscreme. Für einheimische Verhältnisse aß Dido ziemlich früh, und Spiros gestattete ihr diese Extravaganz freundlicherweise; der Hauptteil seiner Kundschaft, der aus Leuten aus dem Dorf und etlichen ansässigen Ausländern bestand, traf zwischen neun und halb zehn ein und ging selten vor Mitternacht nach Hause. Sie hatte die Taverne ausgewählt, weil sie ihr als ruhiger kleiner und freundlicher Familienbetrieb beschrieben worden war, was sich als zutreffend erwiesen hatte. Sie ging mit ihrem Getränk auf die Terrasse hinaus, setzte sich an ihren Tisch und sah über die dunkler werdende See zur albanischen Küste hinüber, die düster und geheimnisvoll dalag und an der außer ein paar entfernten Lichtpunkten, die auf die Anwesenheit von Menschen hindeuteten, nichts zu sehen war.

Dido war schon seit fünf Tagen auf der Insel, aber erlaubte sich erst jetzt, über den Grund ihres Kommens nachzudenken. Während sie langsam an ihrem Getränk nippte, dachte sie vollkommen ruhig, sogar gelassen, über die Geschichte mit Jacob nach. Sie hatten sich vor zwölf Jahren kennengelernt, als sie beide an dem gleichen Film arbeiteten, einem Remake von ›Lorna Doone‹. Sie erinnerte sich an ihre erste wirkliche Unterhaltung, die sie, abgesehen von Gesprächen, am Drehort geführt hatten.

»Dido, kann ich dich mal sprechen?« hatte er gesagt, sich in der Mittagspause neben sie gesetzt und ihr einen Pappbecher mit Rotwein angeboten. »Hast du deine Aufzeichnungen dabei?«

»Natürlich, klar doch«, hatte sie geantwortet, ein wenig verwirrt über die unerwartete Aufmerksamkeit seitens des Regieassistenten. »Hier sind sie.« Sie hatte ihren Schreibblock aus der Aktentasche gezogen und auf den Tisch gelegt.

»Könntest du mal für mich nachsehen? Hat Lorna in Szene 14 eine Halskette getragen?«

»Mal sehen«, sagte Dido, »am Montag war es ein Schal, nicht wahr?« Sie nahm einen Ordner aus ihrer Tasche und blätterte ihn durch, bis sie das Datum und den Drehplan des damaligen Tages fand. »Ja, das stimmt. Blaues Kleid, cremefarbenes Seidentuch, Glasperlenkette, schwarze Stiefel, das Haar mit einem schwarzen Band zurückgebunden.«

»Genau wie heute?«

»Ganz genauso.« Dido schloß den Ordner.

»Bestens. Ich hatte so ein komisches Gefühl, als sei irgendwas anders an ihr.«

Dido hatte ihn ernst angesehen. »Glaubst du nicht, daß ich es bemerkt hätte, wenn das der Fall gewesen wäre?«

»Ja natürlich hättest du das. Tut mir leid. Keine Frage, Dido, du machst deinen Job ganz ausgezeichnet.«

»Na schön. Ich tue, was ich kann.«

»Prost.« Spöttisch lächelnd hatte er den Pappbecher gehoben.

Dido hatte ihn angesehen und zum erstenmal bemerkt, daß seine Augen nicht die gleiche Farbe hatten. Eines war graugrün gesprenkelt, das andere grau. Er schielte ein wenig, was den beunruhigenden Eindruck vermittelte, als sähe er über die Schulter seines Gegenübers zu jemand anderem hin, der zweifellos interessanter war. Sein glattes braunes und ziemlich fettiges Haar fiel ihm über die Stirn. Er braucht einen Haarschnitt, dachte sie und trank einen Schluck Wein. »Ich sollte lieber nicht zuviel davon trinken«, hatte sie spröde geantwortet, »sonst bin ich heute nachmittag nicht so fit in meinem Job.«

Nach diesem Vorfall standen sie in freundschaftlichem Kontakt, und manchmal nahm er sie zusammen mit den Schauspielern nach der Arbeit in ein Lokal mit. Ein paarmal lud er sie ins Theater ein, und nach einem dieser Abende fuhr er sie nach Hause.

»Wo wohnst du?«

»Unten an der Lots Road.«

Er fuhr das Embarkment und den Cheyne Walk entlang und bog in die Lots Road ein. »Wo ist es jetzt?«

»Unten am Ende. Am Hafen – Chelsea Harbour.«

»Gibt's dort Wohnungen?«

»Es ist keine Wohnung. Es ist ein Hausboot.«

»Wirklich? Wie lustig.«

Er parkte den Wagen und bestand darauf, sie zur Tür zu begleiten. Er überquerte die schlüpfrige schmale Gangway und schlängelte sich an den vielen Pflanzenkübeln auf Deck vorbei. Dido ging die Holztreppe hinunter, sperrte die schmale Tür auf und drehte die Lichter an. Fasziniert folgte ihr Jacob. Solange Dido denken konnte, war die »Maid of Wapping« der Londoner Wohnsitz der Familie Pernice gewesen und gleichzeitig praktisch das einzige Erbe, das ihre Eltern ihr hinterlassen hatten. Ihre Mutter hatte nach Luigis Tod nicht mehr gesungen, aber während ihrer letzten Jahre dennoch eine Menge Geld verbraucht. Eine Pension für Mabel, die Steuern und die Beerdigungskosten hatten das meiste des verbliebenen Geldes verschlungen, aber Dido war dankbar, daß sie wenigstens das solide alte Hausboot noch hatte, und sie hielt es in Ehren, genauso wie das Andenken an ihre ungewöhnlichen Eltern.

Der größte Teil des Bootes bestand aus einem großen Wohn- und Arbeitsraum mit niedriger Decke und breiten Fenstern, die sich direkt über dem Wasserspiegel befanden. Durch die Fenster waren die schwankenden Spiegelungen der Lichter von den anderen Booten zu sehen, und einige abweisend wirkende Möwen, die in der Nähe auf dem Wasser ruhten, sahen mit finsterem Blick durch die Scheiben. Zwischen den Fenstern waren Bücherregale eingebaut, und der lange Raum wurde von einem großen, dunkelblau emaillierten Godin-Ofen beherrscht, dessen glänzendes schwarzes Ofenrohr durch die Decke nach draußen führte. Vor dem Ofen, der gemütliche Wärme verbreitete, stand ein großes, abgenutztes und leicht schiefes Sofa, das mit honigfarbenem Cordsamt bezogen war, worauf eine Menge bestickter Kissen lagen, die Signor Pernice angefertigt hatte. Dido sah ihn oft vor sich, wie er stickend in der Garderobe saß, während ihre Mutter ihr Letztes gab, um überall auf der Welt das Publikum hinzureißen, und er und Mabel geduldig warteten, um sie am Ende jeder Aufführung zärtlich zu umsorgen. Hinter dem Ofen stand ein großer eindrucksvoller Flügel, der noch immer viel von der Persönlichkeit ihrer Mutter ausstrahlte. Tatsächlich war die ganze Oberfläche des jetzt geschlossenen Instruments mit einer Menge silbergerahmter Fotografien vollgestellt, die sie auf den Höhepunkten ihrer glänzenden Karriere zeigten. Auch eine etwas kleinere stand darunter, auf der ihr Vater als Oberon zu sehen war.

»Großer Gott!« Jacob durchquerte den Raum und nahm eine der Fotografien auf. »Hast du Maria Corning gekannt?«

»Ja«, antwortete Dido, »sie war meine Mutter.«

»Ach so.« Er stellte das Foto zurück und sah sie an, als sähe er sie zum ersten Mal. »Das erklärt also den Namen!«

»Dido? Ja, sie sang anscheinend die Partie in der Zeit, als ich empfangen wurde.«

»Hast du noch Geschwister?«

»Nein, ich bin allein.«

Sie zeigte ihm die kleine Küche und setzte das Wasser auf, um Kaffee zu machen. Dann schob sie die Trennwand zurück, hinter der sich die Schlafkoje verbarg, die sie als Kind benutzt hatte und wo noch immer ihre Puppen und Teddybären auf den Kissen lagen.

»Und wo hat die göttliche Maria geschlafen?«

»Hier.« Dido öffnete eine Geheimtür hinter dem Flügel, die Teil einer Täfelung und mit einer *trompe-d'oeil*-Schnitzerei von Grinling Gibbons geschmückt war, die Musikinstrumente zeigte. Sie ging in ein großes Schlafzimmer voraus, das für sie immer noch ihrer Mutter gehörte, obwohl diese schon seit sechs Jahren tot war. Es hatte lange gedauert, bis Dido sich überwinden konnte, die geblümten Bettvorhänge und den Quilt zu entfernen und den Raum in dem einfacheren Stil einzurichten, den sie eigentlich bevorzugte. Also waren der störende Satin und einige der herrlichen Kostüme ihrer Mutter sorgfältig zusammengefaltet und in eine Kiste gepackt worden.

»Sah es zu ihrer Zeit hier genauso aus?«

»Nein.«

»Das habe ich mir gedacht.« Er lachte, und Dido ebenfalls.

»Ich habe sie geliebt, weißt du«, sagte sie und hatte das Gefühl, mit dem Lachen ihre Eltern verraten zu haben.

»Natürlich hast du das, du dummes Ding«, sagte Jacob. »Deswegen mußt du ja kein Klon vor ihr sein, oder?«

»Nein, wahrscheinlich nicht.«

Jacob Kroll wohnte damals in einer möblierten Wohnung am Dolphin Square, die er nicht besonders mochte, aber er hatte weder Zeit noch Lust, sich nach etwas Hübscherem umzusehen. Als Enkel jüdischer Flüchtlinge, die in den dreißiger Jahren aus Deutschland geflohen waren, war er in New York aufgewachsen. Das starke Bedürfnis, zu seinen europäischen Wurzeln zurückzukehren, verbunden mit dem ebenso starken Bedürfnis, seiner streng orthodoxen Familie zu entkommen, hatte ihn zuerst nach Oxford und später ins Filmgeschäft geführt. Er wußte, daß er seine Wohnung wegen ihrer Düsterheit und ihrem Mangel an Bequemlichkeit nicht mochte. Denn trotz des Bedürfnisses, seiner Familie zu entfliehen, fehlte ihm deren Wärme, die gemeinsamen Mahlzeiten und die Scherze. Didos Hausboot schien einige dieser erstrebenswerten Dinge zu bieten. Er verbrachte zunehmend mehr Zeit dort, und allmählich erschien es ihm wie ein Zuhause. Er wußte, daß Dido in ihn verliebt war, wie die meisten Frauen. Er mochte sie, und seine Beziehung zu ihr bildete einen nützlichen Schutz vor den jungen Schauspielerinnen, die ihm nachstellten. Ein paar geschickt eingestreute Bemerkungen über seine »Frau« genügten gewöhnlich, um eine Affäre zu beenden, die, was ihn anbelangte, ohnehin aus und vorbei war. Was Dido betraf, so war sie geschmeichelt gewesen, daß Jacob, der im Geschäft so schnell vorankam, sein Leben mit einer so unspektakulären Person wie einem Scriptgirl teilte.

Also war er auf die »Maid of Wapping« gezogen, und sie waren recht glücklich zusammen. Dido war damals sechsundzwanzig Jahre alt, und er hatte die ersehnte Aufregung und den Spaß in ihr Leben gebracht. Sie war geblendet von seinem Erfolg, seinem Geist und seinem Aussehen. Sie liebte seinen großen schlanken Körper, sein langes wehendes Haar und sogar das Schielen seines grauen Auges, obwohl er inzwischen eine schwere Hornbrille trug, die diesen Defekt teilweise verbarg.

Es hatte nicht lange gedauert, bis Didos »Freunde« Andeutungen machten, daß Jacob ihr nicht treu war, daß er in dem Ruf stand, mit den Hauptdarstellerinnen seiner Filme zu schlafen. Dido war nicht dumm, sie verstand die zeitweiligen Liebesverhältnisse während der Dreharbeiten, und sie beschloß, sowohl die Warnungen wie die Affären zu ignorieren. Jacob brachte sie nie in Verlegenheit und schien mit ihr glücklich zu sein. Sie hatten viel gemeinsam, sie waren sowohl Freunde wie Liebende, und alles in allem war ihr die zehnjährige Partnerschaft als erfolgreich erschienen. Später jedoch mußten sie sich aus beruflichen Gründen für immer längere Phasen trennen, so daß sie kaum mehr Zeit zusammen verbrachten.

Wenn sie jetzt darüber nachdachte, stellte Dido fest, daß es ziemlich absurd gewesen war, so verletzt und geschockt zu reagieren, als sie vier Tage früher als geplant nach Hause gekommen war, weil der Dokumentarfilm, an dem sie in Schottland gearbeitet hatte, sich so glatt und zügig hatte fertigstellen lassen. Sie hatte nicht angerufen, um ihre Rückkehr anzukündigen, da es eine Überraschung sein sollte. Am Flughafen hatte sie ein Taxi genommen, in Chelsea Essen und Wein eingekauft, bei einem Straßenhändler Blumen erstanden und war dann zur »Maid of Wapping« gefahren. Sie hatte die Tür aufgesperrt, war hineingegangen und hatte die Einkäufe und das Gepäck ins Wohnzimmer getragen. Der Raum roch nach Zigarettenrauch, und überrascht ließ sie die Tür offenstehen. Jacob rauchte nicht, und sie genausowenig. Sie stellte die Blumen in eine Vase und plazierte sie auf dem Flügel. Dann räumte sie das Essen und den Champagner in den Kühlschrank und ging ins Schlafzimmer, um auszupacken, sich zu waschen und die Kleider zu wechseln. Sofort bemerkte sie einen ungewohnten Geruch, der weder von ihr noch von Jacob stammte. Sie runzelte die Stirn, und eine außerordentliche Nervosität überkam sie, als wäre sie ein Eindringling in ihrer eigenen Wohnung. Sie öffnete den Kleiderschrank und entdeckte an der Tür einen rosafarbenen Morgenrock aus Seide. Von plötzlicher Wut gepackt, riß sie ihn vom Haken, warf ihn zu Boden und trampelte mit dem Stiefelabsatz darauf herum. Sie ging zum Bett hinüber, schlug die Decken zurück und entdeckte fast triumphierend die schwarzen Spuren von Wimperntusche auf ihrem Kissen und dann das lange rote Haar auf dem Laken. Angewidert schlug sie die Hand vor den Mund, rannte schnell ins Badezimmer und beugte sich übers Waschbecken, wo sie sich qualvoll erbrach. Sie drehte den Wasserhahn auf, spülte das Becken aus und badete ihr Gesicht in kaltem Wasser. Dann lehnte sie sich einen Moment lang zitternd gegen das Porzellanbecken. Als sie nach einem Handtuch griff, stolperte sie gegen den Wäschkorb und sah, daß er Jacobs schwarzen Seidenpyjama enthielt, der auf einer Reise nach Rom gekauft worden war, und einen muschelfarbenen, mit Spitze eingefaßten Seidenslip. Wie betäubt durch den Schock, setzte sie sich auf den Badewannenrand und trocknete sich das Gesicht ab. Der Ausdruck »in flagranti« fiel ihr ein, und ein hysterisches Lachen stieg in ihr auf, erstarb jedoch, bevor der Laut aus ihrer Kehle drang. Sie stand auf und marschierte festen Schritts ins Schlafzimmer zurück, schlug die Bettdecken beiseite und leerte den Inhalt ihres Koffers auf den Boden. Schnell packte sie alle Sommerkleider, T-Shirts und Badeanzüge ein, die sie in der Eile erwischen konnte, und rief das Reservierungsbüro in Heathrow an. »Ich möchte einen Flug nach Korfu«, hatte sie ruhig gesagt.

»Heute abend, Madam?«

»Wenn möglich ja.«

»Wir wollen mal sehen.« Nach einem Moment des Schweigens sagte der Mann: »Vor morgen habe ich keinen Direktflug, aber ich hätte heute abend eine Maschine nach Rom, die morgen früh nach Korfu geht. Wäre Ihnen das recht?«

»Sehr gut. Die nehme ich.«

»In Ordnung, Madam. Es ist Business Class, fürchte ich, ist das in Ordnung?«

»Das ist in Ordnung«, sagte Dido. Sie gab ihm die Nummer ihrer Kreditkarte und vereinbarte, die Tickets am Flughafen abzuholen. Dann rief sie ein Taxi an, und während sie auf dessen Ankunft wartete, kehrte sie ins Schlafzimmer zurück, hob den Morgenrock der fremden Frau vom Boden, nahm mehrere fremde Kleidungsstücke von den Bügeln im Schrank und packte sie in den eleganten kleinen Louis-Vuitton-Koffer der Besitzerin. Dann ging sie aufs Deck hinaus und warf den Koffer in den Fluß, wo er eine Weile auf dem Wasser trieb und anschließend blubbernd unterging. Danach war das Taxi gekommen, und Dido hatte ihren Koffer, ihren Paß und ihre Tasche genommen, die Tür verschlossen und die »Maid of Wapping« verlassen, ohne einen Blick zurückzuwerfen.

Als sie am folgenden Tag auf Korfu ankam, nahm sie ein Taxi in die Stadt und fuhr zu einer Agentur, über die sie gelesen hatte. Diese vermittelte ihr das Zimmer in der Taverne in Koulari, beschaffte ihr einen Mietwagen, versorgte sie mit einheimischer Währung und gab ihr eine Nummer, die sie anrufen konnte, falls sie Hilfe brauchte. Erschöpft und angespannt war sie nach Koulari gefahren, sofort zu Bett gegangen und hatte sechs Stunden geschlafen. Als sie aufwachte, war es dunkel, sie hatte sich geduscht und war zum Essen auf die Terrasse hinuntergegangen, so wie jetzt auch wieder. Was habe ich getan? fragte sie sich traurig. Habe ich die Brücken hinter mir abgebrochen oder was?

Spiros kam mit dem Feta-Salat und einem kleinen Krug Corífo heraus, er stellte alles vorsichtig auf den Tisch und goß den Wein ein. Hungrig aß sie den Salat zusammen mit dem groben einheimischen Brot und trank ein Glas von dem kühlen, leichten Wein. Der Hauptgang bestand aus gegrilltem Schwertfisch, und am heutigen Abend servierte Spiros eine kleine Platte mit heißen goldenen Pommes frites dazu, die perfekt gebraten waren und köstlich dufteten. Er stellte die Platte auf den Tisch, als handle es sich um einen Leckerbissen für ein Kind, und sie dankte ihm lächelnd. Sie hatte nicht das Herz, ihm zu sagen, daß sie nie Pommes frites aß. Schließlich aß sie sie doch, und zwar alle, und Spiro zeigte seiner Frau die leere Platte, worauf sie sich erfreut anlächelten. Sie hielten ihren Gast für schrecklich mager und für sehr traurig. Nie aß sie die honiggefüllten Kuchen, die sie gewöhnlich am Ende des Mahls servierten, also brachte ihr Spiros heute abend einen Teller mit reifen blauen Feigen, den er zusammen mit Didos Kaffee auf den Tisch stellte.

Während sie den starken süßen schwarzen Kaffee trank und ein paar Feigen aß, blickte sie über die Bucht auf die geheimnisvolle albanische Küste hinüber und zu dem sternenbesäten Himmel hinauf und dachte, wenn es ihr schon so schlecht ging, dann war dieser Ort genausogut wie jeder andere, um unglücklich zu sein. Der Gedanke, daß keiner ihrer Bekannten die leiseste Ahnung hatte, wo sie war, verschaffte ihr ein seltsames Gefühl der Zufriedenheit. Wie ein Einsiedlerkrebs hatte sie sich in ihr Gehäuse zurückgezogen, wo sie bleiben würde, bis sie wieder im reinen mit sich war.

Spiros trat an ihren Tisch und bot ihr weiteren Kaffee an. »Einen Metaxa vielleicht?«

»Danke, Spiros, das wäre großartig.«

Er kam mit dem Glas zurück, gerade als eine kleine Flotte von Fischerbooten aus der Nachbarbucht langsam um die Landspitze hereinfuhr; die großen, am Bug befestigten Lampen leuchteten mit starkem Strahl ins tiefe Wasser, während sie sich gemächlich auf die felsige Küste zubewegten, um dort in der Nacht zu fischen.

»Spiros«, sagte Dido, »wäre es möglich, daß ich irgendwann einmal abends auf einem dieser Boote mitfahren könnte? Ich hätte wirklich große Lust dazu, es muß phantastisch sein.«

»Ich werde Vassili, meinen Bruder, fragen. Er hat ein Boot und eine Lampe.« Er sah sie zweifelnd und besorgt an. »Es kann sehr ungemütlich und kalt sein. Sie werden naß werden, verstehen Sie?«

Dido lachte. »Machen Sie sich deswegen keine Sorgen. Ich bin ziemlich zäh. Außerdem kann ich schwimmen.« Spiros, der wie viele Inselbewohner nicht schwimmen konnte, wirkte ziemlich beeindruckt angesichts der selbstsicheren Behauptung und versprach, am Morgen mit Vassili zu reden.

Guy Porteous lebte in einem einfachen einstöckigen griechischen Haus, das in einem herrlichen Wäldchen aus alten Olivenbäumen stand. Er saß auf der Terrasse über einem kleinen kiesbedeckten Strand und sah auf das blaue Wasser der albanischen

Bucht hinaus. Vom Meer aus bot das Haus einen äußerst ungewöhnlichen Anblick. Das Dach der Terrasse war mit einer seltsamen Umrandung aus dunkelbraunem geschnitztem Holz eingefaßt, die an ein Schweizer Chalet erinnerte und dem Gebäude das ungewöhnliche und äußerst fremdartige Aussehen einer langgestreckten Kuckucksuhr verlieh. Trotz dieser architektonischen Eigenart hatte Guy beschlossen, das Haus zu kaufen, weil es billig war und genau seinen Anforderungen entsprach, da sich alle Räume mehr oder weniger auf der gleichen Ebene befanden. Die Form und Anlage des Hauses waren für Guys Wahl entscheidend gewesen, da er infolge eines Unfalls in seiner Kindheit schwer behindert war und gelähmte Beine hatte. Ohne Beinstützen und Krücken konnte er nicht gehen, aber er war fest entschlossen, keinen Rollstuhl zu benutzen, außer es war absolut notwendig. Diese schwere Behinderung hatte seiner Karriere im englischen Justizwesen keinen Abbruch getan, bis ihm im Alter von fünfundvierzig Jahren seine Unfähigkeit, eine Frau zu finden, allmählich zu schaffen machte. Seine Einsamkeit, seine Desillusion und sein Selbstmitleid waren zunehmend schlimmer geworden, und er hatte angefangen, mehr zu trinken, als seinen gelähmten Beinen zuträglich war, was zu verheerenden Ergebnissen führte. Beängstigend oft war er die Treppe seines Clubs hinuntergestürzt, hatte sich dabei häufig die Beine erneut gebrochen, was längere Krankenhausaufenthalte nach sich zog oder, was noch öfter vorkam, ihn der Demütigung aussetzte, daß ihn sein Fahrer nach Hause und zu Bett bringen mußte. Nach mehreren solch qualvoller und zuweilen in aller Öffentlichkeit stattfindender Ereignisse hatten seine Vorgesetzten einen Vorruhestand aus gesundheitlichen Gründen vorgeschlagen, und er hatte zögernd eingewilligt. Er wußte, daß eine Weigerung nicht in Frage kam; die Alternative wäre der Rausschmiß gewesen.

Er hatte nicht lange gebraucht, um die Überlegung zu verwerfen, seinen Ruhestand auf Inniscarragh, dem Familiensitz in Irland, zu verbringen. Teils wegen der dortigen Feuchtigkeit und

Kälte, die sich nachteilig auf seine geschädigten Glieder auswirkte, aber ebenso wegen der bedrückenden Atmosphäre, die ihn deprimierte, sogar mit einer Art Schrecken erfülllte, wann immer er das Haus betrat. Es war von den Geistern der Vergangenheit erfüllt, den traurigen Erinnerungen an den frühen Tod seiner Eltern und an die Einsamkeit und den Schmerz seiner eigenen Kindheit. Doch vor allem konnte er in jedem Raum, in den Höfen und Ställen, sogar im umliegenden Waldland die durchdringende Stimme seiner älteren Schwester Lavinia vernehmen, die immer verächtlich, nörgelnd, tyrannisch und ärgerlich klang. Onkel James, der sich nach dem Tod der Eltern an seiner Stelle um das Anwesen kümmerte, schien nicht in der Lage zu sein, sich gegen sie zu wehren, und Guy selbst bot ihr kaum jemals die Stirn. Als kleiner Junge, der sechzehn Jahre jünger war als sie, war sie ihm schön und klug erschienen, und er hatte gewünscht, ihr ähnlich zu sein. In späteren Jahren jedoch kam sie ihm immer herrschsüchtiger und liebloser vor; seine Bewunderung hatte sich allmählich in Angst und Abneigung und schließlich in kalte Gleichgültigkeit verwandelt. Ihr aus dem Weg zu gehen erschien die angemessenste Form, Auseinandersetzungen zu vermeiden, und als sie ihn mit ihren schulmeisterhaften Briefen hinsichtlich der Verwaltung des Gutes bombardierte, wählte er den feigen Ausweg und kommunizierte über den Familienanwalt mit ihr.

Guy hatte sein Londoner Haus verkauft und beschlossen, seinen Ruhestand auf Korfu zu verbringen. Er hatte oft Ferien auf der Insel verbracht und gehofft, er würde dort ein erschwingliches Haus sowie die Hilfe und vorbehaltlose Aufnahme finden, die für sein Wohlergehen unerläßlich waren. Heleni und Vassili lebten in dem kleinen Häuschen im Olivenhain und versorgten ihn, sein Haus, sein Auto, seinen Esel und sein Boot. Nach vier Jahren auf der Insel näherte sich Guy nun den fünfzig, was ihn wenig begeisterte, aber er nahm sein Schicksal auf resignierte, fatalistische Weise hin. Sein schwarzes Haar war von grauen Fäden durchzogen. Sein Gesicht war tief gebräunt und trug die Zeichen von Leid und Verbitterung. Seine Nase war lang und gerade, eine irische Nase, und seine tiefliegenden Augen unter den dichten schwarzen Brauen waren von einem erstaunlich dunklen Blau, der Farbe der Tiefsee.

Im Moment lag er in seinem großen bequemen Bett und beobachtete die Sonne, die, in Frühnebel gehüllt, über den albanischen Bergen aufstieg, deren Konturen sich in perlfarbenem Grau abzeichneten. Durch das offene Fenster sah er, wie der Himmel sich über den Bergspitzen allmählich rosa färbte. Das Meer, das an dieser Stelle zwischen Festland und Insel nur ein paar Kilometer breit war, wurde nun strahlend hell vor dem Vordergrund aus dunklen Zypressen sichtbar, die sich wie schwarze Stifte in den Morgenhimmel erhoben. Dann, ganz nach Fahrplan, tauchte die Fähre aus Italien zwischen der dunklen Zypressenreihe auf und tuckerte wie ein Spielzeugboot durch das glatte Wasser, während sie langsam auf den Hafen von Korfu-Stadt zusteuerte. Guy lächelte, erfreut, daß er schon wach war, um dieses tägliche Ritual zu erleben, und er beobachtete die Fähre, bis sie aus seiner Sichtweite verschwand. Dann nahm er sein Buch wieder auf und blätterte die Seiten um, bis er die gewünschte Stelle gefunden hatte.

Während der letzten vier Jahre hatte er sich emsig und ernsthaft mit Griechisch befaßt, sowohl Alt- wie Neugriechisch, damit sein Gehirn durch Sonne und Alkohol nicht völlig einrostete, und im Moment las er mit zunehmender Dankbarkeit und Freude die großen klassischen Werke immer und immer wieder. Nach dem Abendessen saß er manchmal auf der Terrasse und hörte Scarlatti oder Schubert. Aber zuweilen, wenn er sich besonders niedergeschlagen fühlte, schwelgte er, eine Karaffe Weinbrand neben sich, in Mahler, und während er sich in einen Zustand angenehmer und gelegentlich kampflustiger Berauschtheit trank, rezitierte er schmetternd große Passagen der ›Odyssee‹, die über das silberne Wasser der Bucht hallten. Dann sah Vassili Heleni an, die gerade in ihrem Häuschen beim Abendessen saßen, und die beiden lachten. Wenn die lautstarken Rezitationen endeten und in wilde Flüche übergingen, mußte Vassili im Mondlicht durch den Olivenhain laufen, um Guy ins Bett zu helfen.

Gegen acht Uhr war Guy wieder eingeschlafen, und die warme Morgensonne strömte durch seine Fenster. Er wachte auf, als er draußen auf der Terrasse Heleni hörte, die den Frühstückstisch deckte und Vassili unten am Strand herrisch Anweisungen zurief. Er setzte sich auf, stützte sich auf seine starken muskulösen Arme und hob seine gefühllosen Beine über die Bettkante. Dann schnallte er die verhaßten unbequemen Beinstützen an, ergriff seine beiden Krücken, stellte sich vorsichtig auf die Füße und ging ins Badezimmer. Nach der Rückkehr ins Schlafzimmer setzte er sich auf einen Stuhl, zog die Baumwollhose und das Polo-Shirt an, die Vassili am Abend zuvor herausgelegt hatte, und ging dann mühsam durch das lange, von Bücherregalen gesäumte Wohnzimmer auf die Terrasse hinaus, wo er Heleni zurief, daß sie das Frühstück bringen könne. Er lehnte sich gegen die Holzbalustrade und sah zu Vassili hinunter, der sich an dem hell gestrichenen Boot zu schaffen machte, das in der kleinen Bucht an der Leine schaukelte. Er schien die Lampe anzubringen, die für den nächtlichen Fischfang gebraucht wurde, und Guy lächelte nachsichtig. Vassili fuhr sehr gern zum Fischen, und sie alle freuten sich über die kostenlosen Mahlzeiten, die häufig das Ergebnis dieser Fahrten waren. Manchmal fuhr Guy aus Spaß mit, aber nur bei ruhigem Wetter. Die Vorstellung, er könnte ertrinken, hatte nichts Erstrebenswertes. Für den Fall, daß er des Lebens überdrüssig sein sollte, hatte er bereits einen Plan für sein Ableben ausgearbeitet, doch dieser beinhaltete kein feuchtes Grab.

Heleni erschien mit dem Frühsrückstablett und stellte die Kaffeekanne zusammen mit der üblichen Schale Joghurt auf den Tisch. Guy, der über den Tisch gebeugt dastand, dankte ihr und setzte sich, wobei er laut krachend seine Krücken zu Boden fallen ließ. Heleni schenkte ihm Kaffee ein, hob dann die Krücken auf und sah ihn streng an, als sie sie über die Lehne seines Stuhles hängte.

»Tut mir leid«, sagte Guy.

»Tipóta«, antwortete sie. »Gern geschehen.« Aber die Botschaft aus ihren schwarzdornfarbenen Augen in dem gebräunten Gesicht war deutlich: »Mach das nicht noch einmal!« Sie nahm das Tablett und rauschte in ihrem schweren schwarzen Rock davon. Guy grinste ihr nach und goß sich etwas Honig auf den Joghurt, den er mit Vergnügen verspeiste. Den leicht verbrannten Toast aß er weniger begeistert und trank den starken schwarzen Kaffee. Dann hörte er Vassili, der schnaufend den schmalen Ziegenpfad vom Strand heraufkam; im nächsten Moment stand er vor ihm und hielt ein unordentliches Bündel aus braunem Fischernetz in der Hand, an dem Bleigewichte hingen.

»Das verdammte Ding ist zerrissen; es hat sich an einem Felsen verhakt. Heleni wird es flicken.« Er ließ es auf den Boden fallen, wo es, leicht nach Fisch riechend, liegenblieb.

»Darauf würde ich mich nicht verlassen«, sagte Guy und bot Vassili eine seiner dünnen selbstgedrehten Zigaretten an.

»Oh.« Vassili lachte und nahm die Zigarette. »Es ist einer dieser Tage, nicht wahr? Aber egal, ich habe ein paar Meeräschen, darüber wird sie sich freuen.« Er öffnete seine wasserfleckige alte Tasche und zeigte Guy zwei große rosafarbene Fische, deren Flossen schillerten und deren Augen noch immer klar waren. Guy bewunderte die Meeräschen und freute sich aufs Abendessen.

Vassili setzte sich und inhalierte den Zigarettenrauch. Über den Tisch hinweg sah er Guy an und überlegte sich, ob er ihm von Spiros' Bitte erzählen sollte, einen seiner Gäste zum nächtlichen Fischfang mit Lampe und Harpune mitzunehmen. Während all der Zeit, in der er und Heleni für Guy gesorgt hatten, konnte er sich nicht erinnern, daß je eine Frau ins Haus gekommen wäre. Einmal war sein alter Onkel James angereist, und sie alle hatten sich über seinen Besuch gefreut, aber er war nicht wiedergekommen, und Vassili hatte sich oft gefragt, ob Guy nicht schrecklich einsam war. Er schien mit diesem ruhigen Leben ganz glücklich zu sein, er wirkte zufrieden mit seinen Büchern, seiner Musik, dem zeitweiligen Ritt durch den Olivenhain auf seinem von Vassili geführten Esel und einer Ausfahrt mit dem Boot bei schönem Wetter. Gelegentlich fuhren sie in die Stadt, um einen Buchladen zu besuchen oder sich ein Cricket-Spiel anzusehen, und für diese Ausflüge bestand Vassili darauf, daß der verhaßte Rollstuhl benutzt wurde, und er schalt Guy wegen dessen Empfindlichkeit diesem Thema gegenüber. »Es achtet ohnehin niemand auf Sie«, sagte er. Aber der gutaussehende behinderte Mann, der hilflos wie ein Kind in einem Rollstuhl saß und sich unter einem Panamahut und hinter einer Sonnenbrille verbarg, zog sofort anteilnehmende Blicke auf sich. Er wußte es, und Vassili ebenso. Daher waren die Ausflüge in die Stadt nicht allzu häufig.

Guys größte und täglich genossene Freude war das Schwimmen. Eines Winters hatte Vassili mit Hilfe von Spiros ein kleines Becken seitlich am Haus ausgehoben und es mit Beton ausgegossen. Das Becken wurde mit dem Gartenschlauch gefüllt und mittels eines einfachen Stöpsels geleert. Der Ablauf war an ein langes Rohr angeschlossen, das das abgestandene Wasser ins Meer leitete. Vassili gab immer ein paar Chlortabletten hinein, aber alle drei oder vier Wochen wurde das Wasser im Becken zu warm und zu trübe. Dann mußte es ausgeleert, gesäubert und neu gefüllt werden, was jedesmal zwei Tage dauerte. Am schmalen Ende des Beckens hatte Vassili eine Reihe breiter flacher Stufen eingebaut, so daß Guy relativ einfach hinein- und heraussteigen konnte. Ein großer schwarzer Autoreifen schwamm auf dem Wasser, der an einer langen Leine hing und an einem in den Beton eingelassenen Metallring befestigt war. Darin konnte Guy sitzen und ohne allzu große Anstrengung lesen, obwohl er sich manchmal ohne jegliche Hilfsmittel auf dem Wasser treiben ließ, so daß er eine Zeitlang wie ein gesunder Mann wirkte und sich auch so fühlte.

Vassili räusperte sich. »Spiros hat einen Gast in der Taverne, eine Dame.«

»Oh?«

»Er fragt, ob wir sie am Abend zum Fischen mitnehmen könnten? Sie sieht nachts immer die Boote rausfahren und möchte gern mitkommen.«

»Was halten *Sie* davon, Vassili?«

»Ich habe das nicht zu entscheiden. Das müssen Sie tun. Es ist Ihr Boot.«

»Wie ist sie denn? Ist sie alt oder jung?«

»Schwer zu sagen. Vielleicht in mittleren Jahren, nicht alt, nicht jung. Ich weiß nicht, sie ist keine Griechin.«

»Ist sie hübsch?«

»Nein, *hübsch* ist sie nicht. Sie ist sehr mager. Aber sie hat ein nettes Gesicht; sie hat dunkles Haar, dunkle Augen. Aber sie ist dünn, sehr dünn. Spiros sagt, sie sei eine sehr ruhige Dame, die keinerlei Schwierigkeiten mache.«

»Nun«, sagte Guy, »warum nicht? Es wäre eine Abwechslung in unserem täglichen Einerlei, oder?« Er sah Vassili an und lächelte, aber sein Blick war besorgt.

Vassili bedauerte bereits, daß er Spiros' Bitte weitergeleitet hatte, und setzte sofort zum Rückzug an. »Es muß nicht sein, wenn Sie es nicht wollen, Mr. Guy. Spiros kann jemand anderen fragen, das ist kein Problem.«

»Nein«, antwortete Guy. »Sagen Sie Spiros, daß wir sie mitnehmen, in Ordnung?«

»In Ordnung. Heute abend also?«

»Warum nicht?«

2

Wie jeden Abend fuhr Joshua Wickham mit dem Fahrrad von der Arbeit zu seinem Haus am Strand-on-the-Green. Er verließ das Büro immer so früh wie möglich, um Max noch baden, ihm sein Abendessen geben, eine Geschichte vorlesen und ihn ins Bett bringen zu können. Max war fünf, und sie lebten nun seit fast einem Jahr in London, nachdem Joshs Vertrag in Prag abgelaufen war. Er hatte Glück gehabt, in London wieder Arbeit bekommen zu haben, und ebenso glücklich war er, das große, leicht heruntergekommene Haus am Fluß gefunden zu haben. Nach einer Familienkonferenz hatte seine Mutter Anna ihr kleines Haus in der Church Street verkauft und den Erlös zwischen Josh und seiner Schwester Olivia aufgeteilt, womit er die Anzahlung für das neue Haus leisten und eine hohe Hypothek hatte aufnehmen können. Um seinen finanziellen Verpflichtungen nachzukommen, hatte er das oberste Geschoß in zwei Mietwohnungen geteilt und lebte selbst zusammen mit seiner Frau Nastassia und dem kleinen Sohn Max im Erdgeschoß und dem ersten Stock. Die Mieter waren vergleichsweise jung, wie er selbst, und Freunde, oder Freunde von Freunden. Eine von ihnen, Ruth, war Architektin in der gleichen Firma wie Josh und seit kurzem die zentrale Person in Max' Leben, da sie den Platz seiner Mutter einnahm, wenn diese fort war, was zunehmend häufiger vorkam.

Nastassia war eine große, kühle, blonde Tschechin mit eisblauen Augen. Sie und Josh hatten geheiratet, als sie achtzehn war und er dreiundzwanzig, und ein Jahr später war ihr kleiner Sohn geboren worden, worüber seine Mutter nicht allzu begeistert gewesen war. Für Nastassia hatte die Ehe mit Josh nur eines bedeutet: einen Paß in ein besseres Leben und größere Chancen. Kaum daß sie in London war, hatte sie wenig Schwierigkeiten gehabt, sich eine Karriere als Model aufzubauen, und inzwischen bekam sie Aufträge in Werbefilmen. Sie hatte hart an ihrem Englisch gearbeitet, war sehr diszipliniert, wenn es um Diät und Gymnastik ging, und rücksichtslos beim Ausbau ihrer Karriere. Sie verdiente auch eine ganze Menge Geld, obwohl sie das geheimhielt und nicht der Ansicht war, daß sie zum Haushalt etwas beisteuern mußte. Sie gab viel Geld für Kosmetik und Kleider aus, sie hatte einen Börsenmakler, der sich um verschiedene Anlagenfonds kümmerte, und schickte jeden Monat einen Scheck an ihre Mutter in Prag.

Als Josh auf seinem Fahrrad die Themse entlangfuhr, sah er Ruths blauen VW-Käfer am Gartentor vor seinem Haus parken, und er seufzte vor Erleichterung. Sie war rechtzeitig nach Hause gekommen, um die Babysitterin abzulösen, die selbst eine Familie hatte, für die sie Abendessen kochen mußte, und daher nicht gern über die vereinbarte Zeit hinaus aufgehalten wurde. Er ging die Gasse zwischen den Häusern entlang, die zu dem Treidelpfad am Fluß hinunterführte. Während er sein Fahrrad schob, sah er die gelbe »Maid of Wapping«, die sich schaukelnd über die hohe Gartenmauer aus Backstein zu seiner Rechten erhob. Der herrlich scharfe Geruch des Flusses, der sich in der engen Gasse verfangen hatte, schlug ihm entgegen. Am Treidelpfad angelangt, blieb er einen Moment stehen und sah auf die braune vorbeiströmende Flut und die Weiden auf Oliver's Island, die ihre langen Äste ins Wasser hängen ließen, während in der Mitte des Flusses ein großes schwarzes Boot dahintuckerte, dessen Maschinen gegen die Flut ankämpften.

Josh kettete sein Fahrrad am Hausgeländer fest und ging die Stufen hinauf. Er sperrte die Eingangstür auf und trat ein. Er hängte seinen Parka auf und spähte resigniert die Treppe hinauf, von wo aus der Wohnung von Robert, einem Journalisten und Opernliebhaber, ›Der Walkürenritt‹ herabdröhnte. Es war sein freier Abend, und wenn Robert Lust auf Wagner hatte, dann mußte dies das ganze Haus und die gesamte Nachbarschaft mitanhören.

Josh ging durch die Diele in die Küche und schloß die Tür hinter sich. Max und Ruth saßen an dem großen blankgescheuerten Tisch und spielten Karten.

»SCHNAPP!« schrie Max, sprang auf und warf die Arme in die Luft. »Ich habe gewonnen! Ich habe gewonnen!« Er sah seinen Vater an, seine dunklen Augen strahlten unter dem hellen seidenen Haarschopf, den er von seiner Mutter geerbt hatte. »Hallo, Dad.«

»Hallo, Liebling.« Josh hob seinen Sohn hoch, drückte ihn an die Brust und küßte ihn auf den Kopf. »Danke, Ruth, du bist großartig. Wie schaffst du es bloß, daß du immer als erste nach Hause kommst? Ich habe dich nicht gehen sehen.«

Ruth lächelte, sie packte die Karten ordentlich zusammen und steckte sie in die Schachtel. »Ich hatte eine Grundstücksbesichtigung in Mortlake. Die ist zur Abwechslung mal einigermaßen zügig verlaufen, also konnte ich mich ziemlich früh auf den Heimweg machen.«

»Bleibst du zum Abendessen?«

»Ja, wenn ich es kochen darf.«

»Warum nicht?« antwortete Josh. »Was ist im Kühlschrank?«

»Nicht so viel, um ehrlich zu sein.« Ruth stand auf und ging zum Kühlschrank. Sie nahm eine Flasche Milch heraus und goß einen Teil davon in einen Topf. »Ich habe in der Mittagspause eingekauft. Steak, ist dir das recht?«

»Sehr recht«, antwortete Josh und lächelte sie an. »Du bist ein Engel.«

»Nun, ich selbst hatte Lust auf ein bißchen Fleisch.« Sie sah zu Josh hinüber. »Wird Nastassia kommen?«

»Das glaube ich nicht, sie ist zu Aufnahmen in Venedig, oder war zumindest am Dienstag dort.«

»Wie steht's mit dir, Max? Würstchen? Gebackene Bohnen?«

»Kann ich Ketchup haben?« sagte Max.

»Das kannst du«, antwortete sein Vater.

»Und Senf?«

»Wenn du willst.«

»Also gut«, sagte Ruth lachend. »Ihr geht hinauf und nehmt euer Bad, in zehn Minuten steht alles auf dem Tisch.«

Josh und Max gingen hinaus, und Ruth blieb stehen und hörte, wie über ihr das Wasser in die Badewanne lief sowie das Gelächter und die Aufregung, als Josh seinem kleinen Sohn bei dem Versuch, diesem die Kleider auszuziehen, im angrenzenden Schlafzimmer hinterherjagte. Einen Moment lang trat Ruhe ein, die Stimmen waren leise, dann ertönte ein lautes Krachen und ein wütender Aufschrei. »MAX! LASS DAS! Sieh nur, was du getan hast! Du ungezogener Junge! Ich bin ganz NASS!« Entzücktes Lachen von Max, dann wieder Joshs Stimme. »NEIN, Max, ich mein's ernst! Mach das NICHT noch mal, hörst du?«

Ruth lächelte, stand vom Tisch auf, holte die Würstchen und die Steaks aus dem Kühlschrank und legte zwei Würstchen unter den Grill. Sie öffnete eine kleine Büchse Bohnen und leerte sie in einen Topf. Dann öffnete sie die Tür, die in den langen schmalen Garten führte, und ging zum Kräuterbeet hinunter. Sie pflückte etwas Petersilie und Minze und kehrte wieder in die Küche zurück. Voller Bedauern sah sie auf das welke struppige Gras unter ihren Füßen.

Jacob Kroll fuhr seinen nagelneuen BMW über die M4 in Richtung London. Es war ein schöner Abend, und er hatte das Verdeck geöffnet; er genoß die Brise in seinem Haar und die neidischen Blicke der anderen Fahrer. Inzwischen war es eine Woche her, daß er nach Hause gekommen war und festgestellt hatte, daß sich Dido ohne ein Wort des Vorwurfs oder der Erklärung aus dem Staub gemacht hatte. Es war ein schlimmer Augenblick gewesen, als er mit Julie im Schlepptau am Boot angekommen war und sofort bemerkt hatte, daß Dido ihm auf die Schliche gekommen war. Solch schwere Verfehlungen waren eigentlich nicht seine Art; tatsächlich hatte er nie zuvor ein Mädchen mit hergebracht, und das würde er auch kein zweites Mal tun. Aber wo um Himmels willen war Dido jetzt, die dumme Gans? Sie weiß doch, daß ich sie liebe, dachte er selbstgerecht, was will sie denn noch? Es ist verdammt unangenehm, nicht Bescheid zu wissen; es ist furchtbar rücksichtslos von ihr.

Er parkte seinen Wagen an der gewohnten Stelle, schloß das automatisch betriebene Dach und die Fenster und blieb eine Weile, vom erlesenen Duft der neuen Ledersitze besänftigt, sitzen. Dann stieg er aus, nahm seine Aktentasche aus dem Kofferraum und drückte auf die Fernbedienung, woraufhin sich der Wagen mit einem befriedigenden Klicken von selbst abschloß. Er fuhr mit den Fingern durch sein zersaustes Haar, ging über die Straße und die Gangway der »Maid of Wapping« entlang und schloß die Tür auf, halb hoffend, daß Dido vielleicht ihren Sinn für Humor wiedergefunden hatte, zurückgekehrt war und etwas Köstliches zum Abendessen zubereitete. Er hatte sich ein wenig schuldig gefühlt, als er die Champagnerflasche und das Essen im Kühlschrank entdeckt hatte. Flüchtig hatte er sich überlegt, alles mit Julie zu teilen, aber statt dessen hatte er sie zum Essen ausgeführt, nachdem sie die Überreste ihrer Habseligkeiten in zwei Supermarkttüten gepackt hatte. Bevor er hinausgegangen war, hatte er alle Räume mit Fichtennadelduft eingesprüht. Das war das mindeste, was er tun konnte, fand er, für den Fall, daß Dido zurückkam, aber seine Schuldgefühle hielten ihn nicht davon ab, Julie ins »The Ivy« einzuladen. Ein Arbeitsessen, hätte er gesagt, falls irgendwelche Paparazzi aufgetaucht wären. Aber das Abendessen war kein Erfolg gewesen. Julie war wütend über den Verlust ihrer Kleider und ihres Koffers und fand die Plastiktüten erniedrigend. Nach der Vorspeise stieg sie, Kopfschmerzen vorschützend, in ein Taxi.

Das Boot war still und leer. Jacob seufzte, stellte seine Aktentasche aufs Sofa und ging zum Kühlschrank, auf der Suche nach Wodka und Tonic. Abgesehen von den Getränken war der Kühlschrank ziemlich leer, aber er hatte ohnehin keine Lust, sich selbst etwas zu kochen. Ich werde später ausgehen, dachte er, als er sich den Drink eingoß. Er warf die Kühlschranktür zu, drehte den Fernseher an und legte sich aufs Sofa, um auf Channel 4 die Nachrichten anzusehen. Es lief gerade Werbung, er sah genau hin und bewunderte nicht zum erstenmal die hohe Qualität der Machart, die brillante Kameraführung, die unglaubliche Schärfe der Bilder und die herrlichen Farben. Es ist alles eine Frage des Geldes, dachte er; wenn man solche Dinge doch bloß bei Dokumentationen machen könnte. Er nahm einen tiefen Schluck aus seinem Glas, und ein neuer Werbespot, den er bisher noch nicht gesehen hatte, erschien auf dem Bildschirm. Ein großes, sehr schlankes Mädchen entfernte sich von der Kamera, es trug ein weißes Hemd, schwarze Palazzo-Hosen und einen langen, wehenden scharlachfarbenen Chiffonschal. Es drehte sich um, die Kamera richtete sich auf sein Profil, und die Windmaschine ließ auf anmutige Weise den leuchtendroten Schal und das lange blonde Haar des Mädchens zurückwehen. Dann drehte es das Gesicht zur Kamera und sah mit einem leicht abwesenden Lächeln in die Linse. Seine Augen waren riesengroß, von einem eisigen blassen Blau und von schwarzen Wimpern umrahmt. Das Mädchen brachte den Bildschirm zum Leuchten.

»Jesus!« rief Jacob aus und setzte sich auf. »Das könnte sie sein.«

Der Werbespot war zu Ende, er drehte den Ton ab, legte sich aufs Sofa und starrte an die Decke. Schon seit einiger Zeit war er auf der Suche nach einer unbekannten Schauspielerin, die die weibliche Hauptrolle in seinem Film ›Das verlorene Herrenhaus‹ spielen könnte, einer Neufassung von Alan Fourniers berühmtem Roman ›Le Grand Meaulnes‹. Die meisten Vorbereitungen waren bereits abgeschlossen; das Drehbuch war angenommen, die Finanzen geregelt, eine gute Besetzung gefunden, die Kostüme geliehen oder wurden gerade geschneidert, und als Drehort war in Irland ein herrlich verfallenes Haus aus dem achtzehnten Jahrhundert gemietet worden. Die einzige Schwierigkeit bestand darin, das richtige Mädchen für die Rolle der Yvonne zu finden. Jacobs Meinung nach erforderte die Rolle keine große schauspielerische Erfahrung. Sie erforderte eher eine bestimmte Art der passiven, aber jugendlich glühenden Ausstrahlung und die Fähigkeit, ohne viel Worte ein Gefühl zu vermitteln. Jetzt endlich schien er die perfekte Besetzung gefunden zu haben. Natürlich mußte er noch ihre Stimme hören, aber darüber machte er sich keine ernsthaften Sorgen, er war sicher, daß sie großes Talent hatte, sie mußte nur richtig geführt werden. Morgen würde er den Besetzungschef bitten, sie aufzustöbern und einen Termin zum Vorsprechen zu vereinbaren. Er sah bereits vor sich, wie sie in den Kostümen, die schon entworfen waren und nur noch genäht werden mußten, auftrat; sie paßten perfekt zu ihr und sie zu ihnen, das wußte er. Er trank sein Glas aus, nahm eine Dusche und zog ein sauberes Seidenhemd und einen Kaschmirpullover an. Er rief ein Restaurant in der Nähe an, das er oft besuchte, und bestellte einen Tisch.

»Einen Tisch für zwei, Mr. Kroll?«

»Nein, nur für mich heute abend.«

Als Jacob langsam die King's Road zu dem Lokal hinauffuhr, fühlte er sich vollkommen glücklich, allein zu sein, über seine Arbeit nachzudenken und jeden Schritt, jede Naheinstellung zu planen, während die Darsteller wie herrliche Marionetten vor seinem geistigen Auge paradierten. All diese Menschen würden zumindest für die Dauer der Dreharbeiten realer und wichtiger für ihn sein als das, was man normalerweise als das »wirkliche

Leben« bezeichnete. Das »wirkliche Leben«, alles, was Häuslichkeit, ein Heim, Versicherungen und Pensionskassen anbelangte, hatte für Jacob keinen Reiz und erschien ihm zutiefst unwichtig, und die »Maid of Wapping« war im Moment nicht mehr für ihn als ein Ort, um sich auszuruhen und Kräfte zu sammeln für die Arbeit des nächsten Tages. Im Grunde fühlte er sich in der künstlichen Welt des Filmbetriebs viel lebendiger und heimischer, weil er sich dort emotional völlig auf die Geschichte und deren Figuren einlassen konnte. Verglichen damit kam ihm das »wirkliche Leben« am Ende des Tages stumpf und langweilig vor. Was Dido angelangte, so verschwendete er während dieser kreativen Phasen kaum einen Gedanken an sie. Dennoch war es ärgerlich, daß sie gerade zu einem Zeitpunkt wie diesem abgehauen war, an dem er ihren Beistand am meisten brauchte, wenn nämlich die Dinge außer Kontrolle zu geraten begannen.

James Porteous nahm an dem großen schmutzigen Küchentisch von Inniscarragh sein einsames Frühstück ein und teilte seinen ledrigen Toast mit zwei afrikanischen Graupapageien, die seine beständigen und einzigen Gefährten waren. Ihr großer Drahtkäfig, der über und über mit ihren schlechtriechenden Ausscheidungen bedeckt war, nahm den größten Teil des Ablaufbretts ein, aber die Vögel wurden nur dann in den Käfig gesperrt und mit einem abgenutzten indischen Tuch bedeckt, wenn James im Bett lag oder zum Einkaufen ging. Gewöhnlich begleiteten sie ihn überallhin und saßen auf seiner Schulter oder seiner Stuhllehne, wenn er las oder in der Bibliothek seinen alten Schwarzweiß-Fernseher angestellt hatte.

James hatte es schon vor langer Zeit aufgegeben, sich wegen des Zustands des riesigen, weitläufigen Hauses mit den kalten, feuchten Räumen Sorgen zu machen. Für die veraltete Heizung Öl zu kaufen kam nicht in Frage, und er war noch nicht einmal in der Lage, jemanden zu bezahlen, der Holz schlug, geschweige denn, sich für die vielen, gähnend leeren und nach Ruß stinkenden Kamine welches zu kaufen. Er lebte inzwischen seit siebenundvierzig Jahren in diesem Haus, seit dem tragischen Tod seines älteren Bruders und seiner Schwägerin bei einem Flugzeugabsturz. Giles hatte seinem kleinen Sohn Guy, dem Erben, nichts hinterlassen außer dem Haus und dem dazugehörigen Land, das damals wohlbestellt war und genügend abwarf, um Inniscarragh und die Familie angemessen zu erhalten. Der immer noch ledige James hatte die Vormundschaft für den zweijährigen Guy und dessen weitaus ältere Schwester Lavinia übernommen, die damals achtzehn war. James, der eher zum Stubenhocker neigte, konnte das Land nicht so gut bewirtschaften wie sein Bruder, aber dennoch hatte er zum Wohl der Kinder sein Bestes getan. Auf ihren Wunsch hin hatte er Lavinia auf die Universität geschickt, wo sie Volkswirtschaft studierte, und Guy zuerst in eine gute Grundschule und dann nach Eton. Nach der Schule war Guy nach Oxford gegangen, um Jura zu studieren. Zu Guy hatte sich James immer mehr hingezogen gefühlt als zu Lavinia, die ihm schwierig, abweisend und übellaunig erschien. Er fand es nicht verwunderlich, daß sie keinen Ehemann gefunden hatte, trotz ihrer erfolgreichen Karriere in London, und nun verbrachte sie den Ruhestand im größten der ehemaligen Gärtnerhäuser auf Inniscarragh. Aufgrund eines stillschweigenden Übereinkommens kreuzten sich ihre Wege selten.

Was Guy anbelangte, so wurde James in seinen Träumen noch immer von der Erinnerung an den zehnjährigen Jungen verfolgt, der bewußtlos und leichenblaß unter dem umgestürzten Traktor lag, während aus seinen dünnen Beinchen das Blut ins nasse Gras floß. James und drei Farmarbeiter hatten sich bemüht, die schwere Zugmaschine von dem zerschmetterten Körper des Kindes zu heben. Guy war zu einer Spezialbehandlung nach London geflogen worden, und der Junge hatte gekämpft wie ein Löwe, um wieder auf die Beine zu kommen, was ihm jedoch nur zum Teil gelang. James jedoch konnte sich nie vergeben, daß er den Unfall nicht verhindert hatte, woran Lavinia ihn unablässig erinnerte. Nachdem Guy sich vorzeitig in den Ruhestand nach Korfu zurückgezogen hatte, hatte er seinen Onkel eingeladen, ihn zu besuchen, eine Bitte, der James mit großer Freude nachgekommen war, und er beneidete Guy wegen der Schönheit und Einfachheit seiner Lebensweise und der hingebungsvollen Fürsorge von Vassili und Heleni.

James, der inzwischen fünfundachtzig Jahre alt war, dürr, schlecht ernährt und zunehmend verarmt, sah voller Mißmut auf den Umschlag, der seinen Bankauszug enthielt. Er wußte ganz genau, was darauf stand, und warf ihn ungeöffnet in die Tischschublade. »Nur gut, daß die Filmleute kommen«, sagte er zu den Papageien, wischte die Brotkrumen auf den Boden und stand auf, um seinen Teller und die Tasse auf den wackligen Stapel in das Abwaschbecken zu stellen. »Das wird den ganzen verdammten Mist regeln.«

»VERDAMMTER MIST!« kreischte einer der Papageien.

»Mist«, flüsterte der andere heiser und kletterte mit Hilfe seines gebogenen grauen Schnabels an der Außenseite des Käfigs hinauf.

Lavinia Porteous sah von ihrem glänzend polierten Schreibtisch aus Atlasholz auf, als sie das keuchende Ratterrn von James' altem Daimler auf dem Weg hörte, und dachte einen Augenblick lang, er würde an ihrem Tor anhalten. Sie hoffte inständig, er würde es nicht tun, und lehnte sich erleichtert mit gereiztem Kopfschütteln wieder zurück, als der Wagen auf die Hauptstraße und vermutlich in Richtung Stadt ratterte. Dummer alter Narr, dachte sie. Mit ihrer hübschen Handschrift unterschrieb sie den Brief: L. D. Porteous. Sorgfältig faltete sie den dicken cremefarbenen Bogen zusammen, steckte ihn in den dazu passenden Umschlag und adressierte und frankierte ihn. Sie schloß die ledergebundene Schreibmappe und legte sie in die Schublade zu ihrem Adreßbuch und den Schreibutensilien zurück. Dann stand sie auf und ging von ihrem eleganten Wohnzimmer mit den hübschen chintzbezogenen Möbeln in die kleine, schwarzweiß geflieste Diele, die mit einem antiken Dielentisch und dunklen Holzstühlen möbliert war. Die Wände und das Treppenhaus waren in einem hellen Beigeton gestrichen und mit einer Reihe kostbarer, goldgerahmter Hogarth-Drucke behängt. Durch die verglaste Eingangstür fiel ein schwacher, blasser Lichtstrahl auf die kleine, aber erlesene Perserbrücke auf dem Dielenboden. Lavinia öffnete die Tür und warf den Brief in den hölzernen Kasten, der an der Wand neben der glänzenden Messingglocke angebracht war. Der Postbote, der ihre Angewohnheiten kannte, würde ihn mitnehmen, wenn er die Post und die Zeitungen brachte.

Nun, da James in die Stadt gefahren war, beschloß Lavinia, einen Spaziergang zum Haus hinauf zu machen, um nachzusehen, welch weitere Vernachlässigungen an ihrem Elternhaus zu entdecken waren. Sie verschloß die Vordertür, zog einen Regenmantel an und setzte sich einen Fischerhut aus Tweed auf das eisgraue Haar. Sie nahm einen kräftigen Spazierstock aus dem Ständer und ging in die Küche, um Fritz, ihren Dachshund, aufzuwecken, der in seinem Korb neben der Heizung schlief. Im oberen Stockwerk konnte sie Mrs. O'Reilly mit dem Staubsauger rumoren und gegen die Fußleisten schlagen hören. Stirnrunzelnd überlegte sich Lavinia, sie an ihre Bügelarbeit zu erinnern, ließ es dann aber sein. Mit einem strengen Ruf weckte sie Fritz, der nervös hochschreckte, und sie verließen das Haus durchs Gartentor. In dem ummauerten italienischen Garten, der einst der Küchengarten des Gärtners und voller Gemüse, Schweine- und Kaninchenställe gewesen war, hatte Lavinia jetzt Rosen und Clematis gepflanzt, die sich zwischen dem Spalierobst an den zart rosafarbenen Backsteinmauern hochrankten. Auf beiden Seiten des bekiesten Hauptwegs waren kleine, mit Buchsbaum eingefaßte Beete angelegt, die mit winterfesten Geranien in blassen Farben bepflanzt und von vielen, ordentlich beschnittenen irischen Eiben umsäumt waren. Der Kiesweg führte zu einem frisch gestrichenen Holztor in der Gartenmauer und öffnete sich auf den Park hinaus, der Inniscarragh umgab. Hier durfte Fritz sein Geschäft verrichten; er wußte ganz genau, daß dies in dem italienischen Garten nicht erlaubt war.

Am anderen Ende der Koppel, die von ihrem eigenen Gärtner gemäht wurde, befand sich ein kleiner, mit Binsen bestandener und von Schlingpflanzen bedeckter See, der dicht mit überwucherten Azaleen umsäumt war. Auf der anderen Seite des Sees erstreckten sich zwei große Flächen mit Laubwald; sie waren durch eine wurmstichige chinesische Brücke getrennt, die sich über den Fluß spannte, der den See speiste. Hinter der Brücke und durch die Lücke zwischen den Bäumen war Inniscarragh zu sehen, das sich groß und nebelgrau im blassen Morgenlicht erhob und über dessen herrliche Fassade sich in harmonischer Symmetrie georgianische, weiß verstrebte Fenster erstreckten. Der Blick auf das vollkommene Gebäude berührte Lavinia zutiefst. Erneut überkam sie das vertraute Gefühl, das den größten Teil ihrer Gedanken beherrschte: eine Mischung aus Neid und hiflosem Zorn sowie die bittere Enttäuschung, daß Guy das Haus geerbt hatte, nur weil er der Sohn war, und nicht sie, die Erstgeborene. Doch ganz abgesehen von der geschlechtlichen Diskriminierung wußte sie sehr genau, daß sie das Gut viel besser bewirtschaftet hätte als James, der es an Guys Stelle führte, außerdem hatte ihr Bruder ohnehin nie viel Interesse daran gezeigt. Sie war vollkommen überzeugt, daß sie den Großteil des Landes nicht hätte verkaufen und das Haus dem Verfall hätte anheim geben müssen, wie James es getan hatte, der närrische alte Trunkenbold. Sie hatte den Familienanwälten vorgeschlagen, James hinauszuwerfen, ihr selbst die Leitung zu übertragen und möglicherweise in einem entfernten Teil des Gutes einen Golfplatz anzulegen, vielleicht sogar die Stallungen in Ferienwohnungen umzuwandeln. Die Anwälte hatten versprochen, ihre Vorschläge an Guy weiterzuleiten, und nach gegebener Zeit hatte sie einen Brief von ihnen erhalten, in dem sie ihr mitteilten, daß Guy nicht die Absicht habe, seinen Onkel aus seinem Heim zu vertreiben, und Lavinia daran erinnerten, daß sie nur Gast in Guys Gärtnerhaus sei. Sie war außer sich gewesen vor Wut und Erniedrigung über die unverschämte Antwort ihres jüngeren Bruders und hatte sich an den Tag vor neunundreißig Jahren erinnert, als sie und Guy die Hunde am Rand vom Burke's Wood spazierengeführt hatten. Sie hatten gesehen, daß der Traktor am Feldgatter abgestellt worden und der Fahrer offensichtlich zum Mittagessen nach Hause gegangen war. »Möchtest du nicht mal fahren, Guy?« hatte sie vorgeschlagen.

Der zehnjährige Guy hatte seine Schwester angebetet, die in ihren Londoner Kleidern so elegant, so schön und klug erschien und dieselben grünen Augen und dasselbe dichte schwarze Haar wie ihre Mutter besaß. Mit sechsundzwanzig war sie großgewachsen, scharfzüngig und hinreißend gewesen, hatte aber jegliche Form von Schwäche und Feigheit verachtet. In den Winterferien hatte sie eines der beiden verbliebenen Jagdpferde zuschanden geritten; sie trug die Reitkleider ihrer Mutter und sprang mit ungeheurer Kühnheit und Entschlossenheit über hohe Zäune, während Guy sein Bestes gab, ihr auf seinem struppigen walisischen Pony zu folgen, was ihm selten gelang. Immer bemüht, sie auf irgendeine Art zu beeindrucken, war er auf den Traktor geklettert und hatte die Zündung eingeschaltet, worauf die Maschine fröhlich tuckernd angesprungen war.

»Na dann, fahr los!« hatte Lavinia lachend gerufen.

Rumpelnd hatte Guy den Traktor entlang des Feldrands bis zum Ende der hohen Hecke gefahren und dann angehalten.

»Dreh um, du Trottel!« hatte Lavinia gerufen.

Ängstlich hatte er auf den schroff ansteigenden Hang zu seiner Rechten gesehen, wo die Wiese steil zur Hecke hinunter abfiel. »Es ist zu steil«, hatte er zurückgerufen, verärgert über sich, weil er in die Ecke gefahren war und keinen Platz zum Wenden hatte.

»Sei nicht albern! Dafür sind Traktoren schließlich da! Dreh einfach das Steuer rum und fahr einen Kreis. Los, Guy, sei doch kein solcher Angsthase!«

Guy ließ den Motor wieder an und drehte das Steuer herum. Langsam kroch der Traktor den Hang hinauf, und die großen Räder gruben sich in die weiche, regennasse Erde. Er fuhr hinauf, immer höher und höher, sein Herz hämmerte vor Angst, und seine schwitzenden Hände glitten von dem glänzenden schwarzen Steuerrad ab.

»So ist's gut«, rief Lavinia, »das machst du prima!«

Als der Traktor dann oben auf dem hohen Hang angelangt war, begann er zu kippen, zuerst ganz langsam, wie es Guy erschien, dann immer schneller, und ein entsetzter Schrei entrang sich seiner Kehle, während er zu einem halbherzigen, verzweifelten Versuch ansetzte, von dem umstürzenden Fahrzeug zu springen. Mit einem gräßlich dumpfen Ton schlug er am Boden auf und sah dann mit hilflosem Entsetzen, wie der Traktor auf ihn fiel, seine Beine in die Erde drückte und der Geruch von auslaufendem Diesel die Luft erfüllte. Dann wurde ihm schwarz vor Augen.

Lavinia erinnerte sich genau, wie sie an der Hecke entlang zu dem umgestürzten Traktor gelaufen war, unter dem ihr Bruder eingeklemmt war. Sie hatte sich neben ihn gekniet, auf sein kalkweißes Gesicht, das verschwitzte, an der Stirn klebende Haar und auf die geschlossenen Augen gesehen. Seine bleichen Lippen waren leicht geöffnet, und er schien nicht zu atmen. Während sie auf der weichen, feuchten Erde kniete, überkam sie ein herrlich erregendes Gefühl, und mit einem Mal wußte sie, daß ihr Gerechtigkeit widerfahren und sie die letzte rechtmäßige Erbin von Inniscarragh war. Sie stand auf und rannte mit gut gespieltem Entsetzen und hysterisch weinend zum Haus zurück, um

Alarm zu schlagen und Hilfe für das Kind zu holen, das sie ihres Erbes beraubt hatte und das nun tot dalag.

Aber Guy war nicht tot gewesen, und James und drei seiner Farmarbeiter hatten Seile geholt und den Traktor hochgezogen. So vorsichtig und sanft wie möglich hatte James Guys zerschlagene Glieder von dem blutgetränkten Boden gehoben und das bewußtlose Kind, dessen zerschmetterte Beine wie leblos herunterbaumelten, nach Inniscarragh zurückgetragen. Während er nur halb bei Bewußtsein auf dem Küchentisch lag und auf den Krankenwagen wartete, bemerkte Guy seine Schwester neben sich, deren Augen ungewöhnlich glitzerten. »Tut mir leid, Lav«, hatte er geflüstert und versucht, den getrübten, schmerzerfüllten Blick auf sie zu richten.

»Macht nichts, alter Junge«, hatte sie geantwortet. »Beim nächsten Mal hast du mehr Glück.«

Der Krankenwagen war eingetroffen, und Onkel James war mit Guy ins Krankenhaus gefahren, Lavinia jedoch war auf Inniscarragh zurückgeblieben. Erregt und von widerstreitenden Gefühlen erfüllt, die halb aus Scham, halb aus entsetzlicher Wut und Enttäuschung über das Mißlingen ihres Plans bestanden, hatte sie die Hunde gerufen und war schnellen Schritts in den Wald marschiert, um sich über ihre Gefühle klar zu werden. Hatte sie tatsächlich den Tod ihres Bruders herbeiführen wollen? Lavinia war von brutaler Aufrichtigkeit, und die Antwort war schnell gefunden. Ja, das hatte sie gewollt. Würde sie es noch einmal versuchen? Wahrscheinlich nicht, denn das hätte Mißtrauen erregen können. Mit etwas Glück wären Guys Verletzungen bleibend, und selbst wenn er damit nicht aus dem Weg geräumt war, wäre sicherlich sein Leben ruiniert. Einigermaßen schockiert über ihre Gedanken war Lavinia stehengeblieben und hatte stirnrunzelnd zu Boden gesehen. Haßte sie Guy *wirklich* so sehr, daß sie ihm den Tod wünschte? Sie hatte sich umgedreht und durch die Bäume auf Inniscarragh zurückgesehen, das perlgrau und wie verzaubert im sanften Nachmittagslicht dastand. Tränen hatten ihre Augen gefüllt, Tränen der Liebe für ihre verstorbenen Eltern und ihr Zuhause, und Tränen des Kummers, daß dieser Ort nicht ihr gehörte, sondern ihrem zehnjährigen Bruder, einem dummen Schuljungen. Ja, hatte sie sich gesagt, ich habe ihm den Tod gewünscht.

Vor Guys Entlassung aus dem Krankenhaus war Lavinia nach London zurückgekehrt. Einige Monate hatten sie sich nicht gesehen, aber die Liebe zu Inniscarragh zog sie immer wieder dorthin zurück, und häufig war sie während Guys Schulferien zu Hause. Es war ihr schwergefallen, die Gefühle des Abscheus und der Feindseligkeit, die sie ihm gegenüber hegte, zu verbergen, und sie versäumte keine Gelegenheit, eine boshafte Bemerkung über seine Behinderung zu machen. Ebenso beständig brachte sie ihre Verachtung über die Versuche des Onkels zum Ausdruck, das Haus und das umliegende Farmland zu bestellen, wobei ihm deprimierend wenig Erfolg beschieden war.

Nun, fast vierzig Jahre später, ging sie am Rand des Sees entlang und war betrübt über den schändlichen Zustand des mit Binsen überwucherten Wassers und erinnerte sich an seine frühere Pracht zur Zeit ihrer Eltern. Sie überquerte die morsche chinesische Brücke und ging auf das Haus zu. Inniscarragh gehörte zu den wenigen Dingen in ihrem Leben, für die sie je Leidenschaft empfunden hatte, und nun, da es jede weitere Woche erneut den Beweis für seinen unaufhaltsamen Verfall lieferte und das von ihren Vorfahren noch verbliebene Land unerbittlich von der Natur zurückerobert wurde, suchte sie beständig nach einer Möglichkeit, das Anwesen zu retten. Sie konnte nicht verstehen, daß Guy einfach alles verrotten ließ. Selbst wenn er den Ort haßte, mußte ihn doch interessieren, daß sein Erbe an Wert verlor, daß das Vermögen mit jedem Jahr, ja mit jedem Tag weniger wurde.

Sie ging an der Terrasse entlang, spähte durch die hohen Fenster und hielt nach den vertrauten Einzelheiten in den schönen Räumen Ausschau; der zarten handbemalten chinesischen Tapete im Salon mit den Päonien und Vögeln in sanften Blau-, Rosa- und Grüntönen; dem großen Kristalleuchter über dem langen Tisch im Speisezimmer, der mit einer Staubschicht bedeckt war, die sich schmutzigweiß vor den mit dunkelrotem Brokat tapezierten Wänden abhob. Jeder Raum enthielt Schätze, und alle versetzten ihrem alten empfindlichen Herzen einen schmerzhaften Stich. Warum bin ich hierher zurückgekommen? fragte sie sich. In Hampstead, mit meinen Freunden, mit all den Läden, den Ausstellungen und dem Theater, wäre ich viel glücklicher gewesen und hätte ein viel abwechslungsreicheres und interessanteres Leben geführt. Aber nachdem sie die leitende Stellung bei einer Londoner Handelsbank aufgegeben und mit einer hohen Pension in den Ruhestand getreten war, hatte Lavinia ihr kleines Haus für zehn Jahre vermietet und war, wie von einem Magnet angezogen, nach Inniscarragh zurückgekehrt, beflügelt von dem fehlgeleiteten, aber dennoch mächtigen Drang, das Gut aus seinem jetzigen entsetzlichen Zustand zu erretten.

3

Nach dem Abendessen saß Guy auf der Terrasse, trank Kaffee und hielt nach Vassilis Boot Ausschau, das jeden Moment um die Landspitze kommen und die junge Frau mitbringen mußte, die mit zum Fischen fahren wollte. Die Hitze des Tages hatte nachgelassen, und eine leichte Brise wehte vom Meer herein, so daß Guy froh war, einen Pullover anzuhaben. Er hoffte, der Wind würde nicht stärker werden und den Ausflug verderben, aber das Wasser in der Bucht war spiegelglatt und reflektierte die Sterne, die sich am dunkler werdenden Himmel zu zeigen begannen. Der Mond würde erst viel später aufgehen, weshalb die Bedingungen zum Fischen mit der Lampe ideal sein würden.

Vor ihm auf dem Tisch lag eine Segeltuchtasche, die eine kleine Ölflasche, ein Fläschchen Weinbrand und ein halb aufgebrauchtes Paket Tabak für Vassili enthielt. Seine Krücken für den kurzen Abstieg in die Bucht lehnten am Tisch, und Nansı, der Esel, war schon gesattelt und an den Pfosten am Fuß der Terrassentreppe gebunden, wo er geduldig wartete und seine Hinterhufe entlastete, indem er alle paar Minuten von einem Bein aufs andere trat. Jetzt tauchte das Boot auf, kam langsam um die Felsen am Ende der Bucht gefahren und zeichnete sich schwarz auf dem sternenbeschienenen Wasser ab. Das sanfte Tuckern des Außenbordmotors war kaum zu hören, als es langsam die Bucht durchquerte. Die Lampe war bereits an den Bug geschraubt, aber noch nicht angezündet, und Vassili, mit der Hand an der Ruderpinne, saß am Heck, und hinter ihm ragten die eingezogenen Ruder heraus. Die Mitfahrerin, die sehr klein wirkte, saß, von Körben und anderen Fischereiutensilien umgeben, am Bug. Vassili näherte sich dem kleinen Holzsteg am Strand unterhalb des Hauses und stellte den Motor ab. Er sprang auf den Steg, vertäute das Boot und lief den Weg zur Terrasse herauf; die Fremde ließ er an Bord.

Guy griff nach seinen Krücken, stellte sich mit eigener Kraft auf die Füße und hielt vorsichtig die Balance, bis Vassili an seiner Seite war. »Die Tasche, Vassili«, sagte er. »Vergiß die Tasche nicht.« Vassili ergriff die Tasche, schlang die Riemen um den Hals, und gemeinsam gingen sie zur Treppe. Hier erlaubte Guy, daß Vassili ihm unter die Arme griff und ihm die Treppe zu dem wartenden Nansi hinunterhalf. Dort hob er Guy mit behendem Schwung in den Sattel, und sie begannen den Abstieg zum Strand. Nansi, der gutmütig und an die Prozedur gewöhnt war, wurde von Vassili ans Ende des Stegs geführt, wo Guy in Vassilis Arme glitt und vorsichtig in den speziellen Klappsitz im Boot gesetzt wurde, der seinen Rücken stützte.

Guy sah auf die Mitfahrerin, die ruhig am Bug saß, und wartete, daß sie das Wort ergriff. »Guten Abend«, sagte er ziemlich formell, »mein Name ist Guy Porteous.«

»Dido Partridge.« Sie lächelte und entblößte gerade weiße Zähne in ihrem gebräunten Gesicht. »Es ist sehr freundlich von Ihnen, mich mitzunehmen. Ich habe abends immer die Boote hinausfahren sehen, fast jede Nacht. Sie sehen so wundervoll aus mit den hellen Lampen, als wären sie Glühwürmchen auf dem Meer.«

»Das ist wahr, sie sehen tatsächlich wundervoll aus, aber manchmal kann man in den Olivenbäumen echte Glühwürmchen sehen.«

»Wirklich?« sagte Dido. »Das muß hübsch sein.«

»Das ist es.«

Vassili holte den Außenbordmotor aus dem Wasser und stand in der Mitte des Bootes. Er nahm ein Ruder und stieß sich von dem Steg ab, bis das Boot in tieferem Wasser war, dann begann er, mit geschmeidigen Bewegungen zu rudern, und das kleine Schiff glitt leise, die Oberfläche kaum aufwühlend, durchs Wasser. Als sie langsam auf die andere Seite der kleinen Bucht zufuhren, beobachtete Dido die hellen Lampen anderer Fischer, die weit entfernt, nahe der gezackten Silhouette der albanischen Küste fischten. Daran werde ich mich immer erinnern, sagte sie sich. Da sie nahe an die Felsen herangekommen waren, reichte Vassili Guy ein Ruder, dann kletterte er zum Bug, um die Lampe anzuzünden, während Dido sich bemühte, ihm nicht im Weg zu sein.

»Kommen Sie, setzen Sie sich an dieses Ende«, sagte Guy.

Vorsichtig, ohne das Boot zum Schaukeln zu bringen, begab sie sich zu ihm hinüber und setzte sich auf ein teeriges Bündel aus Fischernetzen. Vassili entzündete die Lampe, und sofort wurde in dem Kreis aus blendendweißem Licht die bislang verborgene Unterwasserwelt sichtbar: ein magisches Universum aus gezackten, felsigen Höhlen und Lagunen, Wälder aus sanft sich wiegenden rosafarbenen und grünen Algen und vorbeischießenden Flossen blauer und silbriger Fische, die winzig und durchsichtig waren. Dido sah über den Rand des sanft schaukelnden Bootes, verzaubert von den Abhängen und Schluchten und den dunklen, geheimnisvollen Eingängen in tiefere Höhlen, durch die Schwärme von schwarzweiß gestreiften Fischen schwammen und mit einer schnellen gemeinsamen Bewegung die Richtung änderten, als reagierten sie auf ein plötzliches dringliches Signal.

Vassili begab sich wieder in die Mitte des Bootes und begann, vorsichtig am Rand der Felsen entlangzurudern, wobei das Boot nur langsam vorwärts kam. Guy, der auf der Seite saß, die den Felsen am nächsten war, paßte sehr genau auf, als sie sich einem großen, herausragenden grünlichen Felsblock näherten, der unter Wasser ausgehöhlt war und den Fischen ein sicheres Versteck bot.

»Sollen wir versuchen, Tintenfische zu fangen?« Vassili brachte das Boot zum Stillstand und zog leise die Ruder ein.

»Warum nicht?« Guy band ein kleines Bündel leuchtend grüner Wollfäden an eine Nylonschnur, die am Ende eines langen Holzstabs mit einem gefährlich aussehenden Haken befestigt war, ließ ihn ins Wasser und zog den grünen Köder langsam vor der langen Felsspalte hin und her. Ein paar Minuten lang passierte gar nichts, dann sagte Vassili flüsternd: »Da ist er. Sehen Sie, er kommt heraus.« Leicht abgestoßen, aber dennoch fasziniert, sah Dido über den Rand und entdeckte den langen, schlanken, blutleer wirkenden Fangarm, der vorsichtig den Köder erforschte. Guy zog die Wollfäden ein Stückchen weiter vom Versteck des Tintenfischs fort, und sofort erschien ein anderer Fangarm, gefolgt von dem gewölbten weißen Kopf des Tieres, das von dem Köder hypnotisiert war.

»Stillgehalten«, sagte Guy und trieb mit einem heftigen Ruck den Haken des Stabes unter den Kopf des Tintenfischs. »Erwischt!« rief er lachend. »Gut, Vassili, jetzt übernimmst du.« Vassili ergriff den Stab mit beiden Händen und zog die Beute schnell heraus. Er warf die sich windende Masse auf den Schiffsboden, tötete sie mit einem Speer und legte den Körper in einen Deckelkorb, wo immer noch zu hören war, wie die Greifarme versuchten, sich an den Seiten festzusaugen, was ein unangenehmes Geräusch erzeugte, als würden Streifen von Klebeband abgezogen. Dido war schockiert und sah nervös auf den Deckel des Korbes.

»Alles in Ordnung?« fragte Guy.

Dido sah ihn an und lachte unsicher. »Ja, alles o.k., ich bin nur überrascht.«

»Für die Griechen ist das eine absolute Delikatesse«, sagte Guy lächelnd. »Stimmt's, Vassili?«

»Die Nummer eins. Heleni wird glücklich sein.«

Beim Herausziehen des Tintenfischs war das Wasser aufgewühlt worden, so daß es schwierig war, den Grund zu sehen; daher öffnete Guy seine Tasche, nahm die Ölflasche heraus und reichte sie Vassili, der damit zum Bug ging. Er tauchte ein Stück Schnur in das Öl und verspritzte ein paar Tropfen über das Wasser, das sich sofort klärte und wie von Zauberhand wieder ruhig und still wurde.

Guy schraubte seine Taschenflasche mit Weinbrand auf und reichte sie Dido. »Das würde Ihnen guttun, glaube ich«, sagte er.

»Danke, das kann ich jetzt wirklich gebrauchen.« Sie nahm einen tiefen Schluck, und der Alkohol brannte wie Feuer in ihrer Kehle. Sie schluckte schwer, hustete und lachte und reichte ihm die Flasche zurück.

Guy nahm ebenfalls einen Schluck, reichte die Flasche an Vassili weiter und wandte sich dann wieder an Dido. »Haben Sie schon genug, oder sollen wir weitermachen?«

»Sie machen natürlich weiter.«

»Gut.«

Vassili begann wieder zu rudern, und sie steuerten auf die Felsen zu, die sich näher an der Durchfahrt befanden, wo sie Meeräschen und Kalamare finden würden, wie er sagte. Guy hielt auf der einen Seite Ausschau, Dido auf der anderen. Nach vier oder fünf Minuten entdeckte sie mehrere große rosafarbene Fische; sie waren hinter den winzigen Elritzen her, die durch einen Wald wehender Wasserpflanzen schwammen, der von großen Steinen auf dem sandigen Boden festgehalten wurde. Ruhig drehte sie sich zu Guy um. »Dort drüben, glaube ich«, flüsterte sie, und wieder begann ihr Herz heftig zu schlagen.

»Vassili«, sagte Guy, und Vassili zog leise die Ruder ein, nahm seine Harpune und stand kerzengerade wie eine Statue da, während das Boot in die Richtung trieb, die Dido anzeigte. Ganz langsam senkte er die lange Harpune, stieß dann schnell zu, und im nächsten Moment lag der hübsche Fisch, genau in der Mitte aufgespießt, schlagend und nach Luft schnappend auf dem Boden des Bootes. Vassili zog die Harpune heraus, tötete ihn mit einem harten Schlag auf den Kopf und legte ihn in einen anderen Korb.

»Gut gesehen«, sagte Guy. »Es ist ein schöner Fisch, Ihr erster Fang.«

»Danke.« Dido lachte. »Aber ich habe ihn eigentlich nicht gefangen, oder?«

»Möchten Sie es probieren?« fragte Vassili.

»Dürfte ich?«

Vassili ließ das Boot ein paar Meter treiben, bis sich das Wasser wieder beruhigt hatte, und zeigte ihr, wie sie die Harpune halten mußte. »Stoßen Sie zu, wenn ich's sage«, befahl er.

»Kommen Sie hier herüber«, sagte Guy leise, und Dido ging vorsichtig auf die andere Seite, starrte aufmerksam ins Wasser und hielt sich mit der einen Hand am Bootsrand fest, in der anderen hielt sie die erhobene Harpune.

»Sehen Sie ihn?« Vassili deutete auf den Fisch, und plötzlich entdeckte sie ihn. Halb versteckt hinter einem Büschel aus rosafarbenen und braunen Algen schwebte er dicht, die Flossen kaum bewegend, über dem sandigen Grund.

»Ja, ich sehe ihn«, flüsterte sie, schloß die Hände fest um die Harpune und zielte auf ihn.

»Jetzt!«

Mit aller Kraft stieß sie zu, und zu ihrem Erstunen spießte die Harpune den Fisch direkt hinter dem Kopf auf, worauf sich das Tier in Schrecken und Todesqual wild herumwarf. »O Gott! Was habe ich getan?« rief sie aus. »Das arme Ding, wie schrecklich!«

»Passen Sie auf, Sie verlieren ihn!« Guy nahm ihr die Harpune weg, riß sie mit einer schnellen Bewegung seiner Handgelenke aus dem Wasser und hob sie ins Boot.

»Der ist sehr gut«, sagte Vassili, zog die Harpune heraus und tötete den Fisch. »Das ist ein *bourdétto*; die fängt man nicht oft in dieser Gegend.«

»Anfängerglück«, sagte Dido und kam sich albern vor, nachdem sie ihren Fang beinahe verpatzt hatte.

»Sie haben es sehr gut gemacht. In Öl und rotem Pfeffer gebraten wird er Ihnen schmecken, nicht wahr, Vassili?«

»Bestimmt«, sagte Vassili, der ihn gern Heleni mitgebracht hätte. Aber sie würde sich zweifellos auch über den Tintenfisch freuen.

Sie waren nun seit ein paar Stunden draußen, und es begann ziemlich kalt zu werden. »Wir sollten jetzt lieber zurückfahren«, sagte Guy. Vassili ruderte am Rand der Felsenriffe zum Steg zurück und fing auf dem Weg noch eine weitere Meeräsche und ein paar Kutterfische. Die dünne gelbe Sichel des Mondes erhob sich über den albanischen Bergen, als sie am Steg anlegten. Vassili lief los, um den geduldig wartenden Nansi zu holen, und mit erfahrener Geschicklichkeit hob er Guy aus dem Boot und in den Sattel.

Guy blickte zu Dido hinunter, die immer noch im Boot saß. »Das Reiten ist den Behinderten vorbehalten«, sagte er und lachte. »Kommen Sie doch auf einen Drink herauf, bevor Sie gehen.«

»Eine Tasse Tee wäre großartig, vielen Dank.«

»Na schön, dann Tee.« Guy wendete den Esel, der zur Terrasse hinauftrottete, Vassili folgte ihnen. Dido kletterte aus dem Boot und ging hinter ihnen die Treppe zur Terrasse hinauf, wo Guy, inzwischen abgestiegen, auf seine Krücken gestützt stand.

»Ich hole den Fisch und bringe Nansi in den Stall«, sagte Vassili. »Ich warte im Boot, bis Sie zur Taverne zurückfahren wollen, in Ordnung?«

»Gut«, sagte Dido. »Vielen Dank.«

»Wenn Sie wirklich Tee wollen, müssen wir in die Küche gehen.« Guy begann sich unbeholfen, aber ziemlich flink über die Terrasse zu bewegen. Eine Tischlampe war für seine Rückkehr angezündet, und Dido warf einen schnellen Blick durch den Raum. Sie sah die Bücherwände unter der hohen Holzdecke, deren dicht aneinanderliegende Balken in dunklem Terrakottarot gestrichen und mit Ruß, Spinnweben und Staub bedeckt waren. Der Boden war mit stumpfen Steinplatten gepflastert, auf denen kein Teppich lag. Gegenüber der Terrassentür befand sich ein großer Kamin mit glänzenden Stahlrosten, auf denen im Winter die Holzscheite und die getrockneten Fladen aus ausgepreßten Oliven verbrannt wurden. Vor dem Kamin stand ein langes niedriges Sofa, das mit grünem Baumwollstoff überzogen war und über dessen Lehne Schaffelle lagen. An einer Seite des Kamins stand ein bequemer Sessel aus Sperrholz mit weichen schwarzen Lederkissen. Daneben befand sich ein passender Schemel, und Dido erkannte sofort, daß es sich um ein klassisches Charles-Eames-Möbel handelte. Hinter dem Sofa stand ein langer Tisch, auf dem eine Menge Bücher und Magazine aufgestapelt waren und der von einer hübschen Eisenlampe mit dunkelgrünem Glasschirm beleuchtet wurde. Neben dem Ledersessel stand ein Servierwagen aus Korbgeflecht aus der Zeit Edwards VII. mit Rädern, die an einen Kinderwagen erinnerten, und auf diesem nützlichen Möbelstück lagen weitere Bücher und Schreibmaterial, und auf der Ablage darunter standen Flaschen und Gläser. Auf der anderen Seite des Sessels stand ein kleiner Tisch mit verstellbarer Leselampen sowie ein Telefon.

Durch einen Bogen am hinteren Ende des Wohnzimmers, vor dem ein Perlvorhang hing, führte Guy sie in die Küche. Diese war ein langer, schmaler, weißgestrichener Raum, in dessen dicke Wände kobaltblau gestrichene Schränke eingelassen waren. Auf der gegenüberliegenden Seite standen ein steinernes Abwaschbecken, ein Gasherd und ein zerbeulter brummender Kühlschrank; darüber befanden sich drei Fenster, deren Rahmen passend zu den Schranktüren gestrichen waren. Auf den Simsen standen dichtgedrängt Töpfe mit Kräutern und leuchtend rosafarbenen Petunien. In der Mitte des Raums befand sich ein Küchentisch aus Olivenholz, um den die landesüblichen Stühle mit geflochtenen Sitzen standen. In der Mitte des Tischs stand ein dunkelblauer Krug mit einem Strauß spätblühender Rosen.

Guy zog einen Stuhl heraus und ließ sich vorsichtig darauf nieder. »Wir wollen mal sehen«, sagte er und sah ziemlich unbestimmt auf die Schränke. »Ich überlege gerade, wo Heleni wohl den Tee versteckt.«

»Keine Sorge, ich finde ihn schon.« Dido füllte den Wasserkessel, zündete das Gas an und sah dann in die blauen Schränke, bis sie die Teebeutel und ein paar Steinguttassen gefunden hatte. Aus dem Kühlschrank holte sie Milch.

»Sind Sie sicher, daß Sie nicht etwas Stärkeres möchten?« Guy sah sie an, während sie das kochende Wasser auf die Teebeutel goß.

»Nein, aber ich nehme an, daß Sie das möchten. Soll ich Ihnen etwas holen?«

»Würden Sie das? Es steht auf dem Wagen im Wohnzimmer; Weinbrand bitte.«

»Möchten Sie Eis oder was anderes?« fragte sie, als sie mit der Flasche zurückkam.

»Nein, nur ein paar Tropfen in den Tee, das genügt.«

Sie goß den Weinbrand in seine Tasse. »Vielleicht gieße ich mir auch einen Tropfen dazu. Das ist eine gute Idee.«

»Gut«, sagte er. »Aus rein medizinischen Gründen natürlich.«

Sie lachte, setzte sich auf die andere Seite des Tischs und nahm einen Schluck. Plötzlich schien sich ein Gefühl der Befangenheit einzustellen, da sie nicht mehr vom Dunkel der Nacht eingehüllt waren und Vassili nicht mehr als Puffer zwischen ihnen diente. Dido, die, was gesellschaftlichen Umgang betraf, ohnehin nicht besonders gewandt war, empfand Beklommenheit und Scheu vor dem behinderten Mann, der ihr gegenübersaß und schweigend seinen Tee trank. Schließlich stellte sie ihre Tasse ab, hob den Blick und versuchte, ihn direkt anzusehen:

sein gebräuntes Gesicht, die lange, gebogene Nase, das von grauen Strähnen durchzogene Haar und die dichten Augenbrauen, die die ungewöhnlich dunkelblauen Augen betonten. Freundlich erwiderte er den Blick, und ausnahmsweise irritierte oder ärgerte ihn die unausgesprochene Verlegenheit angesichts seiner Behinderung nicht. Armes Ding, dachte er, sie weiß nicht, wie sie damit umgehen soll. Er lächelte sie an. »Es ist wegen der Beine, nicht wahr?« sagte er sanft. »Sie wissen nicht, was Sie sagen sollen?«

»Nein! Ähm, ich meine, ja«, stammelte sie. »Ich weiß nicht. Es tut mir leid, ich weiß nicht, was ich sagen soll, Sie haben vollkommen recht.« Sie sah ihn mit schamroten Wangen an. »Es tut mir leid. Ich bin albern.«

»Es ist schon gut. Es gibt nichts, was Ihnen leid tun müßte. Würde es Ihnen helfen, wenn ich Ihnen erzählen würde, wie es passiert ist?«

»Nur, wenn Ihnen das nichts ausmacht.«

»Ich würde sehr gern darüber sprechen«, sagte Guy, ziemlich erstaunt über sich, denn gewöhnlich war dies das letzte Thema, über das er reden wollte.

»In Ordnung.« Sie lächelte ihn scheu an.

Sie sieht so jung aus und irgendwie so verletzlich, dachte er. Was sie wohl hierher geführt hat, so ganz allein? Dann begann er, ihr von dem Unfall zu erzählen, von den vielen Operationen in London, von der Erkenntnis und der teilweisen Hinnahme seiner Behinderung und dem langen Kampf, ein normales Berufsleben zu führen. Nachdem er nun schon so weit gegangen war, goß er sich einen weiteren Schluck in seine Tasse und erzählte ihr die Umstände seines vorzeitigen Ruhestands. »Hier bin ich also und habe Glück, Vassili und Heleni zu haben.«

Dido sah ihn mit ernsten dunklen Augen an. »Was für ein verdammtes Unglück. Tun Ihre Beine oft weh? Haben Sie viel Schmerzen?«

»Ja, manchmal, besonders bei feuchtem und kaltem Wetter.

Ansonsten ist es nur frustrierend, so hilflos und so sehr von anderen abhängig zu sein.«

»Ich finde, Sie kommen sehr gut zurecht.«

»Finden Sie?«

»Ja, wirklich.« Dido sah auf ihre Uhr. »Es ist schon spät, ich darf Vassili nicht so lange warten lassen.« Sie stand auf und schickte sich zum Gehen an.

»Kommen Sie morgen zum Mittagessen, dann essen wir den *bourdétto* zusammen, ja?«

»Gerne, danke.«

»Gute Nacht, Dido.«

»Gute Nacht, Guy, und vielen Dank, daß Sie mich zum Fischen mitgenommen haben.«

Später im Bett, als er schlaflos, aber ungewöhnlich entspannt dalag, starrte Guy an die blaugestrichene Decke seines ansonsten weißen Schlafzimmers und hörte auf die Eulen, die im Olivenhain riefen, und auf das leise Plätschern des Meeres in der kleinen Bucht. Er dachte über Dido nach. Sie ist wie ein Zaunkönig, fand er, klein, braun, mit leuchtenden Augen, aber seltsam niedergeschlagen. Sie hat eine Traurigkeit an sich, die ich mir nicht erklären kann. Er bedauerte nicht, ihr so viel über seine eigene Tragödie erzählt zu haben; im Gegenteil, es war ganz so, als hätte er sich ein wenig von seiner Bitterkeit und seinem Zorn befreit, indem er davon erzählte. Das Erstaunliche war, daß er sich keineswegs unbehaglich fühlte, nach so kurzer Bekanntschaft so offen zu sprechen. Nun, dachte er, ich glaube nicht, daß sie noch sehr lange hierbleiben wird. Er streckte die Hand aus, drehte die Lampe ab, schloß die Augen und schlief ein.

Kurz nach zwölf stieg Dido in ihren Wagen, fuhr langsam über die Küstenstraße bis zur nächsten Bucht und bog in den Weg ein, der sie durch den Olivenhain hindurch zu Guys Haus führte. Die Straße war steil und gewunden, und sie schaltete herunter und fuhr vorsichtig. Zwischen den hohen, knorrigen und ehrwürdigen Bäumen war manchmal das Meer zu sehen, und sie blieb stehen, bis eine ältere Frau, die das traditionelle weiße Kopftuch und eine Schürze über ihrem schwarzen Rock trug, Dido im Vorbeigehen anlächelte und ihr zuwinkte, ihre kleine Herde von der Straße heruntergetrieben hatte. Dann, als sie um die letzte Kurve gefahren war, sah sie die Gruppe der Gebäude von Guys Anwesen unter sich liegen. Sie erkannte das lange niedrige Haus am Wasserrand mit dem sonnengebleichten Ziegeldach, das halb unter den Bäumen verborgen war. Sie hielt an und sah auf die friedliche Szenerie hinunter. Das kleine eiförmige Schwimmbecken an einer Seite des Hauses, das von einem Weinspalier beschattet wurde, sah kühl und einladend aus, auf seinem Boden spiegelten sich tanzende Sonnenflecken, und sie sah Guy, der unter dem Spalier in einem Liegestuhl saß und las. Auf der linken Seite, ein paar Meter von dem Weg zurückversetzt, stand ein kleines weißgestrichenes Häuschen. Eine Wäscheleine war seitlich davon zwischen den Bäumen gespannt, und neben den Geranientöpfen an der Tür kratzten Hühner herum. Über einen Busch ausgebreitet, lag ein braunes Fischernetz. An der Rückseite des Häuschens war ein Unterstand angebaut, Nansis Stall vermutlich. Das muß Vassilis Haus sein, sagte sie sich, löste die Handbremse und fuhr vorsichtig den steilen Hang hinunter. Durch die Bäume zu ihrer Rechten war ein weiteres hohes, schmales Gebäude zu sehen, dessen weißgekalkte Mauern von dunklen Flecken durchsetzt waren, unter denen die mit grünem Moder bezogenen Steine zum Vorschein kamen. Das bröckelnde Gemäuer besaß einen beschädigten Glockenturm, in dessen geschnitztem Glockenstuhl noch eine Bronzeglocke hing. Das muß eine alte Kapelle sein, dachte sie, wie hübsch. Sie legte die letzten Meter zurück und parkte den Wagen direkt an der Hinterseite von Guys Haus. Sie stieg aus, kippte die Sitze nach vorn, um sie kühl zu halten, nahm den Korb mit den Badesachen heraus und ging zum Schwimmbecken.

Guy drehte sich herum, als sie auf ihn zukam, er legte sein Buch weg und nahm die Brille ab. Er trug eine Badehose und hatte seine Beinstützen abgenommen, die neben ihm auf dem Boden lagen. »Genau zum rechten Zeitpunkt«, sagte er, »ich wollte gerade schwimmen gehen. Haben Sie Ihre Sachen mitgebracht?«

»Ja, das habe ich.« Dido hielt ihren Korb hoch. »Wo kann ich mich umziehen?«

»Am besten im Haus, oder? Gehen Sie durch die Küchentür hinein, Heleni zeigt es Ihnen dann.«

In der Küche machte sich Dido mit Heleni bekannt, die gerade große rote Paprikaschoten schnitt. Sie legte das Messer weg, und ihre dunklen Augen warfen Dido einen prüfenden Blick zu, dann lächelte sie und führte sie durchs Wohnzimmer in ein kleines Schlafzimmer am anderen Ende des Hauses. Dort zog Dido ihren Badeanzug an, nahm ihr Handtuch und verließ den Raum auf leisen, nackten Füßen. Auf dem Rückweg zum Wohnzimmer warf sie durch die offenstehende Tür einen kurzen Blick in Guys Zimmer mit seiner hellblau gestrichenen Decke, dem großen weißen Bett und den Fenstern zum Meer. Da sie sich von Heleni ein wenig eingeschüchtert fühlte, ging sie nicht durch die Küche, sondern über die Terrasse zurück und blieb einen Moment stehen, um den atemberaubenden Blick zu genießen. Sie hatte das Gefühl, hier für immer stehenbleiben und hinaussehen zu können, ohne jemals gelangweilt zu sein. Kein Wunder, daß er sich diesen Ort ausgesucht hat, dachte sie. Sie ging die Terrassenstufen hinunter und fand den Weg, der ums Haus zum Schwimmbecken führte.

Guy war bereits im Wasser und paddelte auf seinem Autoreifen durchs Becken. Sie blieb vor dem freien Liegestuhl stehen, breitete ihr Handtuch aus und streifte den Staub und die kleinen Zweigstücke von den Füßen, bevor sie über die flachen Stufen ins Wasser stieg und ans andere Ende des Beckens schwamm, wo sie eine Metalleiter hinaufkletterte und sich an den Beckenrand setzte. Das Wasser rann in kleinen Rinnsalen über ihren braunen Körper. »Es ist herrlich«, sagte sie, »aber viel kälter als das Meer, nicht wahr?«

»Es ist gerade erst wieder aus unserer Quelle aufgefüllt worden, deshalb ist es so kalt. Wenn die Sonne richtig heiß herunterbrennt, wird das Wasser so warm und grün wie Suppenbrühe, und wir müssen es ablassen und neu auffüllen. Oder besser gesagt, Vassili muß das tun. Es ist ziemlich lästig, weil es zwei Tage dauert, bis es wieder voll ist.«

»Aber Sie können doch immer im Meer schwimmen?«

»Richtig, aber das ist mit viel größerem Aufwand für mich verbunden, es lohnt kaum die Mühe, und ich bin ziemlich schwer für den armen alten Vassili.«

»Mir erscheint er furchtbar stark«, sagte Dido.

»Das ist er wahrscheinlich auch.«

Dido glitt in das kühle Wasser zurück, schwamm zweimal durchs Becken und wieder zu den Stufen zurück, wo sie den Kopf auf die zweite Stufe legte und sich auf dem Rücken treiben ließ. Guy paddelte langsam zu ihr hinüber, hielt neben ihr an, ließ sich dann aus dem Reifen gleiten und legte sich auf den Bauch, während seine Fingerspitzen die unterste Stufe berührten und seine braunen, verkrüppelten Beine im Wasser schwebten.

Didos Augen waren geschlossen, ihr Gesicht der Sonne zugewandt. Guy fand, daß sie entspannt und ziemlich schläfrig, aber immer noch recht traurig aussah. Er bemerkte, daß sie dunkle Ringe unter den Augen hatte. »Sind wir gestern zu lange draußen geblieben?« fragte er. »War es zu anstrengend für Sie?«

»Gütiger Himmel, nein.« Dido öffnete die Augen und sah ihn an. »Warum fragen Sie? Sehe ich müde aus?«

»Nicht unbedingt. Aber irgendwie erschöpft und mitgenommen.«

»Wirklich?«

»Ja.«

Er lächelte sie so freundlich und anteilnehmend an, daß ihre Kehle sich zuschnürte und sie sich abrupt aufsetzte, auf die Stufe kauerte und schützend die Arme um ihre Beine schlang. Sie legte das Kinn auf die Knie, sah Guy streng an und fand ihre Selbstbeherrschung wieder. »Wenn Sie es wissen wollen, ich bin tatsächlich erschöpft, und ich fühle mich mitgenommen, wie Sie es ausdrücken. Aber ich versuche, meinen Kopf auszulüften, alles zu vergessen, nur Ferien zu machen.«

»Und gelingt es Ihnen?«

»Nein, nicht sehr gut.« Sie klang so verärgert, daß Guy lachte und Dido gegen ihren Willen einstimmen mußte.

Heleni kam durch die Bäume auf sie zu. »In einer halben Stunde ist das Mittagessen fertig. Ich habe die Drinks auf die Terrasse gestellt, wenn es recht ist.«

»Gut«, sagte Guy. »Danke, Heleni. Ruf bitte Vassili, damit er mir hilft.«

Da sie annahm, Guy würde sich lieber ohne Zuschauer anziehen, stieg Dido sofort aus dem Wasser. »Ich gehe hinein, um die Kleider zu wechseln«, sagte sie. »Ich möchte nicht in nassen Sachen herumsitzen. Ich brauche bloß ein paar Minuten.« Sie schlang ihr Handtuch um sich, lief ums Haus und wieder in das Gästezimmer zurück. Sie schloß die Tür, zog den nassen Badeanzug aus und trocknete sich ab. Sie setzte sich an den kleinen schlichten Frisiertisch und sah sich in dem fleckigen Spiegel an, als sie das nasse Haar über dem Handtuch ausschüttelte. Sie nahm einen Kamm aus dem Korb, teilte ihr Haar in der Mitte und kämmte es glatt herunter, so daß der dichte Pony auf den Augenbrauen lag, während das übrige Haar bis zu den Ohrläppchen reichte. Eines ist jedenfalls kein Problem, und zwar mein blödes Haar, dachte sie. Da sie sich bewußt nicht beeilte, um Vassili genügend Zeit zu lassen, Guy auf die Terrasse zu bringen, saß sie eine Weile da und betrachtete ihr Spiegelbild. Wenigstens bin ich schön braun geworden, sagte sie sich, aber er hat ganz recht, ich sehe dennoch müde aus. Sie sah auf ihre dünnen braunen Arme und befühlte ihre Rippen, die deutlich sichtbar unter den kleinen Brüsten hervorstanden. Mein Gott, ich bin ein Wrack, dachte sie, ich muß ein wenig zunehmen. Ich sehe wie ein Skelett aus. Flüchtig dachte sie an Jacob und war schockiert und verärgert, daß es ihm gelungen war, in solchem Ausmaß ihr Selbstvertrauen und ihr Wohlbefinden zu untergraben, und sie verachtete sich für ihre Schwäche, dies zuzulassen. Sie zog ihre Khaki-Shorts und das frische weiße T-Shirt an, das sie mitgebracht hatte, schlüpfte in die braunen Ledersandalen, hängte das feuchte Handtuch über die Stuhllehne und ging hinaus. Da sie Stimmen und das Klingeln von Flaschen und Gläsern hörte, ging sie auf die Terrasse hinaus.

»Da sind Sie ja«, sagte Guy. »Wie wär's mit einem Drink?«

»Danke. Ich hätte gern einen Ouzo.«

»Tatsächlich? Das überrascht mich.«

»Warum?«

»Oh, weil das ein sehr griechisches Getränk ist, finde ich. Sie wissen schon, ein harter Drink.«

»Wirklich? Ich mag einfach den Geschmack, das ist alles.« Dido setzte sich auf einen der Bambusstühle mit den weißen Segeltuchkissen. Sie nahm das Glas Ouzo entgegen, das er ihr reichte.

»Wasser?«

»Ja, bitte. Eine Menge.«

Guy schenkte ihr aus dem mit Eiswürfeln gefüllten Krug Wasser ein. »Reicht das?«

»Ja, danke.« Sie nahm einen Schluck von dem stark anishaltigen Getränk, entspannte sich und sah sich um. Dichte Weinranken kletterten an den Hausmauern hinauf und an Drähten entlang, die unter dem Terrassendach befestigt waren, das von einer kunstvoll filigranen Holzblende umsäumt war.

»Verrückt, nicht wahr?« sagte Guy, der ihrem Blick folgte. »Das Haus wurde vor etwa hundert Jahren von einem Schweizer erbaut, wie ich gehört habe. Vermutlich hat er die Schnitzerei importiert, um sich an seine Heimat zu erinnern.«

»Ich finde sie eigentlich sehr hübsch. Mir gefällt sie.«

»Von hier aus sieht sie ganz hübsch aus. Aber von draußen wirkt sie bizarr an dem Ziegeldach. Als wäre das Haus eine niedliche Schweizer Berghütte.«

»Aber Sie würden nichts ändern wollen?«

»Nein, das würde ich nicht. Vielleicht hätte ich es getan, als ich herkam, aber jetzt habe ich mich daran gewöhnt.« Er sah Dido an und lächelte. »Man kann sich an fast alles gewöhnen, wenn man lange genug Zeit hat.«

»Ja, das stimmt, aber manchmal ist es ein Fehler, alles hinzunehmen, was geschieht. Manchmal muß man den Mut haben, sich zu wehren, wenn einen etwas zu zerstören droht.« Sie sah in ihr Glas und wartete, daß er die auf der Hand liegenden Fragen stellte; eigentlich hoffte sie, daß er das tun würde, aber er schwieg. Verwirrt sah sie auf und stellte fest, daß er sie aufmerksam und wartend ansah. »Interessiert es Sie nicht? Wollen Sie es nicht wissen?« Sie klang ein wenig verärgert und abweisend.

Armes Ding, dachte Guy, sie ist es gewöhnt, heruntergemacht zu werden. »Natürlich bin ich das«, sagte er, »aber nur dann, wenn Sie darüber reden wollen, in Ordnung?«

»In Ordnung«, sagte Dido. »Tut mir leid.«

»Da ist nichts, was Ihnen leid tun müßte.«

Das Rattern von Rädern auf dem gefliesten Boden des Wohnzimmers kündigte das Mittagessen an. Heleni erschien mit einem Servierwagen in der Tür, dem Gegenstück zu demjenigen im Wohnzimmer. Auf dem Wagen stand eine große dunkelgrüne irdene Schüssel, in der in einer leuchtendroten Paprikasoße der filettierte *bourdétto* lag. Heleni stellte die Schüssel und dicke, blaugeränderte Teller auf den Bambustisch, sie legte Besteck auf, stellte Salat, grobes braunes Brot und eine Flasche eisgekühlten *corífo* mit frischen Gläsern dazu.

»Das sieht absolut wundervoll aus«, sagte Dido, die plötzlich Heißhunger verspürte. Sie lächelte Heleni an, die erfreut dreinblickte.

»*Típota*«, antwortete sie scheu und sah Guy an, als wolle sie ihn daran erinnern, daß sich jeder zuweilen über ein Lob freut. Er lächelte sie an, erwiderte nichts, und sie schob mit dem für sie typischen hochgereckten Kinn den Wagen davon.

Dido, die dieser kleine Temperamentsausbruch ein wenig verwirrt hatte, sah Guy an. »Was sollte das denn bedeuten?«

Guy lachte. »So ist sie eben. Sie hat ein Herz aus Gold, aber wenn ich ihr die geringste Ermutigung gäbe, würde sie sich in eine Vollzeitpflegerin mit vierundzwanzigstündigem Einsatz verwandeln. Sie würde mich ersticken. Aber ich kann mir nicht leisten, die beiden zu verlieren; Vassili dient mir buchstäblich als Gehwerkzeug. Ohne ihn käme ich nicht zurecht.« Er reichte Dido einen Löffel und eine Gabel. »Bedienen Sie sich, wir dürfen es nicht kalt werden lassen.«

Sie aßen den würzigen und köstlichen *bourdétto*, dazu dicke Brotscheiben und den schlicht mit Öl und Zitrone zubereiteten Salat.

»Möchten Sie noch einen Nachschlag?«

»Ich kann nicht mehr«, sagte Dido und legte die Gabel beiseite. »Es war großartig, aber ich bringe wirklich keinen Bissen mehr hinunter.« Sie nahm ihr Glas, lehnte sich in die Kissen zurück und fühlte sich behaglich und satt, zu satt für die gegenwärtige Größe ihres Magens. Sie sah auf Guy, der seinen Teller erneut gefüllt hatte und mit sichtlichem Vergnügen den Nachschlag verspeiste. »Sie haben einen guten Appetit«, bemerkte sie lächelnd.

»Warum nicht? Die Freuden des Lebens sind nicht gerade breit gestreut, nicht wahr? Essen, Bücher und Alkohol; das sind für mich die schönsten Dinge.«

»Sie scheinen aber nicht zuzunehmen, oder?«

»Gleichfalls.«

Dido wandte den Blick ab, verärgert, daß sie in ihre eigene Falle getappt war. Sie wechselte das Thema. »Als ich die Zufahrt heruntergefahren bin, sah ich zwischen den Bäumen ein Gebäude mit einem Glockenturm. Ist das eine Kapelle?«

»Ja, aber sie ist völlig zerfallen, wie ich leider zugeben muß. Sie stand hier schon, lange bevor der Schweizer kam. Ich wollte sie eigentlich restaurieren oder zumindest vor dem völligen Verfall bewahren, aber das würde Geld kosten.« Er sah sie mit ernstem Blick an und runzelte die Stirn. »Ich muß ziemlich sparsam sein, das ist das Problem.«

»Müssen wir das nicht alle? Ich würde sie mir gern von innen ansehen, wenn Sie nichts dagegen haben.«

»Natürlich nicht. Ich begleite Sie später dorthin, nachdem wir Siesta gehalten haben.«

Heleni erschien mit dem Kaffee und räumte das Geschirr ab, erfreut, daß alles aufgegessen worden war. Guy und Dido saßen in ihren Sesseln, und plötzlich schlief sie ein, überwältigt von der Sonne, dem Wein, dem Essen und der vorangegangenen langen Nacht. Sie wurde von Geschirrklappern geweckt, als Heleni Tee in einer silbernen Kanne und schwere venezianische Tassen brachte. Guy saß nicht in seinem Sessel, und Dido lag einen Moment still da, sammelte ihre Gedanken und fragte sich, wohin er wohl gegangen war. Einen Augenblick später hörte sie seine schweren, schleppenden Schritte und das Klappern seiner Krücken.

»Ich wußte, ich hatte irgendwo die Monographie von dem alten Burschen«, sagte er, ließ sich auf den Sessel nieder und zog ein Papierbündel voller Eselsohren aus seiner Tasche, sechs oder sieben kleine zusammengeheftete Seiten. »Die Kapelle von Ayía Aphaía, Korfu.« Er reichte Dido die Schrift. »Hier können Sie alles darüber lesen.«

»Danke, wie interessant.« Während Guy den Tee einschenkte, las sie mit einiger Schwierigkeit das verblichene Manuskript, das offensichtlich auf einer Maschine getippt worden war, bei der einige Buchstaben sehr ungenau waren oder manchmal sogar fehlten. *»Eine blaßblaue gewölbte Decke, mit goldenen Sternen überzogen«*, las sie laut vor, *»und Kalksteinmauern mit Spuren von Fresken, die Heilige darstellen.* Wie herrlich, sind sie immer noch zu sehen?«

»Ja, nur ganz verblaßt.«

Nach dem Tee gingen sie sich die Kapelle ansehen. Indem sie den Weg durchs Wohnzimmer wählten und durch eine Tür neben dem Kamin gingen, mußte Guy nicht die Terrassenstufen hinuntersteigen, und langsam gingen sie über einen steinigen Pfad zu dem zerfallenen Gebäude, das im kühlen Schatten der Olivenbäume stand. Eine Reihe ausgetretener niedriger Stufen führte zur Tür hinauf, die leicht angelehnt war und lose in den Angeln hing. Dido schob die Tür auf und hielt sie für Guy fest, der vorsichtig über die Schwelle stieg. Die kleine Kapelle war innen erstaunlich hell, weil ein großer Teil einer Mauer fehlte, die als Steinhaufen auf dem Boden lag. Die Luft war sehr kühl und fühlte sich auf der warmen, sonnenverbrannten Haut fast kalt an. Der Raum war völlig leer, da alles an beweglichem Mobiliar entfernt worden war. Die weißen Wände ragten um sie auf, die verblichenen Wandmalereien darauf wirkten pudrig zart, die blassen Rosa-, Blau- und fleischfarbenen Töne waren kaum sichtbar, und das Blattgold am Heiligenschein der Figuren war verschwunden. In der Mitte des Raums befand sich ein rostiges Gerüst, das die Kuppel stützte, und eine lange, wackelig wirkende Leiter aus zusammengebundenen Stangen führte zu einer kleinen Plattform aus Holzbohlen hinauf. Dido sah durch das Gerüst auf das blaubemalte Gewölbe über ihrem Kopf. Wie die Schrift besagte, waren dort große und leuchtende goldene Sterne sichtbar, die sich deutlich gegen das Blau des Gewölbes abhoben, und in der Mitte der erhabenen Verzierung befand sich eine weiße Taube.

»Es ist wundervoll; was für ein Schatz«, sagte Dido. »Danke, daß ich es sehen durfte.«

»Es ist ein armseliger Ort, an dem es jetzt nicht mehr viel zu sehen gibt.«

Ein niedriger Mauervorsprung bildete eine Bank entlang der Wand rundum, der ursprünglich für die Alten und Kranken angebracht worden war, die während der langen Messen nicht stehen konnten. Sie setzten sich auf den kühlen Stein, lehnten sich gegen die Wand und achteten darauf, nichts von den Ausscheidungen der Schwalben abzukriegen, die im Fühling auf dem Gesims des Gewölbes ihre Nester gebaut hatten und nun mit ihren Jungen durch das klaffende Loch ein- und ausflogen.

»Sehen Sie die hölzerne Plattform am oberen Ende des Gerüsts?«

»Ja.«

»Dort oben nistet eine Eulenfamilie. Sehen Sie den scheußlichen Dreck auf dem Boden darunter, diese widerlichen Viecher!«

Dido sah hin und gab zu, daß sie tatsächlich eine Menge Dreck machten. »Aber dennoch mag ich Eulen eigentlich.«

»Ich auch«, sagte Guy. »Ich liebe sie. Ich höre nachts ihr Rufen, wenn sie jagen. Vor ein paar Wochen flog eine in mein Schlafzimmer, als ich im Bett lag und las. Sie saß eine ganze Weile auf dem Bücherregal, starrte mich mit großen gelben Augen an und flog dann wieder zum Fenster hinaus. Ihre Flügelspanne ist riesig, ihr Flug absolut geräuschlos, es ist ziemlich unheimlich.«

»Was für ein wundervolles Erlebnis, waren Sie nicht begeistert?«

»Das war ich. Ich wünschte, sie käme wieder.« Er wandte sich ihr zu und sah sie ernst an. »Ich wünschte, *Sie* würden wiederkommen, Dido.«

»Ich werde wiederkommen, Guy.«

»Bleiben Sie heute zum Abendessen?«

Dido lachte. »Das wäre sehr schön, aber warum kommen *Sie* nicht zu mir in die Taverne?«

»Ich kann nicht. Ich gehe nie aus.«

»Warum nicht?«

»Weil ich mich dann immer furchtbar betrinke, hinstürze und alles in Tränen endet, deshalb nicht.«

»Haben Sie keinen Rollstuhl? Es muß schrecklich langweilig sein, wegen einer dummen Sache wie beschädigten Beinen nie auszugehen.«

»Ich habe einen Rollstuhl«, gab Guy zögernd zu, »aber nur für den Fall, daß ich mir ein Bein breche. Ich hasse es, ihn zu benutzen, er verleiht mir das Gefühl, alt und nutzlos zu sein.«

»Also machen wir einen Kompromiß«, sagte Dido entschlossen. »Sie kommen mit eigener Kraft dorthin, und wenn Sie wieder gehen, wird Ihnen ein bißchen geholfen. Wie wäre das?«

»In Ordnung, denke ich, wenn es sein muß.«

Dido legte ihre kühle Hand auf Guys Nacken, beugte sich zu ihm und küßte ihn auf die Wange. »Gut«, sagte sie. »Ich freue mich darauf, Sie zu sehen.«

4

Mit hochgestecktem Haar und geschlossenen Augen lag Nastassia in einem heißen, parfümierten Bad und hoffte, das Brennen ihrer Füße und die Schmerzen im Rücken würden nachlassen. Sie wußte, daß sie zu spät zu ihrer Verabredung kommen würde, aber das war ihr im Moment ziemlich egal.

Es war ein langer, anstrengender Tag gewesen, der morgens um halb sechs begonnen hatte, als sie sich in die Hände der Visagistin begab, die ihre Sache sehr schlecht machte, wie sie fand. Dennoch hatte sie ihr Mißfallen nicht geäußert, weil es keinen Sinn hatte, sich mit der Frau anzulegen. Dann war der Friseur gekommen, hatte ihr langes Haar gelockt, gedreht und malträtiert, bis es zu einer hohen Turmfrisur aufgesteckt war, die mit reichlich Haarspray befestigt wurde. Danach war die Garderobiere mit dem ersten Kleidungsstück erschienen, einem durchsichtigen Nachtgewand aus Chiffon und Spitze. Nastassia trug keinen BH, hatte aber ihr Höschen anbehalten. Die Garderobiere streifte ihr vorsichtig das Nachtgewand über das aufgetürmte Haar, und es schmiegte sich in sanften Falten an ihren Körper. Die Garderobiere trat zurück und sah sie stirnrunzelnd an. »Ihr Höschen ist zu sehen, Sie müssen es ausziehen, tut mir leid.«

Zögernd, aber gehorsam zog Nastassia ihr Höschen aus.

»Mist«, sagte die Garderobiere, »jetzt ist es noch schlimmer. Ihr Schamhaar ist zu sehen. Warum rasieren Sie sich nicht, um

Himmels willen?« Sie ging zu ihrem Utensilienkoffer, nahm einen schmutzig wirkenden rosafarbenen String-Slip heraus und reichte ihn Nastassia. »Ziehen Sie das an«, sagte sie kalt. Einen Moment lang erwog Nastassia, sie zum Teufel zu jagen, änderte dann aber ihre Meinung und schlüpfte ergeben in das scheußliche Kleidungsstück; sie wußte, daß es wichtig war, nicht in den Ruf zu geraten, schwierig zu sein; schließlich hatte sie es immer wieder mit den gleichen Leuten zu tun. Vorsichtig rauchte sie eine Zigarette, bis Licht und Kamera aufgebaut waren. Sie arbeiteten im obersten Stockwerk eines venezianischen Palazzos. Das Gebäude sollte den Anschein erwecken, in Flammen zu stehen, und Nastassia mußte sich auf den Balkon stellen und entsprechend verängstigt aussehen, während aus dem Fenster hinter ihr Rauch drang. Auf einem Löschschiff im Kanal darunter war eine Gruppe venezianischer Feuerwehrleute bereits in Stellung gegangen, und sie waren einverstanden, daß Dave, der Fotograf, ihre hydraulische Leiter hinaufstieg, um die erste Aufnahme zu machen. Als er sich in Position befand und die Kamera zu seiner Zufriedenheit eingestellt hatte, wurde die Trockeneismaschine angestellt, und zwei Männer mit Tennisschlägern begannen, den Rauch in Richtung des offenen Fensters zu treiben.

»In Ordnung, Stassi, komm jetzt raus«, rief Dave.

Nastassia ging durch den Rauch auf den Balkon hinaus. »Und was jetzt?« rief sie, während ihre Augen zu brennen begannen.

»Schrei! Wirf die Arme hoch! Sieh verängstigt aus!«

Nastassia hob die Arme, spreizte die Finger und schrie aus voller Kehle »FEUER!«.

»Das ist zu übertrieben, deine Brüste sind herausgesprungen. Bitte mach's noch mal, Schätzchen.«

Sie wiederholten die Aufnahme mehrere Male, bis Dave zufrieden damit war. Nastassia zog sich hinter den Paravent zurück, wo sie für die nächste Aufnahme umgekleidet wurde, eine Aufnahme, bei der ein Feuerwehrmann sie die Leiter hinuntertragen sollte, während Rauch um sie herum aufwirbelte. Sie freute sich nicht darauf, weil sie ein bißchen Höhenangst hatte, aber sie sagte sich, daß sie nur die Augen schließen müsse und nicht hinuntersehen dürfe. Das zweite Nachtgewand bestand aus relativ undurchsichtigem Satin, was beruhigend war angesichts der Tatsache, daß sie inmitten von Rauchschwaden von einem Feuerwehrmann über der Schulter getragen wurde. Nachdem sie sich umgezogen und in dem vorgehaltenen Spiegel ihr Make-up überprüft hatte, ging sie wieder auf den Balkon hinaus. »In Ordnung«, rief sie zu dem Team hinunter. »Fertig.«

Die Trockeneismaschine wurde wieder angestellt und die Leiter mit einem *pompiere* begann hochzufahren. Als sie beim Balkon angelangt war, ergriff der Feuerwehrmann das Geländer und sah Nastassia mit amüsiertem Blick an, es machte ihm Spaß. *»Buon giorno, signorina. I mei ordini sono che lei deve aggiustare il suo corpo sulla mia spalla sinistra, cosí. Io la tengo sulle ginocchie con il braccio sinistro, cosí. Poi, la scala scendera. Capisce?«*

Nastassia verstand kein Wort. Sie beugte sich über den Balkon und rief zu Dave hinunter: »Was sagt er?«

»Leg dich über seine linke Schulter, und er hält dich mit dem linken Arm unterhalb der Knie fest. In Ordnung?«

»In Ordnung«, antwortete sie schwach. Sie holte tief Luft, um sich zu beruhigen, und sah den Feuerwehrmann nervös an.

Er lächelte ihr aufmunternd zu, beugte sich vor und hielt sich mit der rechten Hand an der Leiter fest. *»Non si preoccupa, e sicura con me.«* Mit festem Griff umfaßte er das Balkongeländer, und Nastassia, die starr vor Angst, aber entschlossen war, ihre Arbeit zu machen, beugte sich über seine Schulter und ließ die Arme über seinen Rücken hängen, bis sie seinen Gürtel ergreifen konnte. Ihre Augen waren fest geschlossen, aber sie spürte seinen schraubstockartigen Griff um ihre Beine. Instinktiv winkelte sie die Knie an, um die Chance zu verringern, abzugleiten. »O.k.?« fragte er. »O.k.«, antwortete sie. Die Leiter begann langsam nach unten zu fahren.

»Wirf die Arme hoch! Zeig, daß du Angst hast!« rief Dave.

Nervös hob Nastassia einen Arm.

»Das ist zu schwach! Nimm beide Arme! Und strample auch ein bißchen mit den Beinen! Vergiß nicht, du sollst verängstigt aussehen!«

»Ich *bin* verängstigt«, wimmerte sie.

»Und mach um Himmels willen deine verdammten Augen auf!«

Alle Vorsicht in den Wind schlagend, machte Nastassia, was ihr befohlen wurde. Die Leiter fuhr ein dutzendmal hinauf und hinunter, bis sogar der *pompiere* ein ganz rotes Gesicht bekam. Schließlich erklärte Dave, daß er zufrieden war, und der Feuerwehrmann durfte sie auf dem Boot abladen, beide waren schweißnaß. *»Grazie«*, sagte Nastassia und gab dem *pompiere* einen züchtigen Kuß auf die Wange.

»Niente«, antwortete er. *»Dopotutto non e esattemente un grosso peso.«*

»Also gut«, sagte Dave. »Jetzt machen wir die glamourösen Aufnahmen im Palazzo.«

»O Gott«, sagte Nastassia, »das ganze Zeug liegt dort droben.« Sie sah zum Balkon hinauf.

»Sollen wir dich mit der Leiter hochbringen?«

»Auf keinen Fall«, antwortete sie entschieden. »Ich nehme die Treppe, danke.«

Vier weitere Nachtgewänder mußten fotografiert werden, während sie barfuß durch die wundervollen, aber kalten Räume des Palazzos laufen oder mit geschlossenen Augen, die zarte manikürte Hand an die Stirn gepreßt, auf den seidenen Kissen eines vergoldeten Sofas aus dem achtzehnten Jahrhundert liegen mußte. Schließlich waren die Aufnahmen im Kasten, die Feuerwehrleute hatten abgelegt und fuhren mit lautem Sirenengeheul durch die überfüllten Kanäle zu ihrem Hauptquartier zurück.

»Ich geh rauf und zieh mich an«, sagte Nastassia erschöpft und schickte sich an, erneut die Stufen hinaufzusteigen. Roger, der Assistent des Fotografen, ein netter, sympathischer Mann, hatte angeboten, eine Gondel zu rufen und sie zum Hotel zurückzubringen. »Danke.« Nastassia lächelte ihn dankbar an. »Sie sind ein Engel.«

»Essen Sie mit mir zu Abend?«

»Danke, das wäre schön.«

In der funktionalen, ziemlich engen kleinen Hotelsuite wurde inzwischen das Badewasser kalt, und sie seufzte und wollte keinen Muskel rühren. Im Schlafzimmer klingelte das Telefon. Ach Mist, dachte sie, er ist schon da. Sie stieg aus der Wanne, schlang ein Handtuch um sich, rannte zum Telefon und versuchte, sich eine Ausrede einfallen zu lassen, warum sie noch nicht ausgehfertig war. Aber es war nicht Roger. Es war Richard, ihr Agent, der ihr mitteilte, daß sie sofort nach London zurückkommen müsse, um für einen wichtigen Film vorzusprechen und vielleicht Probeaufnahmen zu machen. Er hatte für den übernächsten Tag einen Termin mit dem Regisseur Jacob Kroll vereinbart. »Du mußt da sein«, sagte er.

»Das werde ich«, antwortete Nastassia. »Ich nehme morgen das erste Flugzeug.«

Ihre Müdigkeit war auf wundersame Weise verflogen, sie zog sich an, bürstete ihr Haar und ging hinunter, um mit Roger zum Essen zu gehen.

Lavinia sah durch die Vorderfenster auf einen feuchten Oktobermorgen hinaus und beobachtete mit beträchtlichem Mißfallen die Ankunft des ersten Trupps von Filmleuten. Zwei riesige Möbelwagen, drei Minibusse und ein Range Rover waren an ihrem Tor vorbeigekommen, wovon einige über den säuberlich gemähten Grasstreifen gefahren waren, der ihre Eibenhecke von der Hauptzufahrt nach Inniscarragh trennte. Wie alles andere war auch die Zufahrt in schlechtem Zusand, und Lavinia kräuselte ärgerlich die Lippen, da sie wußte, daß die ständige Benutzung durch schwere Fahrzeuge sie nur noch mehr beschädigen würde. Ärgerlicherweise hatte sie erst vor kurzem die Schlaglöcher vor ihrem Haus ausbessern lassen, aber ihr war klar, daß sie dies später wieder würde machen lassen müssen. Auf jeden Fall würde sie darauf bestehen, daß James die Reparatur bezahlte. Zweifellos waren in seinem Vertrag derlei Dinge eingeschlossen, und wenn nicht, war das nicht ihr Problem. Sie setzte sich an ihren Schreibtisch und schrieb James bezüglich dieses Themas einen kühlen, geschäftsmäßigen Brief. Sie unterzeichnete und frankierte ihn und legte ihn in ihren Briefkasten. Danach fühlte sie sich etwas besser, weil sie einen eindeutigen Schritt unternommen hatte; sie goß sich aus der großen Kristallkaraffe ein großes Glas Sherry ein und setzte sich neben ihr angenehm duftendes Feuer, um es zu trinken.

Im Stallhof von Inniscarragh zeigte James dem Aufnahmeleiter Gavin die vielen alten Kutschen, die dicht gedrängt und von Staub und Spinnweben überzogen in einem der großen georgianischen Ställe standen, in denen zu Zeiten seiner Eltern die Jagd- und Kutschpferde untergebracht gewesen waren.

»Die sind ja großartig«, sagte Gavin begeistert. »Genau das, was wir brauchen.« Er machte sich eine Menge Notizen hinsichtlich der verschiedenen Kutschentypen, angefangen von den leichten zweirädrigen bis hin zu den eleganten vierrädrigen Wagen und einer wirklich wundervollen Kutsche aus dem neunzehnten Jahrhundert, deren großes schwarzledernes Verdeck brüchig und zerrissen war, aber deren Fenster sich noch hochdrehen ließen und deren elegante Lampen noch intakt waren.

»Sie sind ein bißchen schmutzig, fürchte ich«, sagte James.

»Das macht nichts, das sieht man nicht. Wir brauchen sie nur für eine Nachtszene. Wir drehen zwar nicht bei Nacht, aber wir können es so aussehen lassen. Die Kutschen werden alle in den

Hof gestellt, wo sie darauf warten, die Gäste aufzunehmen, die im Haus bei einer Gesellschaft sind.«

»Wo sind die Pferde?«

»Keine Ahnung«, sagte Gavin lachend. »Sehen Sie, das hier ist das Drehbuch. Darin heißt es: *Ein Hof voller Kutschen. Meaulnes klettert über die Dächer der wartenden Kutschen, schiebt ein Fenster auf, schlüpft hinein und schließt es hinter sich.*«

»Ist das alles?«

»Das ist es.«

»Oh«, sagte James. »Nun, ich bin sicher, daß das höchst interessant sein wird.« Tatsächlich fand er, daß es sich ziemlich langweilig anhörte. Man stelle sich vor, allein dafür all die alten Kutschen herauszuholen und zu putzen. Dennoch mußte es zweifellos einen guten Grund dafür geben.

Aus einem der Möbelwagen, die in dem trüben Licht des Hofes wie riesige Elefanten wirkten, stieg eine Gruppe junger Frauen, die Jeans, Baseballmützen und schwere schwarze Lederstiefel trugen. Hoch über ihren Köpfen trugen sie Kleiderständer, an denen eine phantastische Kollektion herrlicher Directoire-Kostüme hing. Es gab Gehröcke mit hohen Samtkragen, bestickte Seidenwesten, weiße Rüschenhemden mit langen Halstüchern und Netze, die Dutzende schwarzer Lederpumps aus der Zeit des Directoire enthielten. Ein Mädchen trug jeweils nur ein einzelnes Kostüm; es waren Abendroben aus der gleichen Zeit, mit Samtoberteilen und fließenden Gazeröcken, unter deren Säumen verzierte Pantöffelchen hervorbaumelten. Die Mädchen verschwanden durch eine Tür in der Ecke des Hofs und stiegen die staubige Holztreppe in den ersten Stock hinauf, wo ein großes leeres Schlafzimmer in eine Filmgarderobe umgewandelt worden war. Der Raum war bereits mit langen, tragbaren Metall-Kleiderständern bestückt, auf die die Kostüme gehängt wurden. Zwei Assistentinnen saßen an einem kleinen Tisch, prüften jedes hereinkommende Kostüm und befestigten jeweils ein Etikett und ein Polaroidfoto daran, das das

Kostüm mit allen Accessoires zeigte und auf dem der Name der Figur, des Schauspielers und der Szene geschrieben war, in der das Kleid getragen werden sollte.

Eine ältere Frau, die Chef-Garderobiere, überprüfte das Arbeitsmaterial, die Nähmaschinen, die Bügeleisen, Bügelbretter und die Drehpläne und Produktionsanweisungen. »Gut, daß ihr alles heraufgebracht habt«, sagte sie und sah durch das schmutzige Fenster auf den zuziehenden Himmel. »Sieht nach Regen aus.«

»Angeblich soll es in Irland immer regnen«, sagte eines der Mädchen fröhlich.

»Und kalt ist es außerdem«, fügte ein anderes hinzu. »Es wird Zeit, daß der Catering-Wagen kommt; ich könnte einen Kaffee brauchen.«

»Ich auch«, antwortete die Chef-Garderobiere. »Die Küche darf nicht betreten werden; keine Ahnung, warum. Aber der Pub ist gleich unten an der Straße.«

Unten gingen James und Gavin, gefolgt von den Beleuchtern, durchs Haus, während Gavin die Drehpläne überprüfte und entschied, welche Möbelstücke entfernt und welche bleiben sollten. Die große Eingangshalle mußte ausgeräumt und eine Reihe langer, auf Böcken ruhender Tische aufgestellt werden, an die zu beiden Seiten Bänke gerückt wurden. Auf die Tische sollten die groben cremefarbenen Leinentischtücher gelegt werden, die der Ausstatter entworfen hatte, um dann mit Zinntellern und schwerem ländlichem Geschirr gedeckt zu werden. Auf einer Seite der Tische mußte genügend Platz für eine große Gruppe von Feiernden bleiben, die, aus einem Flur hereinkommend, durch den Raum tanzen sollten, den sie durch den Haupteingang wieder verlassen würden. Auf der anderen Seite wurden Schienen für den großen Kamerawagen auf dem Boden verlegt. An der Decke sollte das Gestänge für die Scheinwerfer angebracht und mit den passenden Filtern versehen werden, um die Illusion von Kerzenschein zu erwecken. James saß auf einem Stuhl und sah mit Interesse zu, während Gavin, die Beleuchter, die Techniker und der erste Kameramann das Zimmer ausmaßen und sich eine Menge Notizen bezüglich der Lichtgestaltung machten.

»Schön.« Gavin kam zu James herüber. »Das ist großartig, es wird alles bestens klappen. Jetzt brauchen wir ein kleines Musikzimmer mit einem altmodischen Klavier und einem kleinen Sofa.« Er sah auf seine Notizen und las laut vor: »Eine Tür führt zu einem anderen kleinen Zimmer mit einem Kamin, vor dem ein Teppich liegt, auf dem fünf Fußschemel stehen. Auf einem kleinen Tisch liegt ein Stapel Fotoalben (Requisiten).«

»Kommen Sie mit«, sagte James und führte ihn in den Privatsalon seiner Mutter. Die Läden waren geschlossen, und der Raum war dunkel. Er ging zum Fenster, öffnete die Läden und ließ das blaßgrüne Licht aus dem verwilderten Garten herein.

»Gütiger Himmel!« rief Gavin aus. »Das ist ja geradezu perfekt, nicht wahr?« Er wandte sich an den Beleuchter. »Was denken Sie?«

»Hier gibt's kein Problem.«

»Ausgezeichnet.« Gavin wandte sich an James. »Lassen Sie bitte die Läden offen. Die Leute, die für den Szenenaufbau und die Requisite zuständig sind, können hier gleich anfangen.« Er sah auf seine Uhr. »Zehn vor eins, Zeit fürs Mittagessen. Das Catering ist noch nicht hier, also gehen wir in den Pub, in Ordnung?«

James hoffte eigentlich, sie würden ihn ebenfalls einladen, was sie jedoch nicht taten, also ging er durch das halb ausgeräumte Haus zu seinem Zufluchtsort, der Küche. Die beiden Papageien, die in dem bedeckten Käfig zum Schweigen gebracht worden waren, stießen gurrende und kreischende Rufe des Willkommens aus, als er durch die Tür kam, und er hörte, wie sie, in der sicheren Erwartung ihrer bevorstehenden Freilassung, die Stäbe ihres Gefängnisses hinaufkletterten. Er ging zum Abwaschbecken und nahm unter einem Schwall von Schimpfwörtern oder Liebesbezeugungen, dessen war er nie ganz sicher, das

Tuch vom Käfig. »Dumme alte Trottel«, sagte er und öffnete die Käfigtür. Mit steifen Gliedern und Klagelaute ausstoßend, zwängten sie sich seitwärts heraus und flogen wild im Kreis herum, wobei sie graue Federn, schmutzige kleine Abfallstückchen und Sonnenblumenkerne aus ihrem Käfig in der Küche verstreuten. Schließlich ließen sie sich auf der großen Messinglampe über dem Tisch nieder, wo sie ihre zerzausten Federn glätteten und sich ausgiebig auf den darunterstehenden Tisch entleerten. »Verdammte Viecher«, sagte James ärgerlich und goß sich ein Glas Whisky ein. Dann holte er das Spültuch vom Abwaschbecken und wischte den Kot weg.

Um fünf vor drei stieg Nastassia aus dem Taxi, bezahlte den Fahrer und sah zu dem ziemlich eindrucksvollen Eingang des Hotels und dem ebenso eindrucksvollen Portier hinauf, der in einer prächtigen goldbetreßten Uniform und einem Zylinder mit goldener Kokarde dort stand. Sie holte tief Luft, ging zur Tür und lächelte den Portier an, der höflich grüßte, als sie selbstsicher durch das berühmte Portal schritt. Ihr Agent hatte ihr nur wenig Informationen über die Art des Films geben können, für den sie nun vorsprechen sollte, außer daß der Regisseur Jacob Kroll war, der Film ›Das verlorene Herrenhaus‹ hieß und daß die weibliche Hauptrolle, die noch nicht besetzt war, eine blauäugige Blondine sein sollte; er glaubte, daß es sich um einen Kostümfilm handele. Anstatt sich auf irgendeine historische Aufmachung einzulassen, hatte sich Nastassia entschieden, ihren schwarzen Hosenanzug von Jil Sander mit weißer Bluse und schwarzer Seidenkrawatte zu tragen. Sie hatte ihr langes blondes Haar gewaschen und ließ es offen über die Schultern fallen. Für einen ungeübten Betrachter schien sie kein Make-up zu tragen. Tatsächlich aber hatte sie eine leichte Grundierung und Wangenrouge aufgelegt, dazu zarten grauen Lidschatten, etwas schwarze Wimperntusche und ein wenig transparentes Lip gloss. Sie sah sich zögernd um und ging dann zur Rezeption. Doch bevor sie dort angekommen war, stellte sich ihr lächelnd ein Mann in den Weg. Er war groß, hatte strähniges langes braunes Haar und trug eine Hornbrille. »Nastassia Dušek?«

»Ja.«

»Jacob Kroll.«

»Hallo.« Sie schüttelten sich die Hand.

»Ich habe oben einen Privatsalon, das Studio unterhält hier eine Suite.«

Der Aufzug brachte sie in den zweiten Stock hinauf, und er führte sie in einen hübschen Raum, der im eleganten englischen Landhausstil eingerichtet war. Sie setzten sich auf ein chintzbezogenes Sofa, und Nastassia bemerkte sofort das Drehbuch auf dem Couchtisch, das neben einer Videokamera und einer braunen Aktentasche mit den Initialen JK und dazu passenden Goldbeschlägen lag. Jacob Kroll nahm das Drehbuch, öffnete es und blätterte die Seiten durch. »Kennen Sie die Geschichte?« fragte er. »Haben Sie den Roman ›Le Grand Meaulnes‹ gelesen?«

»Nein.«

»Gut. Es ist viel besser so.« Er blätterte die Seiten um und suchte nach einer bestimmten Szene.« »Also, das ist eine Szene, in der Yvonne – das sind Sie – mit einer alten Dame durch den Wald geht. Sie unterhalten sich ruhig und gehen zu einem Landungssteg am Flußufer, wo sie ein Vergnügungsschiff besteigen wollen. In einiger Entfernung folgt ihnen Meaulnes, ein junger Student, der zufällig in die Festivitäten geraten ist und jetzt an allen Festlichkeiten teilnimmt. Haben Sie den Faden verloren?«

»Nein, ich verstehe schon.«

»Also gut. Die beiden Frauen kommen beim Landungssteg an, und während sie das tun, dreht sich das Mädchen halb um, starrt den unbekannten jungen Mann ein wenig besorgt, aber fasziniert an und schenkt ihm einen Blick, der besagt: ›Ich kenne dich nicht. Wer bist du. Warum bist du hier? Und dennoch ... irgendwie kenne ich dich doch, oder?‹« Jacob Kroll legte das

Drehbuch weg und sah Nastassia an, die aufrecht und konzentriert am anderen Ende des Sofas saß. »Also«, sagte er, »ich möchte jetzt, daß Sie durch den Raum zu diesem Tisch hinübergehen, sich dann zu mir umdrehen und mir diesen Blick zuwerfen. Könnten Sie das tun?«

»Ich glaube schon, jedenfalls werde ich es versuchen.« Nastassia stand auf, hielt einen Moment mit gesenktem Kopf inne und sammelte ihre Gedanken. Sie ging auf den Tisch zu, drehte sich ganz langsam um und sah mit verwundertem Blick auf einen Punkt über Jacobs Kopf, dann wandelte sich ihr Ausdruck zu einem ansatzweise erkennenden Lächeln. Mein Gott, dachte Jacob, sie ist ein Naturtalent.

»Ausgezeichnet«, sagte er, »das ist genau richtig. Würden Sie jetzt die Szene genau so wiederholen, und ich nehme sie auf?«

»In Ordnung.« Nastassia klang sehr ruhig, obwohl sie eigentlich ein wenig nervös zu werden und ihren heftig pochenden Puls am Hals zu spüren begann. Sie kehrte zum Sofa zurück und ging dann nochmals langsam zum Tisch hinüber. »Action«, sagte Jacob Kroll ruhig, und sie drehte sich um, sah direkt in die Videokamera und setzte wieder genau den gleichen Ausdruck von fragender Verwunderung auf wie beim ersten Mal.

»Schnitt.« Jacob nahm den Finger vom Auslöser. Er setzte sich und wandte sich wieder dem Drehbuch zu. »Ich möchte, daß Sie diese kleine Szene mit Meaulnes auswenig lernen. Nur diese vier Zeilen, in Ordnung? Ich spiele Meaulnes und lese diesen Text.«

»Gut.« Nastassia nahm das Drehbuch und las die Szene ein paarmal durch.

MEAULNES: Bitte gehen Sie nicht. Bleiben Sie einen Augenblick.

YVONNE: Aber ich kenne nicht einmal Ihren Namen, ich glaube nicht, daß wir uns vorgestellt wurden.

MEAULNES: Ich weiß ja auch nicht, wer *Sie* sind.

YVONNE: Mein Name ist Yvonne de Galais. Tut mir leid, ich muß wirklich gehen.

»O. k.?« sagte Jacob. »Dann gehen wir das jetzt ein paarmal durch.« Sie saßen zusammen auf dem Sofa und probten die Szene. »Jetzt bleiben Sie, wo Sie sind, und ich nehme das Ganze in Nahaufnahme auf. Sind Sie bereit?« Er hob die Kamera ans Auge.

»Ich bin bereit«, sagte Nastassia, setzte sich so gerade und aufrecht wie möglich hin, während ihre Augen glänzten und ihre Wangen vor Aufregung errröteten.

»Action!« Sie spielten die Szene. »Schnitt! Ausgezeichnet. Wir machen sie noch einmal, und diesmal spielen Sie das Ganze eine Spur langsamer, denken Sie nach, bevor Sie sprechen.«

Sie wiederholten die Szene noch zweimal, dann ging er zum Fernseher hinüber und legte die Kassette ein. »Wir wollen es uns ansehen, einverstanden?« Sie sahen sich die kurze Aufnahme an. Als sie vorbei war, hielt er per Fernbedienung das Band an, wandte sich ihr zu und lächelte sie an. »Die Rolle gehört Ihnen, wenn Sie wollen.«

»Ich möchte sie.«

»Gut. Natürlich müssen wir noch richtige Probeaufnahmen machen. Die setze ich vermutlich für Freitag an, in Ordnung? Dann muß ich alles mit den Chefs des Studios klären, aber eigentlich ist alles vorbereitet, um anzufangen. Sie sind genau das richtige Mädchen, ich erwarte eigentlich keine ernsthaften Einwände. Das Studio wird sich dann an Ihren Agenten wenden.«

Nastassia sah Jacob Kroll an, seine seltsamen verschiedenfarbigen Augen mit dem leicht zwanghaft wirkenden Blick hinter den schweren Brillengläsern. Sie stellte fest, daß er eine Rasur nötig hatte, kam dann aber zu der Ansicht, daß er sich wahrscheinlich absichtlich den Bart stehen ließ, genauso wie er das ziemlich fettige Haar, das ihm in die Stirn fiel, bewußt nicht gewaschen hatte. Sie war der Auffassung, daß sie sich mit Jacob Kroll sehr gut verstehen und eine Menge von ihm lernen würde.

»Vielen Dank, Mr. Kroll, ich freue mich auf die Zusammenarbeit mit Ihnen.«

»Nennen Sie mich Jake.«

»Jake.«

Er stand auf und ergriff ihre Hand. »So weit, so gut, Nastassia. Ich rufe Ihren Agenten wegen der Probeaufnahmen an, dann setzt sich das Studio wegen des Vertrags mit Ihnen in Verbindung. Übrigens«, fügte er hinzu, als sei ihm dies erst nachträglich eingefallen, »wir drehen mehrere Wochen in Irland. Ist Ihnen das recht?«

»Absolut«, antwortete Nastassia. »Kein Problem.«

Auf dem Weg nach unten fragte er sie, warum Sie so ausgezeichnet Englisch sprach und praktisch keinen tschechischen Akzent hatte.

»Durch meinen Mann. Er ist Engländer. Er hat eine sehr angenehme Stimme.«

»Oh, ich verstehe.« Seltsamerweise tat es Jacob leid, daß er die Frage gestellt hatte. Er lachte. »Gütiger Himmel, ich habe nicht gewußt, daß Sie verheiratet sind. Sie sehen viel zu jung dafür aus, Nastassia.«

Sie sah ihn mit ernsten blauen Augen an. »Ich *bin* auch zu jung dafür, Jake. Aber ich mußte aus der Tschechoslowakei heraus, nach England kommen, verstehen Sie?«

»Ah«, sagte Jake. »Ich verstehe. Ja natürlich, ich verstehe.«

Josh und Max spazierten an einem milden Sonntagnachmittag im Oktober den Treidelpfad entlang. Es war Ebbe, und sie stiegen die Steintreppen zu den Schlammflächen hinunter, die nun aus dem Wasser ragten, damit Max den dort versammelten Enten und Möwen, die nach Würmern suchten, trockene Brotstückchen zuwerfen konnte. Da ihn das bald langweilte, wandte sich Max seiner derzeit bevorzugten Tätigkeit zu und schleuderte Steine ins Wasser.

Während Max seine Steine warf, saß sein Vater auf einer Stufe, behielt ihn im Auge, beobachtete den vorbeiziehenden

Schiffsverkehr und erinnerte sich mit großer Nostalgie, die an Traurigkeit grenzte, an seine eigene Kindheit am Flußufer. Es ist wirklich ironisch, dachte er, daß Nastassia nicht wirklich hier mit uns leben will, wir hätten hier so glücklich sein können, eine richtige Familie. Sie arbeitete inzwischen seit zwei Wochen in Irland. Sie hatte ein paarmal angerufen, fröhlich und glücklich geklungen und die Filmarbeit ungeheuer aufregend gefunden. Sie hatte sich nach Max erkundigt, wollte ihn aber nicht sprechen, sondern ihm nur Grüße ausrichten. Josh bemühte sich sehr, auf ihren Erfolg stolz zu sein und sich für sie zu freuen, ihren Ehrgeiz zu verstehen und zu unterstützen, aber tief in seinem Inneren wußte er, was er immer geahnt, sich aber nicht einzugestehen gewagt hatte: Daß Nastassia ihn nicht liebte und nie geliebt hatte. Sie war kaum in der Lage gewesen, ihren Zorn und ihren Kummer zu verbergen, als sie schwanger geworden war. Erstaunlich war nur, wie sie die Geburt und alles andere durchgestanden hatte. Jeden Tag, wenn Josh in Prag aus dem Büro nach Hause gekommen war, hatte er erwartet, daß sie einen Arzt gefunden und einen Abbruch hatte machen lassen. Er war über die Geburt seines kleinen Sohnes vor Freude überwältigt gewesen; das Kind hatte sein Leben verwandelt. Genau dasselbe hatte ich von Stasi angenommen, dachte er traurig, aber es wird nicht mehr lange dauern, und sie hat uns alle vergessen. Gott sei Dank wird sie mir Max nicht wegnehmen wollen. Da bin ich mir ziemlich sicher.

»Hallo.«

Josh blickte auf und sah Ruth auf dem Treidelpfad stehen. Sie hatte eine Einkaufstüte in jeder Hand und lächelte, als sie Max mit den Enten reden sah, während er seine Steine warf. »Hallo«, sagte er. »Warst du einkaufen?«

»Ja, du hast ein paar Sachen gebraucht, und ich ging ohnehin zu Sainsbury's.«

»Oh«, sagte Josh ziemlich ungnädig, »wirklich? Nun, du mußt mir sagen, was der Spaß kostet, in Ordnung?«

»Kein Grund für eine größere Rechnungsprüfung«, erwiderte Ruth ruhig. »Es gibt eine Menge Dinge, die du für mich tust, Josh. Bis später, ja?« Sie ging zum Haus weiter.

Josh seufzte. Seiner Meinung nach hatte er mit Mrs. Maloney eine perfekte Vereinbarung getroffen, da sie Max nicht nur von der Schule abholte und ihm während der Woche Essen machte, sondern auch Joshs Einkäufe erledigte und seinen Teil des Hauses putzte. Mrs. Maloney hielt Nastassia für das schönste Geschöpf auf Erden, sie war entzückt, wenn sie sie im Fernsehen sah, und freute sich, für deren Mann und den kleinen Jungen zu sorgen. Josh hatte das Gefühl, daß Mrs. Maloney Ruths ständige Anwesenheit und ihren Einfluß auf Max' Leben mißbilligte und der Ansicht war, daß Ruths Absichten, was ihn, Josh, anbelangte, keineswegs lauter waren. Dennoch mußte sie anerkennen, daß es nett von Ruth war, rechtzeitig aus dem Büro nach Hause zu kommen, damit sie pünktlich heimgehen konnte. Frauen, dachte Josh, sie neigen dazu, die Dinge komplizierter zu machen. Was Ruth betraf, so hatte er festgestellt, daß ihre Gefühle für ihn tatsächlich mehr als nur freundschaftlich waren, aber angesichts ihrer Hingabe an Max und ihrer liebevollen Fürsorglichkeit ihm gegenüber fühlte er sich hilflos. Er mochte Ruth, er respektierte ihre Fähigkeiten als Architektin und war dankbar für ihre Sympathie und Freundschaft. Aber er bemerkte sehr wohl, aus welcher Richtung der Wind wehte, und er wußte, er sollte ihr klar machen, daß er sich absolut nicht vorstellen konnte, Nastassia durch eine andere zu ersetzen, selbst wenn sie einmal nicht mehr ein Teil seines Lebens sein sollte. Das Problem war nur, sagte er sich, wie er dies Ruth beibringen konnte, ohne ihre Gefühle zu verletzen. Armes Ding, sie meint es so gut, und Max betet sie an. Wie könnte ich ein solcher Mistkerl sein?

Nach und nach gingen die Straßenlampen an. Es lag ein Anflug von Frost in der Luft, der nachdrücklich an den kommenden Winter erinnerte. Josh stand auf. »Komm, alter Junge«, rief er. »Zeit zum Heimgehen.«

»Noch ein Wurf?«

»Also gut, noch einen.«

Max warf seinen letzten Stein und hätte fast eine Ente getroffen, die einen Spurt einlegte und ärgerlich quakend auf die Insel zuschwamm. Dann stapfte er in seinem Dufflecoat und den blauen Gummistiefeln mit wehendem Blondhaar durch den Schlamm. Trotz der Tatsache, daß er seine dunklen Augen von Josh geerbt hatte, sah der kleine Junge ganz wie seine Mutter aus. Er stieg die Stufen zum Treidelpfad hinauf und hielt sich dabei am Geländer fest. Josh hob ihn hoch, drückte ihn fest an die Brust und hatte das Gefühl, das Herz würde ihm zerspringen. Er machte sich auf den Heimweg.

Auf der Treppe begegneten sie Robert, der gerade ausging. »Kommst du auf ein Glas in den ›Barge‹ mit, Josh?«

»Nein, vielen Dank«, antwortete Josh. »Ich muß diesen jungen Mann hier baden und füttern.«

»Kann das nicht Ruth für dich übernehmen?«

»Nein«, antwortete Josh. »Tut mir leid, aber ich kann nicht.«

»Um Himmels willen, warum denn nicht? Komm, Josh, du bist seit Wochen nicht mehr im Pub gewesen; es wird dir gut tun, ein bißchen rauszukommen. Ruth macht das doch nichts aus, sie ist verrückt nach Max. Das weißt du.«

»Ja«, antwortete Josh reserviert. »Das weiß ich in der Tat, Robert. Danke für die Einladung, aber die Antwort ist immer noch nein.«

»Oh. Nun, es tut mir leid, wenn ich eine unpassende Bemerkung gemacht habe, Josh. Du nimmst es mir doch nicht übel?«

»Natürlich nicht. Ich wünsche dir viel Vergnügen.«

Mit Max auf den Armen blieb er einen Moment stehen und sah seinem Freund nach, der mit hochgezogenen Schultern davonging und eilig auf den »City Barge« zumarschierte. Josh öffnete die Vordertür, ging ins Haus und wußte, daß er unnötig brüsk zu Robert gewesen war, der schließlich nur versucht hatte, freundlich zu sein. Die Küchentür war leicht angelehnt, das

Licht brannte, und er nahm an, daß Ruth drinnen war. Er zog Max den Mantel und die Stiefel aus. Dann hängte er seinen eigenen Mantel auf und brachte Max sofort ins Bad hinauf.

Ruth hatte die Unterhaltung auf der Schwelle gehört, danach das Schließen der Tür, Joshs Schritte auf der Treppe und das Einlaufen des Badewassers. Während sie am Abwaschbecken Obst und Gemüse wusch, starrte sie betrübt in den dämmrigen Garten hinaus und fragte sich, was sie getan hatte, daß sich Josh ihr gegenüber so distanziert und reizbar verhielt. Er sprach nie über Nastassia, außer mit Max, und Ruth konnte seine Gefühle nur erraten. Da sie eher zum logischen Denken als zur Intuition neigte, kam sie zu dem Schluß, daß er sich betrogen fühlte, verärgert war und Nastassia schrecklich vermißte. Das war verständlich; schließlich war sie eine außerordentlich schöne Frau. Und ein absolutes Miststück, dachte Ruth wütend, wie konnte sie bloß wochenlang ihr Kind im Stich lassen?

Vorsichtig trocknete sie mit Küchenpapier das Obst und das Gemüse ab und legte alles ordentlich in die entsprechenden Fächer des Kühlschranks. Einen Augenblick lang lehnte sie sich gegen den Tisch, um zu überlegen, ob sie das Abendessen für Max zubereiten oder einfach still in ihre Wohnung verschwinden sollte.

Vielleicht sollte ich in den Pub gehen und mit Robert ein Glas trinken, dachte sie plötzlich. Das Telefon in der Diele klingelte, und Ruth zögerte, ob sie abnehmen oder die Treppe hinaufrufen sollte. Sie ging in die Diele hinaus und rief: »JOSH! TELEFON!«, aber er hörte sie nicht. Sie nahm den Hörer ab und meldete sich.

»Ruth?« Es war Nastassia, die klang, als wäre sie weit weg und in Gesellschaft einer Menge Leute.

»Hallo, Nastassia, wie geht's?«

»Großartig! Es ist phantastisch, ich kann's dir gar nicht sagen, Ruth.«

»Prima, schön für dich«, erwiderte Ruth.

»Wie geht's Max? Und Josh? Ist alles in Ordnung?«

»Ja, alles ist bestens. Mrs. M ist begeistert, daß du in einem Film mitspielst, sie hat es allen ihren Freundinnen erzählt.«

»Oh, gut.« Nastassia lachte ziemlich selbstzufrieden. »Ist Josh da?«

»Er badet Max gerade. Bleib dran, ich ruf ihn.«

»Nein, ist schon gut, stör ihn nicht. Richte ihm nur meine Grüße aus. Sag, daß ich bald wieder anrufe.«

»Ja, natürlich.«

»Also, wiederhören, Ruth, es ist so nett von dir, daß du dich um Max kümmerst, ich bin dir wirklich sehr dankbar.«

»Das tu ich doch gern«, antwortete Ruth. »Wiedersehen, war nett, mit dir zu sprechen.« Sie hängte ein, drehte sich um und sah Josh und Max die Treppe herunterkommen. Max trug seinen kuscheligen Schlafanzug und seine Babar-Slipper.

»Oh«, sagte Ruth, »da seid ihr ja! Das war Nastassia. Sie läßt euch beiden Grüße bestellen.«

Josh blieb stocksteif auf der Treppe stehen und sah Ruth scharf an. Zwei zornrote Flecken erschienen auf seinen Wangen. »Warum zum Teufel hast du mich nicht gerufen?«

»Das habe ich. Du hast es nicht gehört.«

»Du hast dich gar nicht bemüht, mich laut genug zu rufen, stimmt's?«

»Es tut mir leid, das hätte ich getan, aber sie sagte, ich solle dich nicht stören. Ich glaube, sie war in einem Pub. Sie ruft später noch einmal an. Entschuldige, Josh, ich bin gerade am Gehen.« Sie riß ihren Mantel vom Haken und ging aus dem Haus, ohne Max gute Nacht zu sagen.

Abwesend gab Josh Max das Abendessen, brachte ihn ins Bett und las ihm eine Geschichte vor; dabei ließ er die Tür offen, falls das Telefon läutete. Dann kehrte er in die Küche zurück, goß sich ein Glas Wein ein und wartete auf den Anruf. Er erwog, Nastassia selbst anzurufen, aber er hatte sie schon dreimal in ihrem Hotel zu erreichen versucht, und sie war immer ausgegangen gewesen. Später anzurufen war sinnlos, da es in dem kleinen Landhotel keine Telefone auf den Zimmern gab, und er wußte, daß Nastassia es nicht schätzte, aus dem Bett gerissen zu werden, um mitten in der Nacht an ein zugiges Telefon gerufen zu werden. Um halb zwölf hörte er Robert und Ruth nach Hause kommen und nach oben gehen. Um halb eins gab er sein Warten auf, ging selbst ins Bett und warf noch einen Blick zu Max hinein. Er hatte seine Decke weggestrampelt und lag wie ein kleiner blauer Seestern da; seine dunklen langen Wimpern ruhten auf den zarten Unterlidern, und winzige Schweißperlen standen auf seiner Oberlippe. Josh deckte sein schlafendes Kind zu und stahl sich aus dem Zimmer. Er zog sich aus und stellte sich unter die Dusche. Dann legte er sich ins Bett, das Bett, das ihm und Nastassia gehörte, und starrte blicklos an die Decke. Ich kann das nicht mehr ertragen, sagte er sich, ich kann den Gedanken nicht ertragen, daß sie nie hier ist, daß ich sie verliere. Das Problem ist, sagte eine kalte Stimme in seinem Kopf, das Problem ist, daß du sie nie wirklich besessen hast, nicht wahr?

5

Kurz vor neun fuhr Vassili Guy zur Taverne. Die Sonne war schon lange untergegangen, aber das Abendlicht warf einen perligen Glanz übers Meer, und weit draußen über dem Wasser, wo sich geheimnisvoll und fremd die albanischen Berge gegen den dämmrigen Himmel abzeichneten, waren Lichter zu erkennen. An den üppigen Weinreben, die sich über die Terrasse rankten, waren bunte Lichterketten befestigt, und auf allen Tischen brannten in kleinen Blechlaternen Kerzen. Auf den Tischen, um die weiße Stühle standen, lagen karierte Plastikdecken. Da die Saison vorbei war, gab es nur wenige Touristen; nur ein halbes Dutzend Tische waren besetzt, und die meisten Gäste schienen Einheimische oder, wie Guy, Ausländer zu sein, die hier wohnten. Der Abend war kühl nach dem heißen Tag, und er hatte beschlossen, ein Leinenjackett zu tragen. Dido beobachtete ihn, wie er langsam, aber entschlossen durch die Tische auf sie zukam. Ein oder zwei Leute sahen ihn an, als er vorbeiging, aber Spiros kam aus der Küche, um ihn auf Griechisch mit einem freundlichen Wortschwall zu begrüßen, auf den Guy mit gleicher Wärme reagierte.

Wie gut er aussieht und wie freundlich er ist, dachte Dido; es ist grausam, daß er so behindert ist. Kein Wunder, daß er für sich bleibt, es muß entsetzlich sein, angestarrt zu werden. Sie schob ihren Stuhl zurück und stand auf, als er näher kam. In einer Hand hielt er die Krücken, und mit der anderen begrüßte er sie. »Da bin ich«, sagte er.

»Ja«, sagte Dido, »da sind Sie.«

Spiros zog den Stuhl gegenüber von Dido heraus, half Guy unauffällig beim Niedersetzen und schob ihn dann an den Tisch heran. Dido setzte sich wieder, und Spiros gab ihnen die kleine Speisekarte, die mit verblichener dunkelroter Tinte beschrieben war. Er brachte zwei Gläser Ouzo, Wasser, einen Teller schwarze Oliven und eine kleine Schale mit heißen goldfarbenen Pommes frites.

»*Arní souvlákia* ist heute gut«, erklärte er mit erhobenem Stift, den Block in der Hand.

»Rührt daher der köstliche Duft vom Holzkohlengrill?« fragte Dido.

»Ja. Es ist Lamm am Spieß mit Zwiebeln und Kräutern, sehr gut.«

»Das nehme ich«, sagte sie. »Hört sich großartig an.«

»Ja, das stimmt«, sagte Guy. »Ich nehme das gleiche, danke.«

»Und einen Krug von unserem Wein aus dem Faß?«

»Ist das der gleiche, den Vassili immer für mich holt?« fragte Guy.

»Der gleiche. Aus den Weinbergen meines Vaters.«

»Ein ausgezeichneter Tropfen«, sagte Guy, sah Dido an und wartete auf ihr Einverständnis.

»Ja, natürlich«, sagte sie. »Danke, Spiros, wir nehmen Ihren Wein.«

»Und als Vorspeise?«

»Vielleicht ein paar *dolmádes*?« Dido sah Guy an.

»*Dolmádes* wären großartig.«

Spiros ging mit ihrer Bestellung davon und freute sich, daß Guy überredet worden war, wenigstens für einen Abend sein Schneckenhaus zu verlassen, und noch mehr freute es ihn, daß er diesen Abend in Gesellschaft seines ruhigen, geheimnisvollen Gastes verbrachte. Er steckte die Bestellung auf einen Haken über dem Herd, zwinkerte seiner Frau wissend zu und legte eine Kassette mit *bouzoúki*-Musik ein, allerdings in gedämpfter Lautstärke. Es war zu früh am Abend für laut dröhnende Musik, die gewöhnlich erst später aufgedreht wurde und fröhlich über die kleine Bucht klang, um ein paar Nachtschwärmer auf einen Drink und zum Tanzen anzulocken.

Guy und Dido tranken den Ouzo und aßen die Oliven und die Pommes.

»Ich werde bald zunehmen«, sagte Dido. »Ich kann diesen sensationellen Pommes frites nicht widerstehen. Nachdem sie jetzt wissen, daß ich sie so gern mag, bringen sie mir fast jeden Abend welche, es sind wirklich nette Leute.«

»Da haben Sie recht, das sind sie. Es ist eine andere Welt, nicht wahr, verglichen mit England?«

»Vermissen Sie das alles nicht? London? Ihre Arbeit? Galerien, Theater und dergleichen?«

»Ich bin kaum je ins Theater gegangen, es war zu schwierig. Die Arbeit allerdings schon, die vermisse ich manchmal tatsächlich. Und Konzerte; ich ging ziemlich oft in Konzerte. Das vermisse ich, aber ich sollte mich nicht beklagen; ich habe Hunderte von Bandaufnahmen, LPs und CDs.«

Spiros erschien mit den *dolmádes*, kleinen, mit Weinblättern umwickelten Röllchen, die mit Reis und Pinienkernen gefüllt waren. Er stellte den Wein und einen Brotkorb auf den Tisch, dazu einen Teller mit Zitronenschnitzen. Sie drückten die Zitrone über den dunkelgrünen Röllchen aus und aßen sie, und ihr Appetit wurde von der Nachtluft und den aromatischen Gerüchen angeregt, die aus der Küche drangen, wo Katerina zu sehen war, die sich ruhig, mit schwangerem Leib, zwischen Herd und Holzkohlengrill hin- und herbewegte, hier einmal kurz rührte und dort eine Pfanne schüttelte.

»Köstlich«, sagte Guy, legte seine Gabel weg und goß Wein in die Gläser. »Ich muß Heleni dazu bringen, sie zu Hause öfter zu machen.«

»Oder Sie müssen vielleicht öfter hierherkommen?«

Guy lächelte sie an und hob sein Glas. »Das käme ganz darauf an, nicht wahr?«

»Worauf denn?« fragte Dido und nahm einen Schluck Wein.

»Ob jemand hier wäre, um mir Gesellschaft zu leisten.«

»Oh.«

Spiros erschien mit den *souvlákia*, die an den Spießen brutzelten und mit Tomatensalat serviert wurden. Sie aßen langsam und genußvoll. Das Lamm war zart, der Salat war eine perfekte Ergänzung zum Fleisch. Als sie aufgegessen hatten, war der Weinkrug leer. Die Musik wurde ein wenig lauter, und ein paar Tische wurden zurückgeschoben. Einige Einheimische und ein deutsches Paar, das hoch oben in den Hügeln lebte, bildeten eine Reihe und begannen Sirtaki zu tanzen. Guy und Dido sahen zu und genossen die unerwartete Feststimmung, die sich plötzlich eingestellt hatte.

»Das scheint Spaß zu machen, nicht wahr? Und ist vermutlich gar nicht schwer zu erlernen.«

»Wahrscheinlich«, sagte Guy. »Ich habe schon ziemlich betrunkene Leute beobachtet, die es ausgezeichnet machten.«

»Wirklich?« Dido lachte und nahm den Weinkrug. »Gütiger Himmel, er ist leer«, sagte sie und klang überrascht. »Sollen wir noch einen bestellen?«

»Warum nicht? Aber wahrscheinlich werde ich dann Hilfe brauchen, um zum Auto zu kommen, wenn ich noch mehr trinke.«

»Also?« fragte Dido.

Spiros brachte Obst und einen Teller mit Honigkuchen.

»Wir wollen keinen Wein mehr bestellen«, sagte Guy. »Bestellen wir lieber Metaxa, einverstanden?«

Spiros räumte den Tisch ab, brachte den Weinbrand und ließ die Flasche auf dem Tisch zurück. »In fünf Minuten Kaffee?« schlug er vor.

»Danke«, sagte Dido. Sie stützte die Ellbogen auf den Tisch und fühlte sich entspannt und glücklich. Um Spiros eine Freude zu machen, aß sie ein Stück Honigkuchen zum Metaxa. Sie sah Guy an, der sich in seinem Stuhl zurücklehnte und die Tänzer beobachtete, und sie hatte das behagliche Gefühl, daß es in diesem Moment keinen anderen Ort gab, an dem sie lieber gewesen wäre, und keine andere Person, deren Gesellschaft sie mehr genossen hätte. »Mögen Sie *bouzoúki*, Guy?« fragte sie.

Er drehte den Kopf und sah sie lächelnd an. »Ja. Ich liebe diese Musik. Aber es gibt andere Melodien und andere Tänze, die noch schöner und interessanter sind als Sirtaki. Ich muß Vassili fragen, wann das nächste Dorffest stattfindet, zu dem ich Sie mitnehmen kann. Sie freuen sich immer über Fremde, und dann können wir vielleicht den *agiriótikos* und den *naftikós* sehen, das sind die wirklichen Tänze Korfus. Der Sirtaki macht Spaß, aber eigentlich ist er für Touristen.«

»Das klingt aufregend«, sagte Dido. »Ich würde sehr gern mitkommen.«

»Ich spreche mit Vassili, und wir arrangieren das.«

Spiros brachte den Kaffee, und Guy goß weiteren Weinbrand ein. »Jetzt werden mir meine Beine ganz sicher nicht mehr gehorchen«, sagte er reumütig, und Dido lachte.

»Dido?«

»Ja?«

»Sagen Sie mir, warum Sie hier sind.«

Dido trank etwas Kaffee, nahm einen Schluck Metaxa und stützte das Kinn auf die Hand. Sie sah Guy ernst an. »Ich bin hier, weil ich unerwartet nach Hause kam und die Wimperntusche einer anderen Frau auf meinem Kopfkissen, ihr Nachthemd in meinem Schrank und ihr Höschen in meinem Wäschekorb entdeckte.«

»Sie Arme, wie abscheulich.«

»Ja, das war es.«

»Was haben Sie dann gemacht?«

»Nun, ich habe eine Tasche gepackt und einen Flug nach Korfu gebucht.«

»Einfach so? Welche Entschlossenheit.«

»Ja, aber bevor ich ging, warf ich ihre teure Flittchen-Unterwäsche und ihren schicken französischen Koffer in die Themse.«

Guy lachte. »Prima; gut gemacht. Ich wette, das hat sie verärgert.«

»Das hoffe ich.«

»Haben Sie sie gekannt?«

»Nein. Eigentlich habe ich nie gewußt, wer Jakes Gespielinnen waren, obwohl mir klar war, daß er welche hatte, die ganze Zeit über. Ich wurde darüber informiert, vor allem von Frauen. Ich glaube, sie waren jeweils selbst in ihn verknallt.«

»Ist er denn so hinreißend?«

»Das muß er wohl sein; er ist ziemlich berühmt.«

»Was macht er?«

»Das gleiche wie ich, er arbeitet im Filmgeschäft. Der einzige Unterschied ist, daß ich eine unbedeutende Produktionsassistentin bin und er ein ziemlich bekannter Regisseur.«

»Ich verstehe.« Guy sah sie anteilnehmend an. Er verstand nur zu gut, wie es für sie gewesen sein mußte, wie demütigend. Er goß weiteren Kaffee für sie beide ein.

»Danke.« Sie sprach ruhig, ohne ihn anzusehen. »Das Schwierige dabei ist«, fuhr sie fort, »daß ich ihn geliebt habe. Wahrscheinlich tue ich das immer noch, trotz seiner offenkundigen Untreue.« Sie hob den Blick und sah, daß Guy sie nachdenklich anblickte. In seinen dunkelblauen Augen reflektierte sich die kleine Flamme der Laterne, die noch immer auf dem Tisch brannte.

»Also, mein liebes Mädchen, warum sind Sie dann noch hier?«

»Weil ich mir darüber im klaren werden muß, ob ich ihm sagen soll, daß er ein für alle Male verschwinden kann, oder ob ich die Sache ignorieren und weitermachen soll, als wäre nichts geschehen, was ich jahrelang getan habe. Sie wissen schon, die Vogel-Strauß-Politik.«

»Und wie lange werden Sie brauchen, um sich zu entscheiden?«

»Ich weiß nicht – vermutlich Wochen.«

»Oh, gut.« Guy lachte, nahm ihre Hand und küßte sie. »Ich danke Gott dafür. Ich dachte schon, Sie wollten gleich wieder das Weite suchen, nachdem wir uns gerade kennengelernt haben.« Er ließ ihre Hand los und nahm einen Schluck Metaxa. »Hört sich das ungebührlich albern an?«

»Nein«, antwortete Dido lächelnd, »gar nicht.«

Die Musik wurde allmählich lauter, weitere Gäste trafen ein, und bald drängten sich mehrere Reihen von Tänzern auf der Tanzfläche. Genauso unvermittelt, wie alles begonnen hatte, verstummte die Musik, die Tänzer setzten sich lachend und erhitzt nieder, und Spiros und Katerina rannten emsig umher und füllten Getränke nach. Dann ertönte über dem Stimmengewirr und Gelächter ein leises, wundervolles Lied mit einer zu Herzen gehenden, traurigen Melodie.

»Ist das nicht herrlich?« sagte Dido. »Spiros spielt es jeden Abend, und ich habe mich noch nicht daran sattgehört.«

»Ich glaube, Manos Hadjidakis hat es geschrieben; entweder er oder Mikis Theodorakis. Die beiden haben den ganz spezifischen Bouzoúki-Klang mehr oder weniger erfunden, der einem heutzutage bei Griechenland automatisch einfällt.«

»Wirklich? Kann man auch ein paar Kassetten kaufen?«

»Kein Problem.«

Schweigend saßen sie da, tranken ihren Weinbrand und lauschten der Musik, während jeder seinen eigenen Gedanken nachhing. Als das Lied zu Ende war und der Lärm der Gespräche wieder anhob, stellte Dido ihr Glas ab und beugte sich über den Tisch.

»Guy?«

»Hm?«

»Haben Sie morgen etwas vor?«

»Nein, nichts Besonderes.«

»Waren Sie schon einmal in Myrtiótissa?«

»Nein.«

»Könnten wir morgen dorthin fahren und ein Picknick machen?«

»Wir müßten vom Meer aus hinfahren; mit dem Boot ist es eine ziemlich lange Fahrt, hin und zurück.« Er klang skeptisch.

»Könnten wir nicht über die Insel fahren und in der Nähe ein Boot mieten, um zum Strand zu gelangen?«

»Gute Idee. Ich glaube, Vassili kennt jemanden in Paleokastritsa, ich werde ihn fragen.«

»Dann können wir also hinfahren?«

»Sicher, wenn Sie dazu Lust haben. Ich werde Heleni bitten, etwas zum Mittagessen einzupacken.«

»Wundervoll, das ist großartig. Danke, Guy. Wie lieb Sie sind.«

»Ich danke *Ihnen*, Dido, für einen reizenden Abend und einen herrlichen Tag.«

»Es war schön, nicht wahr?«

»Ja, das war es. Und jetzt kommt der Moment der Wahrheit – mich in den Wagen zu bringen, ohne allzuviel Aufsehen zu erregen.«

Wie auf ein ausgemachtes Signal hin kamen Spiros und Vassili an den Tisch. »Sind Sie soweit, um nach Hause zu fahren?« fragte Vassili.

»Ja.«

Die beiden Männer faßten sich unter Guys Knien an den Händen, er legte die Arme um ihre Schultern, und sie trugen ihn schnell durch die Taverne auf den Parkplatz. Dido folgte ihnen mit den Krücken. Als er im Wagen saß, reichte sie ihm die Krücken, schloß die Wagentür und beugte sich durchs offene Fenster. »Ich komme gegen zehn zu Ihnen, wenn's recht ist.«

»Das wäre schön.«

»Gute Nacht, Guy. Schlafen Sie gut.«

»Das werde ich. Sie auch, meine Liebe.«

Guy schlief nicht besonders gut. Er lag im Bett, sah auf den sternenbesäten Himmel hinaus und dachte über Dido nach. Er dachte an ihr kleines trauriges Gesicht, als sie ihm von der Enttäuschung durch ihren Partner und ihrer Hilflosigkeit erzählte, damit umzugehen. Der Gedanke, daß sie den Rest ihres Lebens in einer so demütigenden Beziehung verbringen sollte, machte ihn wütend und niedergeschlagen. Und dennoch schien sie keine Frau zu sein, der es an Mut oder Einfällen fehlte; obwohl sie zart und klein war, wirkte sie stark, tüchtig und entschieden. Also muß sie ihn wohl lieben, das arme Ding. Offensichtlich leiden nicht nur Behinderte und Krüppel unter der gedankenlosen Grausamkeit anderer, dachte er. Ihre Lage mußte auf ihre Art genauso niederschmetternd sein; in mancher Hinsicht sogar noch schlimmer. Zumindest kann ich, bildlich gesprochen, weggehen, wenn es schwierig wird. Vermutlich kann oder will sie das nicht. Er schloß die Augen, lauschte den Eulen im Olivenhain und ließ die Ereignisse des Tages noch einmal Revue passieren. Es war sehr lange her, daß er einen ganzen Tag sowie den Großteil des vorangegangenen Abends in der Gesellschaft einer Frau verbracht hatte. Ungewollt traten ihm deutliche Bilder vor Augen; Dido, die sich über den Rand des Bootes beugte und die Harpune in den *bourdétto* stieß, während unter ihrem schlanken Körper der helle Lichtkreis erstrahlte. Er sah, wie sie sich im Schwimmbecken treiben ließ und in der Kapelle neben ihm saß. Er erinnerte sich an den zarten Kuß, den sie ihm dort gegeben hatte, und ein seit langem vergessenes Gefühl begann sich in ihm zu regen, das ihn halb zum Lächeln und halb zum Stöhnen brachte. Nur das nicht wieder, sagt er sich, lieber Gott, nicht noch einmal. Mein Gott, ich muß sehr vorsichtig sein, um keinen Narren aus mir zu machen, oder schlimmer noch, sie zum Narren zu halten.

Er legte seine Kissen zurecht und schlief unverzüglich ein. Als die Dämmerung anbrach, begann er zu träumen, einen langen, verworrenen Traum, in dem er hoch in den Himmel hinauf flog, unter kühlem, grünem Wasser schwamm, dann durch sein Schlafzimmerfenster kletterte und ins Bett stieg, wo Dido nackt unter dem Laken lag und ihn mit offenen Armen empfing. Als Guy aufwachte, lächelte er. Er erinnerte sich sehr genau an den Traum und empfand ein berauschendes Gefühl des Glücks, sogar einen Funken Hoffnung. Dann gewann der gesunde Menschenverstand die Oberhand und erinnerte ihn streng an seinen beschädigten, verkrüppelten Körper, aber selbst diese unbestreitbare Tatsache konnte seine Hochstimmung nicht völlig zunichte machen. Gestatte dir, ein bißchen glücklich zu sein, sagte er sich. Schließlich ist das kein Verbrechen.

Lavinia saß an ihrem Schreibtisch und gab sich den Anschein, Briefe zu schreiben, während Mrs. O'Reilly die Fenster putzte, die auf die Zufahrt hinausgingen, und ständig Kommentare über das Kommen und Gehen der Filmleute abgab. Da die Welt des Films sie schon seit frühester Jugend brennend interessierte, ließ sie sich beim Putzen der Vorderfenster ausgiebig Zeit und arbeitete sich sorgfältig bis in die Ecken jeder Scheibe vor. Normalerweise hätte Lavinia das Wohnzimmer verlassen, während dort geputzt wurde, denn Mrs. O'Reilly war eine redselige Frau, die fälschlicherweise annahm, Miss Porteous sei schrecklich einsam, und selten eine Gelegenheit ausließ, in ihrer Nähe zu bleiben, wenn ihr dazu nur die geringste Chance gegeben wurde.

»Oh«, sagte Mrs. O'Reilly, »da kommt ein absolut toller Schlitten. Wenn das nicht Jacob Kroll höchstpersönlich ist? Kaum zu glauben.« Sie blickte hinaus, bis der Wagen verschwand, drehte sich dann halb zu Lavinia um, faltete ihr Tuch und besprühte es mit dem Fensterputzmittel. »Das ist der Regisseur, wissen Sie, Miss. Er ist ein ganz Gerissener, und darüber hinaus sieht er auch noch gut aus.« Sie seufzte, hielt das Tuch mit beiden Händen fest, und in ihren Augen lag ein verträumter Ausdruck. »Haben Sie seinen letzten Film gesehen, Miss? ›Der exzentrische Engländer‹?«

Lavinia hörte aufmerksam zu und saugte alle Informationen in sich auf, die sie bekommen konnte. Auch sie hatte die Neugier gepackt, und sie fand die Besucher ziemlich faszinierend, wie Wesen von einem anderen Stern. Sie war jedoch zu stolz und zu sehr darauf bedacht, ihre Überlegenheit Mrs. O'Reilly gegenüber zu wahren, um in solch vulgäre Begeisterung einzustimmen, daher sah sie nur vom Schreibtisch auf und warf ihrer Putzfrau einen begütigenden Blick zu. »Nein, Mrs. O'Reilly, ich gehe selten ins Kino. Sind Sie mit den Fenstern bald fertig?«

»Ja, Miss, gleich.« Geknickt wandte sich Mrs. O'Reilly wieder den Fenstern zu und wischte entschlossen mit einem gelben Lappen ein letztes Mal über die Scheiben. Ein Wagen fuhr vorbei, ein großer schwarzer Mercedes, der von einem Chauffeur gesteuert wurde. Es war eine lange Limousine; ein eleganter Mietwagen (oder, Gott bewahre, womöglich sogar ein Leichenwagen, dachte Mrs. O'Reilly). Flüchtig sah sie auf dem Rücksitz ein schönes junges Gesicht, blaß, mit riesigen blauen Augen unter der zurückgeschlagenen Krempe eines schwarzen Samthuts, unter dem langes blondes Haar herabfiel. Mrs. O'Reilly erkannte die junge Dame nicht, aber sie hatte keinen Zweifel, daß es sich um den Star des Films handelte. Sie freute sich schon auf den Zeitpunkt, wenn sie mit angemessener Bescheidenheit ihren Freundinnen verkünden konnte: »Natürlich habe ich sie schon gesehen, bevor sie berühmt war.«

Nastassia war ganz in ihrem Element auf Inniscarragh. Wenn sie durch die vernachlässigten Gärten und die kalten stilvollen Räume des Hauses wanderte, hatte sie keinerlei Schwierigkeit, sich vorzustellen, daß sie an diesem romantischen Ort geboren und aufgewachsen war. Trotz ihrer mangelnden schauspielerischen Erfahrung verfügte sie über ein gesundes Selbstvertrauen und einen festen Glauben an sich, der sich im Lauf der Arbeit auf ihre Schauspielerkollegen, die Belegschaft und den Regisseur übertrug. An diesem Morgen hatten sie die Szene gedreht, in der Yvonne Klavier spielt, während eine kleine Gruppe von Kindern auf dem Sofa sitzt und zuhört. Meaulnes erscheint in der Tür, er lehnt sich gegen den Rahmen, hört ihr zu und beobachtet sie, um sich dann schweigend zurückzuziehen. Glücklicherweise konnte Nastassia sehr überzeugend und amateurhaft einfache Stücke spielen, was genau das war, was Jacob wollte. Der Kamerawagen fuhr beim Spielen um sie herum, ihr langes Haar war zu einem losen Knoten zusammengebunden, ihre Hände ragten aus den Rüschenmanschetten einer gestärkten weißen Bluse mit hohem Kragen hervor, und ihre Füße, die unter dem schweren Saum eines weiten schwarzen Rocks kaum zu sehen waren, steckten in schwarzen Lackschuhen. Um ihre Schultern hing ein braunroter Umhang aus grober Wolle. Die Szene hatte gut geklappt und war noch vor vier Uhr im Kasten.

Als sie das Zimmer, in dem gedreht worden war, verließ, rief Jake sie herüber, damit sie sich die Videoaufzeichnungen ansah. »Gut, nicht wahr?« sagte er.

»Ja?« antwortete sie und sah ihn aufrichtig an, »ich kann das nicht beurteilen. Aber wenn Sie sagen, daß es gut ist, freue ich mich natürlich.« Sie war dankbar für das Lob, denn er hatte sie nicht mehr mit der gleichen Wärme und Bewunderung behandelt wie bei ihrem ersten Treffen. Er behandelte sie ganz genauso wie den Rest der Schauspieler, mit bestimmender, kühler Professionalität. Sie lächelte ihn an. »Ich freue mich natürlich sehr, wenn Sie mit meiner Arbeit zufrieden sind.«

»Gut, das ist schön. Sie machen Ihre Sache hervorragend. Ich habe mir gerade überlegt, ob ich nicht nach Dublin zum Abendessen fahren soll, nach einer Weile geht einem der Pub doch ziemlich auf die Nerven, nicht wahr? Vielleicht möchten Sie mitkommen?«

»Danke, Jake. Das wäre sehr nett.«

»Um halb sieben auf dem Parkplatz vor dem Pub?«

»Ich werde dort sein.«

Zurück im Hotelzimmer, schminkte sich Nastassia sorgfältig und steckte eine kleine Kosmetiktasche in ihren geräumigen italienischen Beutel aus weichem Leder. Sie entschied sich für einen langen grauen Mohairpullover und schwarze Seidenleggings und legte einen großen auberginefarbenen Chenille-Schal um die Schultern. Kritisch begutachtete sie sich in dem schmalen Schrankspiegel, ging dann hinunter und gab ihre Schlüssel an der Rezeption ab. Sie lächelte den jungen Portier an, der ihr bereits sklavisch ergeben war. »Ich fahre nach Dublin«, sagte sie. »Eventuell bleibe ich über Nacht dort, also machen Sie sich keine Sorgen, wenn ich nicht nach Hause komme, Michael.«

»In Ordnung, Miss. Ich wünsche Ihnen einen schönen Abend.«

»Danke.«

Auf dem Parkplatz wartete Jacob in seinem BMW. Er hatte das Verdeck hochgeschlagen und hörte Radio. Nastassia öffnete die Beifahrertür, nahm Platz und legte ihre Tasche auf den Rücksitz.

»Hallo«, sagte Jake, »Sie riechen sehr gut.«

Nastassia schnallte sich an, schenkte ihm einen Blick aus ihren kühlen blauen Augen und lächelte scheu. »Das gefällt mir jetzt«, sagte sie. »Es ist Ewigkeiten her, daß ich zum Essen ausgegangen bin, es macht mir richtig Spaß.«

Jacob lachte, löste die Handbremse und fuhr langsam vom Parkplatz auf die Straße nach Dublin.

Wie versprochen traf Dido um zehn bei Guys Haus ein, um dort festzustellen, daß sein Wagen bereits mit einem Picknickkorb, Schwimmsachen, Harpunen und einem Bündel Holz beladen war. »Damit wir den Fisch braten können, wenn es Vassili gelingt, welchen zu fangen.« Sie fuhren in Richtung Westküste, wobei sie die kleinen Straßen nahmen, die durch stille schattige Olivenhaine direkt über den Bergkamm der Insel führten, von wo aus sie kleine versteckte Bauerndörfer und, nachdem sie den Gipfel überwunden hatten, gelegentlich das Ionische Meer zu sehen bekamen. Langsam fuhren sie nach Paleokastritsa hinab. Kurz bevor sie dort angekommen waren, hielt Vassili an, damit Dido aussteigen und auf die wundervolle Küste, das verblüffend türkisfarbene Meer und die kleinen, von Felsen umgebenen Buchten hinabschauen konnte. Die Felsen, die nach unendlich vielen Winterstürmen zerklüftet und ausgewaschen, mit Grotten und Höhlen durchsetzt waren, erhoben sich steil, nackt und majestätisch aus dem Wasser. Auf einem größeren, bewaldeten Vorsprung stand der weiße viereckige Bau eines byzantinischen Klosters, in dessen Glockenturm drei große bronzene Glocken hingen, die sich scharf gegen das tiefe, grünblaue Wasser abzeichneten.

Dido stand am Straßenrand und sah auf die wundervolle Landschaft hinab. Dann wandte sie sich um und stieg wieder in den Wagen. »Mir fällt nichts ein, was sich nicht nach Reiseprospekt anhören würde«, sagte sie.

»Es ist ziemlich beeindruckend, nicht wahr? Von einem Dorf etwa vier Kilometer weiter oben in den Bergen haben Sie einen noch sensationelleren Ausblick. Es heißt Lákones. Von dort aus können Sie an klaren Tagen die ganze Küste und sogar Korfu-Stadt sehen. Vielleicht fahren wir irgendwann einmal hin; dort gibt es eine gute Taverne, in der man zu Mittag essen kann.«

»Klingt hübsch.«

Vassili fuhr den Hügel nach Paleokastritsa hinunter und parkte neben einem kleinen Kai, an dem mehrere Boote vertäut lagen, deren Eigentümer rauchend in der Sonne saßen, ihre Netze flickten und den Tag verstreichen ließen. Vassili stieg aus, ging zu einer dieser Gruppen hinüber, begrüßte alte

Freunde und lehnte lachend nachdrückliche Einladungen ab, auf ein Glas Ouzo mitzukommen. Dann wurde heftig diskutiert, und nach einigem Feilschen von Seiten Vassilis war der Handel perfekt. Geld wurde überreicht, und Vassili kehrte grinsend zum Wagen zurück. »Alles klar, wir können Stavros' Boot nehmen.«

Dieses stellte sich als ein großes Gummi-Dinghy mit Außenbordmotor heraus. Während der Saison heuerten örtliche Hotels Stavros als Bademeister an, der auf dem Wasser patroullierte und nach Windsurfern oder Schwimmern Ausschau hielt, die in Schwierigkeiten geraten waren. Nach ausgiebigem Händeschütteln in alle Richtungen wurden die Körbe, die Ausrüstung fürs Fischen und das Holz an Bord geladen, Guy lehnte sich auf Stavros' und Vassilis Schulter und wurde schnell ins Boot gesetzt. Nach weniger als fünf Minuten tuckerten sie aus der Bucht, an der beeindruckenden, bewaldeten Felsenküste entlang in Richtung Süden nach Myrtiótissa. Die See war spiegelglatt, eine leichte Brise wehte von Westen her, und das Boot glitt frisch und flott durchs Wasser, als hätte es selbst Spaß dabei.

»Wie lange wird es dauern, bis wir dort sind?« fragte Dido.

»Etwa vierzig Minuten«, antwortete Guy, und genau vierzig Minuten später fuhr Vassili tatsächlich in die winzige leere Bucht ein, deren goldener Sand von der Mittagssonne beschienen wurde und hinter der die mit Myrte bewachsenen Klippen wie ein Bühnenbild aufragten. Vassili schaltete den Motor aus, hob die Schraube aus dem Wasser, nahm ein Ruder und paddelte zum Strand. Die plötzliche Stille schien ohrenbetäubend. Kein Anzeichen menschlicher Besiedelung war zu sehen, man vernahm nur das leise Zwitschern der Vögel, die sich in dem grünen Dickicht verbargen. Der Ort schien verzaubert zu sein.

»Haltet nach Felsen Ausschau«, sagte Vassili, »wir wollen besser nicht, daß das Boot aufgerissen wird.«

Dido beugte sich über den Bootsrand und sah sich sorgfältig um, aber der sandige Grund unter dem klaren Wasser war glatt, nur leere Muschelschalen waren zu sehen, die die Gezeiten angespült hatten. »Ich kann nichts entdecken!«

»Gut.« Vassili ließ das Boot treiben, bis es mit leichtem Knirschen zum Stillstand kam, als der Bug sich in den Sand grub. Dido nahm den Picknickkorb, sprang an Land und stellte ihn nahe der Klippe unter einen dichten, schattigen Myrtenstrauch. Sie lief zum Boot zurück, während Guy sich auf seine Krücken stützte und versuchte, über den dicken Gummirand des Dinghy zu klettern.

»Warten Sie«, sagte Dido. »Ich helfe Ihnen, er ist zu breit.«

»Sie haben recht. Ich werde es anders versuchen.« Vorsichtig ließ er sich auf einer Seite des Boots nieder, hob dann ein Bein nach dem anderen hoch, drehte sich um und stellte die Beine auf den Strand. Dann steckte er die Krücken fest in den Sand, erhob sich triumphierend, überquerte den schmalen Strand und setzte sich auf einen glatten Felsvorsprung. »Wie enttäuschend«, sagte er und zog sein Hemd aus, »ich hätte eigentlich tosenden Applaus erwartet.« Dido lachte, brachte den Rest der Ausrüstung an Land und stellte sie neben den Korb.

»Ich versuche jetzt, ein paar Fische zu fangen.« Vassili nahm Guys Harpune, schob das Boot ins Wasser, ließ sich langsam an den Felsvorsprüngen entlang treiben und steuerte mit dem Paddel. Er verschwand hinter der hohen, dunklen Felsspitze, die Myrtiótissa von der Nachbarbucht trennte.

Dido setzte sich neben Guy in den Sand und lehnte sich an ihn. »Ist das nicht himmlisch?« sagte sie. »Sind Sie froh, daß wir hergefahren sind?«

Guy sah auf ihren glatten dunklen Haarschopf und die sonnenverbrannte, sommersprossige Nase hinab, die sehr kindlich wirkte. Sanft legte er seine Hand auf ihre knochige braune Schulter. »Ja«, sagte er ruhig, »ich bin sehr froh. Es ist ein magischer Ort.«

Lächelnd sah sie zu ihm auf. »Ich wußte, daß es Ihnen gefallen würde, trotz des Umstands, hierher zu kommen.«

»Es hat sich gelohnt.« Er sah zu der hoch aufragenden Klippe hinter ihnen hinauf. »Sind Sie wirklich hier heruntergekommen? Ich kann nicht einmal einen Weg erkennen.«

»Ja. Eigentlich hat mich das selbst überrascht.«

»Wahrscheinlich haben Sie die Gene einer Ziege in sich.«

»Ich hoffe nur, nicht auch wie eine Ziege zu riechen.«

»Sie riechen keineswegs wie eine Ziege, Dido. Sie riechen nach Sonne und sauberem Leinen.«

Sie drehte sich um, kniete neben ihm nieder, legte ihre dünnen Arme um seinen Hals und küßte ihn. »Was für ein netter Satz.«

Sie küßte ihn erneut, und Guy schlang die Arme um sie und zog sie an sich. »Sie müssen wirklich aufhören, mich zu küssen, meine Liebe«, sagte er. »Es wird sonst zur Gewohnheit.«

»Wollen Sie, daß ich aufhöre?«

»Nein, das möchte ich nicht.« Er drückte sie fester an sich, küßte sie, und ein lange unterdrücktes Gefühl breitete sich in ihm aus, das zugleich herrlich und schmerzvoll war. Widerstrebend lockerte er seine Umarmung, und sie legte die Wange an seine Brust.

»Guy?«

»Hm?«

»Sind wir dabei, uns ineinander zu verlieben?«

»Das hoffe ich.«

Mit glänzenden Augen sah sie ihn an. »Ich hoffe es auch«, sagte sie. »Also, wie wär's mit Schwimmen vor dem Essen?«

»Ist das Meer nicht ein bißchen kalt?«

»Ja, aber nicht mein kleiner Pool.« Sie zeigte auf das ein paar Meter entfernte Felsenbecken, das von einem kleinen Olivenhain beschattet wurde. »Schau, da ist sogar praktischerweise ein Ast, an dem du dich ins Becken schwingen kannst.«

»Wie ein Affe?«

»Oder wie Tarzan.«

Guy lachte. »Nun, vielleicht hast du recht. Zumindest werde ich mir an dem scharfen Felsen nicht den Hintern aufscheuern.« Dido streifte die Kleider ab und enthüllte einen blaßblauen Baumwoll-Bikini. Sie gingen den kurzen Weg bis zum Becken, Guy setzte sich nieder und zog seine Shorts aus. Dido kniete sich neben ihn, öffnete die Schnallen seiner Beinstützen und nahm sie ab. Sie sah zu Guy auf. »Es macht dir doch nichts aus?«

»Nein, natürlich nicht«, antwortete er, selbst überrascht, weil es tatsächlich stimmte. »Jetzt kommt der schwierige Moment«, sagte er, ergriff den Ast des Olivenbaums und hängte sich an ihn. »Wenn dieses verdammte Ding bricht, Dido, werde ich dich allein dafür verantwortlich machen. Also komm jetzt, steh nicht einfach herum, gib mir einen Schubs.«

Lachend stieß ihn Dido vorsichtig an, und er schwang sich in die Mitte des Beckens, ließ sich hineinfallen, und als er den Boden berührte, ließ er den Ast los. Auf die Ellbogen gestützt lag er da und sah grinsend zu ihr auf, als sie neben ihm hineinstieg. »Wie fandst du das? Ziemlich beeindruckend, nicht wahr?«

»Großartig. Du könntest sofort eine Anstellung in einem Zirkus bekommen.«

»Zusammen mit den Monstrositäten im Nebenprogramm? Der bärtigen Frau? Dem zweiköpfigen Kalb?«

Dido kniete sich neben ihn und sah ihn mit ernsten dunklen Augen an. »Ich möchte dieses Wort nie mehr von dir hören, Guy. Nie mehr, hast du mich verstanden?«

»Ich habe dich verstanden.«

»Versprochen?«

»Küßt du mich noch einmal, wenn ich's verspreche?«

»Guy! Was für ein Charmeur du bist!« Sie nahm sein Gesicht in die nassen Hände und küßte ihn, dann drückte sie ihn unter Wasser und legte sich auf ihn, was für Vassili ein ziemlich überraschender Anblick war, als er mit seinem Fang um die hohe Felsenspitze kam. Bei näherer Überlegung war er jedoch gar nicht besonders überrascht, tatsächlich war er entzückt, und ein breites Lächeln erstrahlte auf seinem dunklen, wettergegerbten Gesicht, das einen glänzenden Goldzahn enthüllte, während er geräuschvoll paddelte, um sein Kommen anzukündigen. Dann zog er das Dinghy an den Strand. Er nahm den Kescher, den er im Boot gefunden hatte und der nun sechs herrliche kleine Silberfische enthielt, und stieg stolz über den mitgebrachten Fang an Land. Er stellte die Fische in den Schatten und schickte sich an, in einem Ring aus Steinen Feuer zu machen.

»Kannst du dir etwas Idyllischeres als das hier vorstellen?« fragte Dido. »Ein einsamer Strand, vermutlich der schönste auf der ganzen Welt; ein warmes Wasserbecken und frisch gefangene Fische, die zum Mittagessen über offenem Feuer gebraten werden?«

»Es ist wie ein wunderschöner Traum«, sagte Guy schläfrig. »Man möchte nicht, daß er aufhört.«

Sie lag neben ihm im Wasser, sah durch die glänzenden silbrigen Blätter des Olivenhains hinauf und roch den schwachen Duft des Holzrauchs, der von Vassilis Feuer herüberwehte. Sie fühlte sich außerordentlich lebendig und glücklich; sie hatte schon ganz vergessen, wie es war, so glücklich zu sein. Sie drehte den Kopf und sah Guy an, seine geschlossenen Augen, seine lange Nase und seinen Mund, der entspannt lächelte. »Muß es ein Ende haben?« fragte sie ruhig.

Er öffnete die Augen und sah sie an. »Das hängt ausschließlich von dir ab. Aber jetzt habe ich riesigen Hunger, du nicht? Laß uns essen.«

Das Wasser spritzte auf, als Dido den Ast herunterbog, damit Guy aus dem Becken steigen konnte. Stück für Stück zog er sich an dem Ast hoch, bis er über dem Boden hing und mit den Füßen das Trockene erreichte. Dido schlang den Arm um ihn. »Möchtest du dich jetzt anziehen oder später, wenn es Zeit zum Gehen ist?«

»Später, denke ich. Warum nicht?«

Vassili, der die beiden beobachtet hatte, kam schnell herüber, um Guy auf der anderen Seite zu stützen, und in wenigen

Minuten hatten sie ihn bequem vor einem glatten Felsen abgesetzt, wo Dido Helenis Korb auspackte. Brot, Wein, Käse, Tomaten und Obst kamen zum Vorschein, dazu Teller, Gläser und Besteck.

»Großartig«, sagte Dido und schenkte Wein ein. »Es ist wie in Glyndebourne, nicht wahr?«

»Wahrscheinlich wäre man dort nicht begeistert, wenn jemand in ihrem Garten Fisch grillen würde«, sagte Guy, als Vassili den Fisch vom Rost nahm und auf die Teller legte.

»Ich war einmal bei Außenaufnahmen in Indien, wo wir die meiste Zeit mit dem Zug durchs Land fuhren. Ich beobachtete die alten Frauen in ihren schönen Saris, wie sie in den Gängen hockten und auf tragbaren Holzkohleöfen Tee kochten. Ich fand das sehr kühn, und niemand schien daran Anstoß zu nehmen. Das habe ich nie vergessen.«

Nach dem Essen lagen sie dösend und gelegentlich plaudernd im Schatten, während Vassili wieder loszog, um für Heleni ein paar Fische zu fangen.

»Erzähl mir von deiner Kindheit«, sagte Guy, und Dido erzählte ihm von den langen, manchmal langweiligen Reisen mit ihrer Mutter, Mabel und Signor Pernice.

»Wer war Signor Pernice?«

»Der Liebhaber meiner Mutter; mein Vater.«

»Warum nennst du ihn dann Signor Pernice?«

»Ich weiß nicht, warum. Das habe ich immer getan.«

»Also heißt du gar nicht Dido Pernice? Ah, ich verstehe. Pernice: Partridge. Das ist ein guter Name für dich, er paßt zu dir.«

Um fünf Uhr kam Vassili zurück und sagte, es sei Zeit, sich auf den Rückweg zu machen. Er packte alles ins Boot, während Dido Guy half, die Beinstützen anzulegen. Sie schafften ihn sicher ins Boot und fuhren nordwärts, während im Westen die Sonne unterzugehen begann. Kurz nach sechs erreichten sie Paleokastritsa, stiegen in den Wagen und fuhren langsam, den dämmrigen, von kleinen Schleierwolken bedeckten Himmel über sich, über die von Wäldern gesäumten Wege nach Koulari zurück. Heleni bereitete in der Küche gerade das Abendessen zu und hatte auf der Terrasse für zwei gedeckt.

»Du bleibst doch, oder?« fragte Guy.

»Möchtest du das wirklich? Bist du nicht müde?«

»Ich möchte, daß du bleibst, ich bin überhaupt nicht müde.«

Nach dem Essen saßen sie auf der Terrasse und beobachteten die Boote, die zum Fischen hinausfuhren und mit weißen Lichtern über das stille Wasser der Bucht leuchteten. Die Eulen riefen in den Olivenbäumen, und nach und nach gingen die Sterne auf. Um elf erhob sich Dido widerstrebend und sagte, es sei spät, sie müsse gehen.

»Warum bleibst du nicht? Das Zimmer ist hergerichtet.«

»Nun, es wäre schön, nicht allein durch die Dunkelheit fahren zu müssen. Danke, ich würde gern bleiben.«

In ihrem Zimmer zog sich Dido aus und duschte sich in der kleinen angrenzenden Kabine. Sie wickelte sich in das große weiße Badetuch und überlegte, wie sie sich ohne Zahnbürste die Zähne putzen konnte. Sie zögerte, dann verließ sie ihr Zimmer, ging den Gang hinunter, klopfte an Guys Tür und trat ein. Mit der Brille auf der Nase lag er gegen Kissen gelehnt da und las. Neben ihm spielte leise das Radio.

»Tut mir leid, dich zu stören, Guy, aber hast du vielleicht eine übrige Zahnbürste?«

»Ja, sicher. Im Schrank in meinem Badezimmer. Hat Heleni dir keine herausgelegt?«

»Wahrscheinlich hat sie angenommen, ich hätte eine dabei.« Sie ging ins Badezimmer, fand die Zahnbürste und putzte sich die Zähne. Dann ging sie ins Schlafzimmer zurück.

»Dido?«

»Ja?«

»Bleib eine Minute.«

»Nur eine Minute?« Dido lächelte und setzte sich auf die Bettkante.

»Solange du willst, meine Liebste.« Guy legte das Buch beiseite und nahm die Brille ab.

»Die ganze Nacht?« fragte Dido.

Er streckte die Arme aus, sie stieg ins Bett und schmiegte ihren warmen Körper an ihn.

»Dido, mein Liebling, ich muß dir etwas sagen.«

»Was denn?«

»Die Missionarsstellung wird nicht möglich sein, fürchte ich.«

Dido vergrub den Kopf an seinem Hals und lachte, bis auch er einstimmte. »Das hatte ich mir schon gedacht«, sagte sie. »Mach dir keine Sorgen, ich bin sicher, wir schaffen das schon.«

6

Halb verborgen im Schatten der Balustrade saß James Porteous auf der obersten Stufe der Haupttreppe von Inniscarragh und sah bei der Aufnahme einer Szene zu, die unten in der Halle gedreht wurde, wobei er sich von Zeit zu Zeit mit einem Schluck aus einer Whiskyflasche erfrischte. Eine große Statistengruppe, die sich größtenteils aus der Umgebung rekrutierte, saß an langen Tischen, verspeiste riesige Mengen von Essen und trank dazu falschen Wein. Die Komparsen waren als einfaches Landvolk, als Bauern, Milchmädchen, Fahrer, Feldarbeiter und Stallburschen der Jahrhundertwende zurechtgemacht worden. Die Tische schienen von Kerzen beleuchtet zu sein, aber tatsächlich kam zusätzliches Licht von den Scheinwerfern, die an langen Schienen über ihren Köpfen befestigt waren. Die irischen Statisten gaben sich große Mühe und hatten riesigen Spaß dabei, sie klapperten mit dem Besteck, unterhielten sich und plauderten angeregt. Der große Kamerawagen fuhr mehrmals an der Längsseite des Tisches entlang und nahm die Szene auf. Alles schien unendlich lange zu dauern, und James fragte sich, ob die Leute wohl noch lange weiteressen konnten, denn einige waren schon ganz rot im Gesicht.

»Ruhe bitte«, sagte eine strenge Stimme. »Jetzt holen wir die Tänzer dazu. Sind sie bereit, Brenda?«

»Ja, sie stehen hier im Eingang.«

»Gut. In Ordnung. Szene vierzehn, die erste. Aus dem Bild, bitte.«

Maskenbildnerinnen rannten hinaus, Mikrofone und Kameras wurden angestellt. »Action!« rief der Regieassistent, und das Fest begann von neuem. Dann tanzte eine Gruppe junger Leute in den Saal, die von einem hübschen Mädchen im Samtmieder und langem Rüschenrock angeführt und von einem jungen Mann begleitet wurde, der ein Hemd mit hohem Kragen und enge Hosen mit Gamaschen trug. Sie tanzten an den dicht besetzten Tischen vorbei, hinter ihnen eine hüpfende, jauchzende Gruppe in Directoire-Kostümen und zuletzt ein großer, dünner Mann mit kalkweißem Gesicht und rot bemalten Lippen, der als *pierrot* verkleidet war. Er trug eine enganliegende Mütze und einen weißen Anzug mit weiten Hosenbeinen und langen herabhängenden Ärmeln. Mit hochgeworfenen Armen sprang er in die Luft und durchmaß mit langen elastischen Schritten den Raum. Ihm folgte eine Gruppe kleiner Kinder, die sich vor dem *pierrot* ein wenig fürchteten, aber kicherten und seine ausgelassenen Sprünge nachahmten.

»Schnitt!«

Die Tänzer blieben stehen, gingen in den Gang zurück und bereiteten sich darauf vor, die Szene zu wiederholen. James nahm einen Schluck aus seiner Flasche. Er langweilte sich bereits ein wenig und wünschte, sie würden etwas Interessanteres machen, am liebsten etwas mit ein bißchen Dialog. Diese ewigen Wiederholungen schienen kein Ende zu nehmen. Er überlegte, ob es jemand bemerken würde, wenn er sich über den Treppenabsatz zur Hintertreppe und in die Küche, seinen Zufluchtsort, schliche. Unten wurde die Szene wieder eingerichtet, und er zögerte, unfähig, sich zu entscheiden, ob er sich wohl schnell hinausstehlen konnte, ohne Aufmerksamkeit zu erregen. Er nahm noch einen Schluck aus seiner Flasche, und plötzlich setzte sich jemand mit leise raschelnden schwarzen Gewändern neben ihn. Überrascht sah er nach rechts und stellte fest, daß die schwarzen Gewänder eine Nonnentracht waren, deren schneeweiße plissierte Haube ein fröhliches, rosiges Gesicht mit blauen Augen umrahmte.

»Geben Sie mir auch einen Schluck«, sagte die Nonne mit heiserer, vom Rauchen rauher Stimme. »Ich bin völlig ausgedörrt!«

James wischte den Hals der Flasche ab und reichte sie seiner neuen Gefährtin, die einen tiefen, gurgelnden Schluck nahm. Allmächtiger, dachte James, was für ein Zug! Sie reichte James die Flasche zurück und schmiegte sich kichernd an ihn, während er sich selbst einen weiteren Schluck genehmigte.

»Aus dem Bild!« rief der Regieassistent. »Ruhe bitte!« James legte den Arm um die Nonne, und schweigend sahen die beiden zu, während unten die Szene noch dreimal wiederholt wurde; immer wieder setzten sie die Flasche an, um sich zu stärken, bis James sie an die Lippen hob und feststellte, daß sie leer war. »Mist«, flüsterte er, »nichts mehr drin.« Er sah die Nonne an, die ein wenig geistlos lächelnd, mit glänzenden Augen und offensichtlich betrunken, seinen Blick erwiderte. Mir geht's nicht anders, dachte er. Vorsichtig stellte er die leere Flasche hinter den großen Treppenpfosten und wandte sich an seine neue Freundin. »Wollen wir an einen ruhigeren Platz gehen?« fragte er flüsternd. »Ich habe noch eine Flasche in meinem Zimmer.«

»Gut. Warum nicht? Wo geht's lang?«

James deutete auf den Treppenabsatz, die Nonne schürzte ihre Röcke und begann, in die gewiesene Richtung fortzukriechen. Er folgte ihr und bemerkte mit einigem Interesse, daß sie schwarze Seidenunterwäsche und durchsichtige schwarze Strümpfe mit Strapsen trug. Da schau her, dachte er, was für ein tolles Weib! Er holte sie ein, und als sie bei der vierten Tür des Absatzes angelangt waren, hob er die Hand und deutete mit dem Kopf auf seine Schlafzimmertür. »Hier herein«, flüsterte er. Als sie im Zimmer waren, richteten sie sich ziemlich unsicher, erhitzt und lachend, auf. Die Nonne sah sich mit unverhohlener Bewunderung in James' Zimmer um, während er zu dem Nachtkästchen neben dem riesigen Himmelbett hinübertaumelte und eine halbleere Whiskyflasche herausnahm. »Donnerwetter!« rief die Besucherin angesichts der venezianisch-roten Damastvorhänge und der vergoldeten, gedrechselten Bettpfosten aus, die den Himmel trugen. »Was für ein umwerfendes Bett! Schlafen Sie tatsächlich darin?«

»Ja, sicher«, antwortete James und schraubte die Flasche auf, »und es ist verdammt unbequem, kann ich Ihnen sagen.« Da er sich wieder an den netten Anblick der schwarzen Unterwäsche erinnerte, sah er die Nonne ziemlich spitzbübisch an, wie er meinte, tatsächlich war es aber nur der lüsterne Blick eines betrunkenen alten Lustmolches. »Möchten Sie es ausprobieren?« bot er an.

Zu seiner Verblüffung legte die Nonne sofort Haube und Tracht ab und enthüllte von grauen Strähnen durchzogenes rotes Haar und den schlaffen Körper einer schnell gealterten Frau. Sie setzte sich aufs Bett neben ihn und roch nach Schweiß, billigem Parfüm und Whisky. Sie schlang ihre dicken, sommersprossigen Arme um James' Hals und begann, ihn auf außerordentlich kontinentale Weise zu küssen, wie er fand. Na schön, dachte er, einem geschenkten Gaul schaut man nicht ins Maul. Ich bin ja schließlich auch kein Adonis. Nach weiterem ausgiebigem Whiskygenuß, albernem Unfug und dem wenig eleganten Versuch, sich gegenseitig auszuziehen, gelang ihnen schließlich ein grotesker Liebesakt. Beim Höhepunkt stieß James einen lauten Schrei aus und fiel leblos, alle viere von sich streckend, auf seine Partnerin. Ein paar Augenblicke dachte die arme Frau, James habe sich beim Orgasmus überanstrengt und ruhe sich nur aus, doch dann dämmerte ihr allmählich, daß er tatsächlich tot war. Mit einem Schreckensschrei stieß sie ihn von sich und befreite sich mit einiger Schwierigkeit von seinem Leib. Sie kroch aus dem Bett, als wäre es eine Schlangengrube, und kleidete sich mit bemerkenswerter Geschwindigkeit an, trotz der Tatsache, daß sie von Kopf bis Fuß wie Espenlaub zitterte.

Sie sah in den trüben Spiegel, befestigte sorgfältig ihre Haube und holte ein paarmal tief Luft, um ihre Nerven zu beruhigen. Dann ging sie zum Bett zurück und sah den bleichen nackten Leib, der so reglos und kalt darauf lag. Vorsichtig schloß sie seine Augen, schob das Kissen unter seinen Kopf und deckte ihn ordentlich mit dem Laken unter der Überdecke aus rotem Damast zu. So ist es ein bißchen besser, dachte sie, jetzt sieht er aus, als würde er schlafen. Armer alter Trottel, was für ein Tod. Aus irgendeinem unerfindlichen Grund schlug sie das Kreuzzeichen, nahm dann die Whiskyflasche, steckte sie in ihre geräumige Rocktasche, stahl sich aus dem Zimmer und schloß sorgfältig die Tür hinter sich.

Eines Sonntagmorgens Ende Oktober wachte Josh früh auf und lauschte auf das streitsüchtige Kreischen der Möwen am Ufer und den verloren traurigen Klang einer Schiffsirene. Er sah durchs Fenster auf den graubedeckten Himmel und beobachtete, wie die gelben Weidenblätter vorbeiwehten, die der starke Westwind aufgewirbelt hatte. Kein Laut drang aus Max' Zimmer nebenan, und Josh beschloß, ihn schlafen zu lassen. Er faltete die Hände unter dem Kopf, starrte an die Decke und fürchtete sich vor dem Wochenende, das vor ihm lag, er fürchtete sich vor den anteilnehmenden Blicken seiner Untermieter, aber am meisten fürchtete er sich davor, zu Ruth vielleicht unfreundlich sein zu müssen und sie erneut zu beleidigen. Warum läßt sie bloß nicht locker? fragte er sich. Warum versteht das arme Mädchen die Botschaft nicht und geht einfach? Er sah auf seine Uhr: fünf vor acht. In Frankreich ist es fünf vor neun, dachte er und war selbst überrascht, als er den Hörer nahm und die Nummer seiner Mutter in Paris wählte.

»*Oui?*«

»Mum?«

»Josh! Wie geht's dir, mein Schatz? Ist alles in Ordnung?«

»Nein, Mum, um genau zu sein, ist alles beschissen. Ich wollte wissen, ob ich vielleicht mit Max übers Wochenende kommen kann? Wir könnten den Eurostar nehmen und morgen abend wieder zurückfahren.«

»Natürlich kannst du das, mein Schatz. Die Sache ist nur die, wir sind gerade auf dem Weg in die Normandie zu Grandpère, warum kommst du nicht mit dorthin? Es ist Ewigkeiten her, daß er dich und Max gesehen hat, ich bin sicher, er würde sich riesig freuen.«

»Meinst du wirklich? Wir würden nicht stören?«

»Sei nicht albern, natürlich nicht. Nimm die erste Fähre, die du bekommen kannst, dann könntest du zum Tee in St. Giles sein.«

»In Ordnung, Mum, danke; bist du dir auch ganz sicher?«

»Ich bin mir ganz sicher. Bis dann, mein Schatz. Fahr vorsichtig.«

»Mach ich.«

Josh legte auf. Gott sei Dank, dachte er, ich habe das Richtige getan. Es war überraschend, wieviel besser er sich fühlte, wie weitaus weniger niedergeschlagen er war, fast fröhlich. Er stand auf und ging in Max' Zimmer. Der kleine Junge lag auf seinem Kissen und blinzelte im Halbschlaf.

»Komm, alter Junge. Zeit zum Aufstehen, wir machen einen Ausflug.«

»Wohin?«

»Das ist ein Geheimnis.«

»Oh, gut. Wird Mummy dort sein?«

»Nein, Max, sie wird nicht dort sein. Sie arbeitet immer noch. Aber jemand anderes wird auf dich warten.«

»Wer?«

»Das wirst du schon sehen.«

Anna legte den Hörer auf und setzte sich wieder an den Küchentisch. Sie nahm ihre Kaffeetasse und sah mit leicht gerunzelter Stirn ihren Mann an.

»Schwierigkeiten?« fragte Patrick. »Irgendwas nicht in Ordnung mit Josh?«

»Ja, so hört es sich an. Er kommt heute nachmittag mit Max nach St. Giles. Ich rufe lieber Philippe an, um ihn vorzuwarnen. Oder könntest du das machen, Liebling, während ich das Geschirr in die Spülmaschine stelle und nachsehe, ob Tom die richtigen Sachen eingepackt hat?«

Nachdem sie zehn Jahre glücklich in dem Dachappartement am Quai des Grands-Augustins gelebt hatten, waren Patrick und Anna widerstrebend zu dem Entschluß gelangt, daß die Wohnung zu ungünstig geschnitten war, um für sie selbst und ihren zehnjährigen Sohn Thomas wirklich bequem zu sein, vor allem da auch Annas ältere Kinder Josh und Olivia gelegentlich zu Besuch kamen. Als schließlich die viel größere Wohnung unter ihnen frei wurde, waren sie dort eingezogen. Jetzt besaßen sie einen großzügigen Salon mit holzgetäfelten Wänden und breite Fenster, die auf die Ile de la Cité hinausgingen. Die Wohnung hatte eine geräumige Küche, vier Schlafzimmer und zwei Badezimmer.

»Mein Gott!« hatte Anna ausgerufen, als sie sie zum ersten Mal besichtigten. »Wie eindrucksvoll! Steigen wir jetzt in die vornehme Welt auf, Liebling? Wollen wir das wirklich?« Sie war eine Frau mit ausgesuchtem, aber einfachem Geschmack; die Vorstellung einer eleganten, ganz offensichtlich teuren Wohnung reizte sie nicht besonders.

»Wir müssen nicht einziehen, wenn es dir nicht angenehm ist, Liebste, das weißt du.«

Anna hatte sich erneut in dem riesigen Raum mit der hohen Decke umgesehen und ihn im Geiste einzurichten begonnen. Sie ging zu den Fenstern hinüber, setzte sich auf einen der Mauervorsprünge und sah über den Fluß, auf die Insel und zu Notre-

Dame hinüber. »Nun, sie ist tatsächlich sehr hell und luftig, und der Blick ist noch viel schöner als von oben, nicht wahr?«

»Das stimmt.« Patrick setzte sich neben sie und sah sie mit gewohnter Zuneigung an, während sie das Problem zu lösen versuchte. Die Jahre waren mit Anna freundlich umgegangen, denn obwohl sie bereits fünfzig und Großmutter war, hatte sie sich seit der Zeit, als sie Patrick kennenlernte, kaum verändert. Sie hatte nicht zugenommen, ihr Haar war immer noch dunkel, und die einzigen Zeichen des Alters waren die feinen Linien um ihre glänzenden dunklen Augen. Auch im Wesen war sie unverändert, sie war die gleiche geblieben, sie liebte die Zurückgezogenheit und war mit ganzer Leidenschaft ihren Kindern und ihrem Mann ergeben. Patrick hielt sich für den glücklichsten aller Männer.

»Außerdem wäre es gut, wenn Schlaf- und Badezimmer nicht an verschiedenen Stellen liegen würden, nicht wahr?«

»Mhm.«

»Und sehr schön, eine richtige, große Küche zu haben anstatt einer Kochnische, ja?«

»Sicher.« Patrick erlaubte sich ein nachsichtiges Lächeln.

Anna sah ihn ernst an. »Nur noch eines, bevor wir uns entscheiden.«

»Was denn?«

»Könnten wir Giò bitten, einen Blick darauf zu werfen, damit er vielleicht eine Idee entwickelt, wie man die Wohnung ein bißchen weniger protzig aussehen lassen könnte; ein bißchen mehr so, wie wir sind?«

»Natürlich; großartige Idee.«

Giò, Annas Zwillingsbruder, besaß ein Antiquitätengeschäft unter den Arkaden der Place des Vosges, verbrachte aber inzwischen die meiste Zeit in Souliac, dem Familiensitz im Languedoc, wo er und sein Vater seit einigen Jahren Wein anbauten und selbst kelterten. Inzwischen waren sie soweit, die hochbegehrte *appellation controlée* verliehen zu bekommen, eine Auszeichnung, die beiden sehr viel bedeutete.

Also hatte Anna Giò in Souliac angerufen, und bei seinem nächsten Besuch in Paris hatte er mit Anna die angebotene Wohnung besichtigt. »Was meinst du, Giò? Findest du sie zu elegant, zu großbürgerlich für uns? Eigentlich kann ich mir unsere Bilder und Bücher, die Videokassetten und das alles nicht vor diesen vornehmen, blaugestrichenen Paneelen vorstellen, du vielleicht?«

»Nein«, antwortete Giò. »Es ist überhaupt nicht euer Stil.« Er wanderte in dem großen leeren Raum umher und dachte über das Problem nach. Er setzte sich aufs Fensterbrett und sah zu der hohen, elfenbeinfarben gestrichenen Decke hinauf, die ein bißchen rissig war und an der Teile des erlesenen Stucks fehlten. Er sah auf das honigfarbene Parkett, das nach Jahrhunderten der Behandlung mit Bienenwachs und Terpentin einen wundervollen Glanz bekommen hatte. »Weißt du, Anna«, sagte er, »eigentlich sind nur die Paneele das Problem. Was wäre, wenn wir die blaue Farbe ablaugen würden? Wahrscheinlich ist darunter herrliches, natürlich blasses Fichtenholz.«

»Glaubst du wirklich?« Sofort sah sie den Raum in natürlichen, blassen Holztönen, die der perfekte Hintergrund für all ihre Besitztümer wären, vor allem für die vielen kleinen vergoldeten Schnitzereien, die ihr spezielles Metier waren.

Giò stand auf, kniete sich in einer Ecke des Raums nieder und nahm ein kleines Taschenmesser aus der Jacke.

»Was hast du vor?«

»Was glaubst du? Ich will mir das Holz ansehen.«

»Giò! Das darfst du nicht!«

»Unsinn, das merkt doch niemand.« Vorsichtig kratzte er dicht über dem Boden eine kleine Stelle ab. »Komm her und schau dir das an«, sagte er und sah zu Anna auf.

Sie kniete sich neben ihn und sah es an. Ihre Blicke trafen sich. Die Farbe des Holzes war perfekt, ein sanftes, blasses Beige, von feinen weißen Maserungen durchzogen, wo die ursprüngliche Grundierung ins Holz eingedrungen war. »Es ist wundervoll«, sagte sie. »Danke, Giò, was für ein Schatz du bist. Ich wäre nie von allein auf den Gedanken gekommen.«

Mit gewohnter Tüchtigkeit hatte Giò alles für sie organisiert, er ließ die Holztäfelung ablaugen und fand einige verblichene antike Vorhänge, die in sanften Falten auf den Boden fielen und an ihren ursprünglichen Holzringen und Gardinenstangen befestigt wurden. Da Anna die Paneele nicht mit Bohrlöchern beschädigen wollte, entwarf Giò ein Regalsystem aus Stahl und Glas, um all die Bücher, Kassetten, Bilder und vergoldeten Schnitzereien unterzubringen. Die einzelnen Teile wurden mit unsichtbaren Stahldrähten an der Decke befestigt und im Boden verschraubt. Innerhalb eines Monats waren sie von oben nach unten gezogen, und Anna hatte sich sofort so heimisch gefühlt, als hätte sie schon immer hier gewohnt.

Patrick verschloß nun die Wohnungstür und fuhr mit Anna und Thomas in dem quietschenden alten Aufzug nach unten. Sie gingen zu ihrem Auto, das in der schmalen Gasse hinter dem Haus geparkt war, und fuhren durch Seitenstraßen auf die Autobahn in Richtung Normandie.

Kurz nach fünf bog Josh müde und hungrig in den Hof von St. Gilles ein und parkte seinen Wagen in dem offenen Kuhstall neben dem von Patrick. Er stieg aus, löste die Sicherheitsgurte von Max' Kindersitz und holte die Reisetasche aus dem Kofferraum.

»Hallo Josh, alter Junge. Wie schön, dich zu sehen.« Philippe war aus dem Haus gekommen, rieb sich lächelnd die Hände und war entzückt, seinen Enkel und Urenkel zu sehen. Er beugte sich hinunter und ergriff vorsichtig Max' Hand. »Erinnerst du dich an mich, junger Mann?«

Max sah Philippe eindringlich an, das schneeweiße, kurzgeschnittene Haar, das braune, alte Gesicht, das tief zerfurcht war, und die gebogene normannische Nase. »Nein«, sagte er ernsthaft, »ich erinnere mich nicht.«

Philippe und Josh lachten, und Josh legte die Hand auf Philippes Schulter und küßte ihn auf beide Wangen.

»Hallo, Grandpère«, sagte er, »wie gut, wieder hier zu sein. Ich hoffe, wir machen Marie-Claude keine Umstände, wenn wir so viel auf einmal sind.«

»Bestimmt nicht. Du kennst doch Marie-Claude – je mehr, um so lieber. Kommt herein. Wir trinken gleich Tee.« Er nahm Max' Hand, während Josh die Tasche trug, und sie gingen über den Hof zum Haus, dessen Fenster im Schein der untergehenden Sonne blitzten. Ihr roter Ball schien durch die trockenen, verwelkten Blätter der Apfelbäume im Obstgarten, an deren alten Ästen noch vereinzelt goldene Früchte hingen. Ein rostiger Schubkarren, der bereits mit Fallobst für die Saftpresse beladen war, stand in dem kniehohen Gras.

Philippe ging ins Wohnzimmer voraus, wo der runde Tisch bereits mit Teegeschirr gedeckt war. Anna und Tom saßen vor dem offenen Feuer auf dem Boden und rösteten Kastanien auf einer Schaufel, während Patrick in dem bequemen Sessel saß und ›Le Monde‹ las.

»Hallo, Mum.« Josh kniete sich neben seine Mutter und küßte sie. »Hallo, Patrick. Hallo, Quälgeist.« Er zersauste das dunkle lockige Haar seines Halbbruders, der mit einem hingebungsvollen Blick aus seinen blauen Augen, den Augen seines Vaters, zu ihm aufsah.

»Hallo«, sagte er. »Möchtest du eine Kastanie?«

»Danke«, sagte Josh, nahm eine und verbrannte sich die Finger. Er warf sie von einer Hand in die andere, bis sie kühl genug zum Schälen war.

»Und was ist mit mir?« fragte Max laut. »Ich möchte auch eine.« Er war müde. Seine Lippen zitterten, als würde er gleich losheulen.

»Nimm die hier, Liebling«, sagte Anna hastig und gab ihm die ihre.

»Nein, *die* will ich nicht. Ich will *die* hier, die von Dad.«

Josh zögerte, aber Max Gesicht war hochrot, sein Tonfall wütend; er kapitulierte unverzüglich. »Hier hast du sie, sie ist jetzt kühl genug. Schau, ich schäle sie für dich.«

»Nein, schäl sie *nicht*, Dad. Das kann ich selbst.«

»In Ordnung«, sagte Josh. »Hier nimm.«

»Was für ein dummes kleines Baby«, sagte Thomas hochnäsig und wandte sich wieder dem Feuer zu.

Max sah auf Toms Rücken, der ihm ablehnend zugekehrt war, warf einen Blick auf die besorgten Gesichter der anderen, reichte Josh die Kastanie zurück und ging zur Tür. »Ich will nicht hierbleiben«, sagte er mit angespannter Stimme. »Ich möchte nach Hause. Ich möchte zu meiner Mummy.« Er ergriff die Klinke und ging hinaus.

»Mein Gott«, sagte Anna. »Der arme kleine Junge, er ist erschöpft. Das war ziemlich gemein von dir, Tom.« Sie stand auf. »Ich gehe nach ihm schauen. Du trinkst Tee, Josh. Er beruhigt sich schon wieder, mach dir keine Sorgen.« Sie nahm ein Stück Kuchen und einen Becher Milch und verließ das Zimmer. Sie fand Max neben Joshs Wagen, wo er versuchte, die Tür zu öffnen.

»Möchtest du mir helfen, die Enten in den Stall zu bringen, Max?«

Max zögerte. Er sah auf den Kuchen. Am liebsten hätte er das Angebot seiner Großmutter zurückgewiesen, aber er war entsetzlich hungrig, und die Enten interessierten ihn ebenfalls. »Wo sind sie?«

»Oh, überall hier. Sie müssen über Nacht in den Stall gebracht werden, damit der Fuchs sie nicht fangen kann.«

»Was passiert, wenn der Fuchs sie fängt?«

»Er frißt sie.«

»Oh. Na schön, ich helfe dir, wenn du es allein nicht schaffst.«

»Danke, es ist viel leichter, wenn zwei Leute sie zusammentreiben. Sie verstecken sich immer in dem hohen Gras im Obstgarten.«

»Gut.«

»Wie wär's mit einem Imbiß? Du mußt schrecklich hungrig sein? Hast du zu Mittag gegessen?«

»Nicht viel – nur ein Sandwich und eine Cola. Dad wollte nicht anhalten, nur zum Tanken.« Er aß den Kuchen, trank die Milch und ließ den leeren Becher auf der rückwärtigen Stoßstange stehen, um ihn später mitzunehmen. Dann nahm er Annas Hand, und sie gingen in den Obstgarten, auf der Suche nach den Enten.

Patrick saß ruhig in seinem Sessel, gab vor, Zeitung zu lesen, und versuchte einzuschätzen, wie ernst Joshs gegenwärtige Lage war. Vermutlich war Nastassia das Problem. Hatte sie ihn und das Kind verlassen? Armer Josh, er sah tatsächlich so mitgenommen aus, daß dies zutreffen könnte. Mit einem schmerzlichen Stich erinnerte er sich an den Verlust seiner ersten Frau, was inzwischen fast vierzig Jahre her war, und er empfand großes Mitgefühl für seinen Stiefsohn, der Anna so glich, groß und schlank, wie er war, und mit denselben dunklen Augen.

Josh trank seinen Tee aus und sah Patrick an, ihre Blicke kreuzten sich, und er lächelte kurz. Patrick erwiderte das Lächeln, faltete die Zeitung zusammen und stand auf. »Wir brauchen noch Holz für den Abend«, sagte er. »Ich gehe welches holen.«

»Ich komme mit und helfe dir«, sagte Josh.

»Ich auch.« Gelangweilt von dem Rösten der Kastanien, warf Thomas die Schaufel weg.

»Nein, Tom«, mischte sich Philippe ein, »du bleibst hier und hilfst mir bitte mit dem Teegeschirr. Wir nehmen Marie-Claude den Abwasch ab. Sie wird sich freuen, wenn sie am Abend eine saubere Küche vorfindet, wenn sie zum Kochen kommt, nicht wahr?«

»Oh, *merde*! Muß ich das wirklich?«

»Ja, das mußt du. Und sag bitte nicht *merde*, wenn du nicht einen sehr guten Grund dafür hast.«

»In Ordnung.«

Der alte Mann und der Junge stellten sorgfältig die Tassen und Teller auf ein großes schwarzes Blechtablett; Philippe trug es in die Küche, gefolgt von Tom, der die Kuchenplatte brachte.

Josh nahm den Holzkorb, und er und Patrick gingen in den Schuppen, wo das angenehm duftende Holz aufgeschichtet war. »Schon wieder muß man Feuer machen«, sagte Patrick. »Die Tage verfliegen so schnell, nicht wahr? Es kommt mir vor, als wäre letzte Woche noch Sommer gewesen.«

»Patrick?«

»Josh?«

»Ich muß mit dir reden.«

»Natürlich.« Patrick setzte sich auf den Hackstock und wartete.

»Ich glaube, Nastassia hat mich verlassen. Und falls nicht, wird sie es bald tun.«

»Bist du sicher?«

»Ja, ziemlich sicher.« Er erzählte von der Filmarbeit in Irland; daß er kaum am Telefon mit ihr reden, geschweige denn sie sehen konnte. »Ich fürchte, sie hat bekommen, wonach sie immer gesucht hat: einen wirklichen Einstieg ins Filmgeschäft. Sie braucht mich nicht mehr.«

»Und Max?«

»Auch *ihn* scheint sie nicht zu brauchen.«

»Aber du?«

»Natürlich!« rief Josh erregt aus. »Das arme Kind, ich bin alles, was er noch hat. Und er ist alles, was ich habe.«

»Hast du irgendwelche Pläne, oder ist es noch zu früh dafür?« Patrick bemühte sich, einen sachlichen, teilnahmsvollen Ton anzuschlagen, aber nicht zuviel Mitgefühl zu zeigen, da er spürte, daß Josh kurz vor dem Zusammenbruch stand. Er begann, Scheite in den Korb zu schichten, wobei Josh ihm half, indem er einige sehr große mit der langen Axt zerhackte. »Die Schwierigkeit ist«, sagte er müde, »ich bin in London nie richtig heimisch geworden: Wahrscheinlich wird man das auch nicht, wenn die Dinge schief laufen. Ich habe dort eigentlich keine echten Freunde nach all den Jahren, die ich in Prag gearbeitet habe. In Paris habe ich viel engere Freunde und natürlich meine Familie. Ich habe mir überlegt, ob ich mich nicht dort nach einer Arbeit und einer Wohnung umsehen sollte.«

»Und Max?«

»Er würde natürlich mit mir kommen.«

»Und das Haus in London?«

»Ich dachte, ich könnte es Nastassia für ein paar Jahre überlassen. Wenn sie dann die Scheidung möchte, verkaufen wir es und teilen den Erlös zwischen uns auf.«

»Du hast dir das alles schon genau überlegt, oder?«

»Das entspricht meiner logischen Art«, sagte Josh traurig.

»Versuch dich nicht zu schnell zu etwas zu entschließen, Josh. Die Dinge könnten sich auch wieder einrenken, weißt du.«

Josh schüttelte den Kopf. »Das werden sie nicht. Stassi liebt mich nicht, Patrick, auch Max nicht. Das hat sie nie getan, keinen Moment lang.«

»Hat sie das gesagt?«

»Das war nicht nötig; ich weiß es eben.«

Patrick sah seinen Stiefsohn voller Mitgefühl an. »Aber soweit ich verstehe, liebst du sie immer noch, nicht wahr?«

»Ja, das tue ich«, antwortete Josh ruhig. »Und ich werde sie immer lieben. Es ist wie eine unheilbare Krankheit. Es gibt kein Heilmittel gegen die Liebe.«

»Würdest du denn eines haben wollen?« Patrick ergriff einen Korbhenkel.

»Nein.« Josh sah Patrick an, dessen dunkle Augen glänzten. »Aber wenigstens habe ich Max; er hat viel von ihr, und dafür bin ich dankbar.«

Gemeinsam trugen sie den Korb zum Haus zurück. »Da wäre nur noch eines«, sagte Josh, als sie an die Küchentür kamen, »könntest du es Mum an meiner Stelle sagen? Ich selbst schaffe das nicht, oder ich breche zusammen. Ich könnte ihr Mitgefühl im Moment nicht ertragen. Einverstanden?«

»Natürlich. Und Grandpère?«

»Ihm auch. Ich muß morgen gleich nach dem Mittagessen losfahren, also wäre wohl die beste Gelegenheit dafür, wenn ich fort bin.«

»Ich verstehe«, sagte Patrick. »Du hast wahrscheinlich recht.«

In der Küche bereiteten Marie-Claude und Anna das Abendessen vor, es sollte Fasan *à la Normande* geben, mit Calvados und Sahne zubereitet, und zum Abschluß Apfelkuchen. Anna saß auf einem Hocker am Tisch und walkte den Teig aus. Sie sah auf, als Josh und Patrick mit dem Holz hereinkamen.

»Hallo, Marie-Claude«, sagte Josh. »Wie geht's?«

»Mir geht's prächtig, Josh, wie immer. Und dir?«

»Danke, gut«, antwortete Josh und küßte sie auf beide Wangen.

»Was ist mit dem Abendessen von Max, Josh?« fragte Anna. »Was ißt er denn gewöhnlich?«

»Alles«, sagte Josh. »Du weißt schon, Mum, Würstchen, gebackene Bohnen, Schinken. Und Eier; er liebt Eier.«

»Gut«, sagte Anna. »Wir machen ihm ein gekochtes Ei mit Brotstreifen, dazu ein Glas Milch und einen Apfel, ja?«

»Prima.«

»Und wann möchte er essen?«

Josh sah auf die Küchenuhr; es war zehn vor sieben. Zehn vor sechs nach englischer Zeit. »Egal«, antwortete er.

»Warum steckst du ihn nicht in die Badewanne und bringst ihn dann zum Essen herunter?«

»In Ordnung, Mum. Danke, das mache ich.«

Josh und Patrick brachten das Holz ins Wohnzimmer, wo Max, Tom und Philippe »Happy Families« spielten, eine Ironie, die Patrick nicht entging.

»Max, hast du vielleicht Mr. Bun, den Bäcker?« fragte Tom mit schlauem Grinsen.

Schweigend reichte ihm Max die Karte.

»Da, ich habe gewonnen!« rief Tom triumphierend und breitete seine Karten aus. »Aber fast hättest du gewonnen, Max«, fügte er schnell hinzu, um freundlich zu erscheinen.

»Es ist ohnehin ein langweiliges Spiel«, antwortete Max, der versuchte, sich den Anschein zu geben, als mache es ihm nichts aus zu verlieren, was ihm jedoch mißlang.

»Ich bin ganz deiner Meinung, Max«, sagte Philippe schnell und legte seine Karten ab. »Komm, Tom, hol die Schachfiguren heraus. Das ist ein richtiges Spiel, viel mehr nach meinem Geschmack.«

Max warf seinem Vater einen angstvollen Blick zu, aber der lachte, hob ihn hoch und umarmte ihn fest. »Komm mit, es ist Zeit für dein Bad, alter Junge. Erinnerst du dich? Es ist wahrscheinlich das größte Badezimmer der Welt, mit riesigen glänzenden Messinghähnen.«

Beruhigt durch die Atmosphäre des alten Hauses und die Essensgerüche, die aus der Küche strömten, trug Josh seinen Sohn nach oben. Wie andere vor ihm fühlte er sich wohltuend besänftigt von der dunklen Patina der geschnitzten Eichentreppe, den steifen Porträts früherer Halards aus dem 19. Jahrhundert, die an der Holztäfelung hingen, und dem lauten Ticken der Standuhr in der steingefliesten Eingangshalle.

»Dad«, sagte Max, die Arme eng um den Hals seines Vaters geschlungen, »Tom sagt, er sei mein *Onkel*. Stimmt das?«

»Nun, er ist *mein* Bruder, Liebling, also muß er dein Onkel sein, oder?«

»Ich habe eine ganze Menge Onkel und Großeltern und so was, nicht wahr?«

»Das stimmt«, sagte Josh. »Da hast du doch Glück?«

»Ich mag Anna.«

»Ich auch.«

7

Drei Tage waren vergangen, nachdem James Porteous auf so spektakuläre Weise die Welt verlassen hatte. Niemand hatte ihn vermißt, und er lag still und friedlich in dem kalten Schlafzimmer auf seinem großen Bett und schlief den tiefen, sorglosen Schlaf jener, deren Sorgen vorbei sind.

Im Hof versuchten der erste Kameramann, der zweite Kameraassistent und Jacob Kroll herauszufinden, wie sie am besten die Szene in dem äußerst kleinen und dunklen Zimmer aufnehmen sollten, in dem sich Meaulnes für das Hochzeitsfest ankleidet.

»Es ist zu klein, um einen richtigen Ausschnitt zu bekommen, Jake. Wir sollten die Szene später im Studio drehen, das wäre viel einfacher.«

»Oder wir könnten die Außenwand einreißen«, schlug Jake vor. »Das würde nur fünf Minuten dauern.«

»Das können wir nicht tun, ohne zuerst die Erlaubnis einzuholen und hinterher alles wieder ordentlich aufzubauen, was auch ein ziemlicher Umstand wäre.«

»Also gut, wir holen uns die Erlaubnis, kein Problem. Ich frage jetzt den alten Mann. Wo ist er eigentlich? Ich habe ihn in letzter Zeit gar nicht mehr gesehen.«

»Keine Ahnung – vielleicht ist er weggefahren.«

»Das glaube ich nicht«, sagte Jake, »sein Wagen steht in der Garage. Schick gleich jemand los, um ihn zu suchen.«

Sie durchforsteten das ganze Haus und das Grundstück, bis der Regieassistent James schließlich fand. Tatsächlich machte sich der alte Mann bemerkbar, kaum daß die Schlafzimmertür auf war. Der Raum war von einem seltsamen Geruch erfüllt, der an Verwesung erinnerte. Der Assistent ging in den Raum hinein und entdeckte die bewegungslose Gestalt auf dem Bett. Allmächtiger Gott, dachte er, der arme alte Kerl ist abgekratzt! Er rannte hinaus, warf die Tür hinter sich zu, eilte die Treppe hinunter und in den Stallhof hinaus, wo Jake ungeduldig wartete.

»Ich habe ihn gefunden«, sagte der Regieassistent atemlos und grün im Gesicht. »Er ist tot!«

»Er ist was?«

»Tot!«

»Du machst *Scherze*?«

»Nein.«

»Um Himmels willen!« rief Jake ärgerlich aus. »Wie kann er uns das antun! Was machen wir jetzt?«

»Nun, wir können kein Loch in die Mauer schlagen ...« begann der zweite Regieassistent.

»Zum Teufel mit dem *Loch*, du Idiot. Was *machen* wir jetzt?«

»Oh. Hm, nun ja, wir rufen die Polizei, würde ich sagen, oder einen Arzt oder dergleichen. Wie wär's mit der alten Schachtel in dem Haus am Tor? Ist das nicht seine Nichte?«

»Oh, Mist«, sagte Jake. »Das ist wirklich große Scheiße, es wirft unseren ganzen Drehplan über den Haufen. Also gut, ich sollte wohl besser die Polizei anrufen. Die sollen sich darum kümmern, die wissen, was zu tun ist.«

Die Polizei kam aus der Stadt und brachte den Arzt mit. Nach Feststellung der Todesursache, die natürlichen Gründen zugeschrieben wurde, wurden die Schubladen im Büro des Toten durchsucht, wo man den Namen seines Anwalts in Dublin fand. Der Seniorpartner, ein alter Freund von James, trug der Polizei auf, den Leichnam in die Leichenhalle zu bringen und alle notwendigen Schritte zu unternehmen, er selbst wolle Miss Porteous informieren und an den Besitzer auf Korfu schreiben.

Einen Moment lang dachte Jake daran, den Anwalt um die Erlaubnis zu bitten, die Wand einzureißen. Aber ein letzter Rest von Anstand hielt ihn davor zurück, da dies wahrscheinlich nicht der richtige Augenblick für eine solche Bitte war. Als schließlich der Krankenwagen mit dem Leichnam abgefahren war, ordnete er an, die Wand einzureißen. Keiner wird das erfahren, sagte er sich, ich sage einfach, daß er die Einwilligung vor seinem Tod gegeben hat.

Guy und Dido verbrachten einen glücklichen Tag in Korfu-Stadt. Sie hatten die Kirche von St. Spyrídon besucht und sich den herrlichen Silbersarg des Inselheiligen angeschaut; durch eine Glasscheibe hatten sie die winzigen mumifizierten Füße betrachtet, die in Pantoffeln steckten, und die lebensgroßen Ikonen auf den Wänden bewundert, die vom Alter und vom Rauch geschwärzt waren, deren Heiligenscheine jedoch ihren silbrigen Glanz behalten hatten. Danach genossen sie ein vorgezogenes Mittagessen in einem Straßencafé auf dem Listón und verbrachten den Rest des Nachmittags in einer kühlen Buchhandlung.

Die letzten beiden Wochen waren für Guy von fast unerträglichem Glück erfüllt gewesen. Nachdem Dido ein paar Tage zwischen seinem Haus und der Taverne hin- und hergependelt war, war sie, für niemand überraschend, bei Guy eingezogen. Er fühlte sich wie neugeboren, stark, zuversichtlich und vollkommen wohl in seiner Haut. Er weigerte sich nicht mehr, den Rollstuhl zu benutzen, hauptsächlich deswegen, weil der Anblick eines behinderten Mannes in Begleitung einer attraktiven jungen Frau eher bewundernde Blicke auf sich zog, im Gegensatz zu der mitleidsvollen Anteilnahme, die er früher auszuhalten hatte. Wenn er den Rollstuhl nahm, konnten er und Dido manchmal auch allein mit dem Wagen etwas unternehmen, obwohl sie bei Bootsausflügen natürlich immer noch auf Vassilis Hilfe angewiesen waren. Auf diese Weise fühlte sich Guy wesentlich unabhängiger. Natürlich war er von Dido abhängig, aber irgendwie vermittelte sie ihm kein solches Gefühl. Ihre Tage waren geruhsam, ausgedehnt und von interessanten Dingen ausgefüllt; die Nächte brachten ihnen beiden unglaubliches Glück und Erfüllung.

Sie verließen den Buchladen und beschlossen, daß es Zeit war, nach Hause zu gehen. Über die Küstenstraße, wo abgesehen von ein paar wackeligen Linienbussen kein Verkehr herrschte, fuhren sie nach Koulari zurück. Sie bogen in Guys Einfahrt ein, waren glücklich, wieder zu Hause zu sein, und freuten sich auf einen Drink vor dem Abendessen. Heleni hatte die Post auf den Couchtisch im Wohnzimmer gelegt. Guy sah sie kurz durch und zog ein langes Kuvert mit Dubliner Poststempel heraus. »Was das wohl sein mag?« fragte er sich. Er öffnete den Brief und las ihn zweimal. Dido schenkte die Getränke ein, stellte Guys Glas auf den Tisch und setzte sich aufs Sofa. Guy sah sie mit dunklem, besorgtem Blick an.

»Was ist los?«

»Es geht um Onkel James. Er ist gestorben, der liebe alte Mann.«

»Wie traurig, das tut mir leid«, sagte Dido leise. »Aber er muß doch schon ziemlich alt gewesen sein, oder?«

»Ja, das war er. Die Schwierigkeit ist nur, daß ich nach Irland fahren muß, meine Liebste. Das Haus gehört mir, verstehst du. Ich muß hinfahren und alles regeln.«

»Ich begleite dich.«

»Würdest du das wirklich?«

»Natürlich, was sonst?«

Spät nachts kamen Dido und Guy in Dublin an, sie waren müde und entsetzlich hungrig, trotz der verschiedenen Fertigmenüs, die sie im Flugzeug serviert bekommen hatten. Es regnete heftig, und sie sahen nur wenig von der Stadt, als das Taxi sie beim Hotel ablieferte. Hier war alles behaglich und wohltuend, und man brachte ihnen Essen und Trinken auf ihre Suite, obwohl der Speisesaal schon seit Stunden geschlossen war. Nach einem guten Frühstück mieteten sie einen Wagen mit Chauffeur, der sie nach Inniscarragh brachte, das etwa zwei Fahrstunden von der Hauptstadt entfernt lag. Dido, die noch nie in Irland gewesen war, genoß es, friedlich neben Guy in dem bequemen Wagen zu sitzen, und sah auf die hügelige grüne Landschaft hinaus, die vorbeiflog. Guy war schweigsam, er wirkte abwesend und deprimiert. Ob wegen des Todes von James oder der Tatsache, daß er wieder in Irland war, vermochte sie nicht zu sagen und fragte auch nicht. Sie hatte Guy nie nach seiner Vergangenheit gefragt, weil sie keine alten Wunden aufreißen und lieber warten wollte, bis er von sich aus darauf zu sprechen käme. Ihr gemeinsames Leben war jedenfalls so idyllisch gewesen, daß keiner von ihnen das leiseste Bedürfnis verspürte, auf die traurigen oder enttäuschenden Aspekte ihrer jeweiligen Vergangenheit einzugehen.

Es war halb zwölf, als der Wagen durch die Tore und zum Haupteingang von Inniscarragh fuhr. »Mein Gott, ist es das?« sagte Dido und spähte durchs Wagenfenster hinaus. Sie hatte irgendein kleines, hübsches Herrenhaus erwartet, auf keinen Fall ein so imposantes Gebäude.

»Warte, bis du es von innen siehst«, sagte Guy ungerührt.

Sie stiegen aus, und Guy schaffte es ohne Hilfe bis zur Eingangstür hinauf. Der Fahrer holte das Gepäck und den Rollstuhl aus dem Kofferraum.

»Guy«, rief Dido, »bleiben wir hier, oder gibt es ein Hotel in der Nähe? Was ist mit dem Gepäck?«

»Im Dorf gibt es einen Pub mit Fremdenzimmern. Der Chauffeur soll einen Moment warten. Ich rufe an und reserviere die Zimmer.« Ein paar Minuten später kam er heraus und sah verärgert aus. »Es ist unglaublich«, sagte er. »Wie es scheint, ist jedes Bett im Ort von einer Filmgesellschaft belegt. Offensichtlich drehen sie direkt hier im Haus.«

»Siehst du irgend jemand von ihnen?« fragte Dido und blickte sich um.

»Nun, sie müssen irgendwo sein, nehme ich an. Wie ärgerlich.« Er sah Dido an. »Meinst du, du kannst es hier aushalten? Es ist schrecklich schmutzig, weißt du.«

»Ist schon gut, wir schaffen das schon.« Dido hoffte, daß sie aufmunternd und fröhlich klang. Sie wandte sich an den Chauffeur. »Könnten Sie mir bitte mit dem Gepäck helfen?«

Bereitwillig brachte der Chauffeur das Gepäck in die Halle, nahm das üppige Trinkgeld von Guy, schenkte ihnen einen unverkennbar mitleidsvollen Blick und fuhr davon, während sich Dido seltsam ausgesetzt fühlte, da sie nun kein Transportmittel mehr besaßen. »Was machen wir, wenn wir einkaufen oder irgendwohin fahren müssen, Guy? Kriegt man hier Taxis, was meinst du?«

»Kein Problem, falls Onkel James' alter Mercedes noch fährt. Ich schätze, er steht in der Garage.«

»Großartig, wie schön.«

Guy lachte und fühlte sich besser. »Ja, durchaus. Der alte Knabe hatte einen guten Riecher, was Motoren anbelangte, bei anderen Dingen eher weniger.«

Sie gingen durch die offiziellen Räume im Erdgeschoß und begannen in dem herrlichen Salon mit der chinesischen Tapete aus dem achtzehnten Jahrhundert und den inzwischen fadenscheinigen, schweren Damastvorhängen vor den hohen georgianischen Fenstern, die den Blick auf das ungemähte Gras bis hinunter zu dem nebelverhangenen See freigaben. Gemeinsam standen sie da, blickten über die zerfallenen Terrassen, wo vor langer Zeit Blumen geblüht und eine Reihe von Stufen zum Wasser hinunter geführt hatten. Auf der anderen Seite des Sees entdeckte Dido plötzlich die Filmleute. »Sieh nur!« rief sie aus. »Da sind sie!«

»Wer?«

»Die Filmleute. Schau, sie drehen auf der anderen Seite des Sees. Kannst du sie nicht sehen?«

»O ja, da sind sie«, erwiderte Guy ohne besonderes Interesse.

Sie setzten ihren Rundgang fort, inspizierten das riesige häßliche Speisezimmer mit den deprimierenden weinroten Brokatwänden und Brokatvorhängen, dem riesigen Kristalleuchter über dem ausladenden Tisch, der mit einem schmutzigen Tuch bedeckt war. »Was für ein Tisch! Daran finden ja mindestens zwanzig Gäste Platz, was?«

»Ja, und oft saßen zu Zeiten meines Vaters auch so viele hier.«

Sie besichtigten die anderen Räume im Erdgeschoß, große und kleine, und kamen schließlich in die Bibliothek, in der es wärmer zu sein schien als im übrigen Haus und wo es angenehm nach Torf roch. Auch die Fenster waren hier kleiner als in den repräsentativen Räumen, und eine Tür führte in einen verwilderten kleinen Rosengarten hinaus, der von einer hohen, ungepflegten und struppigen Eibenhecke umgeben war. Der Raum mit den verglasten Bücherregalen wirkte einladend, fast gemütlich, und war mit einem großen Ledersofa und Sesseln möbliert, einem wundervollen Chippendale-Sekretär und einem viereckigen Tisch aus gekalkter Eiche. Auf dem Tisch stand eine große Lampe, deren grüner Metallschirm mit einem Muster aus goldenen Blättern eingefaßt war. Bücher und Papiere lagen auf dem Tisch verstreut, daneben eine Flasche Whisky mit schmutzigen gravierten Gläsern auf einem angelaufenen Silbertablett. Neben dem Kamin, auf einem kleinen niedrigen Tisch, stand ein uralter Fernseher.

»Es ist reizend, Guy. Hier könnten wir es uns bequem machen, nicht wahr?«

»Wo sollen wir schlafen? Auf dem Sofa?«

»Warum nicht? Es ist doch groß genug.« Dido setzte sich aufs Sofa und streckte sich dann darauf aus. »Hm, gar nicht schlecht. Ich muß schauen, ob ich Kissen und Decken finden kann.«

Die Tür ging auf, und eine ältere, grauhaarige Frau im Burburry trat ein, gefolgt von einem kleinen, deprimiert aussehenden Dachshund. Dido sprang sofort auf, blieb stehen und kam sich dumm vor.

»Guy! Da bist du ja. Du hast dir ordentlich Zeit gelassen, muß ich sagen.« Die Frau sah Dido an. »Ist das deine Pflegerin?«

Guy überging die Frage. »Dido«, sagte er, »darf ich dir meine Schwester Lavinia vorstellen? Lavinia, das ist Dido Partridge.«

Lavinia ließ aber nicht locker und fragte unhöflich: »Ist Miss Partridge deine Pflegerin? Vermutlich brauchst du eine.«

»Dido ist nicht meine Pflegerin, Lavinia, sie ist eine Freundin. Sie hat sich freundlicherweise bereit erklärt, mitzukommen und bei der Regelung dieses Durcheinanders zu helfen.«

»Ich verstehe.« Ärgerlich schossen Lavinias Blicke durch den Raum, während sie versuchte, sich etwas Boshaftes einfallen zu lassen, das sie ihrem Bruder an den Kopf werfen konnte. »Du hast wahrscheinlich nicht vor, im Haus zu wohnen, oder? Das wäre doch ziemlich unbequem für Miss Partridge, oder?«

»Es bleibt uns keine Wahl, Lavinia. Der Pub ist voller Filmleute, wie du sicher weißt.«

»Das muß wohl so sein. Mrs. Reilly hat diesbezüglich etwas verlauten lassen.«

»Außer natürlich«, sagte Guy ziemlich hinterhältig, »du lädst uns in dein Haus ein.«

»Ähm, nein, ich glaube nicht, daß das möglich wäre. Ich erwarte leider sehr bald den Besuch von Freunden.«

Dido mußte an sich halten, um nicht zu lächeln, aber Guy lachte laut heraus. »Ja natürlich erwartest du Besuch, Lavinia. Wie dumm von mir zu fragen, nicht wahr?«

»Keineswegs«, antwortete Lavinia ungerührt. »Unter normalen Umständen hätte mir nichts größere Freude bereitet.« Frostig lächelte sie ihren Bruder an, dann wandte sie sich an Dido. »Vielleicht möchten Sie, daß meine Zugehfrau mit ihren Töchtern zu Ihnen herüberkommt und das Haus putzt?«

»Danke«, antwortete Dido. »Das wäre sehr freundlich.«

»Nun, ich muß los. Fritz braucht seinen Spaziergang. Es wird jetzt so früh dunkel.« An der Tür hielt Lavinia inne. »Ich werde Mrs. O'Reilly sagen, sie soll heute abend bei Ihnen vorbeikommen; diese Küche ist wirklich widerlich, die reinste Gesundheitsgefährdung. Diese *entsetzlichen* Papageien!« Sie verdrehte die Augen zur Decke, warf den beiden ein bedeutungsvolles Lächeln zu und ging. In der Halle konnten sie sie nach dem Hund rufen hören, dann schlug die Eingangstür zu.

»Papageien?« fragte Dido.

»Ja, Papageien«, antwortete Guy matt. »Onkel James hat sie sich als Haustiere gehalten. Ich hatte sie ganz vergessen. Ich glaube, wir sollten sie suchen.«

»Guy«, warf Dido schnell ein, »vergiß die Papageien im Moment. Ich bin am Verhungern, du nicht? Wir haben seit dem Frühstück nichts mehr gegessen. Warum stellen wir nicht fest, ob der Wagen läuft, und kaufen etwas zu essen ein?«

»Und zu trinken«, sagte Guy. »Auf den Whisky des armen alten Onkel James bin ich eigentlich nicht so scharf, du vielleicht? Er sieht schon ein bißchen trüb aus. Als hätte er aus der Flasche getrunken.«

»Laß die Finger davon«, sagte Dido und zuckte zurück. Sie legte die Arme um seinen Hals und küßte ihn. »Komm, laß uns jetzt losgehen.«

Guy ging durch einen Wintergarten in einen langen verglasten Durchgang, von dem aus der hinter dem Haus liegende Stallhof zu sehen war. Der Hof war leer, und Guy bemerkte, daß eine Außenmauer eingestürzt war und wieder aufgebaut werden mußte. Der Mercedes stand in der Garage, ganz wie Guy erwartet hatte, und der Schlüssel steckte im Zündschloß. Guy lächelte, als er ihn sah. »Das ist typisch«, sagte er. Sie stiegen ein, Dido legte mit einiger Schwierigkeit den Rückwärtsgang ein und fuhr aus der Garage. Kein bißchen nervös, am Steuer eines so riesigen Fahrzeugs zu sitzen, fuhr sie vorsichtig aus dem Hof und bog in die Hauptstraße zum Dorf ein. Als sie an Lavinias Haus vorbeikamen, bemerkte Guy, daß seine Schwester am Fenster stand und ihnen durch die Vorhänge nachspähte. Er winkte, worauf sie sich sofort zurückzog. Er lachte vergnügt auf. »Blöde alte Kuh«, sagte er, »sie hat sich kein bißchen verändert.«

»Armes Ding«, sagte Dido nachsichtig, »vielleicht ist sie einsam.«

»Ganz entsetzlich«, antwortete Guy. »Aber wenn sie es ist, dann hat sie selbst daran schuld, diese Giftspritze.«

Als sie mit den Einkäufen zurückkamen, fanden sie Mrs. O'Reilly in der Küche vor, die, aufgeregt und mit rotem Gesicht, die verdorbenen Sachen aus dem rostigen Kühlschrank räumte. »Es ist wirklich eine Schande, Mr. Guy, also wirklich und wahrhaftig, Sir. Wenn ich gewußt hätte, daß Sie kommen, wäre ich sofort hiergewesen. Der arme Mr. James hat ja nie jemanden ins Haus gelassen. Das könne er sich nicht leisten, hat er immer gesagt, obwohl ich es umsonst gemacht hätte. Bestimmt.«

»Bitte machen Sie sich keine Sorgen, Mrs. O'Reilly. Es ist sehr freundlich von Ihnen, daß Sie so schnell gekommen sind.«

»Nun, ich konnte doch nicht anders, oder?«

Dido stellte ihre Tüten auf den von Papageienkot verschmutzten Tisch und schüttelte Mrs. O'Reillys nasse Hand. »Hallo, Mrs. O'Reilly, ich bin Dido.«

»Freut mich, Sie kennenzulernen, Miss Dido.« Mrs. O'Reilly sah besorgt auf die Einkäufe. »Sie sollten lieber nichts auf den Tisch stellen, Miss. Sehen Sie sich den Dreck an.«

»Als erstes würde ich sagen, die Papageien sollten eigentlich nicht in der Küche bleiben, oder?« Dido sah Guy an.

»Du hast wahrscheinlich recht. Könnte man sie nicht im Wintergarten unterbringen?«

»Wäre es ihnen da nicht zu einsam, so ganz allein?«

»Ich glaube nicht. Sie sind doch zu zweit, nicht wahr?« Guy

setzte sich auf einen Küchenstuhl. »Ich hoffe, sie sind gefüttert worden und haben Wasser bekommen, Mrs. O'Reilly.«

»Natürlich, Sir. Mein Jimmy ist jeden Tag raufgekommen, um nach ihnen zu sehen.« Sie senkte die Stimme zu einem pietätvollen Flüstern. »Es hat tatsächlich ziemlich gedauert, bevor man den Leichnam gefunden hat, und die Vögel mußten eine ganze Weile hungern.«

»Glauben Sie, Jimmy würde sie gern haben wollen, Mrs. O'Reilly?«

»Sicher würde er das, Sir. Er liebt diese Papageien, und sie lieben ihn.«

»Ausgezeichnet, das wäre also geregelt.«

»In der Zwischenzeit«, sagte Dido, »bringen wir sie in den Wintergarten.«

Nachdem die Papageien in ihr neues Domizil gebracht worden waren, schrubbte Mrs. O'Reilly den Tisch, reinigte das gesprungene Abwaschbecken und desinfizierte das Ablaufbrett, während Dido die Einkäufe in den Kühlschrank stellte. Die Schränke sahen nicht sehr einladend aus; sie war sicher, daß Mäuse darin hausten, wenn nicht noch Schlimmeres, also beschloß sie, sie im Moment nicht zu benutzen. Der Herd ging nicht an, als sie ihn anzuzünden versuchte, und bei Überprüfung stellte sich heraus, daß die Gasflasche leer und nirgendwo Ersatz zu finden war. »Na schön«, sagte sie, entschlossen, sich von der deprimierenden Wendung der Dinge nicht unterkriegen zu lassen. »Dann gibt es Schinken mit Salat und Brot heute abend, und morgen kaufen wir ein paar Gasflaschen.« Glücklicherweise funktionierte der elektrische Wasserkocher, und sie konnten sich Tee machen. »Wir könnten morgen zum Frühstück sogar Eier darin kochen.«

Mrs. O'Reilly verabschiedete sich und versprach, am nächsten Tag mit ihren Töchtern wiederzukommen und einen gründlichen Hausputz vorzunehmen. Dido sah sich in der Küche um, die so kalt und trostlos wirkte und jetzt streng nach Desinfektions-

und Bleichmitteln roch. »Warum zünden wir nicht in der Bibliothek den Kamin an und essen dort zu Abend? Hier ist es ein bißchen ungemütlich, oder?«

»Gute Idee«, sagte Guy ruhig, »aber bedeutet das nicht noch mehr Arbeit für dich? Du bist seit Stunden nicht mehr zur Ruhe gekommen.« Er sah sich voller Abscheu um und spürte, daß das altvertraute Gefühl der Nutzlosigkeit und Depression wieder über ihn kam.

»Bestimmt nicht«, sagte Dido entschieden. »Das macht doch Spaß. Wir machen ein Picknick vor dem offenen Feuer. Komm, wir nehmen den Whisky mit. Ich könnte einen Schluck vertragen, du nicht?«

Unter dem Schiebedeckel einer Mahagonitruhe neben dem Kamin fand sie Anzündholz und Torfstücke. »Papier?« fragte sie.

»Da«, sagte Guy und riß ein paar Seiten aus einer monatealten Ausgabe der ›Irish Times‹, die er zusammenknüllte.

»Mach das Feuer direkt auf der alten Asche, dann wird der ganze Haufen heiß und brennt die ganze Nacht. Zumindest theoretisch.«

Nachdem Dido das Feuer angezündet hatte und sie ein paar Gläser Whisky getrunken hatten, fühlten sich beide wesentlich besser. Sie ging in die Küche und kam mit einem Tablett zurück, auf dem Schinken, Brot, Butter, Salat und Tomaten lagen. »Sieh nur die wundervollen Teller, die ich gefunden habe«, sagte sie. »Es sind Mason's Ironstone, sind sie nicht hübsch?«

Mit den Tellern auf den Knien saßen sie vor dem wohlriechenden Feuer auf dem Sofa und aßen mit großem Appetit. Im Schein der Lampe wirkte der Raum gemütlich, und die kleinen blauen Flammen, die aus dem Torf aufzüngelten, tanzten über dem rotglühenden Berg aus Asche. Dido lehnte sich an Guy, und er legte den Arm um sie. »Bist du müde, meine Liebste?«

»Ja, das bin ich, du nicht?«

»Sehr.«

»Wir wollen uns jetzt nicht mehr die Mühe machen, Laken und Bettzeug zu finden«, sagte Dido. »Warum schlafen wir nicht einfach so?«

»Großartige Idee«, sagte Guy, »aber ich muß die verdammten Beinstützen abnehmen. Meine Beine bringen mich um.«

»Ach Liebling, warum hast du nichts gesagt? Das habe ich ganz vergessen.«

»Wirklich?«

»Was meinst du?«

»Du hast meine Beine vergessen?«

Dido sah Guy überrascht an. »Ja, das habe ich. Ich habe den ganzen Tag nicht ein einziges Mal an deine Beine gedacht, ist das nicht schrecklich?«

»Nein«, antwortete Guy, »das ist überhaupt nicht schrecklich, es ist wundervoll. Du kannst dir gar nicht vorstellen, wie.« Zärtlich küßte er sie. »Dennoch«, fuhr er reumütig fort, »je eher ich die Schienen abnehme, um so besser werde ich mich fühlen, ich hoffe nur, meine Beine bluten nicht.«

»Guy!« Sie sprang vom Sofa auf, schob seine Hosenbeine hoch und begann die Schnallen zu lösen.

»Ich habe nur Spaß gemacht«, sagte Guy lachend.

»Du bist schrecklich! Du hast mich in Angst und Schrecken versetzt!«

»Bist du mir böse?«

»Nein«, antwortete Dido, kniete sich auf den Boden und massierte die gepeinigten Beine, die von den harten Ledergurten der Schienen aufgescheuert waren. Voller Liebe und Mitgefühl sah sie zu ihm auf. »Mich stört nichts an dir, Guy. Das solltest du inzwischen wissen.«

Am nächsten Morgen saßen sie in der Küche, aßen gekochte Eier, tranken guten, starken Kaffee und besprachen die Zukunft von Inniscarragh. »Ich werde es verkaufen müssen, ich kann das

Haus keinesfalls behalten«, sagte Guy. »Es muß ein Alptraum sein, es zu führen, und der Unterhalt kostet ein Vermögen. Du mußt dich nur umschauen, um zu sehen, was passiert, wenn man solche Häuser herunterkommen läßt.« Er erzählte ihr von Lavinias früherem Plan, einen Golfplatz zu bauen und die Ställe in Mietwohnungen umzubauen.

»Ist die Idee wirklich so schlecht?«

»Nachdem Onkel James nun kein Zuhause mehr braucht, könnte man darüber nachdenken. Aber man bräuchte sowohl eine Unmenge Geld, um so ein Projekt durchzuführen, als auch viel Zeit und Energie.« Guy schien nicht das geringste Interesse zu haben, einen solchen Plan in die Tat umzusetzen.

»Wie wär's, wenn man erst einmal nur die Baugenehmigung dafür einholen würde?« schlug Dido vor. »Dann könnte man es verkaufen, wie es ist. Die Japaner sind doch verrückt aufs Golfspielen. Sie würden wahrscheinlich einen satten Preis dafür zahlen, könnte ich mir vorstellen.«

»Was für eine großartige und einfache Lösung; wie klug und vernünftig du bist, Dido.«

»Obwohl es schade ist, findest du nicht? Es ist ein so wundervolles Haus, trotz seines verrotteten, schmutzigen Zustands. Es in Schuß zu halten könnte eine Lebensaufgabe sein.«

»Aber nicht für mich, meine Liebste, und für dich sicherlich auch nicht.«

»Nun, wenn ich die Wahl hätte, würde ich natürlich Korfu vorziehen.«

»Tatsächlich?«

»Ja.«

Guy ergriff ihre Hand und küßte sie, und im selben Moment wurde die Küchentür aufgerissen, und Lavinia trat ein, gefolgt von Mrs. O'Reilly und zwei jungen Mädchen, die Besen, Kübel und Staubwedel trugen.

»Guten Morgen, Lavinia, guten Morgen, Mrs. O'Reilly.« Guy hob die Kaffeekanne und sah seine Schwester an. »Kaffee?«

»Nein, danke.« Lavinia legte auf geschäftsmäßige Weise ihren Burberry ab, reichte ihn Mrs. O'Reilly, setzte sich gegenüber von Guy an den Tisch, behielt aber den grünen, mit einer Eichelhäherfeder geschmückten Fischerhut auf. »Also«, begann sie herrisch, ohne Dido zu beachten, »wir sollten übers Geschäftliche reden.«

Bevor Guy antworten konnte, stand Dido vom Tisch auf. »Mrs. O'Reilly, könnten wir zusammen nach oben gehen und nachsehen, was dort getan werden muß? Die Mädchen könnten vielleicht in der Bibliothek anfangen.« Mrs. O'Reilly, die Didos Wink verstanden hatte, gab den beiden ein entschiedenes Zeichen mit dem Kopf, so daß sie hinter Dido die Küche verließen, damit Guy allein mit seiner Schwester verhandeln konnte.

Jacob Kroll fuhr über die Haupteinfahrt nach Inniscarragh und parkte am Fuß der Treppe, die zum Eingang hinaufführte. Er wollte dem neu angekommenen Besitzer seine Aufwartung machen und gleichzeitig herausfinden, wieviel Verhandlungsgeschick erforderlich war, um ihm seinen Willen aufzuzwingen. Die Aufnahmen am hiesigen Drehort hatten bereits länger gedauert, als vertraglich vorgesehen war, und er würde noch einige Tage brauchen, um die Arbeit abzuschließen. Er erwartete eigentlich keine Schwierigkeiten.

Er stieg aus und sah sich um. Niemand war zu sehen, mit Ausnahme seiner Crew, die sich weit entfernt am Waldrand befand, wo die Vorbereitungen für den heutigen Drehtag stattfanden. Er hatte den Drehort verlassen, wo jetzt unter dem wachsamen Auge des Regieassistenten geprobt wurde, und in etwa zwanzig Minuten wollte er die Leitung der Proben wieder selbst übernehmen. Er ging zur Tür, die nicht verschlossen war, und betrat die kalte, steingeflieste Halle. Stille. Er öffnete die Tür zum Salon und spähte hinein: leer. Wahrscheinlich sind sie in der Küche, dachte er und ging den Gang hinunter, der zu der grün gebeizten Tür führte. Er legte das Ohr an die Tür und hörte leise Stimmen. Er drehte den Türknopf und trat mit selbstbewußtem Lächeln ein. »Tut mir leid, Sie zu stören«, sagte er. »Ich bin nur gekommen, um mich vorzustellen und Ihnen mein Beileid hinsichtlich des kürzlich erlittenen Verlusts auszusprechen.«

Guy sah den großen Fremden stirnrunzelnd an und fragte sich, wer zum Teufel dieser war oder ob er sich an ihn erinnern müßte. Lavinia ergriff als erste das Wort. »Guy, das ist Mr. Jacob Kroll, der Filmregisseur, der hier im Moment arbeitet. Mr. Kroll, das ist mein Bruder, Guy Porteous.«

»Ach du lieber Gott, ich habe ganz vergessen, daß Sie hier sind«, sagte Guy. »Guten Tag. Setzen Sie sich, wenn Sie einen sauberen Stuhl finden.« Jacob setzte sich ans Ende des langen Tisches. »Da fällt mir gerade ein, dieses Loch in der Wand des Kohlenschuppens«, fuhr Guy fort und sah den Fremden streng an, »hat das irgend etwas mit Ihrer Anwesenheit hier zu tun?«

Einen Moment lang überlegte sich Jacob, es abzustreiten, dann fiel ihm ein, daß Miss Porteous damals vielleicht herumgeschnüffelt hatte, also gab er es zu und sagte, der verstorbene Mr. Porteous habe die Erlaubnis erteilt, das Loch zu schlagen. »Wir werden es natürlich wieder zumauern, bevor wir abziehen.«

»Gut«, sagte Guy und sah ihn direkt an. »Sorgen Sie dafür, daß die Ausbesserung nicht zu sehen ist. Ich gebe Ihnen die Adresse eines guten hiesigen Maurers, der die Arbeit sauber erledigen kann.«

Jake war vollkommen verblüfft von der schroffen Haltung, die Guy an den Tag legte. Er war an Leute gewöhnt, die geschmeichelt und begeistert waren, wenn er ihren Besitz in Beschlag nahm und sie rücksichtslos seinen Bedürfnissen unterwarf. Nie zuvor war er auf Feindseligkeit getroffen. Er sammelte sich und beschloß, die Frage einer Verlängerung des Vertrags im Moment nicht anzusprechen. »Natürlich«, erwiderte er höflich, »wir tun, was immer Sie wünschen. Selbstverständlich hätten wir den Schaden vor Ihrer Ankunft beheben können, aber wir wollten dem Verstorbenen gegenüber nicht pietätlos erscheinen, indem wir unnötigen Lärm machten. Deshalb haben wir alle Fahrzeuge und die ganze Ausrüstung abgezogen; deshalb drehen wir jetzt im Wald.« Er fügte nicht hinzu, daß das kahle, in spätherbstliche Nebel gehüllte Waldland den perfekten Hintergrund bildete für die Szenen, die er gerade drehte.

»Ich bin sicher, Mr. Kroll wird alles ganz richtig machen.« Lavinia lächelte Jacob an und hob einladend die Kaffeekanne hoch. »Etwas Kaffee?«

»Danke, sehr gern.«

»Eine Tasse!« rief Lavinia fröhlich aus und stand auf.

Im oberen Stockwerk sahen sich Dido und Mrs. O'Reilly die Schlafzimmer an und überlegten, wie man alles am besten für ihren Aufenthalt einrichten konnte. Sie wählten ein Bett aus dem Kinderzimmer, das nach unten gebracht und für Guy in der Bibliothek aufgestellt werden sollte, dazu einen schönen alten japanischen Paravent, der das Bett tagsüber verbarg. Mrs. O'Reilly, eine liebenswerte und praktische Frau, fand auch einen Nachtstuhl in Form einer wundervoll geschnitzten Eichentruhe. Dido lachte, als sie ihn sah. »Er würde ihn nicht benutzen. Er würde lieber sterben, als nicht auf die Toilette zu gehen.«

»Aber es ist ziemlich weit bis dorthin, Miss Dido. Er könnte es eilig haben, der arme Mann. In der Nacht!«

»In Ordnung«, sagte Dido, »wir werden darüber nachdenken.« Sie beschloß, Mrs. O'Reilly nicht zu erklären, daß Guy wahrscheinlich zum Pinkeln in den Rosengarten ginge.

Die beiden Mädchen brachten das Bett nach unten in die Bibliothek und kamen zurück, um Laken, Decken und Kissen zu holen. Glücklicherweise gab es große Schränke, die mit schönem altem irischem Leinen angefüllt waren, das sich in bestem Zustand befand, so daß es keine Schwierigkeiten gab zu finden, was sie brauchten. »Hängt alles zum Auslüften ein paar Stunden übers Geländer«, sagte Mrs. O'Reilly, die ganz in ihrem Element war. »Nun, Miss Dido, wie steht's mit Ihnen? Wir müssen eine bequeme Bleibe für Sie finden.« Sie fragte nicht, wo Dido die vergangene Nacht verbracht hatte, und ging zu einem hübschen Schlafzimmer auf der Vorderseite des Hauses. Es hatte blaugestreifte Tapeten, ein großes Bett mit einem kleinen Baldachin aus gerafftem weißem Musselin, und auf dem Boden lag ein honigfarbener dichter Teppich. »Das war, so weit ich weiß, das Zimmer von Mrs. Porteous«, sagte sie. »Ist es nicht hübsch? Es hat sogar ein eigenes Badezimmer.« Sie deutete auf eine weißgestrichene Tür in der Vertäfelung.

»Es ist reizend. Ganz wundervoll, Mrs. O'Reilly. Vielen Dank.«

Mrs. O'Reilly ging hinaus, um Bettwäsche zu holen, und Dido setzte sich einen Moment in einen Sessel und lächelte, weil sie sich Mrs. O'Reillys strikten Moralvorstellungen unterwarf, doch sie kam ihr sehr gern entgegen, indem sie vorgab, hier zu schlafen. Sie stand auf, ging zum Fenster und sah auf den See hinaus, der in einiger Entfernung und halb vom Nebel eingehüllt dalag. Sie sah nach unten und entdeckte, daß dort ein BMW geparkt war, und ihr Herz setzte aus. Ihr war schlecht vor Überraschung, oder war es Angst? Es war Jakes Wagen, da gab es keinen Zweifel. Die Idee, daß er es sein könnte, der hier drehte, war ihr nicht im Traum gekommen. Das ist einfach unmöglich, sagte sie sich, das wäre ein zu großer Zufall. Aber so etwas passierte natürlich. Filmregisseure wie Jacob Kroll und Häuser wie Inniscarragh waren schließlich nicht dicht gesät auf Erden; früher oder später mußten sie in dieser kleinen Welt zusammentreffen. Sie lehnte die Stirn an die Scheibe, schloß die Augen und zwang sich, ruhig zu bleiben, indem sie sich sagte, daß das alles keine Bedeutung habe, daß sich durch Jakes unerwartete und unwillkommene Anwesenheit nichts ändern würde.

Geschäftig kam Mrs. O'Reilly mit einem Arm voller Decken

und Kissen zurück. Sie begann, das Bett abzuziehen und es für Dido herzurichten.

»Entschuldigen Sie mich einen Moment, Mrs. O'Reilly«, sagte Dido. »Ich muß kurz nach unten gehen.« Sie verließ das Zimmer und ging über die Hintertreppe hinunter, ohne zu wissen, welcher Impuls sie in die Küche trieb, aber ihr Instinkt sagte ihr, daß sie weder vor Jake ihre Anwesenheit auf Inniscarragh verbergen noch vor Guy verheimlichen konnte, wer Jake war. Es nützte nichts, hinter Türen zu lauern und zu warten, bis er fort war. Sie blieb an der schmalen Tür am Fuß der Hintertreppe stehen und lauschte auf die Stimmen, die aus der Küche drangen. Eine davon war tatsächlich die von Jake. Sie öffnete, ging hinein und schloß die Tür hinter sich.

Guy drehte sich lächelnd zu ihr um und streckte die Hand aus. »Dido«, sagte er. »Darf ich dir Mr. Kroll, einen der Filmleute, vorstellen. Er ist gerade am Gehen.«

Jacob drehte sich um und starrte sie verblüfft an. *»Dido?* Was machst du denn hier?«

»Hallo, Jake.«

Guy sah schnell von einem zum anderen und erfaßte die absonderliche Lage mit einem Schlag.

»Sie kennen sich?« fragte Lavinia, die vor Neugier platzte.

»Ja, wir kennen uns«, erwiderte Dido gelassen. »Schon seit Jahren; wir arbeiten beide in der gleichen Branche.«

Jake sagte nichts, er stand auf und behauptete, er müsse wieder zur Arbeit zurück, aber er war vollkommen verwirrt. Nichts wollte er weniger als eine öffentliche Versöhnung mit Dido. Seine Affäre mit Nastassia war gerade auf dem Höhepunkt, und die schauspielerische Leistung, die er deswegen aus ihr herausholte, war nahezu sensationell. Er durfte nicht zulassen, daß sich ihm dabei etwas in den Weg stellte.

Mit hastig gemurmelten Abschiedsworten ging Jacob Kroll hinaus, und Lavinia, die während des kurzen Gesprächs mit Guy nichts aus ihm herausbekommen hatte, empfand allmählich das Bedürfnis nach einem Glas Sherry und schickte sich ebenfalls zum Gehen an, wobei sie versprach, am nächsten Tag wiederzukommen.

Dido setzte sich gegenüber von Guy an den Tisch. »Du hast es erraten, nicht wahr?«

»Ja.«

»Macht es dir etwas aus?«

»Überhaupt nicht«, sagte Guy, obwohl er wußte, daß es ihm sehr viel ausmachte. »Warum sollte es?«

»Es gibt keinerlei Grund. Das wär's also.«

»Tatsächlich?«

»Ja«, sagte Dido und ergriff seine Hand, »tatsächlich.«

»Wirklich?«

»Wirklich.«

Sie sahen sich lächelnd, glücklich und erleichtert an.

»Nun gut«, sagte Guy. »Wie kommt Mrs. O'Reilly in der Zwischenzeit voran?«

»Hervorragend.« Sie erklärte ihm, wie die Frage der Betten gelöst worden war, erwähnte aber den Nachtstuhl nicht. »Guy«, fuhr sie fort, »wenn wir eine Weile hierbleiben, sollten wir dann nicht Heizöl und Kaminholz bestellen? Außerdem brauchen wir Gasflaschen, damit wir richtig kochen können.«

»Richtig«, sagte Guy, »führ mich zum Telefon. Es ist das einzige, was hier noch funktioniert, Gott sei Dank.«

8

Nastassia hatte einen langen harten Tag hinter sich, der zudem noch sehr kalt gewesen war. In dem feuchten kühlen Waldstück, wo die Szene gedreht wurde, fiel es ihr schwer, nach stundenlanger konzentrierter Arbeit immer noch schön und strahlend auszusehen. Trotz der Anstrengungen ihrer Maskenbildnerin, die ständig mit grünem Puder nachhalf, wurde Nastassias Nase immer röter, und ihre Hände waren gefühllos vor Kälte. Starke Scheinwerfer, die hinter den Bäumen verborgen waren, tauchten die Schneise in ein Licht, als sei sie von frühen Sonnenstrahlen beschienen, obwohl es tatsächlich schon nach fünf Uhr nachmittags war.

»Das Ganze noch einmal.« Jake klang angespannt und ärgerlich.

»Nastassia, versuch bitte, dich zu entspannen. Es ist doch nur ein verdammter Satz. Ist das wirklich *zuviel* verlangt? Hör *zu*, was Meaulnes zu dir sagt; stell dir *vor*, wie er sich fühlt. Dann zähl bis fünf, sieh ihn wieder an und sag deinen Satz – ›Was soll das alles? Was soll das alles?‹ In Ordnung? Also, macht das Bild frei ... Action!«

Zum fünfzehnten oder sechzehnten Mal ging Nastassia, gefolgt von dem Hauptdarsteller, den Weg entlang. Mit gesenktem Kopf hörte sie auf seine Worte und tat ihr Bestes, sich in die Szene einzufühlen, aber sie konnte an nichts anderes denken als an die kalte und sarkastische Art, mit der Jake sie schon den ganzen Tag behandelt hatte. Meaulnes Rede war zu Ende; es war ihr Stichwort. Sie zählte bis fünf, drehte sich dann zu ihm um, und während sie das tat, füllten sich ihre Augen unwillkürlich mit Tränen des Schmerzes. »Was soll das alles?« fragte sie und meinte es auch so. »Was soll das alles?«

»Schnitt!« sagte Jake. »Endlich! In Ordnung, Leute, Schluß für heute. Das war vielleicht ein Tag.« Er wandte sich an Nastassia. »Prima. Gut gemacht – besser spät als überhaupt nicht. Möchtest du zum Pub zurückgebracht werden?«

»Danke.« Ihre Stimme war kaum hörbar. Die Garderobe war inzwischen in die Gemeindehalle verlegt worden, also stieg sie im Kostüm in den Wagen.

Mit hohem Tempo fuhr Jake zum Dorf. »Ist irgendwas?«

»Die gleiche Frage wollte ich dir stellen, Jake.«

»Was zum Teufel meinst du?«

»Du wirkst so kalt und verdrossen. Manchmal beleidigst du mich vor der ganzen Mannschaft.«

»Mach dich nicht lächerlich; du hörst dich schon wie eine Ehefrau an, meine Liebe.«

Entsetzt und zutiefst getroffen wandte Nastassia den Kopf ab. »Das ist das *letzte*, was ich möchte«, sagte sie ärgerlich. »Ich möchte *niemandes* Ehefrau sein, *niemals*.«

»Freut mich zu hören«, sagte Jake und tätschelte ihr Knie. »In diesem Fall könnten wir eine gemeinsame Zukunft haben.«

An diesem Abend briet Dido eine Ente in dem schrecklichen Gasofen; die Kartoffeln legte sie auf den Rost darunter, damit sie in dem Fett und dem Bratensaft garten, der von dem Geflügel heruntertropfte.

»Riecht wundervoll«, sagte Guy, der mit einem Glas Wein am Tisch saß. »Ich wußte gar nicht, daß du kochen kannst, meine Liebste.«

»Du weißt eine ganze Menge nicht von mir.« Dido gab gefrorene Erbsen in einen Topf, die dazu serviert werden sollten. Sie trank einen Schluck Wein. »Zum Beispiel kann ich sehr gut Listen aufstellen; Inventurlisten und dergleichen. Es müßte eine für das Haus gemacht werden, Guy. Hier gibt es eine Unmenge wertvoller Sachen, und alles sollte aufgelistet werden, vor allem wenn die Gegenstände verkauft werden sollen, bevor du das Haus und den Grund veräußerst. Am besten wäre es, einen Computer und einen Drucker zu mieten, dann könnte man alle Daten sicher speichern und den in Frage kommenden Leuten Ausdrucke geben.«

Guy sah Dido mit neu erwachtem Respekt an. Sie war ihm immer so klein und verletzlich erschienen, tatsächlich aber war sie entschlossen und äußerst tüchtig. »Hältst du das wirklich für notwendig?«

»Ja, und ich mache es auch für dich, wenn du mir die entsprechenden Daten bezüglich Alter, Herkunft und dergleichen gibst. Mrs. O'Reilly kann mir dann zur Hand gehen und Etiketten an den Sachen anbringen. Und während wir das machen, kannst du die Dinge aussuchen, die du mit nach Korfu nehmen willst. Die stellen wir dann beiseite, damit sie fachkundig verpackt werden können.«

Die Ente war köstlich, die Kartoffeln umwerfend, und nach dem Essen machte Dido Kaffee, stellte die Brandyflasche und die Gläser auf ein Tablett und brachte sie in die Bibliothek. Behaglich durchwärmt vom Essen und Trinken und dem Kaminfeuer, saßen sie eng aneinandergeschmiegt auf dem Ledersofa. Guy sah nachdenklich in die glühenden roten Flammen.

»Dido?«

»Hm?«

»Ich habe darüber nachgedacht, ob du wegen der Anwesenheit von Jacob Kroll nicht lieber im Zimmer meiner Mutter schlafen möchtest.«

Dido lehnte sich schläfrig an ihn. »Möchtest du das?«

»Natürlich nicht.«

»Na dann, mach dir keine Sorgen seinetwegen, Guy. Ich *gehöre* Jake nicht, weißt du.«

»Das stimmt.« Er küßte sie auf den Kopf. »Bist du da ganz sicher?«

»Ich bin sicher.«

Am Quai des Grands Augustins saß Anna an ihrem Arbeitstisch und vergoldete den Flügel eines großen Barockengels, der in einer der neuen Galerien unter der aufsehenerregenden Glaspyramide des Louvre das Prunkstück werden sollte. Wenn sie übers Wochenende nicht in die Normandie fuhren, führten Patrick und Anna Tom oft in den nahe gelegenen Louvre. Manchmal gingen sie zum Beaubourg, wo für Tom die Hauptattraktion nicht das Centre Pompidou war, sondern die ständig wechselnden Vorführungen von Akrobaten, Feuerschluckern, Jongleuren, Entfesselungskünstlern, Musikern und Pflastermalern, die täglich vor dem riesigen Gebäude und den großen Menchenmengen auftraten. Wenn es eine spezielle Ausstellung für Kinder gab, gingen sie hin, und danach fuhren sie mit der Rolltreppe, die an den großen Glaswänden entlangführte, zum Dachrestaurant hinauf, um dort zu Mittag zu essen und den herrlichen Ausblick über Paris zu genießen.

Jetzt dachte Anna jedoch nicht an Tom, sondern sorgte sich um Josh, ihren erstgeborenen Sohn. Nach dessen Abreise aus St. Gilles hatte Patrick gewartet, bis er mit Anna im Bett lag, um ihr von seiner Unterhaltung mit Josh und der traurigen Neuigkeit des Endes seiner Ehe zu erzählen.

»Warum hat er es mir denn nicht selbst gesagt?«

»Weil er Angst hatte, angesichts deiner Sorge und deines Mitgefühls die Fassung zu verlieren, der arme Junge.«

»Aber *du* warst doch auch besorgt und mitfühlend?«

»Ja, aber du bist seine Mutter, das ist schwieriger.«

»Ich verstehe«, sagte Anna, obwohl das eigentlich nicht stimmte. Patrick hatte sie in die Arme genommen, sie an sich gedrückt und mit seiner Stärke und Wärme getröstet. »Die gute Nachricht ist, daß er vielleicht London verlassen und nach Paris kommen will, dann wäre er näher bei uns.«

»Und Max? Was ist mit ihm?«

»Er kommt natürlich mit. Wie es aussieht, möchte sich Nastassia mit keinem Kind belasten, zumindest nimmt Josh das an.«

»Es ist unglaublich, nicht wahr?«

»Ja, das ist es«, sagte Patrick. »Josh und Max haben Glück, dich zu haben, mein Liebling. Wie wir alle, weiß Gott.«

»Trotzdem wünschte ich, er hätte sich mir anvertraut, nicht nur dir.«

»Mach dir deswegen keine Sorgen, Liebste. Das wird er schon noch tun, du wirst sehen.«

Trotz Patricks beruhigender Versicherung fühlte sich Anna ein wenig traurig und zurückgestoßen, weil es Josh nicht möglich gewesen war, zuerst zu ihr zu kommen. Er hat so jung geheiratet, dachte sie. Ich frage mich, warum er es für nötig hielt, sich schon so früh zu binden. Er war gerade erst mit dem Studium fertig; ich habe gedacht, heutzutage würde man nicht mehr so früh heiraten, vor allem Männer nicht. Sie sah durchs Fenster über den Fluß auf die Ile de la Cité. Ob es wohl daran lag, daß ich ihn in London gelassen habe, als ich zu Patrick nach Paris zog? Vielleicht hat er mich und Olivia mehr vermißt, als ich es bemerkt habe, obwohl er bei Mum und Dad lebte? Vielleicht fühlte er sich verlassen und aufgegeben, obwohl er mir damals keineswegs diesen Eindruck machte. Vielleicht war ich mit Patrick und dem neuen Baby zu beschäftigt gewesen, um es zu bemerken? Sie seufzte, schnitt ein weiteres Blatt von dem Gold ab, nahm es mit der Vergolderspitze auf und trug es geschickt auf den feuchten Gips auf, wo es sich, wie von einem Magnet angezogen, selbst anlegte. Wie auch immer, dachte sie, es könnte der Grund gewesen sein, daß er selbst so bald eine Familie hatte gründen wollen. Armer Josh, ich wünschte, ich könnte mit ihm reden, ihm irgendwie helfen; aber das kann ich nicht, bevor er mich nicht darum bittet, das steht fest.

Um drei Uhr legte Anna ihr Werkzeug beiseite und holte Tom von der Schule ab, was ein Spaziergang von fünfzehn Minuten durch die kleinen Straßen hinter dem Quai war. Als sie sich dem Schulgebäude näherte, sah sie Tom hinter den Gittern des Spielplatzes, wo er sich in einer heftigen Rauferei mit einem viel größeren Jungen auf dem schmutzigen Asphalt wälzte. Sie beobachtete die beiden einen Moment lang durch das Gitter, entschied dann, daß es nichts Ernstes war, und ging zu der kleinen Gruppe von Eltern hinüber, die am Tor warteten. Im nächsten Moment wurde sie von Tom entdeckt, und er kam zu ihr gelaufen; eine Schließe seine Dufflecoats war abgerissen, seine Schuhbänder waren offen, und sein Gesicht war schmutzig und zerkratzt. Er war dünn und groß für sein Alter, hatte dichtes, lockiges Haar und sah ganz so aus wie ihr Zwillingsbruder Giò als Junge, abgesehen von den Augen. Die waren von einem durchdringenden hellen Blau und stammten von seinem Vater Patrick. Anna berührte kurz die zerkratzte Wange, küßte ihn aber nicht. »Hallo, du schreckliches Kind. Eigentlich hatte ich vor, einen Spaziergang zur Place des Vosges zu machen, um Giò zum Tee einzuladen, aber du siehst so furchtbar aus, daß das vielleicht keine so gute Idee ist.«

Wortlos ließ Tom seine Schultasche fallen, bückte sich und band die Schuhbänder zu, zog seine Jacke aus, schüttelte sie heftig und zog sie wieder an; dann holte er eine Drahtbürste aus seiner Tasche und kämmte sich energisch durch das widerspenstige Haar. Er sah seine Mutter an. »Ist es jetzt in Ordnung?«

Anna runzelte die Stirn. »Nun, dein Gesicht sieht immer noch ziemlich schlimm aus.« Sie gab ihm ein Taschentuch, Tom spuckte darauf und versuchte, sein Gesicht zu säubern. Anna schloß kurz die Augen. »Um Himmels willen, laß mich das machen. Sie nahm das Taschentuch und tat ihr Bestes, das Blut und den Schmutz zu entfernen.

»Ich könnte mich doch an einem der Brunnen auf der Place des Vosges richtig waschen.«

»Wahrscheinlich schon, ja.« Anna schüttelte den Kopf, lachte und warf das Taschentuch in einen Abfallkorb. »Also dann komm, laß uns gehen.«

Schnellen Schritts gingen sie zum Fluß, überquerten den Pont St. Michel, dann den Pont de Sully, um auf die rechte Flußseite zu kommen, und gingen dann durch die schmalen Gäßchen zur Place des Vosges, wo sich unter einer der schönen Arkaden Giòs Antiquitätenladen befand. Es war Anfang November, die gelben Blätter fielen auf den Platz und wurden wie kleine Sonnenscheiben vom Wind herumgewirbelt, bevor sie liegenblieben und von den allgegenwärtigen Straßenfegern in den auffälligen grünen Uniformen zusammengerecht wurden, die stolz darauf waren, die schönste Stadt der Welt sauberzuhalten. Besonders gut gefielen Tom die jungen Männer auf den grünen Motorrollern, die mit Wassertanks und dicken Druckschläuchen ausgerüstet waren, um den Hundekot zu entfernen. Im geheimen plante er, selbst einmal diesen Beruf zu ergreifen.

»Also los«, sagte Anna. »Wasch dein Gesicht.« Sie ging langsam weiter, während Tom zu dem Brunnen hinüberging, sich Gesicht und Hände wusch, wieder zurückgerannt kam und sich die kalten nassen Hände am Mantel abwischte.

Sie trafen Giò in seinem Laden an; er ging gerade einen Stapel Post durch, während seine Assistentin, eine elegante Frau im Designerkostüm, sich Notizen machte. Als sie durch die schwere Glastür eintraten, hob Giò den Kopf und lächelte. »Das ist aber eine nette Überraschung an einem schrecklich langweiligen Nachmittag«, sagte er. »Was führt dich denn her, Anna?«

»Wir dachten, wir könnten dich zum Tee ausführen.«

»Großartige Idee. Gebt mir noch zwei Minuten, dann bin ich fertig.«

Sie gingen die Arkade entlang und fanden, daß es warm genug war, um in dem netten Café-Restaurant, in dem Giò oft aß, wenn er in Paris war, draußen zu sitzen. Sie bestellten Tee und für Tom eine Cola und ein großes, mit Creme gefülltes Hörnchen. Anna sah ihren Bruder liebevoll an, während Giò aufmerksam zuhörte, wie Tom ihm die letzten schmutzigen Schulbubenwitze erzählte. Er lachte an den richtigen Stellen und gab eine oder zwei alte Kamellen aus seiner Jugend zum Besten, die Tom mit entzücktem Gelächter quittierte. Der liebe Giò, dachte Anna, er kann Tom viel besser unterhalten als wir; er hat immer noch viel von einem Kind in sich. Es ist so reizend, wie er den Jungen als gleichrangigen Partner behandelt, ihn nicht niederredet oder bevormundet. Obwohl Tom zuweilen etwas im Zaum gehalten werden muß, denn ohne ein paar strenge Regeln würde er völlig außer Rand und Band geraten und von uns allen schrecklich verwöhnt werden. »Giò« unterbrach sie, »bist du heute abend beschäftigt?«

»Nicht direkt, warum?«

»Patrick kommt erst später nach Hause, er hat eine Besprechung. Die Sache ist die, ich mache mir ein wenig Sorgen um Josh und würde gern mit dir darüber reden. Könntest du vielleicht zum Abendessen kommen?«

»Sicher. Gegen acht?«

»Das wäre schön. Danke, Giò; das ist sehr nett von dir.«

Zurück am Quai des Grands Augustins, bereitete Anna für sich und Giò das Abendessen vor, während Tom vorgab, im Bett zu lesen. Sie hatte ihn allerdings im Verdacht, auf seinem Super-Nintendo zu spielen. Sie schnitt Tomaten, Oliven, Basilikum, Knoblauch und Artischockenherzen, die sie in Olivenöl braten und mit frischen Tagliatelle als ersten Gang servieren wollte, und dachte an die erstaunliche Veränderung, die mit ihrem Bruder vorgegangen war, seitdem er mit Robert, ihrem Vater, ins Weingeschäft eingestiegen war. Zum einen hatte er an Gewicht zugelegt. Er war nicht mehr der gejagte, verzweifelte Mann, der er vor fünf Jahren gewesen war. Sein sonnengebräuntes, schönes Gesicht war faltenlos, seine dunklen Augen glänzten, und er hatte seine jugendliche Begeisterung am Leben wiedergefunden. Er teilte sich die Zeit zwischen den Weinbergen und dem Laden in Paris und schien ein wirklich glücklicher Mensch zu sein. Anna legte die verschiedenen Gemüse auf zwei Teller und holte dann zwei Filetsteaks aus dem Kühlschrank, die sie zum Grillen mit etwas Öl und Pfeffer einrieb. Zur Garnierung der Steaks rieb sie etwas Parmesan und zupfte ein Bündel Rauke in Stücke. Dann deckte sie den Küchentisch mit einfachem weißem Porzellan, altem Silberbesteck und schweren antiken Gläsern, die ein Geschenk von Giò waren.

Annas neue Küche war nicht zu vergleichen mit der einfachen, hinter Jalousientüren versteckten Kochnische im Dachappartement, in der sie zehn Jahre lang ganz zufrieden gekocht hatte. Die neue Küche war ein schön geschnittener Raum, der im provençalischen Stil eingerichtet war. An den Wänden befanden sich offene Einbauregale aus massivem Pinienholz, das gut abgelagert war und aussah, als fiele Sonnenlicht darauf. Die Regale lieferten Anna viel Abstellfläche, und sie hatte ihr Porzellan, die Gläser, die Kochbücher und Kräuter, die Behälter mit Nudeln, Couscous, Reis und Bohnen und die Flaschen mit Essig und Öl dort aufgereiht, so daß eine warme, gemütliche Atmosphäre entstanden war, in der man ebensogern kochte wie aß. Ein kleines, tiefliegendes Fenster ging auf die Straße hinter dem Haus hinaus, und auf dem Fenstersims stand eine Terrakottaschale mit einer Grünpflanze, die Anna zum Wachsen anzuregen versuchte, damit sie sich schließlich über die Decke rankte, allerdings ohne großen Erfolg. Unter dem Fenster befand sich ein Abwaschbecken, daneben waren die Arbeitsplatten und die Unterschränke. Sie öffnete gerade eine Flasche Fleurie, als Giò an der Tür klingelte.

Nach dem Essen nahmen sie den Kaffee und den Rest des Weins mit ins Wohnzimmer, wo sich Anna auf dem großen, leinenbezogenen Sofa niederließ, das gegenüber den großen Fenstern stand, die auf den Fluß hinausgingen. Giò stand eine Weile an den Fenstern und war fasziniert von der Schönheit des Ausblicks, von der Pracht Notre-Dames, die im Flutlicht erstrahlte, den Schiffen und hellerleuchteten *bateaux lavoirs*, die vorbeifuhren, sowie den roten Rücklichtern der Autos, die sich auf den regennassen Straßen spiegelten. »Du hast wirklich Glück, Anna. Es ist ein wahrhaft magischer Ort, an dem du lebst.«

»Ich weiß«, stimmte sie zu, »aber die Place des Vosges ist auch etwas Besonderes, nicht wahr?«

»Ja, natürlich ist sie das. Aber anderswo ist es eben immer schöner.« Er setzte sich neben sie aufs Sofa. Anna schenkte Wein nach und goß Kaffee ein.

»Danke«, sagte er und nahm die Tasse. »Also, was ist mit Josh?«

Anna erzählte von dem Wochenende in der Normandie und ihrer Unterhaltung mit Patrick, nachdem sich Josh wieder in Richtung London aufgemacht hatte. »Ich kann mir nicht helfen, aber ich bin ein bißchen traurig und verletzt, daß er nicht mit mir über seine Probleme reden konnte.«

»Ich kann sehr gut verstehen, warum er das nicht getan hat. Du bist viel zu emotional für eine Situation wie diese, vor allem wenn eines deiner Kinder bedroht ist. Du hättest ihn in den Arm nehmen und beschützen wollen; du hättest auf die alte Mutter-Kind-Beziehung zurückgeschaltet.«

»Glaubst du wirklich?« Anna sah nachdenklich aus. »Ich hoffe, du hast unrecht. Bei dir hört es sich an, als wäre ich ein hysterisches Weib.«

»Sei nicht albern, Anna. Ich tadle dich nicht, es ist einfach so bei Müttern, vor allem bei guten Müttern.«

»Wahrscheinlich. Aber warum ist es weniger schwierig für ihn, mit Patrick zu reden?«

»Ach komm, du weißt genau, warum. Weil Patrick wie ein Schwamm ist. Er hört zu, sagt wenig, fällt keine Urteile und ergreift keine Partei. Er ist einfach für einen da.«

Anna seufzte. »Du hast natürlich recht.« Sie trank einen Schluck Kaffee und wandte sich ihm wieder zu. »Ich habe schon überlegt, ob unsere eigene Kindheit, die wir ohne Vater, nur zusammen mit Mutter und Honorine in Souliac verlebt haben, uns unfähig gemacht hat, als Erwachsene gute Beziehungen zu führen. Denk nur an meine verheerende erste Ehe, und du hast überhaupt nie geheiratet. Ich frage mich einfach, ob ich diesen Zug an meine Kinder weitergegeben habe.«

Giò lachte und nahm ihre Hand. »Liebste Anna, du kannst dich wirklich nicht für alles verantwortlich machen, was deinen Kindern widerfährt. Jeder von uns muß sich durchkämpfen und irgendwie seinen eigenen Weg finden, und jeder von uns macht Fehler. Du solltest dankbar sein, daß du in der Lage bist, Josh beim Aufsammeln der Scherben zu helfen, wenn es wirklich zum Schlimmsten kommen sollte und wenn er dich um Hilfe bittet. Er ist nicht allein, weißt du. Er weiß, wo er hingehen kann, stimmt's nicht?«

»Genau das sagt Patrick auch.«

»Ah, Patrick. Der große und gute Patrick.«

»Du hast ihn wirklich geliebt, nicht wahr?«

»Ja, das habe ich.«

»Und, liebst du ihn immer noch?«

»Nein, ich liebe euch beide gleichermaßen, und Tom auch.«

»Er ist das perfekte Abbild von dir, Giò, abgesehen von den Augen.«

»Ja«, sagte Giò leise. »Er ist die große Freude meines Lebens, Anna.«

»Ja, ich weiß, und ich bin sehr froh darüber.« Sie streckte die Hand aus und berührte seine Wange.

Sie hörten, wie Patrick die Wohnungstür aufsperrte, und sahen auf, als er eintrat. Er war müde und hatte Kopfschmerzen, aber er lächelte, als er sie beide mit dem gleichen ernsten Ausdruck auf dem Sofa sitzen sah.

»Hast du schon gegessen, Liebling?«

»Nein.«

»Ich mache dir ein Omelett.«

»Bleib sitzen«, sagte Giò und stand schnell auf. »Ich mache es.« Er nahm das Tablett und ging in die Küche.

Patrick stellte die Aktentasche auf den Boden, zog sein Jackett aus, ging zu Anna hinüber und küßte sie.

»Leg dich hin«, sagte sie, »und leg deinen Kopf in meinen Schoß. Du hast Kopfschmerzen, nicht wahr?«

Er legte sich aufs Sofa, nahm die Brille ab und schloß die Augen. Sie streichelte seine Stirn und strich mit ihren kühlen, kräftigen Fingern über seine Schläfen, seine Augen und die Wangenknochen und massierte ihm die Kopfhaut. »Das ist wundervoll«, sagte er schläfrig. »Da lohnt es sich fast, Kopfschmerzen zu haben.«

»Schlaf nicht ein, Liebling, Giò wird bald mit dem Omelett hiersein.«

»Hm.«

Am siebten November wurde James Porteous nach einer kurzen Messe in der Privatkapelle von Inniscarragh in der Familiengruft zur letzten Ruhe gebettet. Nur Guy, Lavinia und Dido waren bei der Bestattung anwesend, da es außer Guy und seiner Schwester keine Familienmitglieder mehr gab und James keine Freunde mehr in der Gegend hatte, weil diese entweder gestorben waren oder sich aufgrund seiner wachsenden Armut abgewandt hatten. Der Priester, selbst ein alter Mann, der an einer schlimmen Erkältung litt, lehnte Guys halbherzige Einladung ab, auf eine Tasse Tee mit ins Haus zu kommen, ebenso Lavinia, die sich ebenfalls auf den Heimweg machte, in ihren dichten Trauerschleiern seltsam unwirklich wirkend. »Blöde alte Schrulle«, sagte Guy. »Für wen hält sie sich denn, für eine königliche Hoheit?«

»Wahrscheinlich«, sagte Dido, als sie zum Haus zurückgingen. »Vermutlich ist sie die letzte dieser Generation, nicht wahr?«

»Gott sei Dank«, sagte Guy lächelnd. »Sie ist nur sechzehn Jahre älter als ich, vergiß das nicht.«

»Es könnten genausogut sechzig Jahre sein.« Sie schob die Hand unter seinen Arm, während er sich auf seine Krücken stützte. »Ich kann mir nicht vorstellen, daß du je dünkelhaft bist.«

»Ich könnte einen Drink vertragen«, sagte Guy, »du nicht?«

»Sicher. Dann komm weiter, was ist denn?«

»So ist es, wenn man von herrschsüchtigen Frauen gequält wird«, sagte Guy lachend.

Dido, Guy und Mrs. O'Reilly hatten intensiv an der Inventur gearbeitet und waren schon fast fertig damit. Mrs. O'Reilly hängte numerierte Etiketten an jeden Gegenstand, während Guy jedes Stück benannte und Dido die Listen führte. Zwei Tage nach der Beerdigung kam aus Dublin eine Gruppe von Gutachtern, um das Haus, den Grund und die Verkaufsgegenstände zu schätzen. Sie verbrachten den ganzen Morgen damit, durchs Haus zu gehen, von den wichtigen Stücken Fotos zu machen und Diktiergeräte zu besprechen.

Mrs. O'Reilly hatte Berge von Hühnchen-Sandwiches vorbereitet, und nach der Mittagspause führte Guy die Gutachter nach draußen, um die Außengebäude, die Gärten und den Park zu zeigen. Von den Filmleuten war nichts zu sehen, da sie vermutlich im Waldesinnern arbeiteten. Nachdem sie durch den Stallhof gegangen waren und Guy sich im Geiste notiert hatte, Jacob Kroll noch einmal auf die immer noch unreparierte Wand anzusprechen, betraten sie den ummauerten Küchengarten. Mit einemmal entdeckte Guy Lavinia am Eingang des verfallenen Wirtschaftsgebäudes, wo sie die wundervollen Terrakottakübel, die ihre Großeltern vor vielen Jahren aus Italien mitgebracht hatten, auf einen Handkarren lud. Bei diesem unrechtmäßigen Unternehmen wurde ihr von Burke, ihrem Gärtner, geholfen.

»Entschuldigen Sie mich einen Augenblick«, sagte Guy und ging, so schnell es seine Krücken ihm erlaubten, den Hauptweg zum Wirtschaftsgebäude hinunter. »Was zum Teufel machst du hier eigentlich?« fragte er umstandslos.

»Ich rette diese Kübel. Ich bin sicher, du hast keine Verwendung dafür.«

»Burke«, sagte Guy, »laden Sie sofort diese Kübel wieder ab und bringen Sie sie dahin zurück, wo Sie sie hergeholt haben.«

Unsicher, wem er gehorchen sollte, sah Burke mit ängstlichem Blick Lavinia an.

»Sofort!« brüllte Guy.

»Sir!« Burke hob einen der schweren Kübel hoch und brachte ihn im Laufschritt wieder ins Wirtschaftsgebäude zurück.

»Wie kannst du es wagen, vor einem Dienstboten so mit mir zu sprechen, Guy?« Lavinia war rot vor Zorn und Verdruß.

»Wenn du dich wie eine gemeine Diebin verhältst, Lavinia, darfst du dich nicht wundern, entsprechend behandelt zu werden, wenn man dich erwischt. Ich frage mich, was du dir hinter meinem Rücken sonst noch angeeignet hast!«

Unfähig, ein Wort herauszubekommen, starrte Lavinia Guy an; unverhohlener Haß blitzte aus ihren grünen Augen unter den faltigen, braunverfärbten Lidern, während Burke, rot vor Verlegenheit und Anstrengung, die gestohlenen Gegenstände zurückschleppte. Als der letzte Topf zurückgebracht war, blieb er mit ängstlicher Miene neben dem Karren stehen.

»Gut«, sagte Guy ruhig. »Nehmen Sie Ihren Karren, Burke, und hauen Sie ab, und lassen Sie sich nicht mehr hier erwischen, verstanden?«

»Sir!« Burke warf einen gequälten Blick auf Lavinia, die der Grund für seine gegenwärtigen Qualen war, und fuhr ratternd mit dem leeren Karren davon.

»Bist du fertig?« fragte Lavinia mit zusammengebissenen Zähnen, ohne zu weichen.

»Nicht ganz«, erwiderte Guy ruhig. »Verschwinde von hier und probier die gleiche Tour nicht noch einmal, sonst könnte ich mir's anders überlegen und dir das Haus kündigen.«

»Das würdest du nicht wagen!«

»Das würde ich schon, Lavinia. Es ist an der Zeit, daß du das begreifst.«

Rot im Gesicht und schwer atmend, wollte ihm Lavinia eigentlich eine Flut von Beleidigungen an den Kopf werfen: Daß sie ihn verachtete, ihn für einen widerlichen Krüppel hielt, für das Zerrbild eines Mannes, aber ihr ausgeprägter Selbsterhaltungstrieb hielt sie zurück. Sie drehte sich auf dem Absatz um, ging Burke hinterher und begnügte sich mit einem zynischen Schnauben.

Armer alter Burke, dachte Guy; vermutlich wird er die Schimpftiraden des boshaften Weibs abkriegen. Langsam ging er zu der kleinen Gruppe der Gutachter zurück, die höflich warteten, um die Arbeit zu Ende zu bringen.

Die Anwälte kamen nach Inniscarragh hinaus, sie brachten einen Architekten mit, und Guy wies sie an, eine Planungseingabe zur Nutzungsumwandlung von Haus und Grund anzufertigen, damit ein Golfplatz mit Country Club gebaut werden konnte. Der Architekt erwartete keine Schwierigkeiten; das Haus stand nicht unter Denkmalschutz, es gab viele Beispiele für solche Umwandlungen, und wenn damit Arbeitsplätze in der Gegend geschaffen würden, meinte er, um so besser.

Dido und Guy beendeten die Inventur, der Maurer aus dem Dorf traf schließlich ein, um die Mauer zu reparieren, und Mrs. O'Reilly verbrachte viel Zeit im Haus, um es zu putzen und ihnen das Leben so behaglich wie möglich zu machen. Jeden Tag machte sie die Betten, brachte Holz und Torf fürs Feuer, und es war ihr gelungen, die Räume wieder ordentlich aussehen zu lassen, vor allem nachdem Jimmy die Papageien abgeholt hatte. Da inzwischen Öl geliefert worden war, hatten sie jetzt heißes Wasser, und sogar die Zentralheizung funktionierte einigermaßen. Was für eine ordentliche Person Miss Dido doch ist, dachte Mrs. O'Reilly, als sie jeden Morgen ihr wenig zerwühltes Bett machte. Guy hingegen ist da ganz anders, sein Bett sieht aus wie ein Heuhaufen. Wahrscheinlich liegt es an seinen kaputten Beinen. Die könnten vermutlich einen Heiligen in den Wahnsinn treiben.

Ein paar Tage darauf erhielt Guy einen Anruf von den Dubliner Anwälten, die ihm mitteilten, sie hätten einen Interessenten, der sich Inniscarragh gern ansehen würde.

»Ist es zufällig ein Japaner?« fragte Guy, halb scherzend.

»Ja, tatsächlich.«

»Oh.«

Sie vereinbarten einen Termin für den folgenden Tag, und Guy legte nachdenklich auf. Wie seltsam, dachte er; vielleicht hat Lavinia mit ihren Ideen gar nicht so danebengelegen. Wie typisch für sie, sie ist den anderen immer einen Schritt voraus.

Am nächsten Tag trafen die Anwälte in Inniscarragh ein, ihren Klienten im Schlepptau, einen kleinen, elegant gekleideten Mann mit randloser Brille, dichtem, sorgfältig frisiertem Haar und reizend schüchternen Umgangsformen.

»Sehen Sie sich nur um«, sagte Guy, nachdem sie einander vorgestellt worden waren. »Gehen Sie ganz nach Belieben durchs Haus, tun Sie sich keinen Zwang an. Wenn Sie mich brauchen, ich bin in der Bibliothek.«

Nach dem unangenehmen Zusammentreffen mit Lavinia hatte Guy Dido gebeten, alle Pflanzenkübel und Gartenstauden in die Inventurliste mit aufzunehmen, eine Aufgabe, die sie mit Mrs. O'Reilly gerade erledigte, indem sie große, deutlich beschriebene wasserfeste Anhänger an allem anbrachten, was sie finden konnten.

Guy wartete in der Bibliothek und nutzte die Zeit, indem er

die Schubladen des Sekretärs durchging und eine Menge von James' alten Rechnungen und Korrespondenzen zerriß, die verbrannt werden sollten. Nach ein paar Stunden klopfte es an die Tür, und die Besucher betraten die Bibliothek. Guy bat sie, Platz zu nehmen. McDonnell, der Anwalt, kam sofort zur Sache. Vorausgesetzt, die Umwandlungserlaubnis werde erteilt, wünsche Mr. Yakimoto das gesamte Anwesen, mit allem, was dazu gehöre, zu kaufen.

»Was meinen Sie mit *mit allem, was dazu gehört*?« fragte Guy. »Buchstäblich *alles*?«

»Ja, abgesehen von den Dingen, die Sie aus persönlichen Gründen für sich behalten wollen.«

Der Anwalt nannte dann das Kaufangebot, eine Summe, die so groß war, daß Guy kaum sein Erstaunen verbergen konnte. »Nun«, sagte er, »das scheint mir fair zu sein. Sollen wir auf dieser Basis fortfahren?«

»Ausgezeichnet«, sagte McDonnell. »Wir bereiten sofort den Vertrag vor.«

Mr. Yakimoto, der geschwiegen hatte, stand auf und verbeugte sich sehr formell. Guy erhob sich und ging zu dem wartenden Wagen voran. Er stand auf der Treppe und sah der glänzenden schwarzen Limousine nach, die in der späten Nachmittagssonne langsam davonfuhr. Dann ging er in die Bibliothek zurück und saß lange an seinem Schreibtisch, während es draußen dunkel wurde. Er konnte nicht glauben, daß das Anwesen wirklich die gebotene Riesensumme wert war. Wenn der Verkauf zustande kam, dann bliebe selbst nach Rückzahlung des Kredits, den James aufgenommen hatte, und nach Ableistung aller Schulden und Steuern eine beträchtliche Summe übrig. Er war müde und traurig; die ganze Angelegenheit hatte ihn merkwürdigerweise emotional sehr mitgenommen, und zum Teil hatte er das Gefühl, als verrate er seine Familie, wenn er verkaufte, ohne wenigstens den Versuch gemacht zu haben, den Besitz zu retten. Seine Beine schmerzten schrecklich wegen der Überanstrengung; er sehnte sich nach Korfu zurück, nach seinem Liegestuhl auf der Terrasse, nach Dido neben sich und nach dem Ausblick über die Olivenbäume auf das weite blaue Meer. Vermutlich wird es jetzt stürmisch und grau sein, dachte er niedergeschlagen, unfähig, sich aus der widersinnig melancholischen Stimmung und dem seltsamen Gefühl der Enttäuschung zu befreien.

Die Tür ging auf, und Dido kam mit dem Teetablett herein. »Guy!« rief sie aus, »was um Himmels willen machst du hier im Dunkeln? Bist du krank?« Sie drehte das Licht an, und er mußte blinzeln.

»Nein, ich bin nicht krank.« Er sah sie an und lächelte. »Ich denke, ich habe das Haus verkauft.«

»Gut; großartig. Heißt das, daß wir heimfahren können?«

Guy lachte. »Ja, das heißt es. Wahrscheinlich müssen wir noch ein oder zwei Wochen warten, bis die Verträge abgeschlossen sind. Dann können wir nach Hause fahren, meine Liebe.«

»Tun dir deine Beine weh?«

»Ja, ein bißchen.«

»Das habe ich mir gedacht. Komm, trink etwas Tee, und ich massiere sie dir.«

Guy trank seinen Tee und sah auf Didos gebeugten Kopf hinunter, die am Boden kniete, rasch die Schnallen der peinigenden Stützen öffnete und seine schmerzenden, wunden Beine massierte. Er empfand tiefe Dankbarkeit und Liebe. Ein Leben ohne sie konnte er sich nicht mehr vorstellen, und eigentlich wollte er ihr das sagen; aber er schwieg, denn er wußte, daß dieses Geständnis von Dido kommen mußte, daß er sie nicht bitten konnte, ihn zu heiraten, wenn er sich nicht den Rest seines Lebens fragen wollte, ob sie ihn nur geheiratet hatte, weil sie wußte, daß er sie so dringend brauchte.

9

Nastassias Maschine landete in Heathrow, und sie sah durch das Fenster auf die Flughafengebäude, die in dem unablässig strömenden Regen nur undeutlich zu erkennen waren. Sie hatte die Außenaufnahmen beendet, aber die Arbeit im Studio stand noch an, wenn Jake aus Irland zurück war. Das Einkaufen in Dublin hatte Spaß gemacht, und sie hatte sich einen neuen Koffer besorgen müssen, um all die Kleider und hübschen irischen Pullover, die sie für sich und Max gekauft hatte, unterzubringen. Außerdem hatte sie ihm ein großes altes Kasperltheater mit Vorhang, zerlegbaren Beinen und handgeschnitzten Puppen mitgebracht. Voller Wehmut erinnerte sich Nastassia an ihre Aufregung, als sie als kleines Mädchen in Prag vor einem solchen Theater gesessen hatte, und sie war überzeugt, daß Max sich über das Geschenk freuen würde.

Die Transportkiste mit dem Spielzeug war groß und schwer, daher nahm sie ein Taxi vom Flughafen zum Strand-on-the-Green. Sie hatte vor, dem Fahrer Geld zu geben, damit er ihr das Gepäck von der Thames Road durch den rückwärtigen Garten zum Haus trug. Diesen Luxus hatte sie sich ihrer Meinung nach verdient, aber bald nachdem die Publicity-Maschinerie angelaufen war, würde ihr das Studio all diese Dinge abnehmen, und sie müßte nichts mehr tun, als für die Pressefotografen und Journalisten zu lächeln, kooperativ, bescheiden und nie abweisend zu sein und sich stets vor Augen halten, wie entscheidend diese Leute für ihr Image waren.

Das Taxi hielt vor dem Hintereingang an, sie stieg aus, gab dem Fahrer zehn Pfund mehr, als der Taxometer anzeigte, und bat ihn, ihr mit dem Gepäck zu helfen. Er war ein älterer, übergewichtiger Mann, den normalerweise nichts, nicht einmal Bestechung, von seinem Sitz gelockt hätte, aber er war noch immer empfänglich für das Lächeln einer schönen Frau und willigte zögernd ein, das Gepäck zum Haus zu tragen.

»Sie sind ein wahrhafter Engel, mein Lieber«, sagte Nastassia, als sie ihm über den Gartenweg folgte, nur ihren kleinen krokodilledernen Handkoffer und ihre Handtasche tragend.

Ruth, die gerade den Teekessel füllte, sah durchs Fenster die beiden aufs Haus zukommen. Sie war so überrascht, daß sie fast den schweren Kessel fallen ließ. Niemand hatte ihr gesagt, daß Nastassia nach Hause käme. »Sieh nur, Max«, sagte sie ruhig, »da kommt Mummy nach Hause.«

Max, der einen dicken gelben Buntstift in der Hand hielt, sah von seinem Malbuch auf. »Hast du Mummy gesagt? Meine Mummy?«

»Ja, sie ist im Garten.«

Die Hintertür sprang auf, und der dicke Taxifahrer, der von der ungewohnten Anstrengung heftig schnaufte, ließ stöhnend die beiden schweren Koffer auf den Boden sinken. »Jetzt nur noch die große Kiste, mein Lieber.« Nastassia lächelte ihn honigsüß an.

»Ja, Miss. Sofort.«

»Der Arme, er ist nicht in bester Form«, sagte Nastassia, während sie dem Fahrer nachsah und ihren riesigen scharlachfarbenen Kaschmirschal abnahm, wobei sie eine Wolke köstlichen Dufts verbreitete. Max, der wie benommen dastand, sah seine Mutter mit großen dunklen Augen an, als könne er nicht glauben, daß sie tatsächlich hier in der Küche war. Seltsamerweise wirkte sie echter, wenn er sie im Fernsehen sah. Dad hatte den Werbespot für ihn aufgenommen, und manchmal ging er ins

Wohnzimmer und sah ihn sich an, damit er nicht vergaß, wie sie aussah. Sie ging jetzt um den Tisch, kniete sich neben seinen Stuhl und legte die Arme um ihn. »Wie wär's mit einem Kuß für Mummy?« Max schlang die Arme um ihren Hals und gab ihr einen feuchten, schmatzenden Kuß auf die Wange, und sie lachte und drückte ihn an sich. »Hast du mich vermißt, mein Liebling?«

»Nicht wirklich«, sagte Max, ein wenig flunkernd. »Aber Dad schon ein bißchen.«

»Nun«, sagte Nastassia, »ich habe dich vermißt. Warte, bis du dein Geschenk siehst.«

Sie gingen zur Küchentür, um nach dem Fahrer Ausschau zu halten, aber im Garten war nichts von ihm zu sehen, und als Max zum Tor hinunterrannte, war auch das Taxi weit und breit nicht zu entdecken. Durch den Regen rannte er zurück. »Er ist fort, Mummy! Das Taxi ist verschwunden!«

»Verdammter Mistkerl«, sagte Nastassia. »Er ist mit deinem Geschenk abgehauen, Max, wie entsetzlich. Nun ja, da ist nichts zu machen.«

»Was war es denn?« fragte Max kleinlaut.

»Ein Kasperltheater. Ein hübsches altes, handgeschnitztes.«

»Oh.«

Nastassia sah ihren Sohn eindringlich an; er klang nicht besonders enttäuscht. »Ich habe dir auch eine Menge Sachen zum Anziehen mitgebracht.«

»Oh.«

Ruth goß heißes Wasser in die Teekanne und stellte sie zusammen mit Tassen und den Überresten eines klebrigen Ingwerkuchens auf den Tisch. »Tee, Nastassia?« fragte sie höflich und verbarg ihre heimliche Freude über Max' offensichtlichen Mangel an Begeisterung.

»Oh, hallo, Ruth«, sagte Nastassia strahlend. »Ich habe dich gar nicht bemerkt.« Sie setzte sich mit Max an den Tisch. »Ja, Tee wäre schön. Hast du Zitrone?«

Mistsück, dachte Ruth, als sie den Tee einschenkte und absichtlich Milch hinzugoß. »Huch!« sagte sie. »Tut mir leid! Du wolltest Zitrone, nicht wahr? Im Kühlschrank ist eine, wenn du eine möchtest.«

»Macht nichts, das geht schon.« Schmollend trank Nastassia den Tee und lehnte den Kuchen ab. Ruth begann ihr schlechtes Benehmen zu bedauern, als sie zu dritt, verlegen schweigend, um den Tisch saßen. Nach dem Tee erhob sich Nastassia und verkündete, sie wolle das Gepäck nach oben bringen. Sie bat Max, ihr zu helfen.

»Dafür ist er zu klein«, sagte Ruth entschieden. »Ich helfe dir natürlich.«

»Gut«, sagte Nastassia mit einem Anflug von Triumph. »Komm, Max, du kannst deine neuen Sachen anprobieren.«

»In Ordnung.«

»Und morgen können wir zu Harrods gehen, wo du dir selbst etwas aussuchen darfst, ist das was?«

»Ich muß morgen zur Schule.«

»Na schön, dann ein anderes Mal.«

Für den Rest des Nachmittags spielte Nastassia die perfekte Mutter. Max half ihr beim Auspacken, räumte ihre Kleider ein und probierte pflichtgemäß die irischen Pullover an, obwohl sie sich als viel zu klein herausstellten. Dann spielten sie im ganzen Haus Verstecken, bis er vollkommen überdreht war und leicht hysterisch zu werden begann. Da sie ihn schreien hörte, steckte Ruth den Kopf aus der Küchentür und rief aus Leibeskräften. »Es ist fast sechs. Zeit für dein Bad, Max. Ich mache gerade dein Abendessen.«

»O.k.«, sagte Nastassia lachend und umarmte ihren Sohn. »Jetzt ist es genug, wir gehen dich baden.« Es herrschte Stille, als sie Max badete und ihm dann half, seinen Schlafanzug anzuziehen. Sie kamen herunter, und Max aß sein Abendbrot – Lasagne, eines seiner Lieblingsgerichte. Er trank seine Milch, stand vom Tisch auf und sah seine Mutter erwartungsvoll an. »Liest du mir eine Geschichte vor?«

»Ja, natürlich, Liebling.« Sie stand auf und nahm ihn bei der Hand. »Sag gute Nacht zu Ruth.«

»Gute Nacht, Ruth.«

»Gute Nacht, mein Schatz.« Ruth, die das Geschirr abwusch, traute sich nicht, sich umzudrehen und ihn wie üblich zu umarmen. Sie gingen aus der Küche, ließen die Tür zufallen und stiegen laut brüllend, weil sie Löwen nachahmten, die Treppe hinauf.

Eine Viertelstunde später kam Nastassia mit einer Flasche Wodka in der Hand wieder herunter. Sie setzte sich an den Tisch und goß sich ein Glas ein, ohne auch Ruth eines anzubieten.

»Bist du jetzt wieder richtig nach Hause gekommen?« Ruth hielt Nastassia den Rücken zugekehrt und ließ sich mit dem Säubern des Abwaschbeckens ausgiebig Zeit.

»Nein, natürlich nicht. Der Film ist noch lange nicht fertig, außerdem hat mir Jacob Kroll zwei Drehbücher zum Lesen gegeben; ich habe eine Menge Eisen im Feuer. Jake glaubt, daß ich bald ganz groß herauskommen werde. Vielleicht gehe ich nach Hollywood, wer weiß?« Sie lachte ein wenig künstlich.

»Aber was ist mit Max?«

»Was soll mit ihm sein?«

»Würdest du ihn dann mitnehmen, Nastassia?«

»Gütiger Himmel, nein. Ein Kind ist für mein Image nicht vorteilhaft. Ich bin erst dreiundzwanzig. Die Leute sollen mich doch nicht für dreißig halten. Im Filmgeschäft ist man mit dreißig schon alt, nicht wahr?«

Ruth drehte sich mit blitzenden Augen um. »Nastassia, was für ein verdammt selbstsüchtiges Monster bist du eigentlich? Ist dir klar, wie entsetzlich dein Benehmen ist, wieviel Schaden du anrichtest? Josh ist außer sich vor Kummer; seine ganze Welt bricht auseinander, und die Schmerzen, die du deinem Kind, diesem armen kleinen Jungen, zufügst, wage ich mir gar nicht auszudenken. Du solltest dich schämen, du grausames Miststück!«

Nastassia wirkte ungerührt von Ruths Ausbruch und schenkte sich noch ein Glas ein. »Du hast immer schon übertrieben, meine liebe Ruth«, sagte sie. Ihre kalten blauen Augen blickten Ruth spöttisch an. »Aber schließlich bist du ja selbst in Josh verliebt, nicht wahr, was deine Haltung erklärt.«

Einen Moment lang stand Ruth zitternd da, sie fühlte sich wie benommen und konnte mit keiner entsprechend verletzenden Antwort aufwarten. Dann schluchzte sie erstickt auf, rannte aus der Küche, griff nach ihrem Mantel in der Diele und riß die Vordertür auf. Am Fuß der Treppe stand Josh und kettete sein Fahrrad ans Geländer. Er blickte auf und sah Ruth mit rotem Gesicht und tränenüberströmt in ihren Mantel schlüpfen.

»Hallo«, sagte er. »Was ist los?«

»Nichts.« Sie rauschte an ihm vorbei und ging schnell den Treidelpfad hinunter.

Verwundert runzelte Josh die Stirn, ging ins Haus, hängte seinen Mantel auf und stellte seine Aktentasche ab. Plötzlich nahm er einen vertrauten und einst geliebten Duft wahr. Er spürte, wie ihm das Blut aus dem Gesicht wich. Er holte tief Luft und ging in die Küche.

»Hallo, Liebling«, sagte Nastassia mit strahlendem Lächeln. »Was ist denn mit dieser dummen Ruth los? Armes Mädchen, sie ist in dich verliebt, nicht wahr? Mach dir keine Sorgen, mir macht das überhaupt nichts aus! Ich geb dir keine Schuld, du brauchst ohnehin jemanden für Max, stimmt's? Sie paßt doch sehr gut, schließlich hat sie sogar denselben Beruf!«

Josh bemühte sich, seine Frau ruhig anzusehen. »Nastassia«, sagte er sehr ruhig, als ermahne er ein unartiges Kind. »Ich habe nichts mit Ruth, das weißt du sehr gut. Sie ist eine gute Freundin, das ist alles.«

»Ach komm, Josh, das kannst du deiner Großmutter erzählen. Hältst du mich für blöd? Wie auch immer, es ist nicht wichtig, ich habe selbst eine Affäre.«

Josh hatte das Gefühl, ihm würde der Boden unter den Füßen weggezogen werden. Seine Knie zitterten, die Kehle schnürte sich ihm zusammen, und er hielt sich an einer Stuhllehne fest, um nicht umzusinken. Obwohl er eine solche Katastrophe vorausgesehen hatte, hatte er nicht geahnt, daß sie so großen Schmerz, solchen Ekel und solche Hilflosigkeit bei ihm auslösen würde. Eine Weile stand er schweigend da, seine Eingeweide brannten, und er wäre am liebsten gestorben.

»Also«, sagte Nastassia, »wir müssen miteinander reden, findest du nicht auch?« Sie holte ein zweites Glas aus dem Schrank und schenkte Wodka ein. »Möchtest du einen Schluck?«

»Ja, bitte.« Josh holte noch einmal tief Luft, setzte sich an den Tisch und sah seine Frau an. Er kippte den Wodka in einem Zug hinunter, und sie schenkte ihm erneut ein.

Etwa eine Stunde unterhielten sie sich ganz ruhig, ohne Zorn und Schuldzuweisungen. Ganz so, als sprächen sie über zwei Fremde, waren sie sich einig, daß Nastassia Josh nicht liebte, ihn nie geliebt hatte und sehr wenig mütterliche Gefühle für ihr gemeinsames Kind aufbrachte. Tief in seinem Innern spürte Josh, daß sie die blanke Wahrheit sagte, und eine Woge der Verzweiflung überkam ihn.

Nastassia betrachtete ihn so anteilnehmend, wie es ihre selbstverliebte Art erlaubte. Sie legte ihre Hand auf die seine. »Ich will ja keinen anderen heiraten, Liebling. Ich muß einfach frei sein, das ist alles. Ich brauche niemanden, der ständig um mich ist; ich fühle mich allein viel wohler. Wenn du allerdings eine friedliche Scheidung möchtest, bin ich damit einverstanden.«

Josh sah sie lange an. Er fühlte sich betäubt, wie ausgelöscht. Er zog seine Hand zurück und trank sein Glas aus. Dann sagte er ihr, daß er vorhabe, nach Paris zu ziehen und Max mitzunehmen. »Du kannst hier im Haus bleiben, wenn du willst. Die Mieteinnahmen decken die Hypothek ab. Nach zwei Jahren, falls wir uns dann scheiden lassen wollen, verkaufe ich das Haus und teile den Erlös mit dir.«

»Gut«, sagte Nastassia, »das scheint gerecht zu sein, Josh. Aber wenn ich das Haus behalten will, was dann? Es ist ganz praktisch als Niederlassung in London.«

»In diesem Fall kannst du mich ja ausbezahlen«, antwortete Josh kalt, der wieder ein wenig Zuversicht und Selbstachtung zurückgewonnen hatte.

»In Ordnung«, erwiderte sie kühl. »Bis dahin werde ich sehr reich sein; bei dem Kauf fallen vermutlich Steuern an.«

»Dann wäre da noch die Frage mit Max zu klären, Nastassia.«

»Welche Frage?«

»Ich würde das alleinige Sorgerecht für ihn fordern.«

»Aber natürlich«, sagte sie, »was sonst?« Sie lächelte ihn ganz liebevoll an. »Mach dir keine Sorgen, ich werde dir die Sache nicht erschweren, indem ich auf einem Besuchsrecht bestehe. Es ist besser so, nicht wahr?«

Eine unangenehme Mischung aus Erleichterung und Zorn schoß wie ein Adrenalinstoß durch Joshs Adern. Erleichterung, weil er keinen Sorgerechtsprozeß führen mußte, und Zorn, weil sie sich so leicht von ihrem ungewollten Kind befreite. Armer kleiner Junge, dachte er, womit hatte er das verdient?

Nastassia sah auf ihre Cartier-Uhr, ein Geschenk von Jake. »Laß uns zum Abendessen ausgehen, Josh, und feiern.«

»Das geht nicht«, antwortete er. »Wir haben keinen Babysitter.«

»Was ist mit Ruth?«

»Sie ist weggegangen.«

»Ach Mist«, sagte Nastassia, »wie ärgerlich. Kannst du nicht jemanden anrufen?«

»Nein, das kann ich nicht.«

»Typisch!« sagte sie wütend. »Jetzt weißt du, warum es mir unmöglich ist, mit dir zu leben, du selbstsüchtiger Mistkerl.«

Josh stand ohne ein weiteres Wort vom Tisch auf und ging nach oben. Er setzte sich eine halbe Stunde an Max' Bett und ging dann ohne Abendessen schlafen. Er lag im Dunkeln und beobachtete die vom Fluß her reflektierten Lichter, die schwankende Muster an die Zimmerdecke warfen. Er hörte Schritte auf der Treppe, als zuerst Robert und dann Ruth nach Hause kamen. Gegen Mitternacht ging seine Tür auf, und Nastassia, die nach Wodka roch, kam herein. Er hörte, wie sie sich im Dunkeln auszog und dann neben ihn ins Bett glitt. Er erstarrte, schloß die Augen und stellte sich schlafend. Sie streichelte zögernd über seinen Rücken, aber er reagierte nicht, und nach ein paar Minuten drehte sie sich um und schlief.

In der zweiten Novemberwoche regnete es fast jeden Tag auf Inniscarragh, und die fallenden Blätter machten den Boden glitschig, so daß es für Guy noch schwieriger wurde, sich draußen zu bewegen. Entschlossen, keinen Beinbruch zu riskieren, was die Abreise nach Korfu verzögern würde, blieb er im Haus, sortierte Papiere und Schriftstücke, die jahrelang nicht ordnungsgemäß abgelegt worden waren. Er und Dido hatten sich ausgesucht, was sie behalten und per Schiffsfracht auf die Insel schicken wollten. Dido hatte das wundervolle irische Leinen und das Hartsteingut-Service beiseitegestellt, und Guy hatte sich entschlossen, die Familienbibel zu behalten, in der die Geburts- und Todesdaten seiner Vorfahren eingetragen waren, und er fügte den Namen von James hinzu. Zusammen mit der Bibel packte er ein dickes, mit Messingspangen verschlossenes Lederalbum ein, das verblichene Fotos von steif wirkenden Leuten in unbequemen Kleidern enthielt, die offenbar zum Tennis- oder Krokettspielen gingen oder gestreifte Badeanzüge trugen und sich anschickten, in den See zu springen. Es enthielt auch eine Menge großer Bilder von Wintergesellschaften auf Inniscarragh, auf denen alle in voller Jagdausrüstung zu Pferd saßen und einen Abschiedstrunk zu sich nahmen. Zu diesen Familienandenken packte er ein paar Miniaturporträts aus dem achtzehnten Jahrhundert und eine große Anzahl von Büchern, die in wohlriechendes Kalbsleder gebunden waren. Sie waren tadellos erhalten, da die früheren Familienmitglieder sie kaum angesehen, geschweige denn gelesen hatten. »Sie waren immer zu sehr damit beschäftigt, Tiere zu töten«, sagte Guy, »da blieb keine Zeit zum Lesen.«

Sie hatten die Inventur fast abgeschlossen. Eigentlich war Guy bereits zu dem Schluß gekommen, daß es unnötige Arbeit war, aber er war ein vorsichtiger Mann und entschied sich, sie abzuschließen, für den Fall, daß der Handel mit Mr. Yakimoto nicht zum Abschluß käme und sie wieder von vorn anfangen müßten. Dido war im Moment in den Ställen, listete die Kutschen, den Inhalt des Sattelraums, die schönen georgianischen Lampen und die wundervollen Paneele in den Boxen auf, die einst die Jagdpferde beherbergt hatten. Trotz der Tatsache, daß es hier schon lange keine Pferde mehr gab, lag knietief trockenes, aber modrig riechendes Stroh darin, und noch immer hingen Netze voller Heu an den alten Haken. Die Ställe waren nur spärlich von ein paar nackten Glühbirnen beleuchtet, und Dido setzte sich auf einen Strohballen, prüfte sorgfältig ihre Liste und ordnete die einzelnen Punkte in der richtigen Reihenfolge an.

Ein Schatten fiel auf ihre Schreibunterlage, und sie sah verblüfft auf. Vor ihr stand Jake und sah auf sie hinunter. »Oh, hallo«, sagte sie. »Was führt dich hierher?«

»Ich könnte dich dasselbe fragen, Dido. Was zum Teufel hast du vor? Wo bist du gewesen? Warum hast du dich nicht gemeldet?«

»Ich würde sagen, der Grund dafür war offensichtlich«, antwortete sie schroff. »Muß ich dich dran erinnern, daß ich nach Hause kam und die ekelerregenden Beweise deiner Untreue überall in meinem Schlafzimmer fand?«

»Wie albern von dir. Du hast überreagiert, das ist alles. Früher hast du das doch auch nicht getan; ich hatte nie den Eindruck, daß dir diese Dinge viel ausgemacht hätten.«

»Bis dahin hast du auch keine gebrauchte Unterwäsche in meiner Wohnung verstreut, Jake.«

»Nun, ja, es tut mir leid; vielleicht war das doch ziemlich gedankenlos.«

»Es war mehr als gedankenlos, Jake, es war fatal. Offen gesagt möchte ich dich nicht mehr sehen und kein Teil deiner widerlichen Spielchen mehr sein.«

»Das meinst du doch nicht ernst, Dido. Schließlich lieben wir uns doch, oder?«

»Vielleicht glaubst *du* das, für mich trifft das aber nicht mehr zu. Und da wir schon beim Thema sind, ich möchte, daß du sobald wie möglich deine Sachen aus meinem Boot entfernst.«

»Ich glaube dir nicht, du bist bloß sauer.« Er setzte sich neben sie auf den Strohballen, legte den Arm um sie und drehte ihr Gesicht zu sich herum. »Komm, wir wollen uns einen Kuß geben und uns wieder versöhnen, Liebling.«

Dido ließ die Schreibunterlage fallen, stemmte die Hände gegen seine Brust und versuchte, ihn wegzustoßen. »Bitte, Jake, geh weg. Laß mich allein.« Sie wandte den Kopf ab, um seinem Kuß zu entgehen, aber er hielt sie fester, drückte ihre Arme herunter, und sie rollten von dem Ballen auf den strohbedeckten Boden. Er lag auf ihr, schob seine Zunge in ihren Mund und küßte sie auf eine Art, von der er wußte, daß sie sie erregen würde. So fest sie konnte, biß sie ihn in die Zunge, dann nahm sie all ihre Kraft zusammen, drehte und wendete sich, schlug mit den Fäusten auf ihn ein, versuchte, ihm das Knie zwischen die Beine zu stoßen und bemühte sich verzweifelt, von ihm loszukommen.

»Komm, mein Schatz, du weißt, daß du es willst.« Er lachte, ergriff ihre beiden Hände, hielt sie mit einer Hand fest, zog ihr mit der anderen schnell das Höschen herunter und warf sich erneut auf ihren erschöpften Körper. Sie lag mit geschlossenen Augen da, ihr Herz raste, und sie konnte ihn nicht davon abhalten, in sie einzudringen, während ihr Tränen der Wut und

Demütigung über die Schläfen ins Haar rannen. Der Akt war gewalttätig und schnell vorbei. Einen Moment lag er erschöpft da, dann küßte er sie und zog sich zurück. Er stand auf, schloß seine Hose und grinste sie triumphierend an. »Ich hatte recht, nicht wahr, meine liebe Dido? Du liebst mich, das wirst du immer tun.«

Als er fort war, blieb Dido liegen, sie war zu erschüttert, um sich zu bewegen, sie hatte schlimme blaue Flecken und große Schmerzen. Nach einer Weile stand sie auf, zog ihren Rock herunter und glättete ihre Kleider, aus Angst, jemand könnte in den Stall kommen und sie finden. Sie klopfte die Strohhalme von sich ab und ging in den Sattelraum, um einen Wasserhahn zu suchen. Sie fand sowohl den Hahn wie einen kleinen zersprungenen Spiegel, der an einem Nagel hing. Mit ihrem Taschentuch wischte sie sich das Blut vom Mund ab und kühlte sich die geschwollenen Augen. Dann zupfte sie sich weitere Strohhalme aus dem Haar, setzte sich einen Augenblick auf die Bank des Stallburschen, um sich sorgfältig nach weiteren Spuren des Martyriums zu untersuchen. Dann setzten die Folgen des Schocks ein, sie begann zu zittern, und ihre Zähne klapperten, ohne daß sie etwas dagegen unternehmen konnte. Panik, Verwirrung und Scham überfielen sie, obwohl sie wußte, daß sie nichts getan hatte, dessen sie sich schämen müßte. Dennoch fühlte sie sich beschämt und beschmutzt. Ich muß sofort ein Bad nehmen und ihn von mir abwaschen, dachte sie, dann werde ich mich besser fühlen. Sie ging in den Stall zurück, nahm ihre Schreibunterlage und rannte durch den Regen schnell zur Küche zurück.

»Du kommst gerade rechtzeitig zum Tee«, sagte Guy. »Mrs O'Reilly hat einen Hefezopf und selbstgemachte Marmelade für uns mitgebracht, ist das nicht nett von ihr?«

»Ja, das ist es«, sagte Dido und zwang sich zu einem Lächeln. »Danke, Mrs. O'Reilly, er sieht köstlich aus. Ich bin bloß schmutzig vom Stall. Ich lauf nur schnell nach oben, wasche mich und ziehe einen anderen Pullover an. Wartet nicht mit dem Tee, ich bin gleich wieder da.« Sie legte die Schreibunterlage auf den Tisch und rannte in ihr Zimmer hinauf. Im Badezimmer drehte sie das heiße Wasser an, das in die riesige Wanne strömte. Sie riß sich die Kleider vom Leib, stieg ins Wasser, seifte sich am ganzen Körper ein und wusch sich das Haar. Dann lag sie eine Weile in dem kälter werdenden Wasser und versuchte sich mit äußerster Anstrengung zu sammeln und rational zu denken.

Sie dachte an Guy und wieviel er ihr inzwischen bedeutete; wie sehr er sie brauchte und wie glücklich sie miteinander waren, sogar während dieser schwierigen Zeit auf Inniscarragh. Sie sehnte sich danach, ihm von ihrer Vergewaltigung durch Jake zu erzählen, aber sie hielt es für besser, das nicht zu tun – da wirklich nichts damit gewonnen wäre, außer daß sie sich erleichtert fühlen würde. Es würde in Guy nur unnötig Schmerz und Wut auslösen und ihm nur um so nachdrücklicher die eigene Schwäche vor Augen führen.

Schnell stieg sie aus dem Bad und rubbelte sich heftig mit dem dicken, groben Badetuch ab. Dann zog sie frische Kleider an, kämmte sich das nasse Haar und lief in die Küche hinunter.

»Du hast dein Haar gewaschen«, sagte Guy und goß ihr Tee ein.

»Ja«, sagte Dido. »Es roch nach Pferdestall.«

Ende November waren die letzten der Filmleute abgefahren, und über Inniscarragh senkte sich die übliche spätherbstliche Düsternis. Nebel kroch vom See herauf, drang unter den Türen und durch die Fensterrahmen herein und ließ einen leicht fauligen Geruch in den Räumen zurück.

»Mein Gott«, sagte Guy, »ich beginne, den Ort zu hassen. Je eher die Verträge unterschrieben sind, um so besser werde ich mich fühlen, bevor das Haus tatsächlich anfängt, in sich zusammenzustürzen.« Die Feuchtigkeit drang in seine Knochen, und er hatte fast ständig Schmerzen in den Beinen, was ihn depressiv und launisch machte.

»Wird es auf der Insel nicht auch kalt sein, Guy?«

»Nein, erst ein bißchen später. Aber es ist anders. Manchmal ist es windig und ziemlich kalt, aber dennoch scheint oft die Sonne, es ist nicht trüb und ewig naß wie an diesem verdammten Ort. Manchmal können wir sogar draußen sitzen und zusehen, wie der Mond aufgeht.«

Am nächsten Tag erhielt Guy einen Anruf von seinen Anwälten, die ihm mitteilten, daß alles für seine Unterschrift bereit sei und sie am nächsten Morgen mit den Unterlagen herauskämen. Nachdem die Anwälte fort waren, rief Guy ein Reisebüro an und buchte ihre Flüge für die kommende Woche. Dann stiegen sie in James' altes Auto, um bei einem Mittagessen im Pub zu feiern, und jeder von ihnen war im stillen dankbar, daß diese schwierige Episode ihres Lebens bald überstanden sein würde. Als sie durch das Haupttor nach Inniscarragh zurückfuhren, fiel Guys Blick auf Lavinias Haus, das so hübsch und gepflegt hinter der beschnittenen Eibenhecke stand. »Warte eine Minute«, sagte er. »Ich sollte Lavinia wohl besser mitteilen, was los ist.«

Dido hielt an, und Guy stieg vorsichtig aus. »Warte nicht«, sagte er. »Ich gehe zu Fuß zum Haus zurück.«

»Bist du sicher?«

»Ja, heute ist es ja ziemlich trocken.«

Sie fuhr weiter, und Guy ging durch Lavinias Tor und klingelte an der Tür. Sie ging sofort auf. Sie muß schon Ausschau gehalten haben, dachte er, die neugierige alte Schachtel.

»Komm herein, Guy. Welchem Umstand verdanke ich das zweifelhafte Vergnügen deines Besuchs?«

Er ignorierte ihre Worte und folgte ihr in den warmen, gemütlichen Wohnraum, wo hinter einem gläsernen Kaminschirm ein helles Feuer brannte. Der Dachshund Fritz lag auf dem Teppich vor dem Feuer und wärmte sich das Fell. Lavinia zu beschützen schien nicht zu seinen Aufgaben zu gehören. Kaum verwunderlich, dachte Guy, sie ist sehr wohl in der Lage, auf sich selbst aufzupassen – vermutlich hat sie eine Flinte unterm Bett. Sie setzten sich an den Kamin, und Lavinia sah mit hochgezogenen Augenbrauen, die unter dem frisch dauergewellten eisgrauen Haar fast verschwanden, ihren Bruder fragend an.

»Ich habe Inniscarragh verkauft, Lavinia«, sagte Guy, »aber dein Haus habe ich vom Verkauf ausgenommen. Ich habe mit McDonnell vereinbart, das Haus und den Garten mit einem Zufahrtsrecht über die Einfahrt auf dich zu überschreiben.«

Lavinia hatte das Kommen und Gehen der Gutachter und Anwälte beobachtet und mit bitterem Lächeln beobachtet, wie der Japaner in seinem Geschäftsanzug mit McDonnell über das Grundstück gegangen war. Sie hatte sich vorstellen können, was da vor sich ging, und hatte sich bereits entschlossen, nach Abschluß der rechtlichen Angelegenheiten ihren Besitz dem japanischen Konsortium anzubieten und einen saftigen Preis dafür zu fordern. Im Moment sah sie auf ihre schwer beringten Hände hinunter, die auf ihrem grauen Tweedrock lagen. »Es ist so tragisch«, sagte sie ruhig, als fiele ihr das Reden schwer, »so traurig, seine alte Heimat, den Familiensitz verkaufen zu müssen, nicht wahr?«

»Ich bin bloß dankbar, es los zu sein«, antwortete Guy schroff.

»Aber *ich* nicht!« Lavinia starrte ihren Bruder an, ihre grünen Augen blitzten vor Zorn. »Und wenn Inniscarragh mein Erbe gewesen wäre, hätte ich nie zugelassen, daß es so herunterkommt; mir bricht das Herz, wenn ich es ansehe, da ich noch sehr gut weiß, wie es in den alten Tagen ausgesehen hat.«

»Aber es wurde dir nicht vererbt, Lavinia. Der arme alte Onkel James hat sein Bestes getan, dessen bin ich mir sicher, und du weißt das auch.«

»Aber in einem weniger sexistischen System *hätte* das Anwesen mir gehört.« Ihre Stimme hob sich, da Enttäuschung und Neid sie zu übermannen drohten. »Es hat mir fast schon gehört.«

»Was meinst du damit?«

»Was glaubst du denn?«

Guy starrte sie an, und alles fiel ihm wieder ein: die Bewunderung für seine Schwester, die rührenden Versuche, sie zu beeindrucken, aber auch die Angst vor ihr. Trotz Lavinias Feindseligkeit und der verächtlichen Haltung, die sie während all der Jahre ihm gegenüber an den Tag gelegt hatte, war ihm nie in den Sinn gekommen, sie hätte absichtlich versucht, den Unfall herbeizuführen, der sein Leben zerstört hatte. Nun blickte er der Wahrheit ins Auge. »Du meinst den Unfall mit dem Traktor, nicht wahr?«

Lavinia lachte, ein hartes, triumphierendes Wiehern. »Ja, genau das meine ich.«

»Es war kein wirklicher Unfall, nicht wahr, Lavinia?«

»Nein, das war es nicht!« Der blanke Haß in ihren Augen ließ Guy keinen Zweifel, daß sie die Wahrheit sagte. »Damals hätte ich dich fast erwischt, kleiner Bruder. Es war der aufregendste Moment meines Lebens.«

»Ja«, sagte Guy, »das kann ich mir vorstellen, bei jemandem wie dir.« Angewidert rappelte er sich unsicher hoch und ging ohne ein weiteres Wort hinaus.

Durchs Fenster beobachtete Lavinia mit grausamer Zufriedenheit, wie er langsam über die unkrautbewachsene Zufahrt zu dem verfallenden Haus ging, das von Rechts wegen ihr hätte gehören sollen. Sie sah ihm nach, bis er verschwunden war, dann wandte sie sich ab, um sich ein Glas Sherry einzuschenken und Mrs. O'Reilly anzurufen, die Holz bringen sollte. Aber Mrs. O'Reilly meldete sich nicht; sie war oben im Haus und brachte Dido bei, wie man die irische Spezialität Colcannon zubereitete.

Nach dem Essen tranken Dido und Guy wie üblich den Kaffee in der Bibliothek und saßen vor dem Torffeuer. Er war den ganzen Abend ziemlich schweigsam gewesen, und sie fragte ihn nicht nach dem Grund, da sie richtigerweise erriet, daß sein Besuch bei Lavinia der Auslöser für seine deprimierte Stimmung war. Sie ergriff seine Hand. »Erinnerst du dich, daß du mich gefragt hast, wie lange es dauern würde, bis ich mir über meine Gefühle gegenüber Jake im klaren wäre?«

»Daran erinnere ich mich sehr gut.«

»Ich weiß es jetzt, Guy. Ich sehe ihn jetzt als den, der er ist: als einen eingebildeten Menschen, der andere nur ausnutzt. Er hat mir nie das Gefühl gegeben, begehrt und geliebt zu sein, wie du es tust, und ich glaube eigentlich nicht, daß ich je wirkliche Liebe für ihn empfunden habe.«

»Was gedenkst du also zu tun, Dido?« Er wandte sich ihr mit klopfendem Herzen zu.

»Nun, ich würde dich gern heiraten, wenn du mich willst, Guy.«

»Oh, Liebling, bist du dir da wirklich sicher?«

»Ganz sicher. Ich möchte den Rest meines Lebens mit dir verbringen.«

»Bis daß der Tod uns scheidet?«

»Bis daß der Tod uns scheidet, Guy.«

10

Eines Abends rief Giò Josh in London an und erzählte ihm von einem unbewohnten Loft, das im Bastille-Viertel zum Verkauf angeboten wurde.

»Danke, Giò. Es ist nett, daß du dir solche Mühe gibst, aber dabei gibt es ein Problem.«

»Welches denn?«

»Nun, Geld zum Beispiel. Ich verkaufe das hiesige Haus noch nicht, also habe ich kein Kapital, um mir im Moment etwas Neues zu kaufen. Ich brauche eine kleine Mietwohnung, möglichst nahe bei einem Kindergarten und in der Nähe von Mum, damit sie Max für mich abholen kann, ohne daß dies ihren Arbeitstag völlig ruiniert.«

»Ich verstehe.« Max hatte Giò bei der Angelegenheit ganz vergessen. »Tut mir leid, Josh, ich bin ein Schwachkopf. Ich muß die Sache offensichtlich noch einmal ganz neu angehen. Das heißt zurück auf die Planungsebene.«

Josh lachte. »Du bist überhaupt kein Schwachkopf, Giò. Später einmal wäre ein Loft genau das, was ich mir wünschen würde. Im Moment aber ist am wichtigsten, daß für Max alles gut über die Bühne geht.«

»Du hast natürlich recht. Laß mich nur machen, ich melde mich wieder. Gibt's was Neues an der Job-Front?«

»Ja. Mein Chef war außerordentlich hilfsbereit und verständnisvoll. Er hat mit zwei Architekturbüros in Paris gesprochen, für die er selbst einmal gearbeitet hat, und nächste Woche fahre ich für ein paar Tage rüber, um mich dort vorzustellen.«

»Was für ein Glück du hast, alter Junge. Wirst du bei Anna wohnen?«

»Ja.«

»Bringst du Max mit?«

»Ja.«

»Das ist schön, ich freue mich darauf, euch beide zu sehen. In der Zwischenzeit werde ich versuchen, etwas Passendes für eine Wohngemeinschaft zweier Herrn zu finden.«

Josh lachte und hörte sich ganz fröhlich an. »Danke, Giò. Bis nächste Woche dann.«

»A bientôt«, sagte Giò. »Bis dann, Josh.«

Josh legte nachdenklich den Hörer auf. Er hat ganz recht, sagte er sich, ich habe tatsächlich Glück. Alle tun ihr Bestes, um mir wieder auf die Beine zu helfen und mein und Max' Leben wieder ins Lot zu bringen. Aber warum war er so undankbar und wünschte sich, sie würden sich weniger aufopferungsvoll um ihn kümmern? Es wäre besser für mich, wenn ich mich mit den praktischen Notwendigkeiten selbst herumschlagen müßte, dachte er. Dann wäre ich zu beschäftigt und zu müde, um an etwas anderes zu denken, vor allem nicht an Stassi. Sie teilte natürlich immer noch das Haus mit ihm. Um fünf Uhr morgens wurde sie von einem Wagen des Studios abgeholt und spät nachts, wenn überhaupt, nach Hause gebracht. Josh war in das kleine Gästezimmer gezogen und hatte ihr das bequeme Doppelbett überlassen.

Er ging in die Küche, die jetzt leer und still war, und machte sich einen Käsetoast. Ruth war Gott sei Dank mit Robert ausgegangen. Ihre anhaltende Freundlichkeit gegenüber Max und ihr trauriger, verwirrter Ausdruck waren ein beständiger Vorwurf für Josh, dabei haßte er das Gefühl, sie unfreundlich zu behandeln, vor allem da er wußte, daß Ruth keinerlei Ansprüche stellen würde, was das Zusammenleben mit ihm und Max anbelangte. Aber er wußte aus eigener Erfahrung, wie fatal das wäre; genau dasselbe hatte er getan, um Nastassia heiraten zu können, so verzweifelt hatte er sie geliebt. Und genauso liebte er sie immer noch, und daran würde sich wahrscheinlich auch nichts ändern, dachte er niedergeschlagen und schluckte den letzten Bissen Käsetoast hinunter.

Am nächsten Tag rief Giò Anna an und erkundigte sich nach Kindergärten in ihrer Nähe.

»Es gibt einen sehr netten in der gleichen Straße, in der Toms Schule ist«, sagte sie. »Warum?«

»Ich war für Josh auf Wohnungssuche und habe bis jetzt nur Riesenblödsinn gemacht.« Er erzählte ihr von dem leeren Loft im Bastille-Viertel, und sie lachte.

»Was für ein weltfremder Romantiker du doch bist, Giò. Er muß sich schließlich um Max kümmern und gleichzeitig ganztags arbeiten, da hätte er wohl kaum die Zeit, geschweige denn die Energie für so was.«

»Das habe ich jetzt auch begriffen«, sagte Giò reumütig. »Das andere wesentliche Element, das ich bei meinen Überlegungen nicht bedacht habe, war die Geldfrage.«

»Nun, in dieser Hinsicht könnten wir ihm ja helfen, dessen bin ich mir sicher.«

»Nein, ich habe den Eindruck, daß er das nicht zulassen würde. Ich glaube, er findet, daß du schon mehr als genug getan hast.«

»Wie es scheint, will er das Haus im Moment nicht verkaufen«, sagte Anna. »Nastassia bleibt noch dort wohnen.«

»Meinst du, er hofft auf irgendeine Art Versöhnung?«

»Keine Ahnung. Wahrscheinlich weiß er das selbst nicht so genau.«

»Armer Josh.«

»Ja, armer Josh.«

»Nun«, sagte Giò munter, »ich muß los. Ich sehr mir mal die Gegend um die Kindergärten an und arbeite in dieser Richtung weiter. Wenn ich irgendwas finde, melde ich mich wieder, damit du dir einen ersten Eindruck verschaffen kannst.«

»Das ist lieb, Giò. Ich würde mich mit dir auf die Suche machen, aber ich muß zuerst meinen Engel fertigmachen, ich habe nur noch eine Woche, bis er abgeholt wird.«

»Wie bringt ihr ihn denn die Treppe runter, ohne ihn zu beschädigen?«

»Das dürfte schwierig werden, fürchte ich«, sagte Anna. »Vermutlich verpacken sie ihn in eine Kiste und lassen ihn dann durch eines der großen Vorderfenster runter.«

»Das dürfte ein lohnender Anblick sein; gib mir Bescheid, wenn es soweit ist.«

»Das mache ich«, sagte Anna. »Bis bald.«

Drei Tage später suchte Giò einen seiner Händler in der Rue Jacob auf, einer stillen hübschen Straße, die sich hinter der Kunstakademie befand. Dort gab es viele Antiquitätenläden wie auch ein paar gute Restaurants und ein oder zwei kleine Hotels. Er suchte nach einem Empire-Konsolentisch für einen seiner Kunden, und er und dieser Kollege halfen sich in solchen Fällen oft aus, was für beide von Vorteil war. Gemeinsam sahen sie die Bestände durch, dann gingen sie ins Lager im hinteren Teil des Gebäudes, fanden aber nicht, wonach Giò suchte. »Ist oben noch was?« fragte er und sah zur Decke hoch.

»Nein, das ist alles. Oben ist die Wohnung.«

»Wirklich? Ich wußte gar nicht, daß Sie auch über dem Laden wohnen.«

»Das tue ich nicht. Ich vermiete sie. Ich suche gerade nach einem neuen Mieter.«

»Wirklich?« sagte Giò. »Wie seltsam. Ich kenne jemanden, der eine Wohnung sucht. Die Rue Jacob wäre genau das Richtige für ihn.«

»Sie ist sehr klein; nur drei Zimmer. Wie viele Bewohner wären es denn?«

»Nur zwei. Mein Neffe und sein kleiner Sohn.«

»Ein Kind?« Monsieur Petit sah an die Decke mit den vielen Kronleuchtern und Lampen, die in dem dämmrigen Ladenraum glänzten, und schüttelte zweifelnd den Kopf. »Macht ein kleiner Junge nicht eine Menge Lärm? Man würde ihn herumrennen hören, nicht wahr? Die Kronleuchter würden zittern.«

»Nein, das glaube ich nicht«, sagte Giò. »Tagsüber wäre er im Kindergarten und an den Wochenenden auf dem Land.« Letztes hatte er ganz schnell erfunden.

»Nun ja, wenn er nicht viel zu Hause ist.«

»Könnte ich sie mir ansehen?«

»Warum nicht?« Monsieur Petit hängte ein Schild an die Ladentür, das besagte, er komme in fünf Minuten zurück, und schloß den Laden ab. Er sperrte eine dunkelgrün gestrichene Tür links vom Ladeneingang auf und führte Giò eine steile Treppe hinauf, die zu der winzigen Wohnung führte. Das Wohnzimmer, das etwa fünf Meter lang und vier Meter breit war, hatte zwei Fenster, die auf die Straße hinausgingen, und war mit einer Reihe bizarrer, pflaumenfarbener Plüschsessel aus der Jahrhundertwende möbliert. Auf dem Boden lag ein türkischer Teppich, und darauf stand ein ovaler Walnußtisch mit vier Bugholzstühlen. An den Wänden waren ziemlich häßliche, obeliskförmige Bücherregale aufgereiht. Ihr matt seegrüner Anstrich paßte weder zu den Sesseln und dem Teppich noch zu der Tapete, die ein Art-déco-Muster in Orange- und Brauntönen zeigte.

»Mein Neffe ist Architekt«, sagte Giò. »Er dürfte die Einrichtung vielleicht ein bißchen zu altmodisch finden. Sie hätten doch nichts dagegen, wenn er seine eigenen Möbel mitbrächte?«

»Keineswegs.« Monsieur Petit lächelte ironisch. »Ich bin ganz

Ihrer Meinung, die Sachen sind häßlich, aber die meisten Leute geben sich zufrieden damit. Wie auch immer, an den Mietbedingungen würde sich deswegen nichts ändern.«

»Und wie wären die?«

»Drei Monate, verlängerbar. Und dreimonatige Kündigungszeit, auf beiden Seiten. Die Miete ist natürlich im voraus zu bezahlen.«

»Ich will mir den Rest noch ansehen.«

Es gab noch zwei kleine Schlafzimmer, deren schmale Fenster auf einen kleinen, ziemlich dunklen und feuchten Hof hinausgingen. Ein schwächlich wirkender kahler Lindenbaum, der für den Hof zu groß war, bemühte sich, ins Licht hinaufzuwachsen. In einer Ecke befand sich eine Kiste, vor der ein Teller mit Salatblättern stand, und um die düsteren Backsteinmauern marschierte eine Schildkröte, deren faltiger Hals beim Gehen zielstrebig nach vorn gestreckt war.

»Oh, sehen Sie nur!« rief Giò aus. »Eine Schildkröte!«

»Ja«, sagte Monsieur Petit. »Das ist Bonaparte.«

»Warum Bonaparte?«

»Weil ich ihn eines Tages, gleich um die Ecke, in der Rue Bonaparte gefunden habe. Er sah aus, als hätte er gerade den Rückzug aus Moskau hinter sich, der arme Kerl, also habe ich ihn mit nach Hause genommen.«

»Ist er nett?«

»Nein, überhaupt nicht. Er ist grob und undankbar.« Monsieur Petit lachte auf seine seltsam heisere Art. »Heute ist er sauer, weil ich ihm Salat gegeben habe. Er zieht Spargel vor, aber dafür ist jetzt natürlich nicht die Jahreszeit.«

Der Rest der Wohnung bestand aus einer kleinen, aber recht gut ausgestatteten Küche und einem uralten Badezimmer mit einer viereckigen rostigen Badewanne, über der ein alter Kupferboiler hing. Ein rundes Waschbecken auf einem metallenen Dreifuß vervollständigte die Badezimmereinrichtung. Die Toilette befand sich auf dem Treppenabsatz. Es war ein übel riechender, hinter einer grünen Schiebetür verborgener Ort, der mit handgemalten Apfelblüten dekoriert war.

»Wo um alles in der Welt haben Sie die denn gefunden?« fragte Giò ungläubig.

»In Fontainebleau«, erwiderte Monsieur Petit ungerührt. »Wo sonst?«

»Es sieht so aus, als hätte Giò eine Wohnung für Josh gefunden«, sagte Anna, als sie mit Patrick am Küchentisch zu Abend aß. »Er hat vorhin angerufen, aber ich war zu sehr damit beschäftigt, meinen Engel zu polieren, um sie mir ansehen zu können.«

»Nun, wir könnten ja alle zusammen am Sonntag hingehen, wenn Josh da ist. Wäre das nicht das beste?«

Anna sah ihn ein wenig traurig an. »Ich hatte eigentlich erwartet, die beiden würden eine Weile bei uns wohnen, aber Giò scheint ihn völlig mit Beschlag belegt zu haben.«

Patrick aß seinen ausgezeichneten *cabillaud à la boulangère* auf, während er über eine Antwort nachdachte. Er legte das Besteck weg und trank einen Schluck Wein. »Ich glaube, Giò versteht nur allzugut, wie Josh sich gerade fühlt, nämlich verletzt, gedemütigt und betrogen. Schließlich ist *ihm* das gleiche öfter widerfahren, als wir uns gerne daran erinnern. Jetzt bemüht er sich, Josh zu beschützen; nicht direkt vor uns, aber vor zuviel Anteilnahme und Familiensolidarität. Josh braucht uns, aber in einiger Entfernung. Das Wichtigste für ihn ist, um Max' willen stark und unabhängig zu sein. Wenn er zu uns käme und die beiden sich an einen bestimmten Ablauf gewöhnen würden, würden sie nur allzu leicht in Bequemlichkeit und Abhängigkeit verfallen, vor allem von dir. Hältst du es nicht für überaus wichtig, daß Josh weiterhin die zentrale Figur im Leben von Max bleibt, daß er, sein Vater, die Person ist, auf die das Kind sich verlassen kann? Im übrigen haben sie bereits allein gelebt, nicht wahr?«

Anna stand auf und holte frische Teller. Sie stellte Salat und Käse auf den Tisch und setzte sich wieder. »Du hast natürlich recht, das sehe ich ein. Genau das würde ich selbst sagen, wenn sich ein anderer in meiner Lage befände.«

»Aber du bist traurig und ein bißchen verletzt?«

»Ja, wahrscheinlich schon.«

»Es wird alles gut, du wirst sehen. Anfangs wirst du wahrscheinlich Max vom Kindergarten abholen, wenn du Tom von der Schule aufsammelst, nicht wahr? Also wirst du Josh und Max jeden Tag sehen, und ich nehme an, daß die beiden auch manchmal am Wochenende mit nach St. Gilles kommen wollen.«

»Ja«, sagte Anna und lächelte ihn an. »Das glaube ich auch. Ich hoffe es.«

»Hab Geduld, meine Liebe. Es wird alles gut, das verspreche ich dir.«

Guy und Dido flogen nach Korfu zurück und kamen an einen warmen, strahlenden Nachmittag dort an. Vassili holte sie vom Flughafen ab, und sie fuhren nach Koulari, überglücklich, wieder zu Hause und der feuchten Kälte und Düsternis von Inniscarragh entkommen zu sein.

In den ersten Tagen machten sie wenig anderes, als in der Sonne zu sitzen, wobei sie sich wie Genesende vorkamen. Am Abend konnten sie sich in der Gewißheit, daß ihre Privatsphäre nicht womöglich jeden Moment unsanft gestört wurde, entspannt und glücklich zusammen ins Bett legen. Manchmal liebten sie sich, manchmal lagen sie ruhig da, lauschten den Eulen in den Olivenbäumen und ließen sich vom leisen Knirschen der Kieselsteine und dem sanften Plätschern der Wellen, die sich am Strand brachen, in den Schlaf wiegen. »Es ist himmlisch«, sagte Dido. »Es sind die perfekten Ferien, außer daß es keine Ferien sind, es ist für immer.«

Für Guy war es eine Zeit des absoluten Glücks. Er konnte noch gar nicht fassen, daß Dido nicht nur bei ihm war, sondern für immer bei ihm bleiben wollte. Gelegentlich fiel ihm die letzte Unterhaltung mit Lavinia ein, in der sie bestätigt hatte, daß sie ihn tatsächlich hatte töten wollen. Wenn er auf seine gelähmten Beine sah, dachte er verbittert, daß sie es zumindest geschafft hatte, sein Leben zu zerstören, obwohl es ihr nicht gelungen war, ihn gänzlich aus dem Weg zu räumen. Doch wenn er dann auf Dido blickte, die schlafend an seiner Schulter lag, erinnerte er sich daran, daß er sie unter normalen Umständen wahrscheinlich nie kennengelernt und nie solches Glück erfahren hätte. Wahrscheinlich wäre er seit zwanzig Jahren mit einer netten langweiligen Provinzlerin verheiratet, einer pferdenärrischen, aufstiegsorientierten Person, und hätte ein paar gesunde Kinder, die zur Schule oder vielleicht schon zur Universität gingen. Liebste Dido, dachte er, ihr scheinen meine verdammten Beine nichts auszumachen, warum also mir? Er schloß die Augen und schlief ein.

Nach einer Woche der sorglosen Erholung riß Dido sich wenigstens soweit zusammen, um auf Guys Maschine ein paar notwendige Briefe zu schreiben. Sie schrieb an eine Anwaltskanzlei, die Guy ihr empfohlen hatte, und wies diese an, den Verkauf der »Maid of Wapping« vorzunehmen. Dann schrieb sie an Jake und legte eine Kopie ihres Briefes an die Anwälte bei. Sie forderte ihn auf, das Schiff sofort zu verlassen und die Schlüssel ihren Anwälten zu übergeben. Bevor sie sie abschickte, zeigte sie Guy die beiden Briefe.

»Also«, sagte er ruhig, als er sie ihr zurückreichte, »du reißt die Brücken hinter dir ab?«

»Ganz richtig«, antwortete sie, schlang die Arme um seinen Hals und drückte die Wange an sein Gesicht. »Hast du was dagegen?«

»Ob *ich* etwas dagegen habe? Hast du überhaupt eine Ahnung, wieviel du mir bedeutest?«

»Ja«, sagte Dido und sah ihn ernst an, »ich glaube schon.«

Als Jacob Kroll Didos Brief erhielt, reagierte er zuerst ungläubig, dann wurde er schrecklich wütend. Dummes, kleines Miststück, dachte er verärgert, für wen hält sie sich denn? Weiß sie denn nicht, was für ein Glück sie hat, die Partnerin einer solchen Berühmtheit wie mir zu sein, eines so bekannten und reichen Mannes? Plötzlich kam ihm ein äußerst unangenehmer Gedanke. Was, wenn Dido ihn ausnehmen wollte, indem sie behauptete, seine rechtmäßige Ehefrau zu sein? Warum hatte sie diese Anwälte eingeschaltet? Und was machte sie überhaupt auf Korfu? Was war das eigentlich für ein Job bei diesem Porteous, diesem Krüppel?

Jake hatte Guy nicht sympathisch gefunden; er hielt ihn für kalt und selbstherrlich, außerdem hatte die riesige Summe, die das Studio für die Miete von Inniscarragh aufgebracht hatte, nicht den geringsten Eindruck auf ihn gemacht. Ich frage mich, wo Dido ihn kennengelernt hat. Es überrascht mich, daß sie bereit ist, für einen so abstoßenden Kerl zu arbeiten. Nicht im Traum wäre ihm eingefallen, daß Dido im gleichen Moment schlafend in Guys Armen lag.

Ein paar Tage lang hatte Jake immer wieder über Didos Brief nachgedacht und dann einen lähmenden Abend damit verbracht, ihr eine Art Versöhnungsbrief zu schreiben, in dem er sein Bedauern über seine früheren Fehler und seine Hoffnung zum Ausdruck brachte, daß es nicht wirklich aus sei zwischen ihnen. Er willigte ein, die »Maid of Wapping« zu einem späteren Zeitpunkt zu verlassen, wenn sie das wünschte, aber seiner Meinung nach sollte sie alles noch einmal in Ruhe überdenken. Es ärgerte ihn, daß er einen ganzen Abend vergeuden mußte, um dieses verlogene Zeug zu schreiben, aber er sagte sich, daß die Beziehung mit Dido ihm letztendlich sehr gut in den Kram paßte, und er war ganz und gar nicht gewillt, den Schutzschild aufzugeben, den ihre Fürsorge für ihn bedeutete. Gleichzeitig schreckte ihn die Vorstellung eines Rechtsstreits, in den er verwickelt werden könnte, und die schlechte Publicity, die zweifellos die Folge davon wäre. Heimtückisches Mistvieh, dachte er, als er den Brief in einen Umschlag steckte und adressierte, ich hätte Lust, ihr gehörig meine Meinung zu sagen, oder besser noch, es ihr ordentlich zu geben. Unsere kleine Bumserei im Heu hat ihr schließlich nicht schlecht gefallen. Er lachte, als er daran zurückdachte. Sie war ganz wild darauf gewesen; und sie hat mich sogar gebissen, erinnerte er sich. Das tun nicht viele, es hat Spaß gemacht.

Josh und Max fuhren mit dem ersten Zug nach Paris und kamen pünktlich um 12.23 Uhr an der Gare du Nord an, von wo aus sie eine Métro zum Boulevard St. Michel nahmen. Von dort war es nur ein kurzer Fußweg zum Quai des Grands Augustins, wo sie rechtzeitig zum Mittagessen eintrafen. Joshs erstes Vorstellungsgespräch fand erst um drei Uhr statt, und Max sollte bei Anna bleiben und sie dann begleiten, wenn sie Tom von der Schule abholte. Der große goldene Engel lag auf dem Arbeitstisch, er war vollständig restauriert und erstrahlte im Licht. Das Kinn auf die Tischkante gestützt, starrte Max ihn mit großen erstaunten Augen an.

»Faß ihn nicht an, Max«, sagte Josh.

Max erwiderte nichts, sah seinen Vater aber vorwurfsvoll an.

»Du gibst ihm keine künstliche Patina, Mum? Du machst ihn nicht blasser?«

Anna lächelte. »Nein diesmal nicht. Heutzutage ist es wieder modern, die neue Vergoldung so strahlend und glänzend zu belassen, wie sie ursprünglich war. Mir gefällt das eigentlich.«

Josh sah sich in dem schönen Raum um, sein Blick streifte über die erlesenen vergoldeten Schnitzereien, die seine Mutter gefertigt hatte. »Du patinierst auch deine eigenen Sachen nicht?«

»Nein, das überlasse ich der Zeit, dem Schmutz, dem Staub und der Umweltverschmutzung.«

»Ah«, sagte Josh, »die Umweltverschmutzung. Das große Verbrechen des ausgehenden zwanzigsten Jahrhunderts.«

Anna hatte ein sehr leichtes Mittagessen vorbereitet, da sie annahm, daß Josh wegen seines bevorstehenden Einstellungsgesprächs vermutlich nervös sein würde. Sie ging in die Küche voraus, wo auf dem Tisch bereits frisches Baguette, verschiedene Käsesorten, Butter, Salat, *saucisson sec* und ein Teller aufgeschnittener Bergschinken angerichtet waren. »Was möchtest du trinken, Josh?«

»Ein Glas Weißwein wäre schön, danke.«

»Und Max? Was möchtest du, Liebling? Orangensaft?« Sie holte eine Flasche Saft aus dem Kühlschrank. Max hatte flüchtig erwogen, um Cola zu bitten, da seine Großmutter aber bereits den Saft eingoß, vermutete er zurecht, daß ihm wahrscheinlich keine andere Wahl blieb. »Oh, danke«, sagte er, und beschloß, später seinem Vater eine Cola abzunötigen.

Um halb drei ging Josh mit seiner Mappe zu dem Vorstellungsgespräch, und Anna half Max, die Reisetasche auszupacken. Sie legten die sauberen Hemden und Schlafanzüge in die bauchige Kommode, die im Schlafzimmer der beiden stand. Max brachte den Waschbeutel in das kleine Badezimmer nebenan und stellte die Zahnbürsten in die dicken Gläser, die mit Messingringen in die Kacheln neben dem Waschbecken eingelassen waren. In ihrem Schlafzimmer standen zwei Einzelbetten, die blau-weiße Quilts als Überwurf hatten und durch einen kleinen Nachttisch getrennt waren, auf dem eine Lampe mit dunkelgrünem Schirm stand. Auf einem der Betten lehnte ein struppiger Teddybär. Max sah zuerst ihn und dann Anna an. »Ich habe meinen eigenen Teddy mitgebracht. Hier in der Tasche.«

»Oh, gut«, sagte Anna. »Ich war nicht sicher, ob du genügend Platz haben würdest, ihn mitzubringen, also dachte ich mir, du möchtest vielleicht meinen alten Bären ausborgen.«

»Er muß schrecklich alt sein, wenn er dir gehört hat.«

Anna lachte. »Er ist tatsächlich alt; sehr alt für einen Teddy. Er hat schon meiner Mutter gehört, dann gehörte er eine Weile Josh und dann Tom.«

»Will Tom ihn nicht mehr? Ist er jetzt zu groß für einen Teddy?«

»Nein, das glaube ich nicht. Manchmal tut er so, aber auf seinem Bett liegen immer noch eine ganze Menge Stofftiere.«

Max wühlte in seiner Tasche herum und fand seinen Teddy. Er zeigte ihn Anna.

»Wie heißt er denn?«

»Dušek.«

»Dušek«, wiederholte Anna. »Nun, Dušek, ich hoffe, du verträgst dich mit Louis und ihr streitet euch nicht.«

»Es ist Mummys Namen«, sagte Max. »Sie hat ihn so genannt, damit ich sie nicht vergesse.«

»Du wirst sie nicht vergessen, Liebling.« Anna sah Max besorgt an, der auf dem Bett saß und seinen Bären an sich drückte.

»Aber ich *vergesse* sie, das ist das Problem«, sagte er kleinlaut. »Sie war in letzter Zeit kaum zu Hause, weil sie die ganze Zeit arbeitet. Sie ist beim Film, weißt du.«

»Hast du keine Fotos von ihr?«

»Nur eines. Aber ich habe ein Video von ihrem Auftritt im Fernsehen.«

»Ah, gut, das muß schön sein. Schließlich hat nicht jeder eine Mum, die im Fernsehen auftritt, nicht wahr? Du mußt stolz auf sie sein, Max.«

Max sah sie mit glänzenden Augen an und fühlte sich ziemlich geschmeichelt. »Ja, das bin ich. Sie ist absolut umwerfend, sagt Mrs. Maloney.«

»Nun, Mrs. Maloney hat ganz recht«, sagte Anna. »Sie ist tatsächlich ungewöhnlich schön.« Sie schloß die Schranktür. Obwohl ich sie liebend gern mit meinen bloßen Händen erwürgen würde, fügte sie insgeheim hinzu.

Um drei verließen sie die Wohnung, um Tom von der Schule abzuholen.

»Was würdest du gerne machen?«

»Wie wär's, wenn wir zum Fluß runtergingen und die vorbeifahrenden Schiffe anschauen würden«, schlug Tom vor. Sie gingen zum Pont Neuf zurück und stiegen die Stufen zum Square du Vert-Galant hinab, dem Garten am Ende der Ile de la Cité. Von dort aus hatte man einen schönen Blick auf die vorbeifahrenden Schiffe, auf ihre Lichter, die im Blau des Spätnachmittags erglänzten, und man hörte das Dröhnen der laut stampfenden Motoren übers Wasser hallen.

»Wow!« rief Max beeindruckt aus. »Sie sind ja *riesig*. Könnten wir auf einem mitfahren?«

»Natürlich können wir das«, sagte Anna, »aber nicht heute. Wir müssen zurück, um zu Hause zu sein, wenn Dad heimkommt.«

»Dad kommt doch erst ganz spät«, sagte Tom.

»Nicht dein Dad, du Dummerchen, der Dad von Max.«

»Ach, du meinst *Josh*«, sagte Tom. »Warum hast du das nicht gleich gesagt?«

»Josh«, sagte Max, »ich glaube, ich nenne ihn auch Josh.«

»Das geht nicht, du Blödmann.«

»Warum nicht? Du tust es doch auch.«

»Er ist mein *Bruder*, du Dummkopf, deshalb.«

»Das reicht, Jungs. Kommt, wir gehen jetzt und trinken eine Tasse Tee, einverstanden?«

Sie stiegen wieder die Treppe zum Pont Neuf hinauf und warteten am Standbild Heinrichs IV. auf eine Lücke im Verkehr, der unablässig über die Brücke strömte. »Aufgepaßt!« Anna ergriff die Hände der beiden Jungen. »Jetzt!« Schnell liefen sie über die Brücke zu dem kleinen Gäßchen, das zur Place Dauphine führte, einem kleinen, etwas versteckt liegenden Platz, dessen kahle Bäume sich dunkel gegen die klassische Fassade des Justizpalastes am anderen Ende abzeichneten. Hier befand sich »Fanny-Tea«, eines von Annas Lieblingslokalen, wo guter Tee und ein köstlicher Schokoladenkuchen serviert wurde, der das Herz eines jeden Kindes höher schlagen ließ.

Es war halb sechs, als sie zum Quai des Grands Augustins zurückkamen, wo sie Josh und Giò wartend auf der Treppe sitzend vorfanden. Diese standen auf, als Anna und die Jungen aus dem Aufzug stiegen. »Du lieber Gott, ich habe nicht gedacht, daß du schon zurück bist, Josh. Und du, Giò, wo kommst *du* denn her?«

»Ich bin auf dem Rückweg bei Giò vorbeigegangen«, sagte Josh. »Wir wollten dich abholen, um die Wohnung anzusehen, die Giò gefunden hat. Sie ist nur um die Ecke, zehn Minuten von hier.«

»Kann ich auch mitkommen?« fragte Tom.

»Und was ist mit mir?« fragte Max besorgt.

»Ja, natürlich. Wir gehen alle zusammen«, sagte Anna. »Kommt rein, wir wollen zuerst die Mappe und Toms Schulranzen abstellen.« Zu Giò gewandt, sagte sie: »Wo ist die Wohnung denn?«

»Rue Jacob.«

»Wirklich? Wie hübsch. Ich dachte, es gäbe nur Antiquitätenläden in dieser Straße.«

»Das Leben ist voller Überraschungen.« Giò sah seine Schwester an. »Oder ist dir das noch nicht aufgefallen?«

»Doch, jetzt wo du es sagst.« Sie lächelten sich komplizenhaft an. »Vielleicht sind manche Leute auch sehr gut darin, überraschende Dinge aufzuspüren?«

Als sie mit dem quietschenden Aufzug nach unten fuhren, sagte Anna zu Josh: »Ach übrigens, wie ist es denn gelaufen?«

»Ausgezeichnet.« Josh sah zufrieden aus. »Offensichtlich waren sie von meiner Arbeit in Prag beeindruckt. Sie haben mir eine Stelle angeboten.«

»Wundervoll! Nimmst du sie an? Was ist mit dem anderen Büro?«

»Dort werde ich mich natürlich höflichkeitshalber auch vorstellen. Aber mir gefällt die Atmosphäre in diesem Büro. Die Teilhaber sind relativ jung oder zumindest nicht altbacken, und ihr Ansatz ist innovativ. Das Großartige bei der Arbeit in Frankreich ist, daß alle mit einbezogen sind, die Regierung, die Bauherren und die Architekten, alle arbeiten an der gleichen Vision, nämlich der Verbesserung der Lebensqualität für die ganze Nation, nicht nur bei den großen Projekten hier in Paris, sondern im ganzen Land. Vielleicht übertreibe ich, aber genau das ist der Eindruck, den ich heute beim Gespräch mit diesen Leuten gewonnen habe. Auf politischer Ebene benutzen sie nicht die Ausrede der gefürchteten Marktkräfte, um zum Nachteil der Armen und Schwachen die Bereicherung der wenigen Mächtigen zu fördern, was traurigerweise anderswo so oft der Fall ist. Was ist bloß aus den Idealen des Wohlfahrtsstaats geworden? frage ich mich.«

Für Josh war das eine ziemlich lange Rede, und Anna war berührt, daß seine Einstellung noch immer so idealistisch war, aber gleichzeitig auch froh, daß er so begeistert über seine neue Arbeit sprach.

»Hört sich an, als wäre alles ganz nach deinem Geschmack, Josh«, sagte Giò.

»Ich glaube schon.«

Sie gingen durch die kleinen Seitenstraßen zur Rue Bonaparte und bogen dann in die Rue Jacob ein. Monsieur Petit war gerade mit einem Kunden beschäftigt, als sie bei seinem Laden ankamen, aber er bemerkte sie sofort, entschuldigte sich und holte den Schlüssel für die Wohnung. »Gehen Sie hinauf, und sehen Sie sich alles gründlich an«, sagte er, »dann kommen Sie wieder zu mir herunter.«

»Es ist leider ziemlich schäbig«, sagte Giò, als er über die schmale Treppe voranging. »Du wirst es wahrscheinlich scheußlich finden.«

Zuerst sahen sie das Wohnzimmer an. Keiner wollte seine Meinung sagen, und Giò lachte. »Ist schon in Ordnung. Der alte Knabe weiß, daß es schrecklich ist. Er hat nichts dagegen, wenn du es renovierst und deine eigenen Möbel mitbringst.«

»Gott sei Dank.« Josh klang erleichtert. Er ging zu den Fenstern hinüber und sah auf die Straße hinunter. »Die Straße ist wirklich hübsch und ruhig, aber dennoch sehr lebendig. Es ist nur ein Katzensprung zum Marché Buci, nicht wahr? Was hältst du davon, Max?«

»Wohnen wir nicht bei Tom?«

»Nein, Liebling. Aber du wirst ihn jeden Tag sehen. Und bei ihm und Anna bleiben, bis ich aus dem Büro komme.«

»Wo werde ich schlafen?«

Sie inspizierten die Schlafzimmer, während Anna und Giò im Wohnzimmer blieben und sich auf die häßlichen, kratzigen Veloursessel setzten. »Schlechter französischer Geschmack«, sagte Giò. »Es ist das Letzte.«

Anna lachte und schüttelte den Kopf. »Du hast recht. Ich kann diese Sessel kaum ansehen, geschweige denn, darin sitzen«, sagte sie.

Josh und die beiden Jungen inspizierten die Küche, die ihrer Ansicht nach ganz gemütlich herzurichten war, damit zwei Leute darin kochen und essen konnten, dann gingen sie in die Schlafzimmer. Max trat gleich ans Fenster und sah in den Hof hinunter. Bonaparte entdeckte er auf den ersten Blick. »Schau, Tom«, sagte er, »da ist eine Schildkröte.«

»Wo?« Tom folgte Max zum Fenster.

»Da unten. Sieh nur, sie hat ein kleines Haus.«

»Stimmt. Du hast *Glück*, Max. Ich wünschte, *ich* hätte eine Schildkröte.«

»Aber sie gehört ja dann nicht wirklich mir, oder?«

»Nun«, sagte Josh, der herübergekommen war, um ebenfalls hinunterzusehen, »ich glaube Monsieur Petit hätte nichts dagegen, wenn du ihm helfen würdest, sie zu versorgen. Du mußt ihn nur höflich darum bitten.«

»Glaubst du wirklich, Dad?«

»Es kann ja nicht schaden, ihn zu fragen, nicht wahr?«

Die Schildkröte war der ausschlaggebende Faktor. Plötzlich schien die Wohnung für Josh eine Menge Möglichkeiten zu bieten, wenn sie erst ordentlich renoviert und möbliert war. Er würde seine Bücher, seinen Schrank für die Pläne und das Zeichenbrett aus London herbringen, ebenso die Schlafzimmermöbel von Max und sein Spielzeug. Er sah auf die deprimiert wirkende Schildkröte hinunter und dankte einem nicht näher definierten höheren Wesen für das Glück, in so kurzer Zeit eine so angenehme Arbeit und eine so vielversprechende Wohnung gefunden zu haben. Wenn nur alles im Leben so einfach wäre wie das, dachte er traurig.

Sie sahen sich das Badezimmer an, und Max war begeistert von der kleinen viereckigen Badewanne mit dem schmalen Vorsprung, auf dem man beim Baden sitzen konnte. Zum Schluß inspizierten sie die Toilette am oberen Ende der Treppe. »Sie ist großartig«, sagte Josh. »Ich finde sie wundervoll, abgesehen von dem Gestank, was wir mit einem Abzugsventilator beheben könnten. Das sollte nicht allzu schwierig sein.«

Sie gingen wieder auf die Straße hinunter. Giò verschloß die Tür, und sie besprachen mit Monsieur Petit, der inzwischen allein in seinem Laden war, die Einzelheiten des Mietvertrags. »Also das ist der Junge«, sagte er und sah Max genau an. »Wie heißt du denn, junger Mann?«

»Max.«

»Und wie alt bist du, Max?«

»Ich bin schon ziemlich alt. Ich bin fünf. Ich gehe in den Kindergarten.«

»Wirklich? Ich dachte, du wärst älter. Du bist groß für dein Alter, finde ich.«

»Monsieur Petit«, unterbrach Max. »Die Schildkröte in Ihrem Garten, gehört die Ihnen?«

»Bonaparte? Aber natürlich gehört er mir.«

»Könnte ich helfen, ihn zu versorgen, wenn ich hier einziehe?«

»Du meinst, sein Haus putzen?«

»Ja.«

»Abgemacht, mein Junge. Wenn du deine Arbeit gewissenhaft machst, dann könnten wir uns vielleicht nach einer Frau für Bonaparte umsehen. Die würde dann dir gehören.« Er streckte die Hand aus.

Obwohl Max sich kurz fragte, was »gewissenhaft« bedeutete, nahm er mit ernster Miene die angebotene Hand und schüttelte sie. Monsieur Petit war eindeutig ein Gewinn. Der alte Mann führte Anna und die beiden Jungen in den Hof und ließ sie bei Bonaparte, dann kehrte er in den Laden zurück, um mit Josh und Giò den Mietvertrag zu besprechen. »Machen Sie mit der Wohnung, was Sie wollen, aber innerhalb vernünftiger Grenzen«, fügte er vorsichtig hinzu. »Geben Sie mir eine Aufstellung der Möbel, die Sie entfernt haben möchten. Wie bald möchten Sie denn einziehen?«

»Sobald ich die anstehenden Dinge in London geregelt habe«, sagte Josh. »Sagen wir in zwei Wochen?«

»*Entendu.*«

11

Eines Morgens, als es noch dunkel war, wurde Lavinia von einem ungewohnten Lärm geweckt, der aus einiger Entfernung zu ihrem Haus herüberdrang; sie blieb einen Moment lang liegen und fragte sich, was das wohl sein konnte. Es war ein hohes kreischendes Geräusch, wie ein riesiger Zahnbohrer. Plötzlich hörte es auf, und kurze Stille trat ein, dann ertönte ein lautes, splitterndes Krachen. Ich glaube es nicht, dachte sie und setzte sich kerzengerade auf: Sie sägen die Bäume ab! Steif stieg sie aus dem Bett, ging zum Fenster und zog die schweren gefütterten *toile-de-Jouy*-Vorhänge zurück. Sie starrte auf den Wald hinüber, konnte aber nichts entdecken. Wieder setzte der unerträgliche Lärm der Kettensäge ein, sie hielt die Luft an und wartete auf das Krachen des umsinkenden Stammes, das so sicher wie das Amen in der Kirche erfolgen würde. Gebannt stand sie am Fenster und betete, die Arbeit wäre beendet, aber es hörte nicht auf, und nachdem fünf oder sechs Bäume zu Boden gestürzt waren, sammelte sie sich und bereitete sich zum Kampf vor.

Das anhaltende Kreischen der Kettensäge tat ihr in der Seele weh. So schnell wie möglich zog sie sich an und ging hinunter. Sie zog eine Windjacke und Gummistiefel an, scheuchte Fritz aus seinem Korb, nahm eine Taschenlampe und ging durch den hinteren Garten in Richtung See und Wald. Es begann zu dämmern, und ohne Schwierigkeiten machte sie die Holzfäller ausfindig, die im Scheinwerferlicht ihres Landrovers am anderen Ende des Waldes arbeiteten. Es waren zwei Männer, die Lavinia beide bekannt waren, und als sie näherkam, setzte das Kreischen der Kettensäge aus, und eine alte Balsampappel stürzte zu Boden.

»Was machen Sie hier eigentlich, Geary?«

»Die Bäume fällen, Miss.« Geary tippte an seine Mütze.

»Das sehe ich, Sie Narr. Wer hat Ihnen befohlen, das zu tun?«

»Mr. O'Toole, Miss.«

»Und wer ist Mr. O'Toole, wenn ich fragen darf?«

»Der Bauleiter, Miss.«

»Der Bauleiter?« Lavinia runzelte die Stirn. »Was soll das heißen? Bauleiter? Von welchem Bau? Es ist doch unmöglich, daß die Genehmigung schon vorliegt.«

»Das kann ich Ihnen nicht sagen, Miss. Da müssen Sie Mr. O'Toole selbst fragen, Miss.«

»Das werde ich«, antwortete Lavinia schroff. »Wo finde ich ihn?«

»Oben im Haus, Miss.«

»Oben im *Haus*? Wie kann er oben im Haus sein? Der Verkauf ist doch noch gar nicht abgeschlossen, soviel ich weiß.«

»Ich kann Ihnen das nicht sagen, Miss.«

»In der Zwischenzeit müssen Sie sofort die Arbeit einstellen. Haben Sie mich verstanden, Geary?«

»Tut mir leid, Miss, da kann ich Ihnen nicht dienen. Das müßte mir schon Mr. O'Toole auftragen, Miss.«

Lavinia sah ihn scharf an und bemühte sich, all den Hochmut ihres Standes herauszukehren, aber es half nichts, Geary scharrte mit den Beinen, tippte an seine Mütze, entschuldigte sich erneut und zog dann den Anlasser seiner Kettensäge heraus, die sofort loszudröhnen begann. Wütend wandte sie sich ab und ging mit Fritz, der ihr deprimiert nachtrottete, zu ihrem Haus zurück. Sie kochte sich Kaffee, dann machte sie sich sorgfältig zurecht, zog ihren besten Tweedmantel an, schlang ihr

Hermes-Tuch um den Hals und rüstete sich erneut zum Kampf. Sie fand William O'Toole in der Bibliothek, wo quer über den ganzen Tisch und den Sekretär Baupläne ausgebreitet lagen. »Guten Morgen, Miss Porteous«, sagte er und stand auf, als sie eintrat. »Was kann ich für Sie tun?«

Der Mann hört sich an wie ein Krämer, dachte sie boshaft; soviel zu den heutigen Geschäftsleuten. »Darf ich fragen, von wem die Anordung kommt, die Bäume in meinem Wald abzusägen?«

»Von mir, wenn Sie mich fragen«, antwortete er freundlich. »Warum, stört Sie der Lärm? Die Arbeit ist in ein paar Tagen, höchstens dreien, abgeschlossen.«

»Drei Tage!« rief Lavinia aus. »Fällen Sie den ganzen Wald?«

»Das tun wir tatsächlich, Miss Porteous. Es ist notwendig, fürchte ich.«

»Warum?«

»Viele der Bäume sind überaltert, und eine Menge sind verfault. Aber wie auch immer, der Grund, auf dem sie stehen, wird Teil unseres neuen Golfplatzes. Er wird achtzehn Loch haben, und dann kommt noch das Clubhaus hinzu.«

»Das Clubhaus! Direkt vor meinem Wohnhaus?«

»Ich fürchte, so ist es.«

»Weiß mein Bruder davon?«

»Mr. Porteous hat die Erlaubnis zu allen Vorarbeiten erteilt, die sofort ausgeführt werden müssen. Auf Risiko des Käufers natürlich.« Er blätterte eine Akte durch und zeigte ihr einen Brief von Guy, der diese Behauptung bestätigte. Lavinia las den Brief und reichte ihn kühl zurück. »Aber Sie haben noch keine Baugenehmigung, nicht wahr?«

»Sie wird ganz sicher demnächst erteilt werden, Miss Porteous.«

Plötzlich fühlte sich Lavinia geschlagen, müde und alt. Natürlich war ihr der Gedanke gekommen, an die Umweltbehörde in Dublin zu schreiben, um gegen Guys Eingabe auf Nutzungsumwandlung von Inniscarragh Einspruch einzulegen. Bei genauerer

Überlegung hatte sie jedoch eingesehen, daß ein solches Vorgehen die Chancen, ihr Haus zu einem sündhaften Preis an das Konsortium zu verkaufen, erheblich reduziert, wenn nicht ganz zunichte gemacht hätten. Daher hatte sie aus eigenem Interesse von einem solchen Schritt abgesehen. Plötzlich fühlte sie sich von einer seltsamen Schwäche und einer Hilflosigkeit übermannt, als würde sie todkrank oder ohnmächtig werden. Unsicher streckte sie eine Hand aus und ergriff die Lehne eines Stuhls.

»Geht es Ihnen gut, Miss Porteous? Warum setzen Sie sich nicht einen Moment?«

»Mir geht's ausgezeichnet, Mr. O'Toole. Die Sache ist noch nicht ausgestanden, das kann ich Ihnen versichern. Ich werde mit meinem Bruder sprechen. Guten Morgen!« Sie drehte sich auf dem Absatz um und ging ein wenig unsicher zur Tür, die sie beim Verlassen des Raums hinter sich zuschlug. Fritz, der unter dem Tisch gedöst hatte, sprang auf die Beine und lief, auf dem glatten Fußboden ausschlitternd, seiner Herrin nach. Ängstlich jaulend sah er zu dem Messingtürknopf hinauf. William O'Toole stand auf und ließ ihn hinaus. »Lieber du als ich«, sagte er, schloß die Tür hinter dem Hund und setzte sich wieder.

Am Abend rief Lavinia Guy an. Sie war seltsam nervös, als sie auf den entfernten Klingelton lauschte. Korfu, dachte sie, was für ein lächerlicher Ort für einen Wohnsitz. Als hätte man immer Ferien. Das Telefon klingelte und klingelte, und sie wollte schon wieder auflegen, als abgenommen wurde.

»Porteous.«

»Guy.«

»Lavinia.«

»Guy, ich finde, du solltest wissen, daß diese Unternehmer die ganzen Bäume in dem Waldstück um den See abholzen.«

»Wirklich?«

»Ja, wirklich. Es ist der reinste Vandalismus, du mußt das sofort unterbinden.«

»Es geht mich nichts mehr an, Lavinia. Wahrscheinlich ist es notwendig, den Wald zu roden, bevor sie den Golfplatz anlegen.«

»Aber es ist direkt hinter meinem Haus, Guy. Es verschandelt mir die Aussicht.«

»Nun, ich bin sicher, die Investoren kaufen dir dein Haus gern ab, wenn du dich zum Ausziehen entschließt.«

»Aber es ist meine *Heimat*, Guy.« Erstaunlicherweise klang ihre Stimme plötzlich weinerlich. »Es ist alles, was mir von unserem Erbe noch übriggeblieben ist!«

»Tut mir leid, Lavinia, aber ich habe nichts mehr zu bestimmen.«

»Das machst du absichtlich, um mich zu ärgern, nicht wahr, Guy? Es wird mir das Herz brechen, wenn ich Inniscarragh verlassen muß, das weißt du.«

»Dann sind wir quitt, Lavinia, oder?«

»Was meinst du damit?«

»Du weißt genau, was ich meine. Und wenn nicht, dann denk darüber nach.«

Nastassia lag mit geschlossenen Augen auf dem Himmelbett, während die Maskenbildnerin ihr Nase und Stirn abpuderte. Sie stäubte noch eine weitere Schicht Puder auf Nastassias totenbleiches Gesicht, während eine Assistentin den Verband, der um ihren Kopf geschlungen war, zurechtrückte. Nastassia ärgerte sich über den Verband; sie war sicher, daß er in der Nahaufnahme von der Schönheit ihres »toten« Gesichts und von der Herrlichkeit ihres langen blonden Haars ablenkte, das ausgebreitet über dem Kissen lag. Um ihre über der Brust gefalteten Hände war ein Rosenkranz geschlungen. Sie trug die dunkelblaue Samtrobe mit den weiten Keulenärmeln, die mit winzigen Silbersternen bestickt war. Die Maskenbildnerin zog sich zurück, die hohen Kerzen auf beiden Bettseiten wurden wieder entzündet, die Kameralichter gingen an, und der Kameramann nickte Jake zu. »Action«, sagte Jake ruhig. Nastassia erstarrte zu Unbeweglichkeit und bemühte sich, nicht zu atmen, was ihr wie eine Ewigkeit vorkam. »Schnitt«, sagte Jake. Nastassia holte tief Luft und öffnete die Augen.

»In Ordnung, Fred?« Jake sah den Kameramann an.

»Ja, prima. Möchtest du's dir anschauen?« Jake sah sich die Nahaufnahme auf dem Video-Bildschirm an. »Großartig«, sagte er. »Die nehmen wir.«

Die nächste Szene auf dem Drehplan war ziemlich makaber, da Yvonnes Leichnam die enge gewundene Treppe hinuntergetragen werden mußte, die zu schmal war, um mit dem Sarg durchzukommen. Der Schauspieler, der Seurel spielte, Yvonnes treuen und ergebenen Bewunderer, war ein junger Mann mittlerer Größe, der trotz seines zweimal wöchentlichen Trainings Mühe hatte, den Leichnam der Hauptdarstellerin die enge Treppe hinunterzuschleppen. Die heißen Scheinwerfer und die Kameras waren aus verschiedenen Winkeln auf sie gerichtet, und Nastassia tat nichts, um ihm behilflich zu sein; sie war ausschließlich damit beschäftigt, ihre Wange ergreifend an seine Brust zu drücken und darauf zu achten, das Kinn so hoch wie möglich zu halten, um unschöne Halsfalten zu vermeiden. Nach vier oder fünf Durchgängen wurde es noch schwieriger, da die Hitze der Scheinwerfer Seurel stark zum Schwitzen brachte; dunkle Flecken erschienen auf seinen engen Ärmeln, und er begann, ziemlich unangenehm zu riechen. Während er vorsichtig die Treppe hinunterging, hing Nastassias Arm schlaff von seiner Schulter, das Blut floß in ihre Hand, die daraufhin sehr rosig und frisch wirkte, weshalb ihr befohlen wurde, die Arme zwischen den Aufnahmen über den Kopf zu strecken, um die Totenbleiche zu erhalten. Sie hatte einen Krampf im Hals, und ihre Hand war eingeschlafen. Oh, macht endlich Schluß, flehte sie insgeheim.

Nach dem vierzehnten Versuch war Jake schließlich zufrieden: »In Ordnung, Schluß für heute.« Seurel ließ sich schwerfällig auf die Treppe nieder, und gleichzeitig ließ er Nastassia los. Auf dem Hinterteil purzelte sie zwei oder drei Stufen hinunter, bevor sie den würdelosen Absturz stoppen konnte. »Du verfluchter Dreckskerl!« zischte sie wütend.

»Oh«, sagte Seurel mit hochrotem Gesicht, »tut mir furchtbar leid! Bist du verletzt?«

»Das hast du absichtlich getan!«

»Warum sollte ich, Nastassia?«

Nastassia warf den Kopf zurück, riß den Verband aus dem Haar und reichte ihn wortlos der Maskenbildnerin. Sie hob den schweren Samtrock und ging zu Jake hinüber, um die Video-Aufzeichnung anzusehen.

»Du siehst tatsächlich sehr tot aus, Liebling«, sagte er lächelnd und legte den Arm um ihre Schulter.

»Dieser schreckliche Verband verdirbt die ganze Einstellung; er ist so häßlich, Jake.«

»Wir brauchen ihn leider; so steht's im Drehbuch. Aber egal, er unterstreicht, daß du tot bist. Du solltest dem Schicksal danken, daß er nicht, wie damals üblich, mit Karbol getränkt war, um den Leichengeruch zu überdecken!«

Nastassia verzog das Gesicht und schüttelte sich. Eines Tages, wenn ich ein großer Star bin, werde ich darauf bestehen, in jeder Einstellung wundervoll auszusehen, schwor sie sich. Ich werde meinen eigenen Beleuchter und meine eigene Maskenbildnerin haben und werde mir vom Regisseur nicht dreinreden lassen. Da sie in der Zwischenzeit von Jakes Wohlwollen abhing, konnte sie es sich noch nicht leisten, ihm zu widersprechen. Als er sie fragte, ob sie mit ihm zu Abend essen wolle, nahm sie sofort mit honigsüßem Lächeln an.

Sie aßen in einem Restaurant in Hammersmith, das am Fluß lag und für seine köstliche italienische Küche und seine astronomischen Preise bekannt war. Nastassia entdeckte sofort, daß ein oder zwei berühmte Persönlichkeiten anwesend waren, und war entzückt, in der Begleitung eines Mannes gesehen zu werden, der selbst bereits eine Art Berühmtheit war. Sie genoß die bewundernden Blicke, gab aber vor, sie nicht zu bemerken, nahm den dünnen scharlachfarbenen Schal ab, der um ihren Kopf geschlungen war, und schüttelte mit bewußt anmutiger Bewegung die lange blonde Mähne über die Schultern.

Jake bestellte gebackene Polenta mit Schinken, dann Fasanen mit *cotechino* gefüllt und eine Flasche guten toskanischen Wein. Er fragte Nastassia nicht, ob sie mit der Bestellung einverstanden war, und sie ärgerte sich über sein diktatorisches Benehmen nicht; sie empfand es als krassen Gegensatz zu Joshs Verhalten, der sich ständig bemühte, ihr zu gefallen und sie glücklich zu machen. Doch mit seiner ewigen besorgten Empfindlichkeit hatte er nichts anderes erreicht, als sie zu verärgern. Nastassia war hungrig nach dem langen Drehtag. Seit drei Tagen hatte sie nichts Richtiges gegessen und verputzte nun genüßlich alles, was sie vorgesetzt bekam. Sie trank eine ganze Menge von dem kräftigen und köstlichen Wein und fühlte sich zunehmend entspannt und froh. Das ist das Leben, dachte sie, während des Tages harte Arbeit und abends ein Essen in einem schönen Restaurant.

Auch Jake genoß das Essen, aber in Gedanken beschäftigte er sich mit dem beunruhigenden Schreiben, das er am Morgen als Antwort auf seinen Versöhnungsbrief an Dido erhalten hatte. Es stammte von ihren Anwälten und bestätigte, daß sie seinen Brief erhalten habe, aber nicht gewillt sei, ihre Meinung zu ändern; sie wünsche, daß er bis Ende des Monats die »Maid of Wapping« räume. Die Anwälte fügten hinzu, daß er ihnen den genauen Zeitpunkt seines Auszugs mitteilen solle, damit sie einen Bevollmächtigten vorbeischicken konnten, um an Miss Pernices Stelle deren Eigentum einschließlich der Schlüssel entgegenzunehmen. Das ist wirklich lästig, dachte er bedrückt. Er konnte nicht glauben, daß es Dido wirklich ernst meinte, daß ihre Beziehung beendet war, ganz zu schweigen von den Gemeinheiten, die sicherlich noch folgen würden. Er war sicher, die Anwälte würden ihr raten, eine Abfindung zu fordern. Er versuchte, eine feindselige und wütende Haltung einzunehmen, sich darauf vorzubereiten, gegen alle Maßnahmen, die sie gegen ihn ergriffe, Widerstand zu leisten, aber wenn er über seine mißliche Lage ehrlich nachdachte, bemerkte er ein ganz neues Gefühl an sich, ein erschreckendes Gefühl der Einsamkeit, der Isolation sogar. Es geht mir gar nicht so sehr um Dido selbst, sagte er sich, es ist die »Maid«. Ich liebe diesen abgeschiedenen und gemütlichen Wohnort auf dem Wasser. Es ist mein Heim, mein Zufluchtsort, den ich nicht verlieren möchte. Er dachte an all die schönen Jahre, die er dort verbracht hatte, an das sanft plätschernde Wasser, das gegen den Schiffsbauch schlug, an die entspannten Mahlzeiten und die ruhigen Abende, wenn sie Musik hörten. Die Aufnahmen ihrer Mutter Maria liebte er mehr als Dido, die ihres Vaters, des komischen kleinen Countertenors Luigi Pernice, allerdings weitaus weniger. Wie konnte ein Mann, der wie ein Gartenzwerg aussah, solch eine außergewöhnliche Stimme haben? fragte er sich. Er seufzte und erinnerte sich an einen lauen Juniabend, als er Brittens ›Mittsommernachtstraum‹ mit Luigi in der Hauptrolle gehört und der seltsam berührende Klang seiner überirdisch schönen Stimme sich über dem stillen, öligen Wasser des nächtlichen Flusses ausgebreitet hatte.

Erstaunlicherweise fand Jake es quälend, sich eine Zukunft ohne festen Wohnsitz vorzustellen, ohne die stille Zuneigung und das Verständnis, das ihm Dido immer entgegengebracht hatte. Sie war ein bißchen wie seine Mutter gewesen, gestand Jake sich widerstrebend ein: alles verzeihend, geduldig und liebevoll. Außerdem eine gute Köchin. Restaurants wurden nach einer Weile ziemlich langweilig, fand er und beobachtete Nastassia dabei, wie sie den letzten Rest eines Eiskaffees von einem Silberlöffel leckte. Er bestellte Espresso und eine *grappa* und bat um die Rechnung.

Als sie zum Wagen gingen, hängte sich Nastassia bei ihm ein.

»Soll ich mit dir nach Hause kommen, Liebling? Oder bist du zu müde?«

»Ich bin nicht zu müde, aber es gibt ein Problem.«

»Oh?«

»Ja. Dido will mich aus der ›Maid of Wapping‹ werfen.«

»Aber ist sie nicht in Irland?«

»Nein, sie ist auf Korfu, zusammen mit Porteous, diesem Krüppel.«

»Wo liegt also das Problem? Sie ist nicht *hier*, oder?«

»Möglicherweise läßt sie mich beschatten.«

»Oh, ich verstehe. Armer Jake, du bist in der gleichen Lage wie ich und hast ein dämliches Eheproblem.« Jake berichtigte sie nicht. »Also«, fuhr sie fort, »wo willst du jetzt hingehen?«

»Keine Ahnung, ich hatte keine Zeit, darüber nachzudenken.«

»Du könntest ja eines meiner Apartments mieten.«

Jake lachte. »Was für Apartments? Bist du etwa Hausbesitzerin?«

»Ja, das bin ich«, antwortete Nastassia ernst. Sie erzählte ihm, daß sie und Josh beschlossen hätten, sich zu trennen, daß er nach Paris gehe, so daß sie das Haus allein für sich hätte. »Ich habe zwei Apartments. Das eine wird von einer langweiligen steifen Architektin bewohnt; ich könnte ihr kündigen.« Sie schlang die Arme um Jakes Hals und sah ihn an. »Ich hätte eigentlich Lust, mit dir ins Bett zu gehen, Liebling. Josh ist für ein paar Tage in Paris, du könntest mit mir nach Hause kommen, wenn du willst. Dann könntest du dir morgen früh das Apartment ansehen.«

Jake drückte sie eng an sich und lächelte spöttisch, während sich das Licht einer Straßenlaterne auf seiner Brille spiegelte und ihn blendete. »Wo ist dein Haus?«

»Am Strand-on-Green, Liebling.«

Josh pfiff anerkennend. »Wirklich? *Sehr* schick. Ist dein Mann reich?«

»Nein, aber seine Familie scheint es zu sein.«

Sie fuhren die Thames Road hinunter, parkten den Wagen und gingen durch die Gasse, die zum Treidelpfad führte. Ein kalter Mond glitzerte am frostigen Himmel und spiegelte sich auf der glatten Wasserfläche des Flusses, wo gerade Flut herrschte.

»Ein herrlicher Platz«, sagte Jake. »Wo ist das Haus?«

Nastassia drehte sich um und zeigte darauf. »Hier.«

Jake sah auf das hohe georgianische Backsteinhaus, das von einem schwarzen Eisengitter umgeben war und dessen Eingangstür sich am Ende einer kurzen Steintreppe direkt über der Wasserlinie befand. Nun, dachte er, das wird mir reichen, bis ich die Sache mit Dido geregelt habe.

Als Ruth am Morgen die Treppe herunterrannte, traf sie auf Jake, der gerade mit nichts als einem umgebundenen Handtuch aus dem Badezimmer kam.

»Guten Morgen«, sagte er höflich und verschwand, ohne auf eine Antwort zu warten, in Nastassias Schlafzimmer. Vor Verlegenheit und Entrüstung preßte Ruth die Lippen zusammen und ging in die Diele hinunter, wo sie durch die angelehnte Küchentür einen Blick auf Nastassia erhaschte. Sie zögerte, dann ging sie hinein. Nastassia saß am Tisch, trank Orangensaft und las die Filmkritiken der letzten Woche im ›Independent on Sunday‹. Sie trug einen weißen Bademantel, der offen stand und einen großen Teil ihrer schönen Brüste enthüllte.

»Hallo«, sagte Nastassia.

»Wer ist dieser Mann?« Ruth riß den Blick von Nastassias Brüsten los.

»Nun, er ist nicht mein Bruder, Ruth. Aber was zum Teufel geht dich das an?« Sie sah Ruth mit kalten Augen an und bedeckte ihre Blöße nicht.

Ruth errötete vor Zorn. »Dein Ton ist mir egal, Nastassia, und mir ist auch egal, wenn ich mit ansehen muß, wie du Joshs Haus auf so schamlose Weise benutzt. Hast du ihn und den armen kleinen Max nicht schon genug verletzt?«

Nastassia lachte. »Also, weißt du, was du kannst? Du kannst

ausziehen. Tatsächlich wollte ich dir ohnehin kündigen. Ich brauche das Apartment für einen Freund.«

»Mach dir keine Sorgen; du brauchst mir nicht zu kündigen, ich ziehe sofort aus. Bis zum Abend sind meine Sachen weg.«

»Großartig!« sagte Nastassia. »Das ist wirklich sehr aufmerksam von dir, Ruth. Wie freundlich.« Ruth sah sie entgeistert und fassungslos an. Sie versuchte, mit einer ätzenden Antwort aufzuwarten, aber ohne Erfolg.

»Natürlich«, fuhr Nastassia gleichmütig fort, »werde ich dir die überschüssige Miete zurückerstatten. Laß mich bitte wissen, wieviel das ausmacht.«

»Vergiß es«, sagte Ruth. »Beleidige mich nicht mehr, als du es ohnehin schon getan hast.« Sie wandte sich um und verließ den Raum, bevor sie noch vollkommen die Fassung verlor. Sie riß den Mantel vom Haken und ging zur Eingangstür, wobei sie es vermied, einen Blick von Nastassias Liebhaber aufzufangen, der gerade die Treppe herunterkam. Sie ließ die Tür leicht angelehnt, bevor sie sie hinter sich zumachte, um zu hören, ob irgendwas über sie gesagt wurde. Der Mann ergriff zuerst das Wort. »Was war denn hier los?«

»Oh, nichts. Es ist diese dämliche Frau, von der ich dir erzählt habe; sie ist eine echte Nervensäge; außerdem ist sie unsterblich in Josh verliebt, die dumme Kuh. Aber egal, sie zählt nicht, sie zieht heute abend aus.«

»So bald schon?«

»Ich bin sehr fix bei meinen Vorhaben, Jake. Ist dir das noch nicht aufgefallen?«

Schallendes Gelächter drang an Ruths Ohren, als sie die Tür zuknallte. Sie rannte die Treppe hinunter und durch die Gasse zur Thames Road, wo ihr VW geparkt war. In der Sicherheit ihres Wagens wartete sie, bis ihre Tränen getrocknet waren, dann schneuzte sie sich und fuhr langsam zur Arbeit.

Am Dienstagabend kehrten Josh und Max aus Paris zurück und brachten von der Kew Station Fish and Chips mit nach Hause. Max drückte die warme braune Tüte an die Brust und freute sich auf das späte Abendessen, als sie den mondbeschienenen Treidelpfad entlangeilten, dessen geteerte Oberfläche vom Frost glitzerte. Die kleine Entenschar schwamm still und schläfrig auf dem Wasser, und Max sah sie wehmütig an, weil er sie nicht nach Paris mitnehmen konnte. Er sah zu seinem Vater auf. »Es wird schön, Bonaparte zu versorgen, nicht wahr, Dad?«

Josh sah lächelnd auf ihn hinunter und verstand, was in Max vorging. »Das wird sehr schön, Max. Sobald wir uns eingerichtet haben, müssen wir einen Freund für ihn finden. Es gibt eine Menge Tierhandlungen beim Pont Neuf, ganz in der Nähe der Rue Jacob; ich denke, dort finden wir einen.«

»Ja«, sagte Max, den Blick noch immer auf die Enten gerichtet.

»Und es wird Spaß machen, Tom jeden Tag zu sehen, nicht wahr?«

»Ist er *wirklich* mein Onkel, Dad, oder ist das bloß eine seiner Foppereien?«

»Nein, das ist keine Fopperei. Er ist wirklich dein Onkel, aber das macht doch nichts, oder?«

»Nein, aber er kommandiert mich immer herum, und er spricht schrecklich gut Französisch.«

»Das ist nicht *sein* Fehler, Max.«

»Ja, aber er spricht sehr schnell, um mich zu ärgern.«

Josh lachte. »Das kannst du bald selbst, du wirst sehen.«

Max ging schneller, um mit seinem Vater Schritt zu halten. »Er wird ein Hundedreckmann, wenn er groß ist«, begann er wieder.

»Ein *was*?«

»Ein Hundedreckmann. Die sind wirklich toll. Sie fahren auf besonderen grünen Motorrollern durch Paris und saugen den Hundedreck in grüne Behälter, die hinten auf dem Roller sind.«

»Was für ein Beruf«, sagte Josh als sie die Treppe zum Haus

hinaufgingen. »Ich hoffe, dir fällt ein bißchen was Anspruchsvolleres ein, wenn es einmal soweit ist, Max.«

Josh schloß die Tür auf, und sie gingen hinein. Max brachte die Tüte mit den Fish and Chips sofort in die Küche. Josh stellte die Reisetasche ab, zog seinen Mantel aus, und da er im Wohnzimmer den Fernseher laufen hörte, sah er durch die Tür. Ein fremder Mann lag auf dem Sofa und sah sich die Nachrichten an.

»Guten Abend«, sagte Josh ruhig, aber in einem Ton, der deutlich ausdrückte: »Und wer zum Teufel sind Sie?«

Jacob Kroll sah ziemlich unbeteiligt auf. »Oh, hallo. Sie müssen der Ehemann sein.« Er blieb liegen und sah wieder auf den Bildschirm.

Josh runzelte die Stirn. »Ich bin ›der Ehemann‹, wie Sie es ausdrücken. Und wer sind Sie, wenn ich fragen darf?«

»Jacob Kroll«, antwortete Jake, als wäre damit alles erklärt.

Was allerdings nicht zutraf. Der Name sagte Josh nichts, und falls Nastassia ihn erwähnt haben sollte, hatte er ihn längst vergessen. »Und?« fragte er.

»Und was?« Mit unverhohlenem Ärger wandte Jake den Blick vom Bildschirm ab.

»Was machen Sie hier?«

»Ich bin einer von Nastassias Mietern.«

Josh zog die Augenbrauen hoch. »Wirklich? Wie ist das möglich? Beide Apartments sind bereits vermietet.«

»Eines ist frei geworden. Die Architektin ist ausgezogen. Ich brauchte eine Wohnung; Nastassia hat sie mir vermietet.«

»Kam das nicht ein bißchen plötzlich?«

Jake zuckte die Achseln. »Schon möglich. Keine Ahnung, es hatte nichts mit mir zu tun.«

»Wo ist Nastassia jetzt?«

»Ausgegangen. Im Fitneß-Club, glaube ich.«

Es schien keinen Sinn zu haben, die Unterhaltung fortzusetzen, daher zog sich Josh in die Küche zurück und aß mit Max zu Abend.

»Wo ist Mummy?«

»Im Fitneß-Club, wie es scheint.«

»Oh. Wer ist der Mann im Wohnzimmer?«

»Ein neuer Mieter.«

»Was, anstelle von Robert?« fragte Max.

»Nein, anstelle von Ruth.«

»Ist Ruth ausgezogen?«

»Ich fürchte, ja.«

Schweigend stellten sie das Geschirr in die Spülmaschine, und Josh brachte Max ins Bett. Er sah todmüde aus und ließ den Kopf hängen.

»Soll ich dich tragen, mein Schatz?«

»Ja, bitte.«

Zwanzig Minuten später kam Josh wieder herunter und fand Nastassia im Wohnzimmer, wo sie auf der Sofalehne saß, während Jacob Kroll sich jetzt eine andere Nachrichtensendung ansah.

»Kann ich dich sprechen, Nastassia?«

Sie drehte den Kopf, als wäre sie überrascht, ihn zu sehen. »Ja natürlich, Liebling.« Sie folgte ihm in die Küche.

»Was ist hier los, Stassi? Warum ist Ruth ausgezogen?«

»Es war ihre Entscheidung, Josh. Ich nehme an, sie wollte wahrscheinlich nicht bleiben, nachdem du jetzt mit Max fortgehst.«

»Warum sollte das einen Unterschied machen?« sagte Josh matt, obwohl er genau wußte, warum.

»Ich bin nicht blöd, Josh. Ich habe über dich und Ruth immer Bescheid gewußt.«

»Da gibt es nichts zu wissen, Nastassia.«

»Wirklich? Dem würden wohl nur wenige zustimmen, mein Lieber. Am wenigsten Ruth selbst, wenn ich sie recht verstanden habe.«

Josh goß sich ein Glas Whisky ein und sagte, er sei müde und gehe zu Bett; offensichtlich gab es nichts mehr zu sagen.

»Übrigens«, sagte Nastassia und sah ihn mit ihren großen blauen Augen an. »Jake möchte beide Apartments mieten, also habe ich Robert zum nächsten Monat gekündigt.«

Josh starrte sie an und kam sich hilflos vor, dann verließ er ohne ein weiteres Wort die Küche und ging ins Gästezimmer hinauf.

Im Bett trank er langsam den Whisky aus und dachte über die neue Situation nach, die ihm aufgezwungen worden war. Er brauchte nicht lange, um sich klarzumachen, daß es ohne Ruth äußerst schwierig werden würde, sein eigenes und das Leben seines Kindes auf die Reihe zu kriegen. Er trank das Glas aus und ging ins Badezimmer, um sich die Zähne zu putzen. Als er nach einem Glas griff, um sich den Mund auszuspülen, entdeckte er einen weiteren Zahnputzbecher auf der Ablage über dem Waschbecken. Er war aus dunklem Schildpatt und trug die goldenen Initialen »JK«; in dem Becher stand eine dazu passende Zahnbürste mit Naturborsten und eine Tube amerikanischer Zahnpasta. Plötzlich wurde ihm die ganze demütigende Wahrheit klar, und ein entsetzlicher Schmerz überkam ihn, als würden sich buchstäblich seine Eingeweide auflösen. Seine Hände zitterten, als er seine und Max' Zahnbürste und den Rest ihrer Waschutensilien in ein Handtuch wickelte und mit in sein Schlafzimmer nahm. Steif stieg er wieder ins Bett, legte sich, immer noch zitternd, fröstelnd und angsterfüllt nieder und fühlte sich weitaus elender, als er es je für möglich gehalten hätte.

Am Morgen wachte er früh auf und starrte in den langsam heller werdenden Himmel hinaus, während er versuchte, seine Lage zu begreifen und sich zu überlegen, wie er ohne Ruths Hilfe die nächsten beiden Wochen überstehen sollte.

Er setzte Max am Kindergarten ab, dann fuhr er ins Büro. Den ganzen Morgen saß er am Zeichenbrett und versuchte, normal zu arbeiten, Anrufe entgegenzunehmen und mit seinem Assistenten anstehende Probleme zu lösen. Um ein Uhr ging er los, um sich ein Sandwich zu kaufen, als sein Telefon klingelte. Es war die Sekretärin des Seniorpartners, die ihn fragte, ob er einen Moment Zeit habe. Er ging in Andrews Büro hinunter.

»Kommen Sie rein, Josh. Nehmen Sie Platz.«

»Danke.« Josh setzte sich in den bequemen Ledersessel und wartete. Er war ohnehin zu müde, um etwas Vernünftiges zu sagen.

»Ruth hat mir von Ihren Problemen erzählt, Josh.«

Josh sah verblüfft auf. »O Gott, hat sie das wirklich?«

»Es ist schon gut. Sie hat nur mit mir darüber gesprochen. Ich glaube, sie brauchte eine Schulter, um sich auszuweinen, das arme Ding.«

»Ja, arme Ruth, was passiert ist, war wirklich furchtbar. Wohin ist sie gegangen?«

»Zu ihrer Schwester, sagte sie, glaube ich.«

»Oh, gut.« Schweigen trat ein, und Josh starrte auf seine Füße.

Andrew räusperte sich. »Heute morgen hatte ich einen Anruf von Jean-Luc, Josh. Sie scheinen sehr froh zu sein, Sie als Mitarbeiter zu bekommen.«

»Ja, sie waren sehr freundlich.« Er lächelte Andrew kurz an.

»Haben Sie schon eine Wohnung gefunden?«

»Ja, in der Rue Jacob. Sie liegt sehr günstig zu Max' Kindergarten und der Wohnung meiner Mutter.«

»Ausgezeichnet; gut gemacht. Würde es Ihnen helfen, wenn Sie sofort aufhören könnten, ohne eine Kündigungszeit einzuhalten? Ihre Arbeit scheint auf dem laufenden zu sein, also könnte die Übergabe sofort erfolgen.«

Josh sah auf; Erleichterung und Dankbarkeit standen in sein Gesicht geschrieben. »Wäre das möglich?«

»Nun, Sie haben drei Wochen Kündigungszeit, und ich bin sicher, Sie könnten diese Zeit nutzen, um sich mit Ihrem kleinen Jungen einzurichten, nicht wahr?«

»Mein Gott«, sagte Josh, »das wäre die Antwort auf meine

Gebete. Vielen Dank, Andrew, es ist genau das, was wir brauchen. Ich bin fast wahnsinnig geworden bei den Überlegungen, wie ich Max allein versorgen und außerdem meine Arbeit pflichtgemäß erledigen sollte.« Er sah den alten Mann ein wenig beschämt an. »Mir war gar nicht klar, wie sehr ich mich auf Ruth verlassen hatte.«

»Nun, niemand hat Ruth dazu gezwungen, Josh«, sagte Andrew ruhig. »Es war letztlich ihre eigene Entscheidung, oder?«

»Wahrscheinlich schon, aber ich fühle mich trotzdem schlecht deswegen.«

»Tun Sie das nicht. Es ist nicht Ihre Schuld; solche Dinge passieren eben. Kommen Sie, wir gehen auf einen Abschiedstrunk, einverstanden?«

Am Nachmittag packte Josh seine persönlichen Zeichenutensilien und Unterlagen in Kartons und trug sie in seinen Wagen. Er hatte das Gefühl, als würde eine riesige, unerträgliche Last von seinen Schultern genommen, und als er durchs Büro ging, um sich von seinen Kollegen zu verabschieden, fühlte er sich eigentlich ganz munter. Um drei Uhr ging er, um Max vom Kindergarten abzuholen. Auf dem Parkplatz traf er Ruth, die von einer Baustellenbesprechung zurückkam.

»Tut mir leid, Josh.«

»Ja, Ruth, mir auch.«

Am nächsten Tag wachte Josh auf, als Max zu ihm ins Bett stieg. Er sah auf seine Uhr: zehn vor sieben. »Wir haben heute eine Menge vor, Max. Wir fahren nach Paris.«

»Heute?«

»Ja, heute. Wir machen Ferien. Du brauchst heute nicht in den Kindergarten gehen, und ich nicht zur Arbeit, ist das nicht großartig?«

Max setzte sich auf und sah ihn an. »Gehen wir für immer, Dad? Oder kommen wir zurück?«

»Wahrscheinlich nicht.«

»Was ist mit Mummy?«

»Sie bleibt hier.«

»Oh.« Max sah aus dem Fenster.

»Du kannst nicht bei ihr bleiben, Liebling«, sagte Josh liebevoll. »Wegen ihrer Arbeit kann sie sich nicht um dich kümmern, und Ruth ist jetzt auch nicht mehr hier. In Paris ist alles viel einfacher. Anna ist die ganze Zeit zu Hause. Du siehst sie heute abend. Sie erwartet uns.«

»Und Tom«, sagte Max, und seine Miene hellte sich ein wenig auf.

»Und Patrick und Giò.«

»Und Monsieur Petit und Bonaparte.«

»Richtig«, sagte Josh. »Also, was willst du mitnehmen?«

»Alles.«

»Gut, dann laß uns anfangen.«

Sie gingen in die Küche hinunter, um zu frühstücken, und Josh war erleichtert, daß die anderen Hausbewohner bereits fort waren.

Als Max gesagt hatte, er wolle alles mitnehmen, hatte er dies wörtlich gemeint. Jedes Buch und sämtliche alten zerbrochenen Spielzeuge wurden in die Küche gebracht, um in die Teekisten gepackt zu werden, die Josh aus dem Schuppen im Garten geholt hatte. »Teil die Sachen in zwei Hälften, Max. Auf eine Seite die Sachen, die du unbedingt sofort brauchst, und auf die andere diejenigen, die in ein paar Tagen mit deinen Schlafzimmermöbeln, meinen Bildern und Büchern nachkommen werden, in Ordnung?«

»Ja, gut.« Eine große Anzahl an Spielzeug, hauptsächlich Teddybären und andere Stofftiere, wurde beiseite gelegt, um im Wagen mitgenommen zu werden, der Rest wurde in die Kisten gestopft. Josh packte seine und Max' Kleider ein. Angespornt von seinem Zorn über Nastassias Verrat an ihnen beiden nahm er auch eine Menge der Bettwäsche und Handtücher mit. Grausames Miststück, dachte er, sie hat sich nicht einmal die Mühe gemacht, sich von ihrem eigenen Kind zu verabschieden, was für ein Ungeheuer ist sie bloß?

Zuvor hatte Josh eine Umzugsfirma angerufen und gebeten, jemanden zu schicken, um die Kisten und Möbel abzuholen, da er nicht garantieren konnte, ob jemand im Haus sein würde, wenn sie einmal fort waren. Es klingelte, als das letzte Klebeband und das letzte Schild angebracht war. »Genau zur rechten Zeit«, sagte Josh, als er die Tür öffnete, »ich bin gerade mit dem Packen fertig geworden.«

Nachdem die Männer fort waren, sah er in den Kühlschrank und fand dort Eier und ein vertrocknetes Stück Cheddar. »Käseomelette, Max?«

»Ja«, sagte Max. »Ich hol das Brot, soll ich?«

Fünf Minuten später saßen sie zusammen und verzehrten ihr letztes Mahl am Tisch dieses Hauses, obwohl keiner mit einem Wort auf die Tatsache einging. Dann verstauten sie ihre Besitztümer im Auto, auf dessen Rücksitz gerade noch genügend Platz für Max blieb.

»Wie schade, daß ich nicht bei dir vorn sitzen kann, Dad. Dann wäre mehr Platz für alles andere, und ich könnte viel mehr sehen.«

»Ja, natürlich. Aber auf dem Rücksitz ist es viel sicherer, alter Junge. Außerdem ist es Vorschrift.«

Kurz vor acht parkte Josh in einer Seitenstraße des Quai des Grands Augustins. Er sah in den Rückspiegel. Max hatte den Kopf an ein gelbes Kamel gelehnt und schlief fest, seine Wangen waren gerötet, und das blonde Haar hing ihm in die Stirn. Josh stieg aus, nahm die Reisetasche und versuchte dann, den Sicherheitsgurt zu öffnen und Max herauszuheben, ohne ihn aufzuwecken. Aber der kleine Junge öffnete die Augen und war gleich hellwach. »Sind wir da?«

»Ja«, sagte Josh. »Bist du wach genug, um etwas zu tragen?«

»Ja, ich kann Gus und Ted nehmen.«

»In Ordnung, und ich nehme die Koffer.«

»Was ist mit den anderen Sachen?«

»Ich lege Decken darüber und schalte die Alarmanlage ein; ihnen wird nichts passieren.«

»Bist du ganz sicher?« Max klang besorgt.

»Ich bin so sicher, wie ich sein kann, Liebling. Nichts ist je *wirklich* sicher.«

»Nein«, sagte Max, und Josh bedauerte seine Worte sofort. »Komm jetzt, ich habe einen Bärenhunger, du nicht? Ich bin gespannt, was Anna zum Abendessen gemacht hat.«

Sie fuhren den wackeligen Aufzug hinauf, Max zählte die Stockwerke, und im dritten Stock stiegen sie aus und klingelten. Sie hören Toms Stimme hinter der Tür. »Sie sind da! Sie sind da!« und das Geräusch von Schritten. Die Tür wurde aufgerissen, und Tom stürzte heraus, gefolgt von Patrick, der Josh umarmte und auf beide Wangen küßte, worauf Josh einen Moment lang den Impuls hatte, gleich in Tränen auszubrechen. Statt dessen ließ er jedoch die Taschen fallen und erwiderte, froh wieder zu Hause zu sein, lachend die Umarmung.

»Darf ich dich auch küssen, Max? Oder bist du zu englisch dafür?«

»Nein«, sagte Max pikiert. »Ich werde eigentlich gern geküßt, aber nicht von Männern mit Bärten.«

Patrick lachte, hob ihn hoch und küßte ihn, dann gingen sie in die von sanftem Licht beleuchtete Wohnung, in der ein Kaminfeuer brannte, das einen zarten Duft von Holz in dem ruhigen schönen Raum verbreitete. Was für ein Glück ich habe, sagte sich Josh, daß ich hierher kommen, mich wieder sammeln und mich eine Weile auf sie stützen kann; daß ich geliebt werde, will ich eigentlich sagen.

Bewußt gelassen und lächelnd kam Anna aus der Küche und bemühte sich, eine normale und unbeschwerte Atmosphäre zu verbreiten. »Das Abendessen ist fertig«, sagte sie, als sie Josh umarmte. »Habt ihr eine gute Fahrt gehabt, Liebling?« Sie beugte sich hinunter, um Max zu küssen, und er streckte die Arme aus, weil er hochgehoben werden wollte. Mit Max auf dem Arm ging sie in die Küche voraus, wo auf dem langen Tisch Kerzen brannten und köstliche Essensdüfte den Raum erfüllten.

»Was riecht denn hier so gut?« fragte Max.

»*Daube*«, sagte Anna. »Es ist eine Art Gulasch.«

»Für mich riecht das nicht wie Gulasch«, sagte Max.

12

Da es Sonntag war und Heleni freihatte, stand Dido leise, ohne Guy zu wecken, auf, zog Jeans und einen Pullover an und ging in die Küche, um Frühstück zu machen. Während der Nacht hatte es geregnet, und obwohl die Luft recht frisch war, erstrahlte der Himmel in klarem Blau, und der Wind aus den Bergen des Festlands trieb ein paar weiße Wölkchen nach Westen. Die Olivenbäume, die der Regen abgewaschen hatte, glänzten im winterlichen Sonnenlicht, und sie beschloß, das Frühstückstablett auf die Terrasse hinauszutragen. Sie kochte Kaffee und füllte die blauen Schalen mit dickem Joghurt, dann toastete sie grobes Vollkornbrot und stellte ein Glas Honig auf das Tablett. Im Januar werde ich Orangenmarmelade kochen, dachte sie; das macht mir sicher Spaß, aber bis jetzt hatte ich keine Zeit dazu. Durchs Küchenfenster sah sie über die stetig zitternden silbernen Baumwipfel auf die blaue See, die mit weißer Gischt gekrönt war. Es gibt eine Menge Dinge, die ich hier gern tun würde, dachte sie; einen richtigen Garten anlegen etwa, die Kapelle restaurieren, von Guy Schachspielen und vielleicht sogar Griechisch lernen. Sie dachte an ihre unstete Kindheit mit ihren Eltern und Mabel, worauf die begrenzte Erfahrung ihres Erwachsenenlebens als Scriptgirl und Produktionsassistentin folgte. Plötzlich hatte sie das Gefühl, daß sie ihr ganzes Leben in geschlossenen Räumen verbracht hatte, als Kind in den schäbigen, stickigen Garderoben von Opernhäusern, wenn sie im Schlepptau ihrer Mutter um die Welt reiste, und dann, als sie ihren eigenen Lebensunterhalt verdiente, in dunklen, kalten Studios, wo sie sich den Bedürfnissen der aufgeblasenen Persönlichkeiten von Regisseuren und Schauspielern beugen mußte, die ein einfaches Drehbuch in ein kompliziertes Phantasiegebilde verwandelten. In letzter Zeit war ihr bewußt geworden, wie entsetzlich frustrierend ihr Leben und ihre Arbeit gewesen waren. Mit jedem neuen Job mußte sie sich für etwa drei Monate in eine neue Gemeinschaft aus Schauspielern und Technikern einfügen, worauf die unvermeidliche Trennung erfolgte, wenn die Arbeit beendet war. Seltsamerweise war es manchmal fast so, als würde eine Familie zerbrechen, und dann ging alles wieder von vorn los, neue Beziehungen mußten geknüpft werden, und man mußte sich an die besonderen Eigenarten einer vollkommen anderen Gruppe von Menschen gewöhnen. Dido erinnerte sich mit Erstaunen, wie unbedeutend und uninteressant das Auf und Ab internationaler Ereignisse für diese eng zusammengeschweißten Menschen war; sie waren zu sehr mit sich selbst beschäftigt und zu stark emotional miteinander verstrickt, um sich von irgend etwas außerhalb ihrer kleinen Scheinwelt ablenken zu lassen. Oft hatte sie gedacht, daß keiner es bemerkt, geschweige denn reagiert hätte, wenn in unmittelbarer Nähe eine Bombe explodiert wäre. Wie hatte sie ein so sinnloses und triviales Leben nur so lange ertragen können, wenn sie es nun mit dem Leben an einem Ort wie diesem und einem Mann wie Guy verglich? Sie nahm das Tablett und trug es auf die Terrasse hinaus, dann rief sie Guy, um ihm zu sagen, daß das Frühstück fertig war. Sie stellte die Joghurtschalen, die Butter, den Honig und den Toast auf den Tisch und schenkte gerade den Kaffee ein, als er in der Wohnzimmertür erschien und zum Tisch kam. »Warum hast du mich nicht geweckt?« fragte er.

»Weil du so tief geschlafen und so friedlich ausgesehen hast. Gewöhnlich wachst du vor mir auf. Zur Abwechslung war es mal schön, dich schlafen zu sehen.«

»Oh.« Er setzte sich. »Ich hoffe, ich habe nicht geschnarcht.«

»Du schnarchst nicht«, sagte Dido lachend.

Guy trank Kaffee, aß den Joghurt und sah dann auf den köstlich braunen Toast, den Dido gemacht hatte. »Das darfst du ihr zwar nie sagen, aber du machst viel besseren Toast als Heleni«, sagte er und strich eine dicke Schicht Butter auf das zweite Stück.

Dido lächelte. »Glaubst du wirklich, ich käme auf die Idee?«

»Nein, natürlich nicht. Also, was möchtest du heute gerne machen? Sollen wir irgendwohin zum Mittagessen fahren?«

»Wie wär's mit Lákones? Dem Ort mit der herrlichen Aussicht?«

»Gute Idee. Heute ist es ideal, es ist kalt und klar. Das machen wir.«

Kurz vor Mittag machten sie sich auf den Weg, und Dido fuhr auf kleinen Seitenwegen über den Bergkamm der Insel, folgte dann der Hauptstraße nach Paleokastritsa und nahm schließlich die enge gewundene Straße, die auf einer Strecke von vier Kilometern nach Lákones anstieg. Es war zwar eine Teerstraße, aber sie war so voller Schlaglöcher und so beschwerlich, daß Dido betete, es möge ihnen kein Wagen entgegenkommen. Ihre Gebete wurden erhört, und sie erreichten ohne Vorfall das Dorf. Die Hauptstraße wirkte nicht touristisch, obwohl in einem Hauseingang ein knorriger alter Mann in schwarzem Mantel und schmierigem Filzhut Gitarre spielte, während ein großer verdrießlich aussehender Hahn auf dem Ende des Griffbretts saß.

»Gütiger Himmel«, sagte Dido. »Sieh dir diesen Vogel an!«

»Sieh *bloß* nicht hin, oder er überredet dich, gegen Geld ein Foto von ihm zu machen.«

»Oh.«

Sie fuhr langsam weiter und hielt an, um bei einer Ölmühle durch die geöffneten Türen zu sehen. Es war dunkel und geheimnisvoll im Innern, und die schweren Holzbalken und Steintröge schienen dumpf brütend auf den kommenden Frühling und die Olivenernte zu warten. Dann würden die Tröge mit reifen Oliven gefüllt sein, das schwere Balkengestänge würde die Mahlsteine drehen, und das gepreßte Öl würde durch ein Rohr am unteren Ende des Trogs in die unterirdischen Behälter fließen. Selbst jetzt drang ein starker Geruch aus den Säcken mit getrockneten Olivenrückständen, die an den Wänden der Mühle aufgestapelt waren und darauf warteten, im Winter als Brennmaterial verkauft zu werden.

Sie fuhren durch das Dorf und erreichten ihren Zielort, eine Taverne mit dem treffenden Namen »Bella Vista«. Sie stiegen aus und gingen zu der Terrasse hinauf, die hoch über der kleeblattförmigen Bucht von Paleokastritsa lag, die sich leuchtend blau vor der grün bewachsenen Küstenlinie, den Myrten, Oliven und vereinzelt hochaufragenden dunklen Zypressen abhob. Auf einer kleinen Landzunge, die in das kristallklare blaue Wasser hinausreichte, stand das weiße Kloster, das in seiner Einfachheit heiter und wunderschön wirkte und dessen dreistöckiger Glockenturm sich scharf gegen die dunkle See abzeichnete. Die drei Bronzeglocken machten fast den Eindruck, als schwebten sie schwerelos in der klaren Luft. Ein winzig wirkender Mönch überquerte gerade den mit Steinen gepflasterten Hof.

Schweigend standen sie nebeneinander an der Brüstung und genossen den eindrucksvollen Blick. Dann wandete sich Dido zu Guy um und berührte seine Hand, während dieser sich auf seine Krücken stützte. »Es ist unglaublich: einfach herrlich. Ich bin so froh, daß wir jetzt hergekommen sind, wo nicht so viele Leute hier sind.«

»Ja, es ist die beste Zeit.«

»Kann man das Kloster besichtigen?« fragte sie, als sie sich an einem Tisch niederließen.

»Kommt ganz darauf an. Manchmal freuen sich die Mönche, einen herumzuführen, manchmal ist es schwieriger, dann scheint niemand dazusein. Wahrscheinlich hat das mit den Festtagen der Heiligen und ihrem speziellen Tagesablauf zu tun.

Aber es gibt ein sehr hübsches Museum mit sehr schönen alten Ikonen, äußerst eindrucksvollen Muscheln und ein paar riesigen Knochen, die angeblich in der Nähe gefunden wurden. Auf dem Rückweg können wir ja einen Blick hineinwerfen, wenn du willst.«

»Ja, das machen wir.«

Der Besitzer erschien mit der Speisekarte und fragte, ob sie gern frisch gefangenen *astakós* wollten.

»Was ist das?« fragte Dido.

»Salzwasserkrebse.«

»Hört sich gut an.«

»Gut, die nehmen wir.« Guy bestellte die Krebse und Feta-Salat als Vorspeise, dazu eine Flasche *corifo*.

Nachdem sie gegessen hatten, tranken sie Kaffee und genossen die Stille des Nachmittags und den sensationellen Ausblick. Um drei Uhr begann die Wärme der Sonne nachzulassen, und bedauernd verließen sie das »Bella Vista« und fuhren den Hügel hinunter, um das Kloster zu besichtigen. Ein älterer Mönch, der blind, aber freundlich war, führte sie in die reizende kleine Kapelle, dann ins Museum und, als besondere Dreingabe, in den schön gepflegten Gemüsegarten und den kleinen Friedhof des Klosters. Dann, nachdem ihr Besuch ihn offensichtlich ermüdet hatte, wünschte er ihnen eine gute Fahrt und verschwand durch eine Tür in der Gartenmauer. Sie gingen zum Parkplatz zurück, warfen Geld in die nicht zu übersehende Spendenbüchse und fuhren nach Koulari zurück.

Als sie nach Hause kamen, war die Sonne hinter den Bergen untergegangen, und es war ziemlich kalt geworden. Dido stellte den Kessel auf, machte Tee und trug das Tablett ins Wohnzimmer. »Ich glaube, ich zünde den Kamin an«, sagte sie, »es wird allmählich richtig kalt, nicht wahr?« Sie schenkte Guy eine Tasse ein und stellte sie neben ihn auf den Korbtisch. »Und während ich das tue, könntest du doch die Schachfiguren aufstellen, Guy. Ich möchte, daß du mir Schachspielen beibringst.«

»Möchtest du das wirklich?«

»Ja, sicher. Obwohl ich mich wahrscheinlich dämlich anstellen werde und du nicht sehr oft mit mir spielen wirst.«

»Dido«, sagte Guy ernsthaft, »der einzige Mensch, mit dem ich auf Korfu Schach spiele, ist ein Grieche. Er ist etwa fünfundachtzig, taub und hat ein sehr schlechtes Kurzzeitgedächtnis. Deshalb spielen wir immer in ungeheurem Tempo, was lustig sein kann, aber nicht die befriedigendste Spielweise ist, wie ich zugeben muß. Also wäre ich absolut entzückt, es dir beizubringen, und noch entzückter, mit dir zu spielen, das verspreche ich.«

»Nun, du mußt es mir sagen, wenn du dich langweilst.«

»Ich werde mich nicht langweilen.«

Dido zündete das Feuer an, wozu sie die langen dünnen Zweige benutzte, die Vassili vorbereitet hatte, und die Fladen aus gepreßten Olivenrückständen. Das Feuer loderte hell auf, Funken sprühten den breiten Kamin hoch, und wohlige Wärme verbreitete sich im Raum. Guy stellte die Schachfiguren auf, und Dido setzte sich auf einen Hocker ihm gegenüber. Er erklärte ihr die Bezeichnungen der verschiedenen Figuren, welche Züge man mit ihnen machen konnte und die Spielregeln. Er beobachtete sie, während sie aufmerksam zuhörte und schweigend die Lippen bewegte, als sie die Namen der Figuren wiederholte: Bauer, Turm, König, Dame, Läufer und so weiter. Als er fertig war, sah sie ihn mit leuchtenden Augen an. »Ist das alles?«

»Das ist alles.«

»Also gut, fangen wir an. Wer zieht zuerst?«

»Du.«

Auf Inniscarragh spazierte Lavinia durch ihren italienischen Garten. Es war vier Uhr nachmittags und begann früh dunkel zu werden. Mutlos trottete Fritz hinter ihr drein, während sie sehr langsam das Labyrinth der buchsbaumgesäumten Kieswege umrundete. Auf den sauber beschnittenen Eibenobelisken glitzerten Wassertropfen im blauen Dämmerlicht. Von den Obstspalieren an der roten Backsteinmauer, die den Garten umgab, waren die letzten braunen Blätter abgefallen, und obwohl noch kein starker Frost geherrscht hatte, schien der Winter die kahlen Äste schon fest in seinem eisigen Griff zu halten. Am Ende des Gartens blieb Lavinia vor einer grau gestrichenen Tür stehen, die in den Park führte, aber sie öffnete sie nicht, weil der niederschmetternde Anblick des verwüsteten Waldes, von dem nur noch Baumstümpfe übrig waren, sie zu sehr betrübte und verärgerte.

Nach dem Kreischen der Kettensägen verdarben ihr nun das Dröhnen und Knarren der schweren Maschinen den Tag, die die tief verwurzelten Stümpfe aus dem Boden rissen, und anschließend wurde die Luft von dem beißenden Geruch der Holzfeuer verpestet. Mit einer anderen Maschine wurde der Teich ausgepumpt, und der übelriechende Schlamm wurde einfach auf die nun zertretenen Azaleen gekippt, die das Ufer umsäumten. Dieser Akt des Vandalismus bekümmerte Lavinia ganz besonders, denn sie erinnerte sich noch sehr gut, wie die rosa- und orangefarbenen Azaleen – dies waren die Lieblingsfarben ihrer Mutter – angepflanzt worden waren. In jenem November, als Lavinia fünf Jahre alt war, waren sie eingetroffen, die Wurzelstöcke sorgfältig in kleine Säckchen verpackt, bereit, in die ausgehobenen Pflanzlöcher gesetzt zu werden. Es war ein imposantes Geburtstagsgeschenk ihres Vaters an ihre Mutter gewesen. Sie erinnerte sich noch genau an den darauf folgenden Frühling und die täglichen Spaziergänge mit ihrer Mutter, bei denen sie die kleinen, jeden Tag dicker werdenden Knospen inspiziert hatten, bis schließlich jene Woche kam, als sie wundervoll aufblühten und die Lichtung um den See in einen wahren Garten Eden verwandelten. »Ein Paradies« hatte ihre Mutter es genannt, ohne zu ahnen, welches Schicksal ihrem Werk einst widerfahren sollte. Gott sei Dank, dachte Lavinia und drehte sich um, zumindest ist ihr das erspart geblieben, weil sie jung gestorben ist. Der Kanal, der den See mit Wasser versorgte, war ebenfalls abgelassen worden, aber bis jetzt hatten die Männer die chinesische Brücke noch nicht abgebrochen. Vielleicht gefällt sie dem schrecklichen Yakimoto, nachdem er ja auch Orientale ist, dachte sie verbittert. Sie öffnete die Hintertür und befahl Fritz zu warten, während sie ein Tuch holte, um seine Pfoten abzuwischen. Danach schickte sie ihn in seinen Korb und hängte ihren Mantel in den Alkoven neben der Eingangstür. Dann ging sie in die Küche und machte Tee. Während das Wasser kochte, öffnete sie den Kühlschrank, um nachzusehen, was Maeve ihr zum Abendessen besorgt hatte. Unter einer Plastikfolie schimmerte eine Platte mit kaltem Schinken, daneben stand ein kleiner Teller mit dicken Gurkenscheiben. Auf dem Herd lag eine große geschrubbte Kartoffel, in der ein Metallspieß steckte, bereit, in den Ofen gelegt zu werden.

Zwei Wochen zuvor hatte Mrs. O'Reilly gekündigt und vorgeschlagen, daß Maeve, ihre Nichte, ihren Platz einnehmen sollte. Voller Stolz hatte sie Lavinia erklärt, daß sie die Stelle einer Haushälterin auf Inniscarragh angenommen habe und einen guten Vorschuß bekomme, bis sie ihre Kündigungszeit abgearbeitet habe. Ebenso stolz erklärte ihr Lavinia, daß sie gehen könne, sobald sie es wünsche, nur um noch einmal klarzustellen, in welch geringem Ansehen Mrs. O'Reilly bei ihrer Arbeitgeberin stand. Das war kein weiser Entschluß gewesen, dessen war sie sich bewußt, denn Maeve war entsetzlich schlampig, und schlimmer noch, sie scherte sich keinen feuchten Dreck darum. Lavinia war gezwungen, sich mit ihrer Kritik zurückzuhalten, damit sie sich nicht auch auf Inniscarragh um einen Job bewarb. Jetzt untersuchte sie die Kartoffel und bemerkte mit Abscheu den dunklen Fleck, der sich um den Spieß gebildet hatte; sie wußte, daß das Innere schwarz und ungenießbar wäre, wenn die Kartoffel gebacken und zerteilt sein würde. Sie zog den Spieß heraus und warf die Kartoffel in den Abfall. Das Wasser kochte, sie gab einen Teebeutel in eine Tasse, goß Wasser darüber und rührte um. Als der Tee die gewünschte Stärke erreicht hatte, nahm sie den Teebeutel mit Hilfe des Löffels heraus und warf ihn ins Abwaschbecken. Diese Angewohnheit stand zwar vollkommen im Gegensatz zu ihren Prinzipien, aber sie war es zunehmend müde geworden, die Teekanne in den Abguß zu leeren und dann die nassen Teeblätter in Zeitungspapier zu wickeln, um sie in den Abfall zu werfen. Dennoch war sie sich bewußt, daß sie sich von ihren hohen Maßstäben entfernte, und sah bedauernd auf ihr hübsches Teegeschirr.

Sie nahm die Tasse mit ins Wohnzimmer, stellte sie auf den runden Rosenholztisch neben ihrem Stuhl, rückte den Kaminschirm beiseite und schürte das Feuer, bis es hell loderte. Sie setzte sich auf ihren Stuhl, schob sich ein Kissen in den schmerzenden Rücken, trank ihren Tee und atmete den intensiven herben Geruch ein. Beim Blick auf den anderen Stuhl vor dem Kamin tauchte plötzlich das Bild von Guy vor ihr auf, der bei seinem letzten Besuch hier gesessen hatte. Obwohl sie immer noch sehr böse auf ihn war, weil er nichts tat, um den Familienbesitz zu schützen, ärgerte sie sich über ihr Eingeständnis, daß seine Behinderung nicht allein die Folge eines Unfalls war. Sie bedauerte nicht seine Schmerzen und sein zerstörtes Leben, sondern vielmehr die Tatsache, daß sie unumwunden ihre mörderischen Absichten zugegeben hatte, um selbst freie Bahn zu haben. Es ist schade, daß er überhaupt geboren wurde, dachte sie, ich bin sicher, daß er kein Wunschkind war. Schließlich war ich schon sechzehn, als das schreckliche, schreiende kleine Ding auf die Welt kam. Sie seufzte und starrte traurig ins Feuer. Sechzehn, dachte sie, das Alter der Qualen und überschwenglichen Freuden. Sie erinnerte sich an die Gesellschaft, die zu St. Stephen auf Inniscarragh gegeben wurde, an die Jagdpferde, die aus den Ställen herübergeführt wurden, während sie und ihr Vater wie königliche Hoheiten aus dem Haus traten, auf die Steinblöcke zu beiden Seiten der Terrassenstufen stiegen und sich in den Sattel setzten. Das waren Zeiten, dachte sie wehmütig, als jeder Gast seinen eigenen Stallburschen, zwei Pferde, einen Diener und eine Zofe mitbrachte; damals gab es keine Arbeitslosigkeit. Ich bin sicher, daß in den Dienstbotenräumen alle großen Spaß hatten – jedenfalls haben sie genügend gegessen und getrunken, wie Mutter immer sagte. Sie starrte in die Flammen und hörte das Jagdhorn wieder, sie sah die große Meute mit buschigen, wedelnden Schwänzen aus den Zwingern kommen, die Jagdhunde von Inniscarragh, die hübsche Namen hatten wie Blossom, Fly und Satan und mit lange heraushängenden Zungen wie eine braungelbe Flut ums Haus gelaufen kamen. Ihre Mutter war damals nicht mehr zur Jagd geritten, und Lavinia trug ihre alten Kleider, teils aus Sparsamkeit, aber hauptsächlich deswegen, weil sie aus so wundervoll weichem Stoff gemacht und doch so widerstandsfähig waren; wie ein Korsett schmiegten sie sich an ihren Körper, und jeder Stich an ihnen war von Hand genäht. Die Stiefel und der seidene Hut gehörten ihr selbst und waren natürlich das beste, was man bekommen konnte. Weiche Lederhandschuhe und eine silberbeschlagene Peitsche vervollständigten die Ausrüstung, und Lavinia wußte, daß sie mit ihren glänzenden schwarzen Locken und den verblüffend grünen Augen das hübscheste Mädchen in der Gegend, wenn nicht in ganz Irland war. Ihre Mutter, die den kleinen Guy in den Armen hielt, hatte neidisch von der Terrasse aus zugesehen und in der Tochter den Geist ihrer eigenen verlorenen Jugend wiederentdeckt, als sich Lavinia geschickt den Weg durch die Reiter bahnte, Freunde begrüßte und auf ihrem schönen schwarzen Pferd mit dem hochroten Band im Schweif hemmungslos flirtete.

Ich hätte Freddy heiraten sollen, dachte Lavinia und stellte die Tasse auf den Tisch. Er war ein Dummkopf, sah aber recht gut aus und war reich, sehr reich. *Jetzt*, nachdem es zu spät ist, weiß ich, wie wichtig das ist. Freddy war immer an ihrer Seite gewesen, bei jeder Gesellschaft, jedem Ball, jeder Jagdeinladung hatte er ihr seine Aufmerksamkeit und Verehrung bezeugt. Sie hätte ihn haben können. Aber Lavinia hatte einen anderen im Auge gehabt, einen älteren Mann, der klug, geistreich und äußerst amüsant war; ein Freund ihres Vaters, ein Diplomat sogar. Arthur war Lavinias erster und einziger Liebhaber gewesen, und die Affäre hatte drei zauberhafte Jahre angedauert, mit heimlichen Treffen in Dubliner Hotels und verstohlenen Glücksmomenten hinter Gehängen aus glänzendem, mit Gardenien bestecktem Immergrün, die damals auf allen Bällen in vornehmen Landhäusern in Mode waren. Lavinia war nie glücklicher gewesen, aber als sie aufhörte zu lachen, Scherze zu machen und ihn zu amüsieren, und ernsthaft und nachdrücklich wissen wollte, wie es um ihre Beziehung stand, beendete Arthur die Affäre mit grausamer Umstandslosigkeit. Er war ein verheirateter Mann, wie Lavinia genau wußte, und hatte nicht die Absicht, seine Ehe oder seine Karriere aufs Spiel zu setzen.

Sie hatte keine Gelegenheit mehr, sich mit ihm auszusprechen, und wenn sie sich zufällig auf demselben Rennen oder Ball trafen, war er schon verschwunden, bevor sie hallo sagen oder seine Hand berühren konnte. Zur Beerdigung ihrer Eltern war er in Begleitung seiner Frau gekommen und hatte einen Moment verweilt, um Onkel James und Lavinia zu kondolieren, als sie zusammen in dem windgepeitschten kleinen Friedhof standen. »Es tut uns furchtbar leid«, hatte er gesagt und Lavinia kühl zugenickt, die schwarz verschleiert und distanziert an der Seite ihres Onkels stand. Später, beim Empfang, hatte sie die Menge abgesucht, in der Hoffnung, einen Blick von ihm zu erhaschen, aber er war nirgends zu sehen gewesen, vermutlich hatte er keine Lust gehabt, daran teilzunehmen.

Ich war eine Närrin, sagte sich Lavinia, als sie wieder den stechenden Schmerz im Herzen spürte, der an Heftigkeit nicht nachgelassen hatte, und erneut füllten bittere Tränen ihre Augen und rannen über die sorgfältig mit Rouge geschminkten Wangen. Ich habe ihn geliebt, den abscheulichen Mistkerl; und das

Beschämendste ist, daß ich das immer noch tue, ihn immer lieben werde, obwohl er mein Leben genauso zerstört hat wie ich das von Guy.

Nachdem er die Wände seiner Wohnung von der scheußlichen Tapete befreit hatte, war Josh unschlüssig, in welchem Stil er sein neues Heim einrichten sollte. Von Natur aus neigte er zu nüchterner Strenge, aber er sah ein, daß dies für einen kleinen Jungen, der gerade seine Mutter verloren hatte, weder passend noch wünschenswert wäre. Doch anstatt Anna um Rat zu bitten, wandte er sich an Giò. Giò, der sich bislang ganz gegen seine Art bewundernswert zurückgehalten hatte, war entzückt, um Vorschläge gebeten zu werden, und obwohl zu dieser Jahreszeit im »Le Patrimoine« am meisten los war, befahl er seiner Assistentin, eine Aushilfe für die Weihnachtstage einzustellen, und stürzte sich mit üblicher Begeisterung auf die Möblierung und Ausstattung von Joshs Wohnung. Nachdem an den Wänden der ursprüngliche Kalkputz wieder freigelegt war, der einen hübschen Elfenbeinton hatte, war seine erste Idee, sie genau so zu belassen, alle Böden mit Seegrasteppichen zu belegen und die Bodenleisten in einer passenden Farbe zu streichen. Die Fenster sollten ebenfalls elfenbeinfarben gestrichen werden, mit einem Hauch Eierschalenfarbe darüber, dasselbe sollte mit den tiefen Fensterumrahmungen geschehen, damit soviel Licht wie möglich in die Wohnung reflektiert wurde.

»Großartig«, sagte Josh. »Das gefällt mir.«

»Wie steht's mit Möbeln? Was brauchst du?«

»Wir brauchen Betten. Das heißt, nur ich brauche eines. Max' Bett ist schon auf dem Weg von London nach hier.«

»Also gut«, sagte Giò. »Ein Bett für dich, ein ordentliches großes Sofa fürs Wohnzimmer und einen richtigen Sessel dazu, finde ich. Bist du damit einverstanden?«

»Ich denke schon.«

»Was ist mit Bildern? Mit Büchern?«

»Die sind alle am Quai des Grands Augustins«, sagte Josh. »Eine Menge Bücher und viele Bilder sind noch in den Umzugskisten.«

»Was für Bilder sind das? Große? Kleine? Gemälde? Drucke?«

»Es sind hauptsächlich große schwarzweiße Architekturdrucke, Kupferstiche von Piranesi, derlei Dinge.«

»Und die Rahmen?«

»Sind schmal und schwarz.«

Giò sah den Raum vor seinem geistigen Auge: Die Wände waren in einem warmen intensiven Terrakottarot getüncht, und an ihnen hingen eng nebeneinander die Piranesi-Drucke, deren Glas das Licht von der Straße reflektierte. Unter den Drucken sah er ein großes bequemes Sofa, das mit einem Paisley-Stoff in Orange-, Rosa- und Scharlachtönen bezogen und mit dazu passenden Kissen dekoriert war. Er stellte sich verborgene Strahler vor, die die Bilder und Bücher auf den Regalen beleuchteten, die in die Nischen auf beiden Seiten der Kaminbrüstung eingebaut waren. Er sah eine Standuhr aus blassem Holz vor sich, deren Messingpendel hinter einem runden Glasfenster ruhig von einer Seite zur anderen schwang und deren verwittertertes, pergamentenes Zifferblatt mit schwarzen römischen Ziffern nicht nur die Zeit, sondern hinter kleinen runden Fenstern auch die Mondphasen anzeigte. Zu beiden Seiten des Sofas sah er große Lampen mit modernen Messingfüßen und glänzenden schwarzen Schirmen. Schließlich ging die Phantasie mit ihm durch, und er stellte sich eine Palme vor, die fast bis zur Decke reichte und deren zart gefiederte Blätter von unten angestrahlt wurden und magische Schatten an die Decke warfen.

Giò zögerte, dann begann er, Josh seine Vorstellungen zu beschreiben, der ihm aufmerksam, und ohne ihn zu unterbrechen, zuhörte. »Was hältst du davon? Findest du das fürchterlich, Josh?«

Josh lächelte. »Nein, überhaupt nicht. Es ist nicht das, worauf ich von selbst gekommen wäre, aber für Max wäre es vermutlich großartig: warm, einladend und fröhlich.« Er lachte. »Vor allem die Palme; die würde ihm gefallen, das weiß ich.«

»Na schön«, sagte Giò erleichtert. »Also, was noch?«

»Hinter der Brüstung befindet sich der ursprüngliche Kamin, dessen bin ich mir sicher«, sagte Josh. »Meinst du, Monsieur Petit hätte etwas dagegen, wenn wir ihn wieder öffnen würden? Ein Feuer wäre hübsch, oder vielleicht ein Holzofen?«

»Gute Idee«, sagte Giò, »wir fragen ihn.«

Sie beschlossen, daß die Küche und das Bad praktisch und modern und leicht zu pflegen sein sollten und daß sie einen Klempner beauftragen wollten, der die notwendigen Installationen und einen Ventilator in die Toilette auf dem Treppenabsatz einbauen sollte.

»Gut«, sagte Josh. »Dann bleiben nur noch die Schlafzimmer übrig.«

»Du wirst dir natürlich dein Zimmer selbst einrichten wollen. Aber es würde mir großen Spaß machen, das Zimmer von Max einzurichten, mit seiner Hilfe selbstverständlich, wenn es dir recht ist.«

»Würdest du das wirklich, Giò? Hast du wirklich Zeit dafür? Es ist so viel zu tun, nicht wahr? Und schließlich ist bald Weihnachten.«

»Ich kann mir die Zeit nehmen, und nichts würde mir mehr Spaß machen.« Er sah Josh an. »Da wir gerade von Weihnachten reden, hast du schon irgendwelche Pläne?«

»Mum möchte, daß wir mit ihnen in die Normandie fahren und dann zu Neujahr mit nach Souliac runterkommen. Wahrscheinlich ist das die beste Lösung. Für Max wäre es schön, mit Tom zusammenzusein; jedenfalls viel lustiger, als mit mir allein zu bleiben. Wie steht's mit dir? Ich nehme an, du gehst nach Souliac?«

»Nun, das war mein Plan, ja. Olivia und Baz werden dort

sein, und ich habe die beiden seit Ewigkeiten nicht mehr gesehen. Aber dann habe ich mir überlegt, daß Weihnachten mit Kindern etwas ganz Besonderes ist, deshalb wollte ich eigentlich Anna fragen, ob in St. Gilles noch Platz für mich ist. Dann könnten wir zu Silvester alle zusammen in den Süden fahren, nicht wahr?«

»Hört sich großartig an«, sagte Josh, dem es fast gelang, dies wirklich zu glauben.

Die Renovierung der Wohnung war in Rekordzeit abgeschlossen, die Möbel wurden gefunden, neu gepolstert und aufgestellt, die Regale wurden gebaut und mit Büchern gefüllt, und die Bilder wurden aufgehängt. Selbst die Palme stand kraftstrotzend in ihrem Kübel, und ihre grünen Zweige berührten fast die Decke. Der Kamin war geöffnet worden, und ein kleiner Holzofen, der aussah, als hätte er schon immer dort gestanden, verbreitete wohlige Wärme.

»Du bist ein Genie, Giò.« Josh ging voller Erstaunen durch seine neue Wohnung.

»Ich weiß«, sagte Giò lächelnd. »Jemand muß es ja sein, also warum nicht ich?«

In Max' Zimmer, das klein und in Weiß gehalten war, standen bereits sein Bett und seine Schränke, und es war mit Büchern und Spielzeug angefüllt, aber der Instinkt sagte Giò, daß es seinem Londoner Zimmer vermutlich immer noch zu ähnlich war, also plante er, mit Max einen Ausflug zu machen, um zu sehen, ob es auf den Flohmärkten etwas gab, das dem kleinen Jungen gefallen würde.

Am Samstagmorgen packte Josh seine und Max' Kleider, um sie am Abend in die Rue Jacob zu bringen und mit seinem Sohn die erste Nacht im neuen Heim zu verbringen. Giò und Max waren bereits zu den Flohmärkten unterwegs, und nicht zum erstenmal dachte Josh, was für ein Glück er mit seiner Familie hatte. Sie sind nicht nur großzügig, was Geld und Besitz, sondern auch, was ihre Zeit anbelangt, dachte er; sie kümmern sich wirklich um uns.

Anna klopfte an der Tür und trat mit einem Stapel frisch gebügelter Hemden ein. »Das ist alles, glaube ich«, sagte sie, legte die Wäsche auf die Kommode und setzte sich auf Max' Bett.

»Danke, Mum«, sagte Josh und packte die Hemden sorgfältig in einen Koffer. »Ich weiß nicht, was wir ohne dich, ohne euch alle, getan hätten.«

»Nun, du weißt ja, wie man sagt: Die Familie ist der einzige Ort, wo man einfach anklopfen und nicht abgewiesen werden kann.« Sie lachte.

»Vielleicht. Aber ich wette, einige Türen gehen wesentlich schneller auf als andere.« Er sah seine Mutter an. »Also, wann wirst du dir mit Patrick die neue Wohnung ansehen? Wir sind schon fast soweit, Besucher zu empfangen.«

»Wann immer du uns einlädst, Liebling.«

Josh bemerkte, daß Anna damit den leisen Vorwurf ausdrückte, er habe sie aus seinem Leben ausgeschlossen. Aber er erwiderte nichts und machte sorgfältig den Reißverschluß von Max' Tasche zu. Er stellte sie auf den Boden und setzte sich auf einen Stuhl, an den er sich aus seiner Kindheit erinnerte. Er sah nicht auf, sondern hielt die Augen starr auf seine Füße gerichtet. »Mum« sagte er ruhig, »wie hast du dich all die Jahre gefühlt, nachdem Dad dich verlassen hatte und du mich und Olivia allein aufziehen mußtest? Oder ist das alles zu lange her, um dich genau daran zu erinnern?«

»Ich erinnere mich, als wäre es gestern gewesen«, sagte Anna, »obwohl es mich nicht mehr schmerzt, daran zu denken.« Sie dachte eine Weile nach, runzelte die Stirn und fuhr dann fort. »Ich hatte Angst, fühlte mich krank und war total verzweifelt. Ich schien keinen zusammenhängenden Gedanken mehr fassen zu können, und lange Zeit klammerte ich mich hartnäckig, und, wie sich herausstellte, dämlicherweise an die armselige Hoffnung, euer Vater würde zurückkommen und alles wäre wieder gut. Nach einer Weile mußte ich mich aber der Wahrheit stellen und versuchen, mein Leben weiterzuführen, vor allem wegen euch beiden Kindern. Tatsächlich war ich damals so verwirrt und bekümmert, daß ich mich höchstwahrscheinlich in den Fluß geworfen hätte, wenn du und Olivia nicht völlig abhängig von mir gewesen wärt.«

» *Wirklich?* Das erstaunt mich. Du bist mir immer so stark, so fleißig und wundervoll erschienen. Ich liebte unser kleines Haus und all die herrlichen Altarstücke und Putti, die bei uns herumstanden, während du sie restauriert hast. Damals warst du der wichtigste Einfluß in meinem Leben.«

Nun war Anna an der Reihe, erstaunt zu sein. »Gütiger Himmel, ich bin sicher, daß ich das nicht war. Tatsächlich hatte ich schon sehr früh den Eindruck, daß du mir intellektuell überlegen bist.« Sie lachte sarkastisch. »Ich erinnere mich an die Demütigung, als ich zugeben mußte, daß ich nicht einmal deine Mathematikaufgaben verstand, geschweige denn dir helfen konnte.«

»Akademische Leistungen sind nicht alles, Mum«, sagte Josh. »Talent und Erfahrung sind viel wichtiger und realer. Mein Problem ist, daß mir das fehlt. Erfahrung, meine ich.« Er sah sie mit reuevollem Lächeln an. »Jetzt mache ich sie vermutlich?«

»Das fürchte ich auch«, sagte Anna. »Es ist seltsam, wie die Geschichte sich wiederholt, nicht wahr? Ich war nur ein paar Jahre älter, als Jeffrey mich verließ, und Patrick war sogar noch jünger, als seine erste Frau und sein Baby umkamen, also haben wir alle sehr früh die Erfahrung von Verlust gemacht. Nicht nur den Älteren widerfährt das, nicht wahr?«

Josh sagte nichts, aber seine dunklen Augen waren von Schmerz erfüllt. Abrupt stand er auf, kehrte ihr den Rücken zu und begann, den letzten Koffer zu packen.

Anna ging zur Tür. »Ich mache Kaffee«, sagte sie.

»Danke, Mum. Den kann ich jetzt gebrauchen.«

»Josh?«

»Hm?«

»Versprichst du mir etwas?«

»Was?«

»Dir würde doch nie einfallen, dich in den Fluß zu stürzen, oder?«

Josh drehte sich zu ihr um und schüttelte den Kopf. »Nein, das würde ich nie tun. Mir geht's genauso wie dir damals, Mum. Ich muß mich schließlich um Max kümmern.«

Giò parkte seinen Lieferwagen in der Nähe der Métrostation Porte de Vanves und verschloß ihn sorgfältig. Dann gingen Max und er zu dem Flohmarkt, der bereits mit Schnäppchenjägern überfüllt war, die sich über Kisten mit Büchern, Schals, Spitze, alte Schallplatten und alle Arten von Trödel beugten. Kleinhändler hatten auf den Gehsteigen Stände aufgeschlagen, die am Ende des Tages zusammengefaltet und mitgenommen wurden, aber es gab auch feste Stände, richtige kleine Spezialgeschäfte, die alles mögliche verkauften, angefangen von Stühlen aus dem achtzehnten Jahrhundert bis hin zu Armeebekleidung. Giò und Max sahen sich die viktorianischen Puppen mit den Wachsgesichtern an, die Stapel spitzenverzierter Bettwäsche, die Lampen aus den dreißiger Jahren, das Art-déco-Porzellan und die alten Postkarten mit Ansichten von Paris. Der Markt war laut, überfüllt und ziemlich beängstigend für einen kleinen Jungen. Auch für Giò war es nicht einfach, da ihn plötzlich die Furcht überfiel, er könne Max in dem Gedränge verlieren. »Gib mir deine Hand, Max«, sagte er. »Laß uns hier rausgehen, hier sind zu viele Leute.«

Es war einige Jahre her, daß Giò zum letzten Mal die *puces* besucht hatte, und er war schrecklich enttäuscht darüber, wie geschmacklos und touristenmäßig alles geworden war. Die Zeiten, als man zu vernünftigen Preisen wirkliche Sammlerstücke finden konnte, waren offensichtlich vorbei. Nun gut, dachte er, dann eben nicht. Sie gingen in ein kleines, gemütlich aussehendes Café und bestellten Kaffee, eine Cola und *Pain au chocolat*. Sie saßen am Fenstertisch und wurden von einem hübschen Mädchen mit dichtem, dunklem Lockenhaar bedient, das ein schwarzes Samtkleid trug, auf das leuchtendrote Rosen gedruckt waren. Sie brachte ihnen die Bestellung, wünschte ihnen *bon appétit* und zog sich hinter die große Espressomaschine und die Glasvitrine zurück, in der alle möglichen Köstlichkeiten lagen. An der Wand hingen viele Bilder und Schaukästen, die leuchtendbunte Schmetterlinge, exotische Vögel von tropischen Inseln, unheimliches Meeresgetier und gefährlich aussehende Fische enthielten, die aufgebläht und voller Stacheln waren. Von der Decke hingen üppige, stark duftende Topfpflanzen in Körben, dazwischen silberne Schmuckkugeln in verschiedenen Größen. In der Mitte der Decke, wo sich normalerweise der Lichtanschluß befand, hing ein erstaunliches Miniaturkarussell. Es war aus Holz geschnitzt und wundervoll bemalt, und der Hersteller dieses reizenden Spielzeugs hatte es nicht nur mit Pferden bestückt, die von furchtlosen Jockeys mit gestreiften Mützen und schwarzen Stiefeln geritten wurden, sondern es gab auch mehrere altmodische Automobile, einschließlich eines Dion Bouton, eines Daimler-Benz und eines Hispano-Suiza, die alle mit Fahrern und Fahrgästen besetzt waren, die Staubmäntel, Mützen und Brillen trugen, und die Damen waren in Schleier gehüllt.

»Sieh nur, Giò«, sagte Max, dessen dunkle Augen vor Überraschung und Freude aufleuchteten, als er das wundersame Spielzeug sah, das sich in der warmen Luft des Cafés langsam drehte.

Giò sah auf und folgte Max' Blick. Vor Erstaunen stieß er einen leisen Pfiff aus.

»Möchten Sie das Karussell fahren sehen?« fragte das Mädchen, das ihr Interesse bemerkte.

»Gern«, sagte Giò. »Vielen Dank.«

Die junge Frau drückte einen verborgenen Knopf, die winzigen Lichter des Karussells gingen an, und es begann sich langsam zu drehen; die Pferde und Autos bewegten sich würdevoll auf und ab, während der Leierkastenmann in der Mitte eine fröhliche Melodie spielte, sein Äffchen auf- und abhüpfte und sich die kleine Mütze abnahm und wieder aufsetzte. Giò und Max sahen, vor Staunen und Entzücken sprachlos, zu, wie sich das reizende Spielzeug im Kreis drehte. Schließlich war die Melodie zu Ende, die Pferde und Autos kamen langsam zum Stehen, und nacheinander gingen die kleinen Lichter aus. Max seufzte schwer auf und sog mit dem Strohhalm laut gurgelnd seine Cola ein. Giò sah die junge Frau an und dankte ihr. »Wie schade, daß man es nicht kaufen kann«, sagte er.

Das Mädchen machte eine Handbewegung, die den ganzen Raum einschloß. »Alles ist zu kaufen, Monsieur«, sagte sie.

»Alles?« fragte Giò.

»Alles außer mir, Monsieur«, antwortete sie und lachte.

Giò sah Max an, der seinen Blick eindringlich erwiderte. Giò lächelte. »Was meinst du, Max? Möchtest du das für dein Zimmer haben?«

»Es ist sicher furchtbar teuer.«

»Wir fragen einfach.«

Das Mädchen nannte eine Summe, die sich für Max nach Tausenden von Francs anhörte, und Giò nahm sein Scheckbuch heraus. Er wandte sich wieder Max zu. »Sonst noch was, Max, wenn wir schon dabei sind? Schließlich ist bald Weihnachten.«

Max sah sich im Raum um, und sein Blick blieb auf einem Kasten mit ausgestopften Enten haften. Es waren gewöhnliche Wildenten, genau dieselben wie zu Hause in London. Er zögerte, dann sah er weg, und sein Blick blieb auf einer besonders scheußlich aussehenden ausgestopften Schlange in einem Glasbehälter haften, die sich um einen moosbewachsenen Baumstumpf schlängelte und deren Bauch häßlich aufgebläht war, um anzuzeigen, daß sie erst vor kurzem ein Mahl eingenommen hatte. *Großartig!* dachte Max, das ist wirklich toll! Ich wette, das haut Tom um, und er hört auf, mich zu triezen. Er wird total geplättet sein, wenn er das sieht; er wird sich wünschen, sie würde ihm gehören. »Ich hätte gern die Schlange«, sagte er forsch und sah Giò direkt an. »Bitte«, fügte er hinzu.

Giò sah verblüfft aus. »*Wirklich?* Bist du sicher, daß du nicht lieber die Kolibris oder die Schmetterlinge möchtest?«

»Nein«, antwortete Max entschieden. »Schlangen sind meine Lieblingstiere.«

»In Ordnung«, sagte Giò zweifelnd. »Wenn du meinst.«

Sie fuhren den Lieferwagen vors Café, während das Karussell von einem jungen Mann in schwarzer Lederkleidung und einem goldenen Nasenring abmontiert wurde, der aus dem hinteren Teil des Cafés aufgetaucht war. Er bot an, in der Rue Jacob vorbeizukommen, um das Karussell noch am selben Abend aufzuhängen.

»Wie freundlich von Ihnen«, sagte Giò. Er nahm eine Geschäftskarte aus seinem Filofax und schrieb die Adresse in der Rue Jacob darauf. Der junge Mann nahm die Karte. »›Le Patrimoine‹«, sagte er. »Dann sind Sie Monsieur Hamilton?«

»Ja, das bin ich.«

»Monsieur, vielleicht könnten wir ins Geschäft kommen? Kommen Sie, ich führe Sie herum.« Er führte ihn in den hinteren Teil des Cafés, in eine Werkstatt, die mit allen Arten von mechanischem Spielzeug angefüllt war, mit Miniaturtheatern, Puppenstuben und sogar einem Zirkus mit einem Seiltänzer, der über einer Menge mit brüllenden Tigern schwebte.

»Mein Gott«, sagte Giò. »Warum habe ich nicht schon früher von Ihnen gehört? Bringen Sie mir morgen ein paar von diesen Sachen in meinen Laden, ich werde sie in meine Weihnachtsdekoration einbauen. Wenn sie verkauft sind, können Sie doch sicher nachliefern, oder? Ich nehme zwanzig Prozent, sind Sie damit einverstanden?«

»Das ist hervorragend, Monsieur. Vielen Dank.«

Sie vereinbarten, daß Guillaume, denn so hieß er, um sechs Uhr in die Rue Jacob und um elf Uhr des folgenden Tages ins »Le Patriomoine« kommen sollte.

»Es macht Ihnen nichts aus, daß dann Sonntag ist?« fragte Guillaume.

»Das macht mir gar nichts aus, wenn's um etwas Interessantes geht«, sagte Giò, und sie schüttelten sich die Hände.

13

An einem strahlenden Dezembermorgen saß Jacob Kroll auf einem kalten, aber bequemen Stein und betrachtete das Erechtheion. Leicht ergriffen sah er auf die Karyatiden, die das Dach des Tempels trugen, teils aus Freude, daß sie immer noch erhalten waren, teils aus Bewunderung für die Künstler, die sie vor so langer Zeit aus Stein gemeißelt hatten. Das sind richtige Frauen, dachte er, mit richtigen Hüften, richtigen Schenkeln und großen Brüsten; auch ihre Hälse sind wundervoll stark. Kein Wunder, daß es ihnen leichtfällt, ein Dach zu tragen. Sie machen genau das, was Frauen tun sollten: ihre Männer unterstützen, ihre Kinder tragen und die Familie aufrechterhalten; richtige Ehefrauen und Mütter, genau wie die meine. Er sah seine Mutter vor sich, die mit rosigen Wangen, das wellige graue Haar zum Knoten geschlungen, in ihrer warmen, nach Gewürzen duftenden Küche die freitägliche Backarbeit verrichtete. Sie wird siebzig dieses Jahr, fiel ihm ein, ich muß zu ihrem Geburtstag rüberfliegen. Ganz sicher kümmert sie sich noch um alles und kommandiert jeden herum. Genau davor bin ich davongerannt, dachte er, aber genau das ist es, was ich im Moment so dringend brauche. Verdammte Dido, warum mußte sie alles zerstören? Warum? Mich in eine solche Lage zu bringen war wirklich nicht nötig.

Jacob war am Abend zuvor in Athen angekommen und hatte

den Morgen damit verbracht, sich die Akropolis anzusehen, die im winterlichen Sonnenlicht und ohne Touristenschwärme wundervoll war. Er war von einem Monument zum anderen gewandert, hatte Fotos gemacht und sich überlegt, wie er Dido dazu bewegen könnte, die Spielchen aufzugeben und mit ihm auf die »Maid of Wapping« zurückzukommen.

Nastassia hatte er von dem geplanten Besuch auf Korfu nichts erzählt, weil er diese Beziehung nicht gefährden wollte, bevor Umstände und Zeitpunkt ihm dafür günstig erschienen. Warum ein Bett kalt werden lassen, wenn er es vielleicht noch brauchen würde, sagte er sich mit zynischem Lächeln. Im Rückblick jedoch fand er, daß er Nastassia nicht unbedingt mit Scheintelefonaten und vermeintlichen Flugbuchungen nach New York hinters Licht hätte führen müssen, wo er angeblich ein wichtiges Treffen hatte. Tatsächlich hatte sie aber ohnehin sehr wenig Interesse an seinen Unternehmungen gezeigt und ihm nur einen guten Flug gewünscht. Er hatte das sichere Gefühl gehabt, daß sie ganz froh war, ihn eine Weile los zu sein. Frauen, dachte er, auf keine kann man sich wirklich verlassen.

Er stand auf, machte ein Foto von den herrlichen Karyatiden, schloß die Linse der Kamera und steckte sie in eine Tasche seines gesteppten schwarzen Seidenparkas. Dann stieg er den Hügel hinunter, nahm ein Taxi und fuhr zu einem schicken Restaurant in der Plaka. Nach dem Essen nahm er wiederum ein Taxi zum Flughafen und bestieg die nächste Maschine nach Korfu, ein Flug, der nur etwas mehr als eine halbe Stunde dauern würde.

Er mietete sich in einem Hotel in Korfu-Stadt ein, nahm einen Mietwagen, kaufte eine Karte der Insel und fuhr zielstrebig nach Koulari. Er war sich immer noch nicht im klaren, was er Dido tatsächlich sagen wollte, außer daß er wünschte, sie würde sofort mit ihm nach Hause zurückkehren. Weitere Überlegungen stellte er nicht an, aber einer Sache war er sich ganz sicher: Er hatte weder die Absicht, Dido noch die »Maid of Wapping«

kampflos aufzugeben, die schließlich genauso *sein* wie ihr Zuhause war. Wenn es zum Äußersten käme, würde er sie eben heiraten, und damit wäre es dann getan. Er sah auf seine Uhr: zehn vor fünf. In einer Stunde wäre es dunkel. Macht nichts, dachte er, ich kann sehr gut bei Dunkelheit zum Hotel zurückfahren; hier kann man sich schließlich kaum verirren. Die Küstenstraße schlängelte sich nach Norden, sie wand sich um den bewaldeten Hügel, und durch die Bäume waren gelegentlich Dörfer am Strand zu sehen, Boote schaukelten am Ankertau, und Ziegeldächer schimmerten blaßrosa im Abendlicht. Zu seiner Linken, hoch über den mit Büschen bewachsenen Hügeln, sah Jacob die nackten Felsen des majestätischen, weißgekrönten Bergs von Pantokrátor. Zu seiner Rechten, über dem perlfarben schimmernden Meer, sah er die blaue, geheimnisvolle Küste Albaniens. Er hielt an, schaltete die Innenbeleuchtung an und studierte sorgfältig die Karte. Er schätzte, daß es bis nach Koulari noch sechs Kilometer sein mußten. Langsam fuhr er die stille Straße entlang und hielt nach einem Wegweiser Ausschau. Plötzlich entdeckte er ihn; er war bis zur Unleserlichkeit verblichen und am Anfang eines Feldwegs in einen Steinhaufen gesteckt. Er bremste, blinkte nach rechts und bog ein. Da es unter dem dichten Dach aus Olivenbäumen sehr dunkel war, schaltete er die Scheinwerfer ein. Vorsichtig bog er um eine Kurve und sah, daß der Feldweg sich gabelte. Er bremste scharf, runzelte die Stirn und stellte den Wagen auf der Grasnarbe ab. Was jetzt? Er stieg aus, ging zu der Weggabelung und sah sich sorgfältig um. Nachdem sich seine Augen an die Dämmerung gewöhnt hatten, entdeckte er unterhalb des linken Wegs ein kleines weißes Haus mit einem Schuppen, in dem ein Esel angebunden stand. Das kann es nicht sein, sagte er sich. Dann sah er weiter unten das ordentlich beschriftete Schild, auf dem ›Porteous‹ stand, und begann eilig, den Pfad hinunterzugehen. Das kleine Haus schien unbewohnt zu sein, und er durchquerte das Olivenwäldchen auf der Suche nach einem Lebenszeichen. Plötzlich entdeckte er ein langes, niedriges Gebäude mit aprikosenfarbenen Dachplatten, hinter dem schimmernd das Meer zu erkennen war. Er glaubte, Stimmen zu hören, und als er nach rechts blickte, sah er die Kapellenruine, wo durch ein großes Loch in der Mauer ein flackerndes gelbes Licht sichtbar wurde. Quietschend öffnete sich die Tür, und Dido trat mit einer Laterne heraus, gefolgt von Guy Porteous, der sich auf seine Krücken stützte und vorsichtig die Stufen hinunterging. Jacob beobachtete, wie Dido die Laterne abstellte und die Arme um Guys Hals schlang. Dieser ließ die Krücken fallen, drückte sie an sich und küßte sie ungewöhnlich lange, wie Jacob fand. Vollkommen verblüfft kauerte er sich ins Unterholz und beobachtete, wie die beiden zum Haus zurückgingen.

Wie gelähmt blieb Jacob dort sitzen, als hinter den Fenstern Licht anging. Er war seltsam schockiert und über alle Maßen erstaunt. Nicht einen Augenblick hatte er gedacht, Didos Beziehung zu Porteous könnte körperlicher Natur sein. Das stand doch ganz außer Frage, bei seiner Behinderung. Was hatte er dann gedacht? Daß Dido einen Job bei dem Burschen angenommen hatte – als Sekretärin, Pflegerin oder was auch immer? Langsam begann ihm zu dämmern, daß hier etwas vor sich ging, mit dem er nicht gerechnet hatte, und zu seiner Überraschung wurde er von einer Woge eifersüchtiger Wut übermannt. Es war ein außerordentlich unangenehmes Gefühl, noch dazu eines, das ihm völlig unbekannt war. Er holte ein paarmal tief Luft und versuchte, sich von dem gräßlichen und lächerlichen Gefühl zu befreien. Schließlich war er doch der große Aufreißer, oder etwa nicht? Das wußte doch jeder.

Die herrliche Melodie eines der ›Vier letzten Lieder‹ von Strauß erklang aus dem Haus und breitete sich schwebend über dem stillen Olivenhain aus. Während er zuhörte, wurde Jacob von Trauer und Selbstmitleid ergriffen, gegen das er sich nicht wehren konnte. Die Musik endete, und er rappelte sich unsicher auf. Was jetzt? Sollte er hinuntergehen und die beiden zur Rede stellen? Durch die offenen Fenster konnte er ihre leisen Stimmen hören, dann das Klirren von Gläsern und Flaschen und Gelächter. Nein, sagte er sich, jetzt werde ich nicht hineingehen, ich bin zu aufgeregt und überanstrengt, ich würde womöglich einen Narren aus mir machen. Ich komme am Morgen wieder, wenn ich Zeit zum Nachdenken gehabt habe und weiß, was ich sagen will.

Er ging zum Wagen zurück und bemerkte im Vorbeigehen Licht in dem kleinen weißen Häuschen. Durch die offene Tür sah er eine große, hübsche schwarzhaarige Frau, die in einem Topf auf dem Herd rührte. Ein untersetzter, braungebrannter Grieche kam mit einem Bündel Netze um die Hausecke. »*Kali spera*«, sagte der Mann, und Jacob hob die Hand, murmelte etwas und lief schnell zum Wagen zurück.

»Vassili hat gesagt, daß gestern ein Fremder hiergewesen ist«, sagte Heleni, als sie die Kanne mit frischem Kaffee auf den Frühstückstisch stellte.

»Oh?« sagte Guy. »Hat er etwas gesagt?«

Heleni schüttelte den Kopf. »Ich glaube, er hat nichts gesagt, nein.«

Guy sah Dido an. »Wie seltsam. Wer kann das gewesen sein, mitten im Dezember?«

»Keine Ahnung. Vielleicht hat er sich verirrt?«

»Ja, wahrscheinlich. Also, was wollen wir heute machen?«

»Nun, ich dachte, wir könnten vielleicht den Garten planen. Statt ihn im englischen Stil anzulegen, dachte ich, könnten wir vielleicht an bestimmten Stellen ein paar Löcher ausheben, sie mit guter Erde füllen und Storchschnäbel und Artemisien pflanzen, die den ganzen Sommer über blühen und sich selbst unter den Olivenbäumen ausbreiten würden. Findest du das eine schlechte Idee?« Dido sah Guy ängstlich an.

»Nein, überhaupt nicht; es hört sich hübsch an. Wie wär's mit Rosen am Fuß der Terrasse, die sich vielleicht an einigen der alten Bäume hochranken könnten?«

»Wundervoll«, sagte Dido erleichtert. »Ich dachte, du möchtest vielleicht nichts, das den Eindruck des Urtümlichen zerstört, nichts, das an gestutzte Vorgärten erinnert.«

»Das ist gar nicht möglich; es wird ein Kampf sein, bei der Hitze alles am Leben zu erhalten, du wirst sehen.« Guy lachte. »Man könnte ja glauben, ich sei ein schrecklicher alter Reaktionär, der eifersüchtig über sein Fleckchen Land wacht, Dido.«

»Das ist es nicht. Ich möchte bloß nicht spießbürgerlich erscheinen.«

»Wenn ich ein solcher Purist wäre, hätte ich doch mein vulgäres kleines Schwimmbecken nicht gebaut, oder?«

»Das stimmt«, sagte Dido, »aber Gott sei Dank hast du das getan; ich liebe es.«

»Ich auch.«

Nach dem Frühstück fertigten sie einen Plan von Haus und Grundstück an, zeichneten so gut sie konnten die Olivenbäume, das Schwimmbecken, die Kapelle und die verschiedenen Wege ein und beschlossen, zu einem späteren Zeitpunkt einen maßstabgerechten Plan aufzustellen. Nebeneinander saßen sie im Wohnzimmer am Tisch, machten Vorschläge, was Farben und Pflanzorte anbetraf, und markierten die entsprechenden Stellen mit Buntstiften. Sie hörten, daß ein Wagen auf das Haus zufuhr und stehenblieb. »Hast du auch ein Auto gehört?« fragte Dido und sah von ihrer Zeichnung auf.

»Ja. Heleni ist in der Küche, nicht wahr? Sie wird sich schon darum kümmern.«

Aber Heleni war nicht in der Küche, um wie üblich ein wachsames Auge auf alles zu halten, und ein paar Minuten später hörten sie schwere Schritte auf den Holzstufen der Terrasse, und in der offenen Terrassentür erschien eine große Gestalt, die sich dunkel gegen die sonnenbeschienene See und den kalten blauen Winterhimmel abzeichnete. Es war Jacob Kroll.

»Jake!« Dido sprang auf und stieß dabei ihren Stuhl um. »Was um alles in der Welt machst du hier?«

»Ich bin gekommen, um dich nach Hause zu holen, Dido.«

»Du bist *was?*«

»Ich hole dich nach Hause.«

»Jetzt warten Sie mal«, sagte Guy ruhig. »Setzen Sie sich, Kroll, und erklären Sie uns, was Sie wollen.«

Jacob zog seinen Parka aus, legte ihn über die Sofalehne und faltete die Arme über der Brust. Er sah Guy an, und seine Augen blitzten feindselig hinter der schweren Hornbrille. Mit ruhiger und emotionsloser Stimme begann er zu sprechen. »Wissen Sie überhaupt, Porteous, wie lange Dido und ich zusammen waren? Im Grunde genommen sind wir ein Ehepaar, und ich wünsche, daß es auch so bleibt.«

»Aber *ich* nicht!« warf Dido lauthals ein. »Begreifst du das denn nicht? Das habe ich dir weiß Gott oft genug gesagt, warum findest du dich damit nicht ab, Jake? Ich möchte nicht mehr mit dir zusammenleben; unsere Beziehung ist ein für alle Mal vorbei. Bitte geh.«

Mit scharf blitzenden Augen sah Jacob Dido ungerührt an. »Auf Inniscarragh hat es aber nicht den Eindruck gemacht, oder? Und das ist doch erst einen Monat her, nicht wahr, Liebling?«

»Was meinst du damit?« fragte Dido kleinlaut und wurde von einem schrecklichen Gefühl der Panik ergriffen.

»Spiel nicht das Unschuldslamm, Dido. Ich meine unsere kleine Vögelei im Stall, meine Süße. Und tu bloß nicht so, als hätte es dir nicht auch gefallen; du warst ganz begeistert. Es war großartig, dir hat die heftigere Gangart ja immer schon Spaß gemacht.«

Das Blut entwich aus Didos Gesicht. »Es war eine Vergewaltigung, Jake. Das weißt du ganz genau.« Ihre Stimme klang fremd und war nur als Flüstern zu hören. Voller Angst sah sie mit tränenerfüllten Augen Guy an.

»Dido, ist das wahr?« fragte Guy ruhig.

»Ha!« rief Jacob und sprang auf. »Ich wußte es! Sie hat Ihnen nichts davon erzählt, Porteous, nicht wahr? Wenn es tatsächlich eine *Vergewaltigung* gewesen wäre, dann hätte sie das doch sofort getan, oder?«

»Es war eine Vergewaltigung«, erwiderte Dido tonlos. Sie klang verzweifelt, als hätte sie alle Hoffnung aufgegeben. Sie starrte Guy an, der, blaß und voller Qual, ihren Blick erwiderte. »Wie kannst du an mir zweifeln, Guy?« fragte sie ruhig und vorwurfsvoll. »Wie *kannst* du nur?« Schnell ging sie auf die Terrasse hinaus, stellte sich an die Balustrade und sah mit abgewandtem Rücken aufs Meer hinaus.

Guy starrte ihr nach, er war aufgewühlt und von Angst, Zorn und Eifersucht erfüllt. Deutlich sah er Dido und Kroll beim Liebesakt im Stall vor sich, und so fest er konnte, vergrub er die Fingernägel in seinen Handflächen, um wenigstens ein Mindestmaß an Haltung zu bewahren. Da er unfähig war, aufzustehen und Kroll zu Brei zu schlagen, was er liebend gern getan hätte, auch keine Waffe zur Hand hatte, um ihn zu erschießen, mußte er sich auf seine intellektuellen Fähigkeiten verlassen, um dieser scheußlichen Bedrohung zu begegnen, die so unvermittelt und heimtückisch in sein Leben getreten war. Kalt sah er zu Jacob auf. »Setzen Sie sich, Kroll«, befahl er.

Jacob setzte sich. Er vermutete, daß Guy sich betrogen fühlte und große Wut empfand, was ihn äußerst verletzlich machte. Er begann zu sprechen, aber Guy schnitt ihm das Wort ab. »Halten Sie jetzt um Himmels willen den Mund, und hören Sie zu, was *ich* Ihnen zu sagen habe.«

»Also, was *haben* Sie mir zu sagen?«

»Folgendes«, begann Guy langsam, während sein Gehirn fieberhaft arbeitete. »Sie schneien hier einfach herein, betreten ohne Einladung mein Haus, behaupten, Dido sei Ihre Frau und daß Sie erst vor kurzem Ihre ehelichen Rechte mit ihr ausgeübt hätten. Ist das richtig?

»So ist es.«

»Dido jedoch weist diese Behauptung zurück und besteht darauf, daß es sich bei dem Vorfall um eine Vergewaltigung gehandelt habe.«

Jacob Kroll lachte. »Na, was sollte sie denn sonst sagen? Meine Antwort darauf lautet: Andersrum wird ein Schuh daraus. Wir haben uns großartig vergnügt, das tun wir immer. Sie ist wirklich superb in dieser Hinsicht, oder wissen Sie das nicht?«

In diesem Moment kam Dido rot vor Zorn ins Zimmer zurück, packte eine von Guys Krücken und hieb damit mit aller Kraft auf Jacobs Rücken ein. Mit einem Schrei sprang dieser auf und entwand ihr die Krücke. »Verdammtes Miststück!« schrie er. »Du hättest mir den Schädel zertrümmern können!«

»Ich wünschte, das hätte ich, du gemeiner, hinterhältiger Bastard!« Sie ging erneut auf ihn los und zerkratzte ihm mit den Nägeln das Gesicht. Lachend packte er ihre Hände und zog sie an sich. Tränen der Wut und Erniedrigung standen in ihren Augen, als sie sich von ihm loszumachen versuchte. »Laß mich los, du brutaler Dreckskerl!«

»Lassen Sie sie sofort los, Kroll.« Guys Stimme klang kalt, ruhig und gebieterisch. Jacob ließ Didos Hände los, trat zurück und legte die Krücke vor Guy auf den Tisch.

»Setzt euch, alle beide.« Wieder sprach Guy mit gebieterischer Stimme, und Jacob setzte sich mit hochmütigem Lächeln nieder.

Dido jedoch blieb stehen. Was geht hier vor, fragte sie sich. Sind wir hier vor Gericht oder was? Mir scheint, ich werde hier angeklagt, Jake sagt gegen mich aus, und Guy spielt gleichzeitg den Richter und die Geschworenen. Die Arme kampflustig vor der Brust verschränkt, funkelte sie Guy an.

»Bitte, Dido«, sagte Guy sanft, »möchtest du dich nicht setzen?«

»Warum?«

»Damit wir die Angelegenheit vernünftig besprechen können.«

»Welche Angelegenheit?« Didos Stimme hob sich. »Sollen wir vielleicht all die scheußlichen Einzelheiten ausbreiten, wie Jake mich gegen meinen Willen zum Sex gezwungen hat? Was für *mich* schlichtweg *Vergewaltigung* war, *seiner* Meinung nach jedoch nicht. Ist es das, was wir besprechen sollen? Möchtest du, daß ich mit ein paar schmutzigen Details über *ihn* aufwarte, Guy? Ist es das, was du möchtest? Bestehst du auf einer Schilderung, bei der keine Einzelheit ausgespart wird?«

»Nein, natürlich nicht.«

»Ich verstehe. Du bist nur daran interessiert, *seine* Version zu hören, stimmt's?«

Guy strich sich über die Augen, er war verwirrt und versuchte, zusammenhängend zu denken. Dann holte er tief Luft und sah Jacob Kroll an, der sich gelassen und selbstsicher in seinen Stuhl zurücklehnte und seinen Blick höhnisch und schamlos erwiderte. »Es scheint offenkundig«, sagte er, »daß Dido drei Möglichkeiten hat.« Er hörte sich an wie ein Advokat, und seine Worte klangen sogar für ihn selbst hohl und unglaubwürdig. »Erstens, sie kehrt mit Ihnen nach England zurück. Zweitens, sie bleibt hier bei mir. Drittens, sie macht keines von beidem und läßt sowohl mich wie Sie fallen. Wie es aussieht, wird sie sich wahrscheinlich für die dritte Möglichkeit entscheiden.«

Wiederum brach Kroll in sein selbstgefälliges, aufreizendes Lachen aus. »Glauben Sie das wirklich? Dido ist sehr häuslich, sie kümmert sich gern um jemanden, oder haben Sie das nicht bemerkt?«

»Entschuldigt bitte?« unterbrach Dido ärgerlich. »Seid ihr beide jetzt fertig damit, auf so beleidigende Weise mein Leben zu verplanen?«

Guy ignorierte ihren Einwurf und sah weiterhin mit festem Blick Jacob Kroll an. »Wirklich wichtig bei dem Ganzen sollte natürlich ihr Glück sein, oder?«

»Und was ist mit *meinem* Glück, verdammt noch mal? Und *meinem* Heim? Sie scheinen völlig zu vergessen, daß ich in diesem Punkt gefühlsmäßig stark belastet bin, daß *ich* auch Rechte habe. Schließlich ist sie meine Lebensgefährtin, nicht wahr? Auch *ich* habe Rechte, als Jurist sollten Sie das wissen.«

»Aber haben Sie diese eheähnliche Gemeinschaft durch Ihre Untreue nicht ständig verhöhnt? Ist es so verwunderlich, daß sie nichts mehr mit Ihnen zu tun haben will? Sie haben sie nicht gerade glücklich gemacht.«

»Gemessen an euren verklemmten britischen Maßstäben vielleicht nicht, aber es gibt gar keinen Zweifel, daß sie gern gevögelt wird. Können *Sie* ihr das bieten?«

»Ich glaube nicht, daß Sie das was angeht, Kroll.«

»Aber es *geht* mich was an, und Dido geht das ebenfalls etwas an. Ich kann mir nicht vorstellen, daß Sie auf diesem Gebiet viel aufzuweisen haben.«

Jacob Kroll sah Guy mit unverschämtem Blick an; dieser starrte auf seine Hände und umklammerte die Tischkante, so daß seine Knöchel weiß hervortraten. Jacob stand auf und zog seinen Parka an. Er nahm einen Brief aus der Tasche und legte ihn auf den Tisch. »Der ist für Dido«, sagte er. Er drehte sich zu ihr um. »Bitte lies ihn, wenn du weniger aufgeregt bist.«

Dido wandte den Kopf ab und weigerte sich, ihn anzusehen.

»Also ich gehe jetzt. Wiedersehen.«

»Verschwinden Sie aus meinem Haus«, sagte Guy.

Tief befriedigt, daß es ihm gelungen war, in Guy den Samen des Zweifels zu säen, ging Jacob an Dido vorbei zur Terrassentür und verließ fröhlich pfeifend das Haus auf demselben Weg, den er gekommen war. Kurz darauf sprang laut heulend sein Wagen an, und mit knirschenden Rädern fuhr er den steinigen trockenen Pfad des Hügels hinauf.

Unsicher erhob sich Guy von seinem Stuhl und griff nach seinen beiden Krücken. Ohne Dido anzusehen, durchquerte er den Raum und ging zum Sofa hinüber. Er setzte sich, hob vorsichtig seine Beine, legte sich nieder und faltete die Hände hinter dem Kopf. Blicklos starrte er auf die terrakottafarbenen Deckenbalken und stellte sich eine Menge quälender Fragen, auf die er keine überzeugenden Antworten fand. Ach Dido, dachte er verzweifelt, wenn es wirklich Vergewaltigung *war*, warum hast du mir dann nichts davon erzählt, meine Liebste? War es naiv von mir zu glauben, daß es zwischen uns keine Geheimnisse gäbe? War es das? Oder hast du mit ihm geschlafen, weil du es wolltest oder sogar *brauchtest*, du armes Mädchen? Vielleicht hat dieser Mistkerl Kroll recht, und ich bin tatsächlich zu nichts zu gebrauchen. Er wagte nicht, das Thema anzuschneiden, geschweige denn Dido zu fragen, ob es sich tatsächlich so verhielt.

Unheilvolles Schweigen breitete sich im Raum aus; Didos Zorn und Enttäuschung waren deutlich spürbar. Ungläubig starrte sie auf die Sofalehne und konnte nicht fassen, daß Guy sie so mißachtete, so tat, als würde sie gar nicht mehr existieren für ihn. Obwohl ihre Wangen brannten, war ihr kalt, und sie fühlte sich wie erstarrt. In der Küche konnte sie Heleni Zwiebeln oder Gemüse schneiden hören. Wieviel sie wohl mitbekommen hat? fragte sie sich und zitterte bei dem Gedanken an ihren dunklen, vernichtenden Blick.

Ganz plötzlich überkam sie ein Gefühl störrischer Aufsässigkeit und kalter Entschlossenheit. Ich werde verdammt noch mal nicht hier bleiben und mich wie eine Verbrecherin behandeln lassen, sagte sie sich wütend. Ich werde abhauen, dieses verdammte Haus verlassen und heimfahren. Ich muß hier weg, wieder ganz für mich sein. Sie suchte die Nummer des Flughafens heraus und buchte für den nächsten Tag einen Flug nach London. Dann legte sie auf, ging zum Tisch und begann, schweigend die Zeichnungen für den geplanten Garten zusammenzulegen.

»War das wirklich nötig, Dido?« Guy Stimme klang merkwürdig dumpf und entfernt.

»War was wirklich nötig?«

»Den Flug zu buchen natürlich.«

»Es ist das beste, oder?« Sie schob die Zeichnungen und Buntstifte achtlos in die Schublade. »Es ist ziemlich offensichtlich, daß es hier keine Zukunft für mich gibt.«

»Warum glaubst du das?«

»Weil es wahr ist. Du denkst, ich hätte mich wie eine Hure verhalten.«

Guy schloß die Augen und seufzte. »Ich denke nichts dergleichen, Dido.«

»Nun, den Eindruck hast du jedenfalls vermittelt.« Dido nahm den Brief, den Jake für sie zurückgelassen hatte, und zerriß ihn. Sie trug die Fetzen zum Kamin, zündete sie mit einem Streichholz an und beobachtete die kleinen blauen und gelben Flämmchen, bis von dem Papier nur noch ein Häufchen schwarzer Ascheflocken übrigblieb, auf denen die Schrift schwach, aber immer noch leserbar war. Sie las die Worte: *Voll unsterblicher Liebe, Jake.* Sie nahm den Schürhaken und rührte damit die Asche um.

Es klopfte leise an der Küchentür, und Heleni trat ein. Ziemlich spitz fragte sie Guy, ob er wolle, daß sie das Mittagessen serviere.

»Ja, gern«, antwortete er. »Ist dir das recht, Dido? Oder möchtest du vorher einen Drink?«

»Ganz egal«, sagte sie. Sie stand auf, ging ins Schlafzimmer und packte ihre Sachen.

Der Rest des Tages verging langsam und wortlos. Die Kluft zwischen ihnen schien sich zu vergrößern, und es fiel ihnen immer schwerer, Worte zu finden. Trotz seiner Anstrengung, Krolls Ansprüche auf Dido zurückzuweisen und daran zu glauben, daß Dido bei der ganzen schmutzigen Geschichte keine Schuld traf, war Guy so verletzt, bestürzt und eifersüchtig, daß es ihm weder gelang, sich von den beschämenden Bildern zu befreien, die seine Vorstellung beherrschten, noch sich genügend zu beruhigen, um vernünftig nachdenken zu können. Schweigend lag er den ganzen Nachmittag auf dem Sofa und gab vor zu schlafen. Dido, die ebenso schweigsam und ärgerlich war, fuhr mit dem Packen fort.

Mit gequältem und besorgtem Blick servierte Heleni ihnen in der bedrückenden Stille das Abendessen und versuchte herauszubekommen, was da vor sich ging. Sie und Vassili hatten zurecht vermutet, daß der Fremde der Grund für die Schwierigkeiten war. Als Guy Vassili sagte, er solle am folgenden Morgen Dido zum Flughafen fahren, tauschten die beiden Männer einen Blick echten Mitgefühls aus, bis Guy sich brüsk abwandte. »Das ist alles, Vassili«, sagte er.

»Sir«, antwortete Vassili ruhig.

Um zehn Uhr gingen sie müde und unglücklich zu Bett. Zum letzten Mal öffnete Dido die Schnallen der eisernen Beinstützen und massierte Guys Beine. Er dankte ihr höflich und legte sich ins Bett. Er nahm die ›Ilias‹ vom Nachttisch und begann zu lesen. Dido ging ins Badezimmer, zog sich aus und wusch sich. Zum ersten Mal seit Wochen zog sie ein Nachthemd an. Sie putzte sich die Zähne und kehrte ins Schlafzimmer zurück. Sie setzte sich ans Fußende des Bettes. »Wäre es dir lieber, wenn ich in einem anderen Zimmer schliefe, Guy?«

Guy legte das Buch weg und sah sie an. »Nicht unbedingt, warum?«

»Ich dachte nur, es wäre dir vielleicht lieber.« Sie legte sich neben ihn ins Bett. Er legte den freien Arm um sie und las weiter. Sie drehte den Kopf, kuschelte sich an seine Schulter und sog den vertrauten salzigen Duft seiner Haut ein. Was mache ich da? fragte sie sich. Ich kann ihn nicht verlassen. Ich liebe ihn; es ist Wahnsinn. Wir können doch sicher wieder alles einrenken?«

»Guy?«

»Hm?«

»Findest du, daß ich übertrieben reagiere, daß ich mich albern verhalte?«

»In welcher Hinsicht?«

»Nun, weil ich meine Sachen packe und abhaue, sobald ein Problem auftaucht.«

Guy hatte flüchtig den dringenden Wunsch, sie in die Arme zu schließen, zu bitten, es sich anders zu überlegen und bei ihm zu bleiben. Statt dessen legte er das Buch weg und nahm die Brille ab. »Aber dieses bestimmte Problem ist ziemlich grundlegend, nicht wahr?« sagte er. »Ich verstehe, daß du Zeit brauchst, es zu lösen, ob nun auf die eine oder die andere Art.«

Dido öffnete die Augen und sah ihn an. »Du glaubst, daß ich mich noch immer an Jake gebunden fühle, nicht wahr?«

»Ich halte es für möglich, ja sogar für wahrscheinlich.«

»Selbst nachdem ich dir wiederholt versichert habe, daß du es bist, den ich liebe?«

»Selbst dann, Dido. Ich glaube, du solltest dir sicher sein.«

»Und was ist mit dir, Guy? Mußt auch du dir Sicherheit verschaffen?«

»Vielleicht schon.« Er sah sie traurig an. »Du hast mir die glücklichsten Momente meines Lebens geschenkt, Dido, aber auch Chaos und Unsicherheit über mich gebracht, und das brauche ich nicht.«

Dido schloß die Augen, sie war zutiefst bestürzt und fühlte sich zunehmend verwirrt und unsicher, was ihre Gefühle anbelangte. Vielleicht hat er recht, dachte sie, und ich bin tatsächlich dabei, einen weiteren kolossalen Fehler zu machen. Sie war entsetzlich verletzt, daß Guy keinen Versuch machte, sie zum Bleiben zu überreden, obwohl der Entschluß zu gehen doch einzig von ihr allein stammte. Er schien ganz begierig zu sein, sie loszuwerden, um sich in Frieden sein Leben wieder einzurichten. »Hätte es einen Unterschied gemacht, wenn ich dir damals von der Vergewaltigung erzählt hätte?« fragte sie ruhig.

Darauf folgte ein langes Schweigen, und Guy bemühte sich, seine Wut und Eifersucht zu unterdrücken und ihr so aufrichtig und ruhig zu antworten, wie er konnte. Schließlich zog er sie enger an sich und küßte sie auf den Kopf. »Ja«, sagte er, »ich nehme an, das hätte einen Unterschied gemacht. Warum hast du mir nichts gesagt, Dido? Weißt du das noch?«

»Ich erinnere mich sehr gut. Erstens wollte ich dir keine unnötigen Schmerzen bereiten. Du hättest ja nicht rausrennen und ihn zusammenschlagen können, oder?« Sie sah ihn ängstlich an. »Tut mir leid, Guy, aber du weißt, was ich meine, nicht wahr?«

»Ich weiß, was du meinst.«

»Und zweitens wurde mir dadurch klar, was für eine eigensüchtige und brutale Bestie er sein kann. Er nimmt sich die Frauen einfach, jede Frau, die ihm gefällt, wann immer er Lust dazu hat.«

»Aber dennoch hast du auf ihn reagiert, nicht wahr?«

»Dafür hast du nur Jakes Aussage, Guy. Verurteilst du mich etwa, Guy?«

»Es tut mir leid, das meinte ich nicht so. Ich muß es einfach wissen, das ist alles.«

»Nun«, erwiderte Dido schroff, während rote Zornesflecken auf ihren Wangen erschienen, »vielleicht weiß ich ja nicht so genau über mich Bescheid.«

»Vielleicht ist es das, was du erst noch herausfinden mußt.«

Sie verbrachten eine schlaflose und bedrückende Nacht, und am Morgen fuhr Vassili Dido zum Flughafen. Auf ihre Bitte hin begleitete Guy sie nicht. »Ich rufe dich an, sobald ich in London bin«, sagte sie, schlang die Arme um Guys Hals und küßte ihn. Er erwiderte den Kuß, aber ohne Leidenschaft. »Danke«, sagte er, »das wäre sehr nett.«

Ihre Maschine hatte Verspätung, und es dauerte lange, bis sie aufgetankt und beladen war. Schließlich kam die Aufforderung, an Bord zu gehen, und die kleine Gruppe von Reisenden versammelte sich, um am Tor die Bordkarten vorzuzeigen. Dido war erleichtert, einen Fensterplatz zu haben, sie setzte sich und schloß ihren Sicherheitsgurt. Sie machte die Augen zu, nahm den leichten Benzingeruch in der Luft wahr und spürte auf ihren Händen die warmen Sonnenstrahlen, die durchs Fenster fielen. Dröhnend liefen die Maschinen an. Das Flugzeug rollte holpernd über die Startbahn, nahm Geschwindigkeit auf und hob ab, dann machte es einen heftigen Ruck, stieg höher und flog über die Insel. Als sie die westliche Küste überquerten, sah Dido hinab und entdeckte, daß sie direkt über Myrtiótissa flogen. Ihre Augen füllten sich mit Tränen, so daß sie nichts mehr sehen konnte als das verschwommene Grün des herrlichen Meeres unter sich.

14

Tom und Max säuberten das Schildkrötenhaus, was eine mühsame und übelriechende Angelegenheit war. Bonaparte marschierte an den rußigen Hofmauern entlang, gefolgt von seinem neuerworbenen Gefährten, der noch keinen Namen hatte, da keiner so recht wußte, welchen Geschlechts er war.

»Wir werden abwarten müssen, nicht wahr?« hatte Monsieur Petit geheimnisvoll gesagt, was Max außerordentlich verwunderte.

Bewaffnet mit einem Kratzer, einer harten Bürste und einem Eimer Wasser bemühten sich die beiden Jungen nach besten Kräften, den verhärteten Unrat vom Boden des Käfigs zu entfernen, dann gossen sie Wasser und Bleichmittel darüber, damit es frisch und sauber roch.

»Die Schwierigkeit ist nur«, sagte Max mit besorgter Miene, »wie wir bei dem Wetter den Boden wieder trocken kriegen. Die beiden könnten sich erkälten, die armen Dinger.«

»Außerdem glaube ich nicht, daß sie den Geruch von Putzmitteln gern mögen«, sagte Tom. »Wie wär's, wenn wir etwas Stroh hineinlegen würden?«

»Gute Idee. Wir wollen Monsieur Petit fragen; vielleicht hat er welches.«

Sie nahmen ihr Putzzeug und gingen in die Küche am Ende des Ladens. Sie wuschen sich die Hände, zupften sich den schlimmsten Schmutz von den Kleidern und gingen in den Laden, wo sie sich versicherten, daß Monsieur Petit nicht gerade mit Kundschaft beschäftigt war. Er war allein.

»Monsieur Petit«, sagte Max, »wir würden gerne wissen, ob Sie vielleicht Stroh für das Schildkrötenhaus haben. Es ist wirklich furchtbar kalt und feucht für die beiden.«

»Sie könnten Arthrose kriegen«, sagte Tom mit ernstem Gesicht.

Monsieur Petit überlegte eine Weile. »Stroh habe ich nicht, nein. Aber vielleicht etwas anderes; laßt mich mal sehen.« Er ging zu einem Schrank im hinteren Teil des Ladens. In dem Schrank befanden sich einige große Schachteln, die etwas enthielten, das wie dicke gelbe Kartoffelchips aussah, aber in Wirklichkeit aus Styropor bestand. Monsieur Petit benutzte es, wenn er für Kunden zerbrechliche Gegenstände verpackte. »Das sollte auch gehen«, sagte er. »Damit haben sie es ganz sicher warm und trocken.«

Die beiden Jungen blickten zweifelnd drein. »Werden sie es nicht fressen?« fragte Tom.

»Glaubst du, Bonaparte ist dumm?«

»Nein, natürlich nicht.«

»Alors, on va l'essayer, n'est-ce pas?«

Die Jungen füllten eine Plastiktüte mit den Schnipseln, trugen sie in den Hof hinaus und streuten eine dicke Schicht davon auf den Boden des Käfigs. Dann schlossen sie die Käfigtür, füllten die Schalen mit frischem Wasser und Kohlblättern und stiegen dann in die Wohnung hinauf, um Tee zu trinken. Sie gingen ins Wohnzimmer, wo Josh an seinem Zeichenbrett arbeitete, was er an den Wochenenden oft tat. Er sah auf, als sie eintraten, und lächelte. »Alles erledigt?« fragte er.

»Alles erledigt«, sagte Max.

»Gut, dann stelle ich das Wasser auf.«

Die beiden Jungen kamen näher und betrachteten seine Zeichnung. »Das ist toll, Josh«, sagte Tom. »Ich wünschte, ich könnte auch so zeichnen.«

»Vielleicht kannst du das eines Tages auch, Tom. Wer weiß?« Josh drehte sich zu seinem Sohn um und strich ihm durchs Haar, dann hielt er sich die Hand an die Nase. »Max! Du stinkst ja furchtbar! Dein ganzer Kopf ist voller Schildkrötendreck, du schreckliches Kind.«

»Meiner auch«, sagte Tom gleichmütig.

»Geht und wascht euch! Oder badet euch lieber. Und wascht euch das Haar, sonst lassen sie dich zu Hause nicht in die Wohnung, Tom. Komm, wir suchen was Frisches zum Anziehen für dich.«

Sie gingen in Max' Zimmer, und Josh versuchte, etwas zu finden, das Tom paßte. Max drehte den Schalter seines schönen Karusells an, und Tom beobachtete, wie es sich mit aufblitzenden Lichtern langsam drehte, der Leierkastenmann seine Melodie spielte und der Affe auf und ab sprang. Wie gern hätte er selbst solch ein Spielzeug besessen, aber er gestattete sich nicht, allzu große Begeisterung zu zeigen. »Nettes Spielzeug«, sagte er herablassend und wandte sich ab. Sein Blick fiel auf den Glaskasten mit der Schlange, und er hätte fast die Fassung verloren. »*Ça alors!*« platzte er unwillkürlich heraus. »Was ist das denn?«

Voller Schadenfreude weidete sich Max an der Fassungslosigkeit seines Onkels. »Oh«, sagte er leichthin, »das ist Hellebore. Ist er nicht schrecklich?«

»Hm, ja, toll«, erwiderte Tom, der sich schnell wieder gefangen hatte. Er war überrascht. Er selbst wäre nie auf die Idee gekommen, eine Schlange im Schlafzimmer zu halten, egal, ob sie nun ausgestopft war oder nicht.

»Also gut, Jungs«, sagte Josh, »das müßte gehen. Ich leihe dir eines meiner Sweatshirts, Tom. Die von Max sind alle zu klein.«

Vorsichtig zogen sie die schmutzigen Kleider aus, und Josh steckte sie in eine Plastiktüte, damit sie nicht mit den anderen Sachen im Wäschekorb in Berührung kamen. Dann drehte er die Hähne über der kleinen viereckigen Badewanne an. Die beiden

Jungen stiegen hinein, saßen nebeneinander auf dem schmalen Rand und begannen, sich einzuseifen.

»Hier«, sagte Josh und reichte ihnen eine kleine Flasche Shampoo.

»Wascht euch das Haar; ihr stinkt wirklich fürchterlich. Beeilt euch, ich mache inzwischen Tee. Und spritzt kein Wasser auf den Boden, in Ordnung?«

»In Ordnung.«

»Puh«, sagte Tom, als er Max den Kopf einschäumte, »du stinkst wirklich; du riechst wie eine tote Ratte.«

»Woher weißt du, wie eine tote Ratte riecht?« Max wischte sich den Seifenschaum aus den Augen und blinzelte Tom an.

»In den Katakomben gibt es eine Menge toter Ratten«, sagte Tom. »Tatsächlich liegen dort Unmengen, Millionen herum.«

»Was sind die Katakomben?«

»Bist du noch nie dort gewesen?«

»Nein.«

»Es ist großartig«, sagte Tom. »Das ist der Ort, wo all die Toten liegen – acht Millionen.«

»Acht Millionen tote Menschen?«

»Ja. Du steigst eine Steintreppe hinunter, bis du vierhundert Meter unter der Oberfläche zu einer Eisentür kommst, und in den Stein über der Tür sind die Worte eingemeißelt: *Halt! Hier ist das Reich der Toten!*« Tom senkte die Stimme. »Dann wird die quietschende Tür langsam geöffnet, und im Innern gibt es Hunderte von Gängen, an deren Wänden Knochen aufgeschichtet sind; Millionen und Abermillionen von Knochen, alle säuberlich aufgestapelt – Arme und Beine, Hände und Füße, und grinsende Schädel.«

»Du schwindelst mich an, Tom«, sagte Max mit piepsiger Stimme. »Ich glaube dir nicht.«

»Es ist wahr, ich schwör's!«

»Und bist du wirklich dort unten gewesen und hast all die Knochen gesehen?«

»Wahnsinnig oft, es ist einer meiner Lieblingsplätze, obwohl die Abwasserkanäle auch nicht schlecht sind. In den Kanälen gibt es noch mehr Ratten. Die würden dir gefallen, nachdem du ja ein so großer Schlangenliebhaber bist. Das nächste Mal nehmen wir dich mit. Halt die Brause für mich, Max.«

Max hielt die Brause über Toms Kopf, bis der Schaum abgespült war, dann stiegen sie aus der Wanne und hüllten sich in große, angewärmte Badetücher.

Nach dem Tee brachten Josh und Max Tom zum Quai des Grands Augustins zurück, dann gingen sie langsam Hand in Hand wieder nach Hause.

In dieser Nacht hatte Max einen schrecklichen Alptraum, in dem lange, feuchte Steinkorridore vorkamen, die mit verwesenden Leichen und grinsenden Schädeln angefüllt waren und durch die sich Schlangen wanden, die an Hellebore erinnerten. Am schlimmsten war, daß seine Mutter Nastassia im Nachthemd und mit fliegendem Haar vor ihm davonrannte, während er mit ihr Schritt zu halten versuchte und aus Leibeskräften schrie: »Bleib stehen! Hier ist das Reich der Toten!«

»Max! Wach auf! Wach auf, Liebling, du hast einen bösen Traum.«

Max schlug die Augen auf, sprang in die Arme seines Vaters und klammerte sich schluchzend an ihn, als würde ihm gleich das Herz brechen.

»Ist schon gut, alter Junge, ich bin ja da«, sagte Josh und trug ihn in sein eigenes Bett. »Es war nur ein Traum, du wirst dich gleich wieder besser fühlen.« Langsam erholte sich Max, und der Alptraum verblaßte.

»Geht's dir wieder gut?«

»Ja«, sagte Max.

»Möchtest du in dein Bett zurück oder lieber hier bleiben?«

»Hier bleiben.«

»Also gut, dann leg dich hin.« Josh drehte das Licht ab und zog die Decke hoch.

»Dad?«

»Hm?«

»Meinst du, Giò wäre böse, wenn ich ihn fragen würde, ob wir Hellebore zu Monsieur Guillaume zurückbringen und ihn gegen was anderes eintauschen könnten?«

Josh lächelte im Dunkeln. »Ganz sicher nicht. Hast du an etwas Bestimmtes gedacht?«

»Also«, sagte Max, »er hat ein paar ganz hübsche Enten.«

»Hört sich prima an, finde ich.«

Dido lag erkältet und mit laufender Nase im Bett, sie starrte das Telefon auf ihrem Nachttisch an und hoffte, es würde läuten. Wie versprochen, hatte sie Guy angerufen, sobald sie auf der »Maid of Wapping« angekommen war. Ihre Unterhaltung war kurz und von peinlichen Pausen durchsetzt gewesen. Guys Stimme hatte sehr weit entfernt geklungen und so leise, daß sie ihn kaum hatte verstehen können. »Nun, danke für deinen Anruf. Ich bin froh, daß du gut angekommen bist, Dido. Paß auf dich auf.«

»Ruf mich doch bitte in ein oder zwei Tagen an.«

»Ja, oder du rufst mich an. Ich bin immer da.«

Aber sie hatte ihn nicht angerufen, und er sie auch nicht. Ein sturer Widerstand hinderte sie, den ersten Schritt zu tun, und ganz abgesehen davon fühlte sie sich so elend und krank, daß sie sicher vor Einsamkeit und Selbstmitleid in Tränen ausgebrochen wäre, womit sich schließlich der ganze Zweck ihrer Abreise als sinnlos erwiesen hätte. Zitternd setzte sie sich in dem ungeheizten Raum auf und putzte sich die Nase. »Hier sieht's aus wie auf einer Müllhalde«, sagte sie laut. »Ich muß putzen und aufräumen, es ist widerlich.« Sie stand auf, nahm ein paar Grippetabletten und zog den dicksten Pullover an, den sie finden konnte. Sie ging ins Wohnzimmer und warf allen Unrat, der sich in Wochen der Vernachlässigung angesammelt hatte, in Abfall-

türen. Die Spülmaschine war mit schmutzigem Geschirr angefüllt – Jakes Geschirr. Verdammter Mistkerl, dachte sie wütend, er ist sogar zu faul, um die Maschine anzustellen. Sie stellte den Vorwaschgang ein, dann drehte sie auf Anfang zurück und schüttete die doppelte Menge Spülmittel hinein. Die Maschine dröhnte und verschlimmerte ihren Kopfschmerz noch, während sie überall staubsaugte, die Möbel abstaubte und ihr Bett machte. Sie putzte das Bad, das Waschbecken und goß Reinigungsmittel in die Toilettenschüssel. Ihr Rücken und ihre Beine schmerzten, der Hals tat ihr immer mehr weh, und ihre Nase war inzwischen vollkommen verstopft. Sie begann, sich richtig krank zu fühlen.

Mein Gott, dachte sie, ich bin ein Wrack, und setzte sich einen Moment. Sie legte die Hand an die Wange. Sie war glühend heiß. Sie ging ins Wohnzimmer zurück, goß sich ein Glas Brandy ein, setzte sich aufs Sofa und trank es langsam. Überall war sie von Jakes Sachen umgeben: Hunderte seiner Bücher standen herum, außerdem Tonbänder und Videos, und an den Wänden hingen die paar guten Bilder, die er besaß. Als sie sich ein wenig besser fühlte, begann sie, seine Sachen zusammenzupacken. Da sie ein sparsamer Mensch war, hatte sie seit Jahren die Kartons gesammelt, die sie vom Eckladen mit nach Hause brachte. Dutzende davon lagen sorgfältig gefaltet im Besenschrank. Die holte sie jetzt heraus, faltete sie wieder auf und füllte sie mit allem, was sie von Jakes Sachen finden konnte. Eine Menge seiner Kleider hatte er zu seinem neuen Wohnort mitgenommen, aber noch immer waren Schubladen voller Hemden und Pullover und eine Menge Schuhe zurückgeblieben. Sie packte alles ein.

Sie machte sich eine Tasse Tee und setzte sich, um sie zu trinken. Sie starrte auf die häßlichen braunen Schachteln, die nun ihr Wohnzimmer füllten, und fragte sich, was sie mit ihnen anstellen sollte. Sie erwog, Jakes Agenten anzurufen, um ihn nach seiner Adresse zu fragen, verwarf den Plan aber schnell wieder, da sie Jake nichts von ihrer Anwesenheit in London verraten wollte, aus Angst, er könnte vorbeikommen, sie belästigen und eine Szene machen. Sie sah auf ihre Uhr: zwanzig nach sechs. Ich sollte etwas essen, dachte sie und stand widerstrebend auf. Sie kochte sich ein Ei und aß ein Stück Toast dazu. Dann sah sie noch einmal in den Kühlschrank, in der Hoffnung, ein Stück Käse zu finden, und ihr Auge fiel auf einen Becher griechischen Joghurt. Sie schlug die Kühlschranktür zu und versuchte, sich von der Erinnerung an die Schalen mit herrlichem Joghurt zu befreien, die in Koulari immer für sie bereitgestanden hatten. Sie machte ein wenig Milch heiß, goß sie in eine Tasse und ging erschöpft, von Schmerzen gequält und elend ins Bett. Sie nahm noch zwei Tabletten, ließ sich mit geschlossenen Augen auf die Kissen sinken und wärmte die Hände an der heißen Milchtasse. Wirr schweiften ihre Gedanken umher, und halb vergessene Kindheitserinnerungen fielen ihr wieder ein. Sie sah sich plötzlich in einem überheizten Raum, der nach Leichner's Theaterschminke roch. Über dem Frisiertisch hing ein großer Spiegel, der von grellen nackten Glühbirnen umrahmt war. Vor dem Spiegel saß ihre Mutter und zog sich dicke schwarze Lidstriche, dann malte sie mit einem feinen Pinsel die unteren Lidränder weiß und setzte abschließend einen roten Punkt in die inneren Augenwinkel. Kritisch betrachtete Maria ihr Spiegelbild, schürzte die Lippen und hob auf typische Weise das Kinn, während Mabel die Unterbrechung nutzte, um Marias langes schwarzes Haar zu bürsten. Sie schlug es zu einem dicken Chignon ein, den sie mit vielen Stahlnadeln befestigte. »Nächste Woche brauchen Sie mal wieder eine ordentliche Pflege«, sagte sie. Maria runzelte die Stirn, antwortete aber nicht, sondern stand auf und puderte sich das sommersprossige Decolleté mit einer Quaste aus Schwanenfedern. Die kleine Mabel, die unter dem Gewicht des schweren, juwelenbesetzten Kostüms fast zusammenbrach, hielt es hoch, so daß Maria in die Ärmel schlüpfen konnte, dann ging sie um sie herum, um es zurechtzuziehen und die Haken zu schließen, die vom Hals bis zum Saum reichten. Reißverschlüsse hätte Mabel entschieden abgelehnt, da sie genau wußte, welche Temperamentsausbrüche angestanden hätten, wenn einer geplatzt wäre. Nachdem Maria schließlich zum Kampf gerüstet war, besprühte sie sich den Hals mit Parfüm. Der erlesene Glasflakon war mit silbernen Filigranfäden überzogen und mit einer Gummipumpe versehen, die sich unter einem mauvefarbenen Seidenbezug verbarg und an der eine passende Seidenquaste hing. Ein intensiver Geruch von TCP begleitete dieses kleine, aber wichtige Ritual, und der Duft schien zu dem kostbaren Behältnis zu passen. Der Gehilfe des Inspizienten klopfte an die Tür. Ein letzter Spritzer Parfüm, und Maria ging in den Gang hinaus, gefolgt von Mabel, die ihre schwere Schleppe trug.

»*Ciao, cara*«, sagte Signor Pernice leise aus den Tiefen seines samtbezogenen Sessels und nahm seine Stickerei wieder auf. »Nun, Dido, sprich mir nach. Einmal zwei ist zwei, zweimal zwei ist vier.«

Mein Gott, dachte Dido und öffnete die Augen. Das alles hatte ich ganz vergessen. Ich muß etwa sechs oder sieben gewesen sein, ich weiß nicht mehr genau. Es muß die Australientournee gewesen sein, denn es war schrecklich heiß. Der liebe Signor Pernice, er war so gutmütig, so reizend und liebevoll. Er muß damals schon ziemlich alt gewesen sein. Ich erinnere mich an sein Haar, das wegen der Pomade dunkler erschien, aber nach dem Waschen wirkte es ziemlich grau und am Oberkopf ein wenig schütter. Sie erinnerte sich, daß er beim Sommerfestival in Aix ein Konzert gegeben hatte. Da er klein und schlank war, sah er eher wie ein Bankangestellter als wie ein Opernsänger aus, wenn er in dem blauen Lichtkegel auf der Bühne stand. Doch wenn er den Mund öffnete und die herrliche Musik Monteverdis durch den abgedunkelten Zuschauerraum strömte, spürte man, daß das Publikum vor Freude und Erstaunen den Atem anhielt.

Dido schlief schlecht und wachte auf, als es noch dunkel war.

Ihr war kalt, und sie fühlte sich steif, aber ihre Kopfschmerzen waren fast vergangen. Sie stellte fest, daß sie seit zwei Tagen nichts Richtiges gegessen hatte, und beschloß, einkaufen zu gehen. Sie zog sich an, machte Tee und hörte im Radio die Nachrichten mit den saisonbedingten Warnungen vor Alkohol am Steuer. Gütiger Himmel, dachte sie, es ist fast Weihnachten. Wie eigenartig; ich fühle mich gar nicht danach.

In Mr. Mehtas Eckladen jedoch, wo jedes Regal mit goldenen und roten Girlanden behängt und in der Vitrine, die normalerweise Schweinepasteten, indische Backwaren, Samosas und Currytaschen enthielt, eine reiche Auswahl von Weihnachtskuchen ausgestellt war, herrschte absolute Feststimmung. Auch die wohlgefüllten Getränkeregale waren mit großen goldenen Sternen dekoriert, und um jeden Flaschenhals hing eine goldene Girlande. Ein Tablett mit gekochten, an Spießen aufgesteckten Chipolata-Würstchen stand auf der Theke neben der Lotteriemaschine, und darauf ein Schild: »Bedienen Sie sich. Frohe Weihnachten. Mr. und Mrs. Mehta.« Dido ging langsam in dem kleinen Laden herum, füllte ihren Korb mit Käse, Eiern, Speck, Brot, Butter und geschnittenem Schinken. Sie nahm auch eine Flasche Brandy, eine Packung Grippetabletten und Hustenpastillen. Dann ging sie zur Kasse.

»Möchten Sie heute kein Gemüse, Miss Partridge? Es ist ganz frisch heute morgen gekommen, sehr gut. Karotten, Kartoffeln, Kohl?«

»Nein, danke. Heute nicht, Mr. Mehta.«

»Dann vielleicht Salat? Tomaten, Kopfsalat? Das ist gut für die Gesundheit.«

Dido gab nach. »Also gut, dann ein paar Tomaten.«

Mr. Mehta wog ein Pfund Tomaten ab und legte einen Bund Petersilie dazu. »Frohe Weihnachten«, sagte er und lächelte sie freundlich an.

»Danke, Mr. Mehta, Ihnen auch«, erwiderte sie und überlegte, ob ihr Glückwunsch wohl herzlich genug war, was wahrscheinlich nicht zutraf, aber das machte nichts, Mr. Mehta war nicht so leicht eingeschnappt.

Sie trug ihre Einkäufe zum Boot zurück, blieb einen Moment am Quai stehen und beobachtete, wie das Polizeiboot vorbeifuhr und die vertäuten Schiffe zu schaukeln begannen, als seine Bugwelle das Ufer erreichte. Sie beobachtete, wie es im Morgennebel langsam verschwand. Was machst du als nächstes, Dido? fragte sie sich. Es ist an der Zeit, daß du dir was überlegst. Du kannst hier nicht einfach faul herumsitzen und dein altes Leben wieder aufnehmen, als wäre nichts geschehen. Und wenn doch, wird der verdammte Jake hier wieder auftauchen, wann es ihm paßt, das weißt du doch. Bist du deswegen hier? Ist es das, was du wirklich willst? »*Nein*«, sagte sie laut, »das will ich absolut *nicht*. Ich möchte ihn nie wiedersehen, den verdammten Mistkerl.«

Ein paar Schwäne schwammen leise paddelnd heran, sahen sie mit schwarzen Knopfaugen von der Seite an und klapperten mit den Schnäbeln, in der Hoffnung, etwas zum Frühstück zu kriegen. Sie brach ein Stück von dem frischen Brotlaib ab und warf es ihnen zu, dann ging sie über den Anlegesteg und stieg ins Boot hinunter. Sie machte Kaffee und frischen Toast, aß ihr Frühstück in der Küche im Stehen, setzte sich dann aufs Sofa und warf einen Blick in die Zeitung. Aufmerksam las sie einen Artikel über die europäische Währung, bis sie feststellte, daß sie kein Wort verstanden hatte. Sie ließ die Zeitung zu Boden fallen, legte sich hin und schloß die Augen. Niedergeschlagenheit senkte sich über sie wie ein schwarzes Leichentuch und füllte jeden Teil ihres Seins aus. Was mache ich an diesem kalten traurigen Ort? fragte sie sich verzweifelt. Warum bin ich hergekommen? Was versuche ich zu beweisen? Will ich Guy für sein mangelndes Vertrauen bestrafen, weil er alles glaubte, was Jake ihm gesagt hat? Warum ruft er mich nicht an? Wenn er mich lieben würde, würde er anrufen. Mehr wäre doch nicht nötig, Guy, dachte sie verzweifelt, ein kurzer Anruf. Ist das zuviel verlangt?

Sie begann zu husten und setzte sich schnell auf, um den schmerzhaften Anfall unter Kontrolle zu bringen. Sie trank ein wenig Wasser und putzte sich die Nase, dann holte sie weitere Kartons aus dem Besenschrank und begann, ihre Bücher und Bilder und die Fotos ihrer Eltern einzupacken. Plötzlich hielt sie inne, weil ihr klar wurde, wie höchst unwahrscheinlich es war, daß sie tatsächlich irgendwohin ginge. Sie würde hierbleiben und ihren miesen Job wieder aufnehmen, weiter schuften, in ihre Pensionskasse einzahlen, zur Arbeit gehen und die Schwäne füttern, bis sie sechzig war, und was dann? Sie nahm die große Fotografie ihrer Mutter aus dem Karton und starrte sie an. Da war sie, lebenssprühend, lachend und strahlend nach einer Aufführung der ›Tosca‹, von aufgeregten Freunden und Bewunderern umgeben, mit Signor Pernice – Luigi – und Mabel, die im Hintergrund nachsichtig lächelte. Ach Mabel, dachte Dido, wo bist du jetzt, wenn ich so dringend jemanden brauche?

Sie stellte das Foto auf den Flügel zurück und dachte über Mabel nach. Sie muß inzwischen furchtbar alt sein, sagte sie sich, wahrscheinlich ist sie in einem Altenheim für Theaterleute. Ohne viel Hoffnung suchte sie im Telefonbuch nach Mabels Namen. »M. Stibbings, 3 Railway Buildings, E4. Das ist sie!« Sie zögerte einen Moment und wählte dann die Nummer.

»Ja?«

»Mabel?«

»Miss Stibbings, wenn's recht ist.«

»Mabel, ich bin's, Dido.«

»Oh, Dido. Was kann ich für dich tun, Liebes?«

»Eigentlich nichts«, antwortete Dido. »Ich wollte dich nur anrufen, um zu hören, wie's dir geht.«

»Ich kann mich nicht beklagen. Und wie geht's dir? Immer noch im Filmgeschäft?«

»Ja.«

»Immer noch auf der ›Maid‹?«

»Ja.«

Es entstand eine Pause, während beide darüber nachdachten, was sie sagen könnten. »Du mußt mich besuchen, wenn du Zeit hast«, sagte Mabel.

»Ja, natürlich, das würde ich gern, irgendwann.«

»Nun, du weißt, wo ich bin, Dido, Liebes. Bis dann.«

»Bis dann, Mabel«, sagte Dido. »Paß auf dich auf.« Sie legte auf und wußte, daß der Anruf ein Fehler gewesen war, daß sie nicht hingehen würde.

»Er trinkt wieder«, sagte Vassili, als Heleni und er beim Abendessen saßen. Wegen des kalten Ostwinds, der durch die Oliven fegte und die trockenen abgefallenen Blätter aufwirbelte, war der Tisch eng an den Herd gerückt.

»Ich weiß.« Helenis Augen waren traurig. »Eine halbe Flasche Whisky seit heute morgen, dazu den Wein zum Mittagessen, dabei hat er das Essen kaum angerührt.«

»Ich mache mir Sorgen«, sagte Vassili. »Wenn er fällt und sich verletzt, können wir ihn bei dem Wind nicht hören.« Er nahm einen letzten Bissen von dem *stifado* und wischte den Teller mit einem Stück Brot aus. »Ich gehe später runter und sehe nach, ob alles in Ordnung ist.«

Heleni trug die Teller zum Abwaschbecken und stellte zwei kleine Gläser mit Feigenmarmelade und einen Krug kaltes Quellwasser auf den Tisch. Sie setzte sich. »Es ist alles ihre Schuld, nicht wahr?« sagte sie.

»Das wissen wir nicht, Heleni. Sie ist keine schlechte Frau. Sie war genauso traurig, das konnte ich sehen.«

Heleni sah ihn streng an. »Aber wenn *er* es war, der ihr gesagt hat, sie solle gehen, warum ist er dann jetzt so still und niedergeschlagen? Warum hängt er dann wieder an der Flasche?«

»Ich weiß nicht.« Vassili sah seine Frau besorgt an. »Ich habe Angst um ihn, Heleni.«

Ein wenig später ging er mit flackernder Laterne, die der

Sturm auszulöschen drohte, durch die windgepeitschten Olivenbäume zum Haus hinunter. Als er sich dem Haus näherte, hörte er laut dröhnende Musik, die sich für seine Ohren aggressiv anhörte, und er schüttelte den Kopf. Er stellte die Laterne an den unteren Terrassenstufen ab, stieg schnell die Treppe hinauf und wollte eigentlich nur einen Blick zu Guy hineinwerfen, um ihn nicht zu stören, falls er lesen, aber ansonsten wohlauf sein sollte. Die Lichter im Wohnzimmer brannten, und aus der offenen Terrassentür donnerte die laute Musik. Leise kam Vassili näher und sah hinein. Der Raum schien leer zu sein. Im Kamin glühte noch das Feuer, und neben Guys Ledersessel standen ein Glas und eine Flasche. Vassilis Herz begann ein wenig schneller zu schlagen; er legte die Hand auf den Mund. Wo ist er? Was ist passiert? fragte er sich und trat ein. Plötzlich brach die Musik ab, die Nadel kratzte quietschend über die Platte, blieb hängen und wiederholte dasselbe Stück immer und immer wieder.

»Mist!« sagte eine gedämpfte Stimme aus dem Sofa. »Zum Teufel mit dem verdammten Ding!« Eine Hand erschien, umklammerte die Sofalehne und glitt wieder ab. »Scheiß drauf«, sagte die Stimme, »ich bin besoffen.« Vassili ging zum Sofa und sah über die Lehne auf Guy hinab, der hilflos auf den Kissen lag.

»Vassili!«

»Sir«, sagte Vassili und runzelte verärgert die Stirn, denn er machte sich schreckliche Sorgen. »Sind Sie krank?«

»Nicht krank, Vassili«, sagte Guy und stöhnte dramatisch auf. »Sternhagelvoll wäre das treffendere Wort für meinen Zustand.«

Vassili, der wünschte, Guy würde sich nicht so ausfällig ausdrücken, wenn er seine Anfälle hatte, ging ums Sofa herum und nahm die Nadel von der Platte. Dann ergriff er Guys Hand und zog ihn hoch. »Kommen Sie«, sagte er geduldig, »es ist Zeit, ins Bett zu gehen.« Er schlang sich Guys Arme um den Hals und hob ihn hoch. Mühsam erreichten sie das Schlafzimmer. Vassili legte Guy aufs Bett, zog ihn aus und nahm die Beinstützen ab.

Er half ihm, den Schlafanzug anzuziehen, schlug die Decken zurück und legte ihn ins Bett.

»Du bist genauso schlimm wie Heleni«, sagte Guy. »Du behandelst mich wie ein Kind.«

»Wenn Sie sich wie ein Kind benehmen, können Sie nichts anderes erwarten. Was sollen wir sonst machen?«

»Ihr könntet mich doch in Ruhe lassen, wenn ich eine so verdammte Last bin.«

»Nein«, antwortete Vassili. »Das würden wir nie tun.«

»Oh? Warum nicht?«

»Wir haben hier eine gute Stelle, die uns gefällt. Wenn ich nicht für Sie arbeiten würde, müßte ich Spiros den ganzen Sommer in der Taverne helfen. Statt dessen kann ich mit der Lampe fischen gehen, wir haben unser eigenes Haus, es gefällt uns hier.«

»Nun gut«, erwiderte Guy überrascht und ziemlich bewegt. »Ich weiß nicht, wie ich ohne euch zurechtkommen würde.«

»In Ordnung«, sagte Vassili. »Ich verschließe das Haus und gehe heim, wenn Sie alles haben, was Sie brauchen.«

»Nur noch eines«, sagte Guy. »Könntest du mir das Telefon bringen und es hier einstecken, bitte?«

Vassili holte das Telefon, steckte es hinter dem Nachttisch ein und achtete darauf, es so hinzustellen, daß Guy es leicht erreichen konnte.

»Danke«, sagte Guy. »Gute Nacht, Vassili.«

Als er durch die Bäume nach Hause ging, fragte sich Vassili, warum Guy ständig das Telefon so nahe bei sich haben wollte. Offensichtlich wartete er auf einen Anruf, sogar mitten in der Nacht. Armer Mann, vielleicht wäre es besser gewesen, wenn ich sie nie hergebracht hätte. Bevor sie hier aufgetaucht ist, ging es ihm gut; er war einsam, aber wohlauf.

Guy lag im Bett, hatte die Hände hinter dem Kopf gefaltet, starrte an die Decke und stellte sich mehr oder weniger dieselbe Frage. Er öffnete das Buch auf seinem Nachttisch und nahm das

Foto von Dido heraus, das er als Lesezeichen benutzte. Sie saß am Rand des Schwimmbeckens, ihre Füße hingen ins Wasser, und die Sonne schien auf ihre braunen Schultern und ihr lächelndes Gesicht. Ach Dido, mein Liebling, dachte er, ich vermisse dich so sehr. Ich vermisse deine Stimme, dein Lachen, deine Arme und deinen Mund. Ich vermisse deine Berührung, deine zärtlichen kühlen Hände auf meinen nutzlosen Beinen, die mich im Wachen wie im Schlaf peinigen. Er versuchte, seine schmerzenden Glieder zu verlagern, um an einer kühleren Stelle des Lakens Linderung zu finden. Er drückte das Foto an sein Herz, als brächte dies Dido in sein Bett und in sein Leben zurück, dann lehnte er es gegen das Radio und starrte es an. Wäre es besser gewesen, wenn wir uns nie getroffen hätten? Ist das so, mein Liebling?

Er erinnerte sich an ihre erste Begegnung bei dem zauberhaften nächtlichen Fischzug mit Vassili, an das Abendessen in der Taverne und an den Tag in Myrtiótissa. Wir waren so glücklich, wahrscheinlich war es zu schön, um von Dauer zu sein. Vermutlich war ich so naiv und närrisch zu glauben, es wäre für immer. Er seufzte und schloß die Augen, und zum erstenmal seit Didos Abreise erlaubte er sich, an den schrecklichen Besuch von Jacob Kroll und seine scheußlichen Enthüllungen über den Vorfall auf Inniscarragh zu denken. Arme Dido, dachte er, kein Wunder, daß sie so wütend war. Auf Kroll, weil er alles ausgeplaudert hatte, auf mich, weil ich die ganze Geschichte nicht gleich als Sack voller Lügen behandelt habe, was ich unbedingt hätte tun sollen. Sie hatte recht, Krolls Motive waren ausschließlich gehässiger Art und darauf ausgerichtet, alles zwischen uns zu zerstören, um Dido mit sich nehmen zu können. Wenn ich mehr Verstand besessen hätte, hätte ich mein Entsetzen verborgen und meine dumme Eifersucht und meine Zweifel für mich behalten. Ich war ein ausgemachter Narr; ich gebe ihr nicht die geringste Schuld, daß sie mich verlassen hat, das arme Mädchen. Ach Dido, mein Liebling, wenn ich vor dir ein paar

Geliebte gehabt hätte, hätte ich bei der ganzen Sache vielleicht ein wenig mehr Verstand und Haltung bewiesen. Aber du bist meine wahre Liebe. Ich werde nie eine andere lieben, weder jetzt noch in Zukunft, bis ich sterbe.

Er starrte das Telefon an, das auf dem Nachttisch neben ihm stand. Er war stark versucht, den Hörer abzunehmen, Didos Nummer zu wählen, ihr zu sagen, was für ein Narr er gewesen war, sie um Verzeihung zu bitten und sie anzuflehen, nach Hause zu kommen. Aber dann, dachte er, werde ich nie wissen, ob sie nur zurückgekommen ist, weil sie weiß, wie sehr ich sie brauche. Wenn sie sich entschließt zu kommen, muß es deshalb sein, weil sie mich genauso braucht. Er küßte das Foto, schaltete das Licht aus und sah aus dem Fenster. Der schwarze Himmel war mit Sternen besät. Der Wind hatte sich gelegt, und er hörte die Rufe der Eulen in den Bäumen. Es klang schrecklich, fand er. Er schloß die Augen, und zum erstenmal seitdem Dido ihn verlassen hatte, gestattete er sich, sich seinem Elend hinzugeben. Stille, schmerzliche Tränen rannen ihm übers Gesicht und benetzten das Kissen. Lange Zeit später schlief er ein.

Mabel legte den Hörer auf und sah diesen nachdenklich und mit gerunzelter Stirn an. Was hatte das denn zu bedeuten? fragte sie sich. Seit mehr als zehn Jahren habe ich kein Wort von Dido gehört, also was soll das jetzt? Warum hat sie mich angerufen? Sie schüttelte den Kopf, ging zu ihrem Platz am Feuer zurück und nahm ihr Strickzeug wieder auf. Der Schrank oben war mit Pullovern und Strickröcken in allen Regenbogenfarben vollgestopft, aber seitdem der Preis für Wolle so stark gestiegen war, konnte sie sich nur noch kleine Mengen kaufen und mußte sich nun mit der Anfertigung von Mützen, Tischläufern, Deckchen und dergleichen begnügen. Im Moment strickte sie gerade aus purpurfarbener Wolle einen Teewärmer, der unten mit einem scharlachfarbenen Streifen und oben mit einem passenden Bommel besetzt war.

Es war dunkel und düster in dem schäbigen Wohnzimmer in den Railway Buildings. Das einzige kleine Fenster ließ sogar im Sommer wenig Licht herein, aber Mabel machte vor vier Uhr keine Lampe an. Doch jetzt, als sie stetig ihre Reihen abstrickte, wünschte sie, sie hätte eine hellere Wollfarbe gewählt, die sie besser hätte erkennen lassen, was sie tat. Aber Purpur war ihre Lieblingsfarbe; sie mochte keine blassen Farben, also hatte es keinen Sinn, sich zu beklagen.

Ihr kleiner gußeiserner Ofen war bis zum Rand mit angeblich rauchfreiem Öl gefüllt, worüber sie sich ihrer Meinung bei der Warenaufsicht beschweren sollte, denn es war keineswegs rauchfrei und verbreitete einen scheußlich ätzenden Gestank, der, vor allem bei Ostwind, im Hals und in den Augen brannte. Dennoch war es besser als nichts und wärmte ihre alten dürren Beine. Wenn man aufpaßte, reichten zwei kleine Kännchen am Tag und machten den Raum ein wenig wärmer als das Schlafzimmer im oberen Stockwerk, das so feucht und eisig wie eine Grabkammer war.

Sie strickte eine Reihe ab, legte die Arbeit vorsichtig beiseite und ging in die Küche, um sich eine Tasse Fertigbrühe zu machen. Mabel glaubte fest an die kraftspendenden Eigenschaften dieses Gebräus, von dem sie eine Menge trank, und ebenso liebte sie starken indischen Tee. Im Lauf des Abends genehmigte sie sich außerdem zwei doppelte Whiskys, einen vor dem Essen und einen, bevor sie zu Bett ging. Um sich den Whisky leisten zu können, kaufte sie nur die billigsten Lebensmittel auf den Straßenmärkten ihres Viertels, und aß nie teures Fleisch. Speck und Schweinebauch, Brot und Kartoffeln waren ihre tägliche Nahrung. Ihr uralter Gasherd, der mit schwarzen Schichten eingebrannten Fetts überzogen war, war ihre einzige Kochstelle. Bei den seltenen Gelegenheiten, an denen sie den Backofen benutzte, mußte sie brennende Streichhölzer in das Loch am Boden werfen, bis er sich, unter beängstigendem Krachen und einen Schwall heißer Luft ausstoßend, gnädig entzündete. Die beiden oberen Gasflammen funktionierten schon lange nicht mehr richtig. Die kleinere bestand nur noch aus einem Ring winziger blauer Flämmchen, die größere war noch schlimmer, da sie gefährlich gelb aufflackerte, aber keine Hitze erzeugte und die Böden ihrer Töpfe verrußte. Verdammtes Ding, dachte sie, als sie die kalten gelben Flammen betrachtete, die am Boden ihres verbeulten Aluminiumkessels hochzüngelten.

Zusammen mit einer dicken Scheibe weißen Toastbrots trug sie die Tasse mit Brühe zum Kamin zurück. Sie aß das Brot, trank die heiße würzige Brühe und sah sich mit liebevollem Blick in ihrem Zimmer um, das mit den Erinnerungen aus ihrem Arbeitsleben vollgestopft war. Die Wände waren vollständig mit Plakaten und Programmen von Madams Opernauftritten und vielen signierten Fotos der verschiedenen Stationen ihrer Karriere bedeckt. Auf dem Büffet waren, geschmackvoll aufgereiht, ihre persönlichen Utensilien ausgelegt – ihre Handschuhe und Fächer, ein seidenes Halstuch, eine reizende Tiara aus Pappe und ein kleines pinkfarbenes *bustier*, das sie in ›Manon‹ getragen hatte. Natürlich war das lange her, vor der Zeit, als sie dick geworden und die jugendlichen Rollen allmählich aufgegeben hatte. Arme Madam, dachte Mabel, das hat ihr gar nicht gefallen. Schuld daran war die Geburt von Dido, das steht außer Zweifel. Danach ist sie furchtbar in die Breite gegangen!

Mabel warf eine Schaufel Kohlen aufs Feuer und dachte über Signor Pernice und Dido nach. Er war ein echtes Schätzchen, dachte sie und erinnerte sich, wie er das winzige neugeborene Mädchen gehalten und sein schwammiges Gesicht vor Freude gestrahlt hatte. Er hat dieses Kind wirklich geliebt, und er liebte Madam, obwohl sie dem armen Burschen das Leben zur Hölle gemacht hat. Sie seufzte und erinnerte sich an sein trauriges Begräbnis in Italien, an die mit schwarzen Federn geschmückten Pferde mit dem klingelnden Geschirr und an den kleinen Sarg mit dem Fenster darin, der zum Friedhof rollte. Am Grab hatte Madam, deren Gesicht vor Tränen und Kummer entstellt war, lauthals und ohne Unterlaß geweint, während Mabel sie auf der einen und Dido, die noch ein Kind war, auf der anderen Seite stützte. Natürlich hatte es geregnet.

Während der Jahre mit Madam war es ihr gelungen, das meiste ihres nicht allzu üppigen Gehalts zu sparen, so daß sie sich nach deren Tod das einstöckige Häuschen in den Railway Buildings hatte kaufen können. Dido war sehr großzügig gewesen, was die Pension anbelangte, auch wenn sie nicht sehr hoch hatte ausfallen können, aber zumindest war sie nicht auf die staatliche Wohlfahrt angewiesen. Alles in allem konnte sie sich eigentlich nicht beklagen. Dido ist ein gutes Mädchen, obwohl sie sich nie die Mühe gemacht hat, mich zu besuchen, dachte sie. Wahrscheinlich ist es schwierig, wenn man berufstätig ist und viel reisen muß. Ich habe schließlich durch das viele Herumreisen auch den Kontakt zu meiner Mum verloren, aber was soll's. Das arme Kind hörte sich ein bißchen bedrückt an, vielleicht gehe ich morgen mal bei ihr vorbei und sehe nach ihr.

15

Es war ungewöhnlich kalt, und eine leichte Schneeschicht lag über dem Land, als Patrick und Josh in den Hof von St. Gilles einbogen. Anna und die beiden Jungen waren zwei Tage zuvor mit dem Zug angereist, um Marie-Claude bei den Weihnachtsvorbereitungen zu helfen. Patrick parkte wie üblich im offenen Kuhstall, und sie stiegen gerade aus, als die Jungen aus der Küchentür kamen und fröhlich über den Hof liefen, um ihre Väter zu begrüßen.

»Ist es nicht großartig?« rief Tom. »Richtiger Schnee! Ich hoffe, wir werden eingeschneit und müssen für immer hierbleiben.«

»Ich auch.« Max umschlang Joshs Knie. »Hallo, Dad.«

»Hallo, alter Junge«, sagte Josh. »Es gefällt dir hier also?«

»Ja, es ist toll. Es gibt Enten und Schafe und Ziegen und einen richtigen Teich mit Fischen darin.«

»Keine Schildkröten?«

»Nein, keine Schildkröten.«

Sie holten ihr Gepäck und einige interessant aussehende, in Plastiktüten verpackte Pakete aus dem Kofferraum und gingen zum Haus. Josh sah auf das verwitterte alte normannische Bauernhaus, dessen erleuchtete Fenster im Dunkeln strahlten, und dachte, wie sicher und beständig es doch aussah. Mit all den Schuppen, Ställen und Obstgärten war es ein freundlicher, beruhigender Ort, und dennoch hatten hier eine Menge Tragödien stattgefunden, aber das Haus hatte alles überlebt. Seit mehr als sechzig Jahren wohnt Grandpère nun hier, dachte Josh. Es ist unglaublich und erstaunlich, wie unverwüstlich er ist.

Die Küchentür ging auf, und Anna, in eine lange Schürze gehüllt und die Hände mit Mehl bestäubt, kam heraus, um sie zu begrüßen. Patrick ließ seine Taschen fallen, schlang die Arme um seine Frau und küßte sie.

»Hallo, Liebling«, sagte sie. »Und hallo, Josh.«

»Hallo«, sagte Josh. »Sind die Jungs eine große Last gewesen?«

»Überhaupt nicht, wir haben sie kaum zu Gesicht bekommen. Kommt rein, ans Feuer. Ihr müßt schrecklich frieren und braucht sicher was zu trinken.«

In der Küche bereitete Marie-Claude die Weihnachtsgans zu, die sie mit einer Mischung aus geschnittenen Äpfeln, Kastanien, Schalotten und Calvados füllte. Sie sah auf, als die Familie eintrat, und ihre alten blauen Augen leuchteten vor Freude. Inzwischen war sie Ende siebzig und führte seit dem Tod von Dr. Halards Frau vor fast vierzig Jahren dessen Haushalt; sie war die Stütze des Hauses, und ihre Energie und Lebenslust waren ungebrochen. Nach wie vor wohnte sie in ihrem kleinen Häuschen im Dorf, und Anna war einigermaßen erstaunt, daß sie es schaffte, beide Häuser so gut in Schuß zu halten.

»Marie-Claude«, sagte Patrick und küßte sie. *»Ça va?«*

»Pas mal«, antwortete sie munter. »Wo ist Giò? Ist nicht mit euch gekommen?«

»Er kommt später. Er nimmt seinen eigenen Wagen, damit er zu Neujahr nach Souliac runterfahren kann.«

»Ah ja, ich verstehe.«

Sie gingen zum Wohnzimmer durch, und Anna nahm eine Platte warmer Käsestangen mit. In dem großen gemauerten Kamin brannten Apfelbaumscheite, die flackerndes Licht und angenehme Wärme verbreiteten, und die Flammen ließen die verglasten Bücherregale, die Bilder, die große Messinglampe auf dem Tisch und das Tablett mit den Flaschen und Gläsern aufleuchten. Patrick goß die Getränke ein.

»Cidre, Jungs?«

»Ja, bitte.«

Er füllte zwei kleine Gläser mit Cidre, den er mit ein wenig Wasser verdünnte. Die Jungen nahmen ihre Gläser und setzten sich auf den Teppich vor dem Kamin. Patrick teilte die Getränke aus, setzte sich dann und streckte die Beine ans Feuer. »Wo ist Dad?« fragte er.

»Er ist sicher mit seinen Mutterschafen beschäftigt«, sagte Anna lächelnd. »Seit es zu schneien angefangen hat, hat er alle in den Obstgarten gebracht, und im großen Stall ist schon alles vorbereitet für den Fall, daß die Lämmer jetzt schon zur Welt kommen sollten.«

»Ich habe geholfen, das Stroh auszulegen«, sagte Tom wichtigtuerisch.

»Ich auch.«

»Nun, du hast ein *bißchen* geholfen«, gab Tom ziemlich geringschätzig zu. »Aber du bist doch noch viel zu klein, um wirklich eine Hilfe zu sein, oder nicht?«

Max setzte zu einer streitsüchtigen Antwort an. »Das reicht, ihr beiden«, sagte Patrick schnell. »Stell dich nicht so an, Tom. Vor gar nicht so langer Zeit bist du selbst klein gewesen, stimmt's?« Tom war nicht beeindruckt, erwiderte aber nichts. Er schenkte Max ein ziemlich hochmütiges Lächeln, worauf dieser glucksend ein Kichern unterdrückte und die Nase in sein Glas steckte.

»Wann essen wir?« fragte Josh. »Kann ich mich vorher noch baden und umziehen, Mum? Ich rieche noch die Métro auf meinem Jackett.«

»Ja natürlich«, sagte Anna. »Geh nur. Vor halb neun ist das Essen nicht fertig. Ich hoffe, es wird nicht zu spät für die beiden Jungen.«

»Nein!« antworteten die Jungen im Chor.

»Also gut«, sagte Anna. »Aber wenn es irgendwelche Streitereien gibt oder Albernheiten angestellt werden, wissen wir, daß ihr zu müde seid und nicht mehr aufbleiben könnt.«

Tom stand schnell auf. »Komm, Max. Wir suchen Grandpère.«

»Zieht eure Mäntel an«, rief Anna ihnen nach. »Es ist richtig kalt geworden.«

»Sehr gut, Mum«, sagte Josh lachend. »Du hast sie im Griff.«

»Ich bin nicht besonders einfallsreich, was das anbelangt«, sagte Anna und lächelte ihren Sohn an. »Aber manchmal funktioniert's.«

»Was ist mit der Christmette?« fragte Patrick. »Findet sie in St. Gilles statt, oder ist sie dieses Jahr in einem anderen Dorf?«

»Sie ist in Ste. Anastasie, aber morgen früh gibt's hier eine Familienmesse, das wäre vielleicht bequemer, dachten wir.« Sie sah Patrick an. »Mitternacht ist für die beiden Kinder und auch für Philippe und Marie-Claude ein bißchen spät, findest du nicht auch?«

»Sie sind ja nicht die einzigen. Ich würde gern hingehen, aber nach dem vielen Essen und Trinken fällt es einem schwer, wach zu bleiben.«

Anna lächelte. »Gut, das wäre also geregelt; wir gehen morgen.« Sie stand auf und stellte ihr Glas aufs Tablett. »Ich muß Marie-Claude helfen. Nimm dein Bad, Josh, es gibt genügend heißes Wasser.«

»Danke, das mache ich. Ich trage das Gepäck nach oben, Patrick. In Ordnung?«

In der Diele holte Josh die sorgfältig verpackten Geschenke aus den Tüten und versteckte sie unter den breiten, duftenden Ästen des Christbaums, der in der Ecke neben der Standuhr stand; die kleinen bunten Lichter flackerten, und harzige Nadeln fielen auf den fadenscheinigen Orientteppich, der unter dem Baum lag. Dann nahm er das Gepäck und ging nach oben ins Bad.

Patrick goß sich noch ein Glas ein, öffnete eines der Fenster und atmete tief die reine Luft ein. Das helle Feuer hatte den Raum ziemlich erhitzt, deshalb beschloß er, das Fenster eine Weile offen zu lassen, und kehrte zu seinem Stuhl zurück. Wehmütig ließ er den Blick durch den geliebten alten Raum seiner Eltern gleiten. In diesem Haus war er geboren worden, und höchstwahrscheinlich würde er hier auch sterben. In etwa zehn Jahren, dachte er, wenn Tom uns verläßt und Dad entweder sehr alt oder vielleicht schon tot ist, würde ich sehr gern mit Anna hier wohnen. Nur wir beide, keine Verabredungen, keine Termine, kein Wegmüssen am Morgen und kein todmüdes Nachhausekommen am Abend. Er betrachtete Annas wundervolle Dekorationen, die über dem Kamin, an den Türen und Fenstern angebracht waren: hübsche Fichten-, Holunder- und Efeuzweige, die mit dicken Tannenzapfen und roten und gelben Äpfeln geschmückt waren. Er lächelte und stellte sich Anna auf der Leiter vor, während sie, ernst und konzentriert, die Girlanden aufhängte. Was für ein Glück ich habe, dachte er; sie hat Licht in mein Leben gebracht.

»Hallo, Patrick!«

Patrick drehte sich um und sah hinter seiner Sessellehne ein langes, in Cordhosen steckendes Bein durchs offene Fenster kommen, dann tauchte der Rest von Giò auf, der ein paar hübsch eingewickelte Päckchen in der Hand hielt.

»Hallo, Giò. Ich habe deinen Wagen gar nicht gehört. Warum die ungewöhnliche Eintrittsform? Ist die Tür verschlossen?«

Giò lachte, hob die Päckchen vom Boden auf und legte sie auf den Tisch. »Nein. Ich habe dich durchs Fenster gesehen – du hast so friedlich und entspannt ausgesehen. Ich dachte, es wäre nett, ein paar Minuten Ruhe zu haben, bevor ich mich ins Kampfgetümmel werfe.«

»Nimm dir was zu trinken, Giò, und setz dich. Du mußt müde sein. War viel los im Laden?«

»Es ging zu wie im Tollhaus. Ich weiß nicht, woher die Leute das Geld haben heutzutage. Sie sind wie verrückt, es ist wirklich beängstigend, sie zu beobachten. Reiche Frauen sind so gierig – du siehst, wie sie ihre stechenden Blicke durch den Laden schießen lassen, aus lauter Angst, sie könnten was übersehen oder ein anderer könnte ihnen was wegschnappen.«

»Mir bleibt dieser direkte Kontakt mit dem Markt ja erspart«, erwiderte Patrick und lächelte ein wenig ironisch. »Ich muß mir zwar meine Brötchen nicht auf dieselbe Weise verdienen wie du, aber ich muß ständig sehr hart dafür kämpfen, meine Sendungen finanziert zu bekommen, und das kann sehr oft auch ein schmutziges Geschäft sein. In dem Bereich kriegt man eine Menge Dolche in den Rücken, das kann ich dir versichern. Es ist keineswegs nur immer Zuckerschlecken.«

»Ja? Wahrscheinlich ist es überall gleich, egal, was man macht, man kann sich nicht heraushalten, nicht wahr?« Giò goß sich ein Glas ein und setzte sich auf die andere Seite des Kamins. »Aber für den Moment haben wir das alles hinter uns gelassen, das ist die Hauptsache.« Giò sah seinen Schwager an und lächelte. »Was hast du für Anna besorgt? Oder ist das ein Geheimnis?«

»Das ist es, aber ich sag's dir. Ich weiß nicht, ob du sie je gesehen hast, aber als ich Anna kennenlernte und bei ihr in London war, restaurierte sie gerade ein Paar vergoldeter Cherubim.«

»Ich erinnere mich«, sagte Giò. »Wurden sie nicht an einen japanischen Händler verkauft?«

»Das stimmt. Aber weißt du was? Vor ein paar Wochen bekam ich einen Auktionskatalog, und stell dir vor, Annas Engel waren darin! Ich erinnere mich, wie sehr sie sie geliebt hat, vor allem, da sie schwanger war, als sie an ihnen arbeitete.«

»Also bist du zu der Auktion gegangen und hast sie ersteigert?«

»Genau.«

»Wie herrlich! Es wird sie umwerfen, daß du sie erkannt und dich daran erinnert hast.«

»Ich erinnere mich an alles, was Anna anbelangt: an jede Einzelheit, Giò.«

»Aber sicher.« Giò trank einen Schluck. »Sie hat Glück, dich zu haben, wir alle haben das.«

»Ich bin so glücklich, *sie* zu haben«, sagte Patrick. »Das kannst du dir gar nicht vorstellen.«

»Ich denke doch«, erwiderte Giò ruhig, »sogar ganz genau.«

»Ja«, sagte Patrick und sah in das Gesicht, das Anna so ähnlich war, »natürlich kannst du das.«

Mit leuchtenden Augen blickte Giò auf. »Hast du die Engel mitgebracht?«

»Ja, das habe ich.« Patrick lachte. »Ich habe sie sehr merkwürdig verpackt, damit sie keinesfalls darauf kommt, was das Paket enthält. Tom habe ich gesagt, es sei ein antiker ausgestopfter Hund und ihm das Versprechen abgenommen, unter keinen Umständen etwas zu verraten. Natürlich wird er sich nicht daran halten und ihr ein paar Hinweise geben. Ich kann es nicht erwarten, ihr Gesicht zu sehen, wenn sie es aufmacht und sie mir nicht für einen ausgestopften Hund danken darf!«

»Patrick, du erstaunst mich!« Giò lachte. »Was für ein hinterhältiger Kerl du doch bist – ich hätte nie gedacht, daß du für derlei Scherze etwas übrig hast, dafür wirkst du viel zu nüchtern und zu ernsthaft.«

»Da siehst du es. Vielleicht bin ich auf meine alten Tage ein bißchen leichtsinniger geworden.« Patrick stand auf und warf ein Scheit aufs Feuer. »Komm mit, wir wollen sehen, ob Anna Hilfe beim Tischdecken braucht, und holen noch mehr Holz, in Ordnung?«

In der Küche hatte sich ein wundervoller Duft von Gänsebraten ausgebreitet, und neben dem Herd stand eine große Schüssel geschälter Kartoffeln, die zu gegebener Zeit unter den Braten gelegt werden sollte.

»Da bist du ja, mein Lieber«, sagte Anna und umarmte ihren Bruder. »Ich habe dich gar nicht hereinkommen hören.«

»Können wir irgendwas helfen? Wie wär's mit Tischdecken?«

»Würdest du das tun? Das kannst du ohnehin viel besser als ich.«

»Zu viele Köche«, sagte Patrick. »Ich gehe Holz holen.« Er ging in den Schuppen hinaus. Sanft und leise rieselte frischer Schnee herab, und er fühlte die freudige Aufgeregtheit seiner Kindheit, als er über den Hof ging und die Schneeflocken ihm auf die Nase und die Augenlider fielen und seine Brille beschlugen.

Giò deckte mit dem besten alten Silber und den dicken antiken Gläsern, die seit Generationen in der Familie der Halards weitervererbt worden waren, den Tisch im Wohnzimmer. Entlang der Längsseite legte er eine Girlande aus Efeu, Äpfeln, Mandarinen und Nüssen und steckte zwölf schlanke Kerzen in den Messingleuchter, der über dem Tisch hing. Das Glas und das Silber spiegelten sich in dem dunklen polierten Holz, und die Früchte leuchteten zwischen dem glänzenden dunkelgrünen Efeu. Anna kam mit dem ersten Gang herein, Tellern mit *fruits de mer*, Krabben, Langusten, Austern, Miesmuscheln und Herzmuscheln, die auf Seetang angerichtet waren und nach Meer dufteten. Giò nahm die Teller vom Tablett und stellte sie auf den Tisch. »Wundervoll«, sagte er und sog den Duft ein. »Ich kann es kaum erwarten.«

»Ich hole den Rest«, sagte sie. »Lauf doch bitte raus und such Phillipe und die Jungen, Giò. Ich nehme an, sie müssen sich alle vor dem Essen waschen. Und ich muß mich auch noch umziehen.«

Patrick brachte das Holz herein und legte frische Scheite aufs Feuer. Er holte den Champagner aus dem Kühlschrank und stellte die Gläser auf den Wohnzimmertisch. Er hörte, wie die Kinder hereinkamen und, von Giò gescheucht, die Treppe hinaufpolterten. Philippe trat ein, stellte sich ans Feuer und rieb sich lächelnd die Hände. »Jungs!« rief er lachend aus. »Es sind Satansbraten; aber ich liebe sie.«

»Champagner, Dad?« fragte Patrick, »und übrigens: *hallo*.«

»Ach, tut mir leid, alter Junge. Du bist gerade erst angekommen, nicht wahr? Ich denke oft, du seist schon hier, obwohl das gar nicht stimmt. Nein, ich möchte noch keinen Champagner. Ich genehmige mir einen Schluck Calvados, danke.«

Patrick goß den Calvados ein und brachte ihn seinem Vater. »Ich wünsche mir oft, ich *wäre* hier, wenn ich es nicht bin. Frohe Weihnachten, Dad.«

Vater und Sohn umarmten sich. »Frohe Weihnachten, mein Junge.«

Giò kam herein, gefolgt von Josh und Max, dessen Wangen nach dem Waschen ganz rosig waren. Dann kam Tom, der Marie-Claude mitbrachte, und zuletzt Anna, die in ihrem alten roten Samtkleid wundervoll aussah. Nichts ändert sich, Gott sei Dank, dachte Patrick, als er den schäumenden Champagner in die Kelche goß. Er nahm das Tablett und reichte es herum.

»Philippe«, sagte Anna und brachte ihrem Schwiegervater ein Glas, »du bist unartig. Du hast dich nicht einmal gewaschen, geschweige denn umgezogen.«

»Findest du das schlimm?« Philippes blaue Augen leuchteten auf vor Zuneigung für seine Schwiegertochter.

»Nein«, sagte Anna und küßte ihn. »Frohe Weihnachten, mein Lieber.«

»Heute abend ist das Tauffest von Katerinas Baby«, sagte Vassili, legte Guy die Post und die Zeitungen auf den Tisch und nahm sein Tablett mit dem Mittagessen weg, das größtenteils unberührt geblieben war.

»Richtig«, antwortete Guy. »Sag Heleni, sie soll sich wegen des Abendessens keine Mühe machen, Brot und Käse reichen mir.«

»Wir möchten, daß Sie mit zu dem Fest kommen – Katerina wird traurig sein, wenn Sie nicht kommen und auf das Wohl des Kindes trinken.«

»Das ist sehr nett von ihr, aber ich glaube nicht, daß ich mitkommen möchte.«

»Warum nicht? Sind Sie zu stolz dafür?«

»Nein, natürlich nicht.«

»Ich dachte, Sie wären ein Freund meiner Familie, nicht nur mein Boß.«

»Nun, ich hoffe, daß ich das bin. Natürlich bin ich das.«

»Also kommen Sie mit?«

Guy gab nach. Er wußte, daß er gar nicht zu versuchen brauchte, sich herauszureden, aber er machte einen letzten Anlauf: »Also gut, aber wenn ich mich betrinke und mich zum Narren mache, wäre das nicht störend für das Fest?«

Vassili sah ihn streng an. »Ich erwarte, daß Sie sich zusammenreißen, bis Sie zu Hause sind.«

»Ja«, stimmte Guy zu, »ich denke, das könnte ich.«

»Es ist doch Heiligabend.«

Guy gab keine Antwort. Er nahm die Post und begann, sie zu öffnen.

Um sieben Uhr fuhren sie zur Taverne hinauf, wo das Fest im Zimmer hinter der Terrasse, die im Winter geschlossen war, bereits in vollem Gang war. Auf einem langen Tisch, auf dem eine weiße bestickte Decke lag, standen eine Unmenge Flaschen und Platten mit Essen, und Katerina saß stolz da und führte ihr Baby den Verwandten und Freunden vor, die zu dem Ereignis aus entfernten Dörfern angereist waren. Die Frauen trugen einheimische Trachten in Schwarz und Weiß, die von ernster Feierlichkeit, aber schön waren. Der Dorfpriester, der rosige Wangen und einen weißen Bart hatte, trug einen speckigen hohen Hut auf dem kahlen Kopf und saß auf dem Ehrenplatz an der Spitze der Tafel, wo er Segnungen an die Gesellschaft verteilte und eine Menge Wein die Kehle hinunterspülte. Die Hitze und der Lärm waren überwältigend, als Guy geschickt auf einen Platz neben Spiros manövriert wurde.

Nach dem üblichen Austausch der Begrüßungen wurde ein

Glas Wein vor ihn gestellt. Bevor er es zur Hälfte ausgetrunken hatte, schenkte Spiros schon nach, und vier lange Stunden ließ Guy es unberührt stehen, um zu verhindern, daß es umgehend gefüllt wurde. Die Gesichter am Tisch wurden zunehmend röter und die Stimmen immer lauter. Dann standen die Frauen in ihren schwarzweißen Trachten und weißen Hauben wie auf ein verabredetes Signal plötzlich auf, zogen auf die leere Terrasse hinaus und bildeten einen Kreis. Die *bouzoúki* und die Geige begannen zu spielen, und die Frauen tanzten einen der alten Kreistänze, während die jüngeren Männer abwechselnd in die Mitte des Kreises traten und athletische Sprünge und ausgefallene Pirouetten drehten, wobei ihre schweren Stiefel auf dem Betonboden aufstampften. Ein zweiter Kreis wurde gebildet, und, angefeuert von den begeisterten Zurufen der Gäste, die auf den Tisch trommelten, bis die Flaschen hüpften, und zur Musik klatschten, wurde das Tanzen immer wilder und lauter.

»Geht's Ihnen nicht gut heute, Mr. Guy?« fragte Spiros und lehnte sich mit der Hand am Ohr zu ihm hinüber. »Sie trinken und essen ja gar nichts.«

»Mir geht's gut, Spiros«, antwortete Guy. »Ich habe Kopfschmerzen, das ist alles. Mir fehlt nichts.«

Vassili erschien und setzte sich auf den leeren Stuhl gegenüber von Guy. »Möchten Sie nach Hause?«

»Ich glaube schon, ja, bitte.«

»Natürlich. Ich fahre Sie.«

»Danke.« Er wandte sich an Spiros. »Danke für die Einladung. Es ist ein schönes Fest. Das kleine Mädchen hat Glück mit ihrer Familie und wird ein langes glückliches Leben haben, dessen bin ich mir sicher.«

Guy stand auf, verabschiedete sich von Katerina und ging mit Vassili zum Wagen. Sie fuhren nach Hause, Guy stieg aus, und Vassili half ihm ins Haus bis zu seinem Sessel.

»Danke, Vassili. Du gehst jetzt zu dem Fest zurück; ich brauche im Moment nichts.«

»Es könnte spät werden, bis wir zu Hause sind. Möchten Sie lieber jetzt gleich zu Bett gehen?«

»Nein, noch nicht. Mach dir keine Sorgen, ich bin vollkommen nüchtern. Ich kann heute allein schlafen gehen.«

»Sind Sie sicher?«

»Ich bin sicher.«

Guy lehnte sich in seinem bequemen Ledersessel zurück und hörte, wie das Geräusch des Motors leiser wurde, als das Auto den Hügel hinauf zur Taverne zurückfuhr. Nach dem Lärm des Fests erschien ihm das Haus ungewöhnlich ruhig, und er saß ein paar Minuten lang da und genoß die Stille. Als er die Augen wieder öffnete, sah er die Flasche Whisky neben sich auf dem Tisch und erwog, einen Schluck zu trinken. Dann sah er aufs Telefon und beschloß, es nicht zu tun. Heute ist Heiligabend, dachte er, vielleicht ruft sie mich an. Er ließ sich tiefer in den Sessel gleiten und starrte das Telefon an, in der Hoffnung, es würde läuten.

Um Mitternacht stand Philippe vom Tisch auf und öffnete das Fenster, damit sie die Weihnachtsglocken der kleinen Kirche von St. Gilles hören konnten, die über die schneebedeckten Felder und mit Reif überzogenen Obstgärten klangen. »Ich glaube, ich gehe kurz raus und sehe nach meinen alten Mädchen«, sagte er.

»Ich komme mit dir«, sagte Anna. »Ein bißchen Luft wird mir guttun.«

Es hatte zu schneien aufgehört, und der samtige Himmel war sternenhell, aber ein scharfer Nordwind blies über die Stoppelfelder, als sie über den Hof zu dem großen Stall gingen.

»Die armen Dinger«, sagte Philippe und zog seine Wollmütze fest über die Ohren. »Jedes Jahr ist es das gleiche. Sie suchen sich das schlechteste Wetter aus, um ihre Lämmer zu werfen. Aber es ist immer noch besser als Regen.«

»Warum machst du das bloß, mein Lieber?« Anna nahm Philippes Arm. »Nach all den Jahren mit den vielen Krankenbesuchen hättest du dir doch keine Schafherde aufbürden müssen, um dir dann die halbe Nacht um die Ohren schlagen zu müssen, wenn sie die Lämmer werfen.«

»Warum glaubst du wohl, daß ich das mache?« Philippe sah Anna freundlich an. »Ich brauche doch einen Grund, um am Morgen aufzustehen, nicht wahr?«

Er drückte die schwere Tür auf, und sie gingen in den Stall. Über der Tür hing eine kleine Sturmlaterne, die das düstere hohe Fachwerkgebäude beleuchtete und ihre Strahlen auf die Decke mit den dicken Eichenbalken warf. Entlang der Wand hatte Philippe Weidenpferche aufgestellt, in denen die Schafe ihre Lämmer zur Welt bringen konnten, und jeder Pferch war dick mit frischem Stroh ausgelegt. Ein halbes Dutzend Mutterschafe waren bereits dort untergebracht, und trotz der Kälte draußen roch es stark nach Schaf und warmem Stroh. Philippe hielt die Laterne hoch und untersuchte nacheinander die trächtigen Tiere. Geduldig standen sie mit wachem nervösem Blick im tiefen Stroh, ihre grauen Ohren zuckten, und abwesend zogen sie Heubüschel aus dem Netz, das an einem Nagel über jedem Pferch hing. Der ganze Raum war von leise mahlenden Kaugeräuschen erfüllt.

»Was ist mit dem hier?« fragte Anna. »Es legt sich nieder.«

»Aha«, sagte Philippe. Er trat heran, hielt die Laterne über das Schaf und prüfte die Marke an seinem Ohr. »Das habe ich mir gedacht, es ist Nummer dreiundzwanzig. Es ist immer das erste, das dumme alte Ding.«

Sie beobachteten das Schaf eine Weile, dann legte es die Ohren an, seine Augen weiteten sich vor Überraschung und Angst, und sein Bauch begann, sich krampfartig zu heben und zu senken. Es stieß ein lautes, gequältes Blöken aus.

»Es hat Wehen. Jetzt wird es nicht mehr lange dauern.« Philippe untersuchte den Rest seiner Mutterschafe, dann ging er zu seinem Veterinärschrank und sperrte ihn auf. Er nahm eine grüne Gummischürze heraus, zog sie an und legte alle anderen Dinge heraus, die er vielleicht brauchen würde.

»Fehlt dir sonst noch was?« fragte Anna.

»Ja, ich brauche zwei Eimer ganz heißes Wasser, ein Stück Kernseife und ein paar alte Handtücher.«

»Ich hole sie.«

»Du darfst die schweren Kübel nicht tragen, Anna. Das erlaube ich nicht.«

»Gut.« Sie stellte sich auf die Zehenspitzen und küßte ihn. »Ich schicke Giò oder Josh rüber, um dir beizustehen. Ich bin ohnehin ziemlich erledigt; ich glaube, ich brauche mein warmes Bett.«

»Schön. Gute Nacht, meine Liebe, schlaf schön. Frohe Weihnachten.«

»Frohe Weihnachten.«

Anna ging über den sternenhellen Hof zur Küche zurück, wo Patrick und Josh den Rest der Geschirrs aufräumten. »Eines der Mutterschafe liegt in den Wehen«, sagte sie und zog den Mantel aus. »Wo ist Giò? Philippe braucht zwei Eimer heißes Wasser.«

»Er fährt gerade Marie-Claude nach Hause«, sagte Josh. »Mach dir keine Sorgen, ich kann das übernehmen.«

Patrick fand zwei Eisenkübel in der Waschküche und füllte sie mit heißem Wasser, das er im Kessel erhitzt hatte. Anna stecke die Seife und Handtücher in die Taschen von Joshs Parka, und dieser überquerte vorsichtig den Hof, um nichts zu verschütten. Mit dem Fuß drückte er die Stalltür auf, stellte die beiden Kübel ab und schloß die Tür sorgfältig hinter sich. Philippe hatte seine Laterne an einen Haken gehängt, und das schwache Licht fiel auf sein weißes Haar und die grüne Schürze, als er sich über den Pferch beugte und dem Schaf leise zuredete.

»Wo soll ich sie hinstellen, Grandpère?« Josh kam leise mit den Kübeln näher, und die eingepferchten Schafe zuckten nervös zusammen, als er vorbeiging.

»Gleich hier, bitte, Josh. Neben den Schrank.«

Josh stellte die Kübel ab, nahm die Seife und die Handtücher aus seinen Taschen und zog den Parka aus, weil ihm erstaunlicherweise sehr warm war im Stall. Er stellte sich neben seinen Großvater und sah auf das in den Wehen liegende Schaf hinab, das sich mit zurückgeworfenem Kopf bemühte, sein Junges herauszupressen. »Alles in Ordnung?« fragte er.

»Das hoffe ich«, sagte Philippe. Er ging in den Pferch, kniete sich neben dem Mutterschaf nieder und untersuchte sorgfältig seinen Rücken. »Siehst du die Füße, Josh?«

Josh beugte sich hinunter, um nachzusehen, und entdeckte ein Paar glänzender schwarzer Hufe, die aus dem Schaf herauskamen.

»Als nächstes sollte die Nase herauskommen, dann der ganze Kopf, dann kommt eine starke Preßwehe, und der restliche Körper des Lamms ist zu sehen, und das war's dann.« Mit leichtem Stirnrunzeln sah er zu Josh hinauf. »Das Problem ist, daß die Füße schon eine ganze Weile zu sehen sind, jetzt sollte eigentlich die Nase zum Vorschein kommen.« Er kletterte aus dem Pferch, rollte die Hemdärmel hoch und schrubbte sich Arme und Hände. Dann seifte er sich die rechte Hand und den rechten Arm ein und kletterte erneut in den Pferch. »Ich muß mal fühlen, vielleicht ist der Kopf nach hinten gedreht und blockiert alles.« Vorsichtig schob er die Hand an den Füßen des Lamms vorbei, und Josh beobachtete voller Erstaunen, wie der alte Mann seine Hand weiter hineinschob, worauf das Schaf wild zu blöken begann. »Ruhig, altes Mädchen«, sagte Philippe. »Halt ihren Kopf fest, Josh. Sie darf nicht aufstehen. Genau wie ich dachte, der Kopf *ist* nach hinten gedreht. Halt sie mit deinem Gewicht nach unten, während ich versuche, das Lamm herumzudrehen.« Josh hielt den Arm fest um den Hals des Mutterschafs geschlungen und beobachtete, wie Philippe den Kopf des Lammes drehte und dann langsam seinen Arm herauszog. Der Leib des Schafs wurde von einer heftigen Wehe ergriffen, und der Kopf des Lamms, mit der Nase zwischen den beiden Vorderbeinen, tauchte auf.

»Gut gemacht!« rief Josh aus. »Es ist verblüffend!«

Das Schaf rappelte sich hoch. »Laß sie nur aufstehen«, sagte Philippe und beeilte sich, selbst aufzustehen. »Sie weiß, was sie jetzt tut.«

Ruhig standen sie neben dem Schaf, und einen Moment später erfolgte eine letzte Wehe, und das Lamm glitt auf das Stroh, wo es bewegungslos liegen blieb. »O Gott«, sagte Josh ängstlich. »Ist es tot?«

»Nein, bestimmt nicht.« Philippe kniete sich nieder und wischte den Schleim aus dem Gesicht des Lammes, worauf es laut blökte, den kleinen schwarzen Kopf schüttelte und vergeblich versuchte aufzustehen. Das Mutterschaf drehte sich um, schnüffelte an seinem Lamm, gab ihm einen liebevollen Stoß und begann, es sauber zu lecken.

»Ach, dem Himmel sei Dank!« rief Josh aus. »Wie wunderbar!« Er setzte sich auf einen Strohballen und war plötzlich so unglaublich gerührt, daß ihm fast die Tränen kamen.

»Behalt sie im Auge, Josh, während ich hier saubermache und nach den anderen sehe. Sie könnte noch ein weiteres im Bauch haben, da kann man nie sicher sein. Aber wie auch immer, das dauert noch ein paar Minuten. Egal was du tust, berühr auf keinen Fall das Lamm oder versuch sonst irgendwie zu helfen, wir wollen ja nicht, daß das Mutterschaf es ablehnt, weil es seinen Geruch nicht erkennen kann.«

Josh saß auf dem Strohballen und beobachtete, wie das winzige Lamm, das von der Geburt und der gründlichen Reinigung seiner Mutter noch immer ganz naß war, wiederholt versuchte, sich auf die Füße zu stellen, aber auf seinen schwachen Beinchen immer wieder zusammenbrach und das Gleichgewicht nicht halten konnte. Nach mehreren erfolglosen Versuchen schaffte es ein paar wackelige Schritte, untersuchte dann die Flanke seiner Mutter, schaffte es, eine Zitze zu erwischen, an der es, mit hochgerecktem Schwanz und vor Freude zitternd, heftig zu saugen begann. Josh lächelte zärtlich. Gut gemacht, Baby, dachte er.

Er sah sich um, betrachtete die mittelalterliche Majestät des alten Holzgebäudes, das im warmen Schein der Laterne wundervoll aussah, er sah auf die wolligen Köpfe der anderen Mutterschafe, auf Philippe, der ruhig von einem Pferch zum anderen ging und seine Herde betreute, genauso wie er über all die Jahre seine Patienten betreut hatte. Das ist der wahre Kern der Christnacht, dachte er. Man braucht keinen Weihrauch, keine Kerzen und keine salbadernden Priester, um den Sinn zu verstehen – er ist direkt hier im Stall zu finden, beim warmen Geruch der Schafe, dem Zischen der Paraffinlaternen und dem Blöken der neugeborenen Lämmer. Ein Funken Glück, fast Freude glomm in ihm auf. Der kalte, schmerzliche Kloß, der so lange die Stelle eingenommen hatte, wo eigentlich das Herz sein sollte, schien sich aufzulösen, und er stellte fest, daß er tief Luft holen konnte, ohne daß es ihm weh tat.

»Hier ist noch eines, Josh«, rief Philippe leise. »Sobald eines angefangen hat, zieht der Rest nach.«

Um halb vier hatten alle sechs Mutterschafe geworfen, und Philippe und Josh machten gerade sauber und verschlossen den Veterinärschrank, als die Stalltür aufging und Giò mit einem Tablett erschien. »Ich dachte, ihr könntet etwas Kaffee brauchen«, sagte er. Sie tranken den heißen Kaffee und gingen dann mit der Laterne schweigend durch den Obstgarten, um nachzusehen, ob dort alles in Ordnung war.

Anna hörte die Männer ins Haus zurückkommen, ihre Stiefel klangen metallisch auf dem gefrorenen Boden, und ihre Stimmen drangen klar durch die stille Nachtluft. Durch das offene Fenster fiel das Licht der Laterne flackernd auf die Decke ihres Schlafzimmers. Ohne Patrick zu stören, glitt sie aus dem Bett, ging zum Fenster und beobachtete ihren Schwiegervater, ihren Bruder und ihren Sohn, die gemeinsam aufs Haus zukamen. Der Vollmond war untergegangen, aber auf allem lag der Glanz des Rauhreifs und der Sterne: auf den Dächern, den kahlen Ästen des Obstgartens und auf dem Boden unter den Füßen der drei

Männer, die vom warmen Schein des Laternenlichts umgeben waren.

»Gute Arbeit für eine Nacht«, hörte Anna Philippe sagen, als er die Küchentür unter ihrem Fenster öffnete. »Was wohl der morgige Tag bringen wird?«

»Was auch immer«, sagte Josh, »ich würde dir gern wieder helfen, Grandpère, wenn ich darf.«

»Mein lieber Junge, ich wäre nur allzu erfreut darüber. Du kannst mir später beim Tauchbad helfen, wenn du willst. Das ist wirkliche Knochenarbeit.«

»Das mache ich«, antwortete Josh, »sehr gern sogar.«

Anna schloß das Fenster und lächelte. Der liebe Josh, dachte sie, Gott sei Dank. Sie stieg wieder ins Bett und schmiegte sich an ihren schlafenden Mann, der davon aufwachte.

»Anna! Du bist eiskalt, was um Himmels willen machst du da?«

»Ich wärme mich.« Sie kuschelte sich an seine Schulter. »Danke für den ausgestopften Hund«, sagte sie. »Ich freue mich schon *riesig* auf ihn.«

»Wer hat es dir verraten?«

»Wer glaubst du wohl?«

Patrick lachte und zog sie enger an sich. »Es ist eigentlich kein ausgestopfter Hund, keine Sorge!«

»Das habe ich auch nicht angenommen.«

»Ach, tatsächlich?« Er klang enttäuscht.

»Nein, ich hatte mir schon gedacht, daß es eine falsche Fährte ist.« Sie lächelte im Dunkeln. »Also gut, was ist es? Sag's mir.«

»Bestimmt nicht. Du wirst schon bis morgen nach der Messe warten müssen.«

»Wird es mir gefallen?«

»Es würde mich ziemlich überraschen, wenn das nicht der Fall wäre. Außerdem ist es nicht eine Sache, es sind zwei.«

16

Dido wurde von einem lauten Klopfen an ihrem Schlafzimmerfenster geweckt. Sie öffnete die Augen und sah zwei Schwäne, die wütend ihr eigenes Spiegelbild auf der regennassen Scheibe angriffen. Sie war starr vor Kälte und fühlte sich ganz erschlagen, aber sie stand auf und versuchte, die Schwäne zu verscheuchen, aus Angst, sie könnten das Fenster zerbrechen. Jedoch vergeblich. »Blöde Viecher«, murmelte sie ärgerlich und ging in die Küche, um sich Tee zu machen. Während das Wasser kochte, warf sie einen Blick auf das Durcheinander im Wohnzimmer. Als der Tee fertig war, nahm sie die Tasse mit ins Bett. Ich muß wirklich versuchen, mich zusammenzureißen und etwas Ordnung schaffen, dachte sie, als sie den heißen Tee schlürfte. Zuerst muß ich diesen Saustall aufräumen und mir dann überlegen, was ich mit Jakes Sachen mache. Er hatte nicht angerufen und auch sonst keinen Versuch gemacht, mit ihr in Kontakt zu treten. Wahrscheinlich nimmt er an, ich sei immer noch auf Korfu, dachte sie. Wo er jetzt wohl ist, der selbstsüchtige Mistkerl? Zweifellos hat er ein gemütliches Nest gefunden. Er ist wie eine Katze, er wird immer auf die Füße fallen und sich ins gemachte Bett legen, die Ratte. Mein Gott, ich bringe schon meine Metaphern durcheinander, dachte sie mit trübem Lächeln. »Als käme es darauf an«, sagte sie laut und stellte die leere Tasse auf den Nachttisch. Sie legte sich wieder zurück, zog die Decke bis zum

Kinn hinauf und schob den Moment, sich zu waschen, sich anzuziehen und den Tee in Angriff zu nehmen, bis auf weiteres hinaus.

Plötzlich klopfte es laut an der Tür, und Dido setzte sich mit pochendem Herzen auf. Mein Gott, das ist er, dachte sie außer sich und sprang aus dem Bett. Sie zog ihren Morgenrock an und blieb einen Moment lang unschlüssig, vor Kälte und Angst zitternd, stehen. Wieder begann es, nachdrücklich zu klopfen, und eine gedämpfte Stimme rief: »Dido? Bist du da?« Es war nicht Jakes Stimme. Stirnrunzelnd zog sie den Gürtel ihres Morgenrocks fester und ging zur Tür. Bei vorgelegter Kette sperrte sie auf, öffnete einen Spalt und sah mißtrauisch hinaus. Auf den Planken stand eine kleine alte Frau, die einen komischen Schirm über sich hielt. Sie trug einen purpurfarbenen Regenmantel, fluoreszierende pinkfarbene Gummistiefel, und auf den straffen grauen Locken saß eine Schottenmütze. In der Hand hielt sie eine Plastiktüte, und ihre Nase war vor Kälte blaugefroren.

»Mabel!«

»Da bist du ja endlich, Dido! Mach um Himmels willen die verdammte Tür auf, hier draußen erfriert man ja!«

Hastig löste Dido die Kette, und Mabel, die heftig ihren Regenschirm ausschüttelte, trat forsch über die Schwelle. Sie zog ihren tropfenden Regenmantel aus, und Dido hängte ihn an die Tür. Mabel nahm ihre rote Schottenmütze ab, die zu ihrem gestrickten Kostüm paßte, und steckte sie in die Tasche des Regenmantels, dann fuhr sie sich durch die grauen Locken, drehte sich zu Dido um und drückte sie an sich.

»Soll ich Kaffee machen?« fragte Dido, die sich über Mabels Besuch schrecklich freute.

»Tee wäre mir lieber«, sagte Mabel. »Und zwar starker. Nicht diese chinesische Mückenpisse, die du immer trinkst, Dido.«

»In Ordnung.« Dido lachte und setzte den Kessel auf.

»Warum bist du nicht angezogen, mein Mädchen? Warum

hängst du um diese Tageszeit im Morgenrock rum? Es ist fast zwölf.«

»Wirklich?« Dido sah auf ihre Uhr. »Ja, wirklich.«

»Was ist los, mein Liebes?«

Dido sah Mabel unsicher an. »Der Teufel ist los, Mabel. Offensichtlich bin ich gerade dabei, mein Leben zu ruinieren. Obwohl's eigentlich kein besonders großartiges Leben war.« Sie goß Wasser in die Teekanne und rührte um. Dann goß sie Milch in die Tassen, gab für Mabel drei Stück Zucker hinein und schenkte den Tee ein.

Mabel nahm ihre Tasse und sah sie kritisch an. »Es ist immer noch Mückenpisse, Dido. Wie schaffst du das bloß? Du hast es nie gelernt, nicht wahr?«

»Nein, ich habe es nie gelernt«, antwortete Dido flüsternd und brach in Tränen aus. Entsetzt stellte Mabel ihre Tasse ab und nahm Dido in die Arme. »Na komm, mein Schatz, jetzt fang dich wieder, ja, so ist's gut.« Sie tätschelte Didos Rücken, als wäre sie ein Kind. »Wir setzen uns aufs Sofa, und dann erzählst du Mabel alles. Danach wird es dir besser gehen.« Sie setzten sich, und Mabel hielt Dido in den Armen, ließ sie ausgiebig weinen und sah bedauernd auf ihre Teetasse, die auf dem Couchtisch kalt wurde. Dann ließ sie den Blick durch den Raum schweifen und kräuselte die Lippen. Er war schmutzig, fand sie, außerdem eiskalt, und überall standen Kartons herum. Zieht sie aus oder was? fragte sich Mabel. Schließlich versiegten Didos Tränen, und sie setzte sich mit fleckigem Gesicht, dicken Lippen und geschwollenen Lidern auf.

»Los, zieh dir was an, Dido. Jetzt gleich, während ich den Ofen anzünde und frischen Tee mache. Es ist ja wie in einer Gruft hier drin, oder ist dir das noch nicht aufgefallen?«

»Doch, schon.«

»Und es hat dich nicht gekümmert?« sagte Mabel streng. »Du faules Stück«, fügte sie hinzu.

Dido lachte zögernd, stand auf und ging ins Schlafzimmer,

um sich warme Kleider anzuziehen. Als sie zurückkam, hatte Mabel die Kissen auf dem Sofa aufgeschüttelt, die Kartons an der Wand aufgeschichtet und frischen Tee gemacht, diesmal sehr starken. Sie hatte es auch geschafft, den Ofen anzuzünden, der nun, bei voll geöffneten Zugklappen, laut prasselte. Schon begann er, angenehme Wärme im Raum zu verbreiten.

»Du setzt den Kamin in Flammen!«

»Ach was«, sagte Mabel. »Jetzt komm, setz dich und erzähl mir alles.«

Zwei Stunden später hörte Dido zu reden auf, putzte sich die Nase und sah Mabel scheu an, die ganz still neben ihr saß.

»Nun«, sagte Mabel nach einer Weile, »es ist doch offensichtlich, oder?«

»Was?«

»Du liebst den Burschen mit den gelähmten Beinen, und den Mistkerl Kroll hast du endlich aufgegeben. Wie es aussieht, hast du die Nase voll von ihm, mein Liebes.«

»So einfach ist es nicht, Mabel.«

»Warum nicht?«

»Nun, ich bin jetzt schon seit fast einer Woche hier, und Guy hat mich weder angerufen noch mir geschrieben.«

»Und was hält dich ab, ihn anzurufen? Er ist doch erreichbar, oder?«

»Ja, das ist er.«

»Also, warum rufst du *ihn* nicht an?«

»Weil ich Angst habe, daß alles zu schlimm für ihn war, als daß er es hinnehmen könnte, mir vergeben könnte, wenn du so willst, obwohl Gott weiß, daß es nichts zu vergeben gibt, es war nicht meine Schuld. Das macht mich ja so wütend, und das ist auch der Grund, weshalb ich ihn nicht anrufen kann. Wie konnte er diesem Lügner Jake nur glauben, als er ihm sagte, daß wir auf Inniscarragh Sex gehabt hätten? Wie konnte er nur, Mabel, wenn er mich wirklich geliebt hat?«

»Wahrscheinlich stand er unter Schock, als er es erfahren hat,

Liebes. Der arme Kerl, er konnte sich ja nicht wehren. Den gemeinen Mistkerl nicht umbringen. Und du warst auch keine große Hilfe, nicht wahr? Du bist abgehauen, bevor ihr Zeit hattet, euch zu beruhigen und die Sache zu klären.«

»Ja, du hast wahrscheinlich recht«, sagte Dido traurig, »aber da ist noch etwas, was ich dir noch nicht gesagt habe. Eines der letzten Dinge, die er zu mir gesagt hat, war, daß ich Chaos und Unsicherheit in sein Leben gebracht hätte und daß er dies nicht gebrauchen könne.«

»Sieh mal einer an!« sagte Mabel. »Der redet ja wie eine alte Memme!«

»Das ist er aber nicht!« erwiderte Dido rot vor Zorn.

Mabel lachte. »Na also«, sagte sie. »Da hast du deine Antwort, du dummes Ding.«

Da es zu regnen aufgehört hatte, gingen sie zum Mittagessen in den Pub. Bei Gin und Würstchen diskutierten sie die Frage von Jakes Besitztümern.

»Wo wohnt er?« fragte Mabel. »Wir könnten das Zeug in einem Taxi hinbringen und es dort abladen. Wahrscheinlich ist er bei der Arbeit, und du bräuchtest ihm gar nicht begegnen.«

Zurück auf der »Maid« blätterte Dido die Seiten des Adreßbuchs durch, das alle beruflichen Nummern von Jake und ihr enthielt. Dann rief sie seinen Agenten an.

»Mike Crisp, bitte«, sagte sie zu der Frau, die den Hörer abnahm.

»Einen Moment bitte. Wen darf ich melden?«

»Dido Partridge.« Die fröhlichen Melodien des ›Nußknackers‹ drangen an ihr Ohr, während sie wartete, dann meldete sich Mike.

»Hallo, Dido. Wie läuft's denn so, meine Liebe? Schwer beschäftigt?«

»Ja, ganz schrecklich, danke«, sagte Dido. »Ich bin gerade aus Griechenland zurückgekehrt. Weißt du, wo Jake steckt? Ich brauche ihn, weil er ein paar Papiere unterzeichnen muß.«

Mike lachte. »Soweit ich weiß, hängt er gerade mit der schönen Nastassia Irgendwer rum; oder hat das getan, jedenfalls nach meinen Informationen. Bleib dran, meine Liebe, ich habe die Nummer irgendwo. Ja, da ist sie.« Er gab sie ihr durch.

»Danke«, sagte Dido. »Wie war doch noch mal die Adresse? Wahrscheinlich ist es besser, wenn ich zuerst schreibe.«

Mike nannte ihr die Adresse und fügte hinzu, daß sie ein liebes Mädchen sei und er sich wünsche, seine Frau hätte mehr von ihr. Dann verabschiedete er sich und legte auf.

»Strand-on-the-Green«, sagte Dido. »Stell dir vor.«

Sie riefen ein Taxi, luden alle Kartons hinein und fuhren zum Strand-on-the-Green. Das Taxi fuhr die Thames Road hinunter und hielt am Gartentor mit der Nummer, die Mike ihr genannt hatte. Entlang der Mauer stand eine Reihe von Abfalltonnen, und Dido bat den Fahrer, ihr zu helfen, die Kartons daneben aufzuschichten. Das machte ihr Spaß. Nachdem sie ihre Arbeit getan hatte, drehte das Taxi um und brachte sie zum Chelsea Harbour zurück. Es war fast sechs Uhr. »Das hat sich gelohnt«, sagte Dido, als sie den enormen Fahrpreis bezahlte und ein Trinkgeld darauflegte.

Während Mabel Tee machte, rief Dido Jakes Nummer an, um ihm mitzuteilen, daß sich seine Sachen in der Thames Road befanden, aber es war nicht Jake, der abnahm.

»Hallo?« sagte eine hauchige Stimme, in der ein leiser Akzent mitschwang.

»Nastassia?«

»Ja, hier ist Nastassia, wer spricht?«

»Hier ist Dido. Sie sollten vielleicht auf die Seitenstraße rausgehen und Jakes Sachen reinholen, falls sie noch nicht gestohlen sind.« Sie legte auf und wandte sich grinsend an Mabel.

»Er war also nicht zu Hause?« fragte Mabel, ebenfalls grinsend.

Eine Stunde später klingelte das Telefon. Es war Jake. »Dido, warum hast du mir nicht gesagt, daß du zurück bist? Was zum

Teufel hast du dir eigentlich dabei gedacht? Meine ganzen Sachen liegen über die Straße verstreut, und meine Anlage ist geklaut worden.«

»Prima, geschieht dir ganz recht«, sagte Dido. »Das hätte ich schon vor langer Zeit tun sollen.« Sie lachte.

»Komm, Liebling, sei vernünftig. Du weißt, wieviel wir einander bedeuten. Ich brauche dich und die ›Maid‹, das weißt du ganz genau.«

»Tut mir leid, Jake, damit mußt du dich einfach abfinden. Ich gehöre dir nicht mehr und die ›Maid‹ genausowenig. Falls es dich interessiert, habe ich sie Mabel überlassen, sie wird hier einziehen, unter der strikten Auflage, daß du nie wieder einen Fuß auf das Boot setzt.«

»Das meinst du doch nicht ernst!«

»Ich meine es verdammt ernst.« Sie legte auf und sah Mabel an. »Das wirst du doch tun, liebste Mabel, oder?«

»Was?«

»Hier einziehen und dich an meiner Stelle um das Boot kümmern?«

»Ja«, antwortete Mabel, »warum nicht? Gute Idee, du brauchst hier jemanden.« Sie sah Dido liebevoll an. »Gut gemacht«, sagte sie. »Du hast's dem Mistkerl ordentlich gegeben, das steht fest. Dem hast du's richtig heimgezahlt.«

»Das hoffe ich«, sagte Dido und fühlte sich plötzlich furchtbar müde.

»Also«, sagte Mabel, »wann rufst du diesen Guy nun an?«

»Noch heute abend, gleich jetzt.«

Mabel, die annahm, daß Dido lieber allein mit Guy sprechen wollte, stand auf und zog ihren Regenmantel an. »Ich lauf schnell in den Getränkeladen und hol eine Flasche Scotch, wir könnten ein Gläschen vertragen. Schließlich ist Heiligabend, nicht wahr?«

»Stimmt«, sagte Dido. »Das habe ich ganz vergessen.«

»Ich mache uns dann einen schönen Makkaroni-Auflauf zum

Abendessen.« Mabel ging in die Dunkelheit hinaus und ließ die Tür hinter sich zufallen. Dido nahm mit klopfendem Herzen den Hörer ab und wählte Guys Nummer. Es läutete und läutete, aber niemand nahm ab. Sie versuchte es noch zweimal. Wahrscheinlich ist er ausgegangen, dachte sie. Schließlich ist Weihnachten. Sie hörte, wie das Telefon in dem leeren, weit entfernten Haus klingelte, und sah auf ihre Uhr: zwanzig nach sechs, auf Korfu war es jetzt zwanzig nach acht. Vielleicht hat Vassili ihn überredet, zu der Feier in der Taverne zu gehen, sagte sie sich; ich versuche es lieber später noch einmal.

Lavinia sah sich den Weihnachtsgottesdienst im Fernsehen an. Ein großes Glas Sherry stand auf dem Tischchen neben ihr, aber das gewohnte Feuer aus Apfelholzscheiten brannte nur zögerlich, und ohne die hellen Flammen war es im Raum weitaus weniger behaglich als sonst. Sogar Fritz schien diesen Mangel zu bemerken und war in der Küche geblieben, wo er den Kopf an den Heizkörper lehnte. Es war eine schreckliche Woche gewesen. Am Montagmorgen war Maeve nicht erschienen, und als Lavinia bei Burke nachgefragt hatte, was der Grund dafür sei, hatte er in ziemlich wegwerfender Manier mit dem Kopf in Richtung Inniscarragh gedeutet. »Sie ist jetzt droben im Haus, Miss.« Völlig überrumpelt von der Nachricht, war Lavinia vor Fassungslosigkeit rot angelaufen. »Wie ist das möglich? Sie hat nicht gekündigt, sie sollte hier sein.«

»Tatsächlich, Miss?« erwiderte Burke in sarkastisch feindlichem Tonfall, und in seinem Wieselgesicht stand ein unverschämter Ausdruck, als er sie ansah. »Der Lohn im Haus ist sehr gut, Miss. Wirklich sehr gut. Zweimal soviel, wie wir hier kriegen, ungelogen.« Die Drohung war unmißverständlich gewesen, und Lavinia hätte ihn am liebsten auf der Stelle rausgeworfen. Aber ihre Vernunft behielt die Oberhand, und sie war ins Haus zurückgekehrt, um ihr weiteres Vorgehen zu überdenken. Seit diesem Tag wurde ihr zwar wie üblich das Holz gebracht, aber es war naß und kaum die Mühe wert, damit Feuer zu machen; aber sie wußte sehr wohl, daß es nur weitere Nachteile brächte, wenn sie sich beschwerte.

Mit kritischem Blick starrte sie ins Gesicht eines kleinen Chorsängers, den sie auf elf oder zwölf Jahre schätzte, und hörte ungerührt zu, wie er ›Schlaf du kleines Kindlein schlaf‹ sang. Die klare Sopranstimme erhob sich zum hohen Gewölbe der College-Kapelle empor, während die Kamera liebevoll auf den Glasschirmen der Kerzen verweilte, die den Chor beleuchteten, und zu den geschnitzten Engeln hinaufschwenkte, die hoch droben unter dem mittelalterlichen Dach in ihre Trompeten bliesen.

Wenn ich den dummen Freddy geheiratet hätte, hätte ich jetzt vielleicht einen Enkel wie diesen, dachte Lavinia, als das Gesicht des kleinen Jungen wieder auf dem Bildschirm erschien. Ich säße nicht hier in diesem schäbigen Gärtnerhaus und müßte mich von Dienstboten beleidigen lassen, sondern befände mich im Herrenhaus von Connemara, im Kreise meiner Söhne und Töchter, und alles wäre ganz genauso wie damals auf Inniscaragh, nur besser, weil ich die Herrin wäre. Das Weihnachtslied war zu Ende, und sie drehte den Fernseher ab. Ohne viel Hoffnung stocherte sie mit dem Schürhaken das schwelende Feuer auf, was nicht viel nützte.

Lavinia gab auf, ging in die Küche und überlegte, was wohl zu essen im Haus war. Ein kleiner Truthahn, an dessen purpurnen, schlecht gerupften Schenkeln noch die Federn klebten, nahm den Ehrenplatz auf dem mittleren Kühlschrankregal ein. Sie starrte ihn an, entsetzt über ihre Dummheit, ihn überhaupt bestellt zu haben. Die bloße Idee, ihn zu braten und die üblichen Beilagen zuzubereiten, erfüllte sie mit Abscheu und Ekel. Wie sinnlos und idiotisch, dachte sie, sich all die Mühe zu machen, um dann ein Stück abzuschneiden und es allein zu verzehren. Sie stieß ein leicht hysterisches Lachen aus, das sie unterdrückte, bevor es außer Kontrolle geriet. Stirnrunzelnd nahm sie ein Plastikpaket mit Käse heraus und schloß die Kühlschranktür, um den ekligen Vogel nicht länger ansehen zu müssen.

Lavinia machte sich ein Sandwich und nahm es mit ins Wohnzimmer. Sie goß sich ein weiteres großes Glas Sherry ein, kehrte an ihren Platz am Kamin zurück und versuchte, die Tatsache zu ignorieren, daß dieser inzwischen ganz erloschen war. Während sie ziemlich unelegant ihr matschiges Käsebrot aß, wanderte ihr Blick ziellos durch den Raum. Sie zählte die Weihnachtskarten auf dem Kaminsims; es waren dreizehn, eine Unglückszahl. Sie selbst hatte dreißig verschickt, war aber nicht sonderlich erstaunt, nicht mehr zurückbekommen zu haben. Höchstwahrscheinlich waren einige der Adressaten bereits verstorben. Seit Jahren hatte sie mit den meisten nicht mehr gesprochen. Der einzige Kontakt bestand im Austausch von Weihnachtsgrüßen. Sie schluckte den letzten Bissen ihres Sandwiches und spülte ihn mit dem letzten Schluck Sherry hinunter.

Fröhliche Laute drangen vom Weg herein, und sie stellte ihr Glas auf dem Tisch neben sich ab. Das werden die Angestellten sein, die in den Pub runtergehen, dachte sie verärgert, stand auf und ging zum Fenster hinüber. Vorsichtig, um nicht gesehen zu werden, spähte sie durch einen Vorhangspalt hinaus. Die kleine Gruppe, die offensichtlich bereits in festlicher Stimmung war, marschierte im Mondlicht flotten Schritts die Einfahrt entlang und war zweifellos auf dem Weg ins Dorf. Ihre laute, fröhliche Unterhaltung wurde von Lachsalven und Sangeseinlagen unterbrochen.

Entschlossen zog Lavinia die Vorhänge wieder zu. Gut, dachte sie, jetzt sind alle draußen. Ich werde hinaufgehen und einen Blick aufs Haus werfen, um nachzusehen, was sie verändert haben. Sie zog ihren langen Wintermantel und ihre pelzverbrämten Stiefel an und ging hinaus, ohne ihren kleinen Hund aufzuscheuchen. Vor dem Tor schlug sie wegen der eisigen Kälte den Pelzkragen ihres Mantels hoch und machte sich dann auf den Weg nach Inniscarragh. Eine Weile blieb sie stehen und sah auf das herrliche Haus, das so viele Generationen das Heim der Familie Porteous gewesen war. Das Gebäude wirkte schemenhaft, fast gespenstisch, und die vielen Fenster glänzten im kalten Mondlicht. Von drinnen drang kein Lichtstrahl nach draußen, es sah aus, als sei der Ort seit Jahren verlassen und aufgegeben worden. Was eigentlich auch stimmt, dachte Lavinia und seufzte. Sie vergrub die Hände in den tiefen, samtverbrämten Manteltaschen und ging aufs Haus zu. Sie stieg die Steintreppe zur Terrasse hinauf und näherte sich dem Haupteingang, dessen große Glastüren unter den Säulen hoch aufragten. Vorsichtig drückte sie die Klinke herunter, und zu ihrer Überraschung ging die Tür leise auf. Sie trat ein und schloß die Tür hinter sich.

Lavinia sah sich in der vertrauten Eingangshalle um. Die Möbel und Bilder waren entfernt worden, und von der breiten Treppe war der Teppich verschwunden. Überall standen die Leitern und Tapeziertische der Maler herum, und auf den mit Tüchern verhängten Bänken standen Farbtöpfe, aber es war warm, was vermutlich der Zentralheizung zu verdanken war, und es roch schwach nach altmodischer Leimfarbe. Sie öffnete die Tür zum Speisezimmer und ging leise hinein, ließ aber die Hand auf der Klinke, damit sie nicht zufiel und sie eingesperrt würde. Wegen irgendeines lange vergessenen Ereignisses in ihrer Kindheit, irgendeines beschämenden Vorfalls während eines Essens, war ihr eine Abscheu, sogar eine Art Furcht vor dem Ort geblieben. Alles schien wie früher zu sein, außer daß der lange Tisch mit einem neuen blauen Abdecktuch verhüllt war, das schlecht zu den gestreiften burgunderfarbenen Tapeten paßte. Ich schätze, die werden ohnehin entfernt, dachte sie, was keineswegs schade ist. Sie verließ den Raum und ging durch die Halle in den chinesischen Salon und dann in den dahinter liegenden kleinen Privatsalon ihrer Mutter. Hier waren die Läden geöffnet, und der kleine Garten davor lag im hellen Schein des Mondes, dessen Silberstrahlen sich auch in den Raum ergossen. Das alte Rosenholzklavier schimmerte wie roter Wein. Das Instrument war geschlossen, und die silbergerahmten Fotos und Noten, die früher darauf lagen, waren verschwunden. Neben dem Klavier stand das kleine Regency-Sofa ihrer Mutter, aber der Brokatbezug war abgenommen worden, und auf der rohen Leineneinfassung waren an den Stellen der früheren Polsternägel kleine Rostflecken zu sehen. Unter der Sitzfläche hing ein Stück zerrissene Spinnwebe. Alle Bilder waren von den Wänden verschwunden, und die Stellen, an denen sie gehangen hatten, waren deutlich als dunklere Rechtecke auf der blaugrünen viktorianischen Tapete erkennbar. Lavinia konnte es nicht fassen. Ihrer Erinnerung nach waren die Wände immer blaßlindgrün gewesen. Sie schüttelte den Kopf, setzte sich ans Klavier und hob den Deckel. Sie bewegte die Finger, zögerte einen Moment und klimperte dann fehlerlos ›The Merry Peasant‹ herunter. Erfreut sah sie auf ihre Hände und lächelte, als sie sich an die vielen Stunden in dem kleinen Raum erinnerte, die sie täglich hier mit Üben verbracht hatte, sogar sonntags. Sie war kein besonders musikalisches Kind gewesen und hatte wenig Talent besessen, aber das beständige Üben hatte zu einer gewissen Fertigkeit geführt, über die Lavinias Mutter sich gefreut hatte, wenn auch sonst niemand. Sie schlug leise eine Taste an und spielte dann, ohne wirklich zu wissen, was sie eigentlich tat, ›Für Elise‹. Während ihre Finger über die Tasten flogen, schien der Raum mit den Geräuschen und Empfindungen ihrer Jugend angefüllt zu sein: den großen Hausbällen mit Mädchen in weißen Kleidern, dem Geruch von Gardenien, dem Klappern von Satinschuhen, die vom Frühtau durchnäßt und mit grünen Grasflecken beschmutzt waren. Die ganzen turbulenten, sowohl schmerzlichen wie freudvollen Jahre schienen um sie zu wirbeln. Als die letzten Noten verklungen waren und ihre Hände wieder stillhielten, sah sie im

Mondlicht Arthur mit einer Gardenie im Knopfloch neben dem Kamin stehen; sein Haar war glatt zurückgekämmt und glänzte von Brillantine. Seine Augen blickten spöttisch, fragend. Er hielt eine kleine Tanzkarte in der Hand. Er bittet mich gleich zum Tanz, dachte sie, aber er steckte die Karte in die Tasche, verbeugte sich kurz, drehte sich auf dem Absatz um und verließ den Raum. Lavinia schloß den Deckel des Klaviers, legte den Kopf auf die Arme und weinte.

Weinen war für Lavinia eine höchst ungewöhnliche Angelegenheit, und nach einer Weile beschloß sie, damit aufzuhören, denn sie fühlte sich ganz krank und hatte Kopfschmerzen bekommen. Ich darf mich hier ohnehin nicht erwischen lassen, dachte sie. Ich muß nach Hause und ins Bett gehen. Durch den Haupteingang, auf dem gleichen Weg, den sie gekommen war, verließ sie das Haus wieder. Ich gehe nicht die Einfahrt hinunter, sonst könnte ich ihnen begegnen, wenn sie vom Pub heimkommen, dachte sie. Sie ging ums Haus herum und folgte dem Pfad durch das abgeholzte Waldstück, um zu ihrem hinteren Gartentor zu gelangen. Anhaltender Regen hatte den Boden aufgeweicht, und der Schlamm klebte zäh an ihren Stiefeln, weshalb sie nur mühselig und langsam vorwärtskam. Der Mond war hinter einer Wolkenbank verschwunden, daher konnte sie die Stümpfe und Baumwurzeln, die überall herumlagen, nur schwer erkennen. Zweimal stolperte und stürzte sie und beschmutzte ihren schönen Mantel mit Schlamm. Erschöpft und leicht beängstigt, erreichte sie schließlich die chinesische Brücke über dem Kanal und sah mit einiger Erleichterung weiter hinten die Lichter in ihrem Schlafzimmer. Was sie nicht sah, war das Loch in der verfaulten Planke, als sie in ihrer Angst, in die Sicherheit ihres Hauses zurückzukommen, die Schritte beschleunigte. Sie stürzte durch das Loch, landete mit dem Gesicht nach unten in dem eisigen Wasser und verlor wohl durch den Schock sofort das Bewußtsein. Ihr schwerer Mantel mochte sie vielleicht noch eine Weile getragen haben, aber ihre großen, pelzverbrämten Stiefel füllten sich mit Wasser, und innerhalb weniger Minuten war sie, ohne eine Spur zu hinterlassen, in dem dunklen, moorigen Wasser versunken, dessen Graben nach dem frischen Aushub sehr tief war. Alles, was von ihr übrigblieb, waren ein paar braune Blasen, die langsam stromabwärts trieben.

17

Am späten Nachmittag kam Giò in Souliac an. Er parkte seinen Wagen nicht auf der Place de l'Eglise und ging auch nicht direkt ins Pfarrhaus, wo seine Eltern wohnten. Statt dessen fuhr er auf der Umgehungsstraße ums Dorf herum und hielt vor der Tür seines eigenen kleinen Hauses, der *remise*, die am hinteren Ende des Pfarrhofes stand. Seine Glieder waren nach der langen Fahrt steif geworden, und er ging den Weg entlang, um sich die Beine zu vertreten. Die Sonne war gerade untergegangen, aber der ganze westliche Horizont war noch immer leuchtend rot, und der Himmel über ihm hatte sich von Orange über Rosa in ein tiefes dunkles Blau verfärbt. Die Weinberge, die den Weg säumten, gehörten Giò und seinem Vater und waren zum Teil schon beschnitten, und die steinige, vom schweren Herbstregen aufgewühlte Erde war um jeden Weinstock sorgfältig aufgehäufelt worden, um die Wurzeln vor dem Frost zu schützen. In ordentlichen Reihen zogen sich die kahlen, winterlichen Weinstöcke über ihre siebzig Hektar Land, und Giò lächelte. Guter alter Dad, dachte er, er ist unglaublich für sein Alter. Mit all der Arbeit in Joshs Wohnung habe ich ihn in letzter Zeit schamlos vernachlässigt. Ich werde versuchen, den ganzen Januar hier unten zu bleiben und ihm zu helfen, die restlichen Weinstöcke zu beschneiden.

Er sperrte die Tür seines Hauses auf, ging hinein und machte leise hinter sich zu. Der vertraute Geruch alter, feuchter Mauern erfüllte die Luft, und beglückt atmete er ihren Duft ein. Es riecht hier wie in alten Kirchen, dachte er; der Duft von Heiligkeit. Nicht daß an *meinem* Leben viel Heiliges wäre. Trotzdem hatte er manchmal den Eindruck, als empfange ihn das kleine Haus mit einem Segen, wenn er zurückkam. Er drehte die Heizung an, prüfte dann, ob Heizmaterial für den Kamin da war, und fand unter der Treppe sowohl ordentlich aufgestapelte Scheite wie Anzündholz und einen Eimer Kohlen. Er machte Feuer im Kamin an und ging dann in seine ziemlich primitive Küche, um den Wasserkessel aufzusetzen. Während dieser kochte, holte er sein Gepäck aus dem Wagen und trug es ins Schlafzimmer hinauf, das noch immer mit dem alten, abgewetzten Krankenhausbett, der blaugestrichenen Bank und den Stühlen aus seiner Kindheit möbliert war. Die einzige Veränderung, die er, abgesehen von der Zentralheizung, vorgenommen hatte, war die Installation eines Badezimmers, das nur aus einem Waschbecken, einer Dusche und einer Toilette bestand und in eine Ecke unter die Dachbalken gequetscht war. Er stellte die Tasche auf die Bank, öffnete das Fenster und schob die quietschenden Läden zurück, die er mit den Eisenhaken an der Außenwand befestigte. Er stützte die Ellbogen auf den Sims und sah durch die nackten Äste des großen schirmförmigen Feigenbaums auf den Hof hinunter, den Ort so vieler sommerlicher Familienmahlzeiten, die seit seiner frühen Jugend dort stattgefunden hatten. Die verwitterten Terrakottatöpfe seiner Mutter, die mit rund gestutztem Buchsbaum und Klebsamen besetzt waren, waren in Gruppen an den hohen Mauern aufgereiht und wurden von einer Jungfrauenstatue überragt, die sich in eine Nische schmiegte. Nichts hat sich geändert, dachte er, Gott sei Dank; dieser Ort ist der Ruhepol meines Lebens. Eine kleine dunkle Gestalt erschien in den Ästen des Feigenbaums, und eine schlanke schwarze Katze sprang Giò entgegen und landete sicher in seinen verschränkten Armen. Ihr kleiner harter Kopf schmiegte sich an seine Brust, und scharfe

Krallen gruben sich in seinen Jackenärmel. »Paß auf, Katze!« rief er aus, machte sich von den Krallen los und nahm das Tier vorsichtig unter einen Arm. Er schloß das Fenster. »Zum Teufel!« sagte er. »Der Kessel! Ich wette, das ganze Wasser ist schon verdampft.« Er rannte die Treppe hinunter, legte die Katze aufs Sofa und machte sich Tee.

In der Zwischenzeit brannte ein fröhliches Feuer im Kamin, und Giò legte sich auf das lange, bequeme Sofa davor und hielt die Teetasse in den Händen. Die Katze ließ sich, noch immer laut schnurrend, auf seinem Bauch nieder. »Wahrscheinlich hast du gedacht, ich würde nicht mehr wiederkommen, stimmt's?« Die Katze öffnete eine Sekunde lang ihre grünen mandelförmigen Augen, um sie dann gleich wieder zu schließen. »Du riechst nach Fisch«, sagte Giò. »Jemand hat dich furchtbar verwöhnt, nicht wahr?«

Langsam trank er seinen Tee und sah sich im Raum um, der im flackernden Feuerschein ruhig und schön wirkte. Er war aus der ehemaligen verrotteten Garage entstanden, die er im Lauf der Jahre ausgebaut hatte. Als erstes hatte er im ganzen Gebäude neue Elektroleitungen verlegt und die nötigen Installationsarbeiten vorgenommen. Dann hatte er den hiesigen Maurer bestellt und die bröckeligen Innenmauern mit traditionellem Gipsmörtel verputzen lassen, über die eine dicke Kalkschicht kam, die mit der Kelle geglättet wurde, was eine glatte, natürlich wirkende Oberfläche ergab. Die hatte Giò genauso belassen, wie sie war, ohne weiteren Anstrich, was außerordentlich hübsch aussah. Am anderen Ende des Raums hatte er eine einfache, aber großzügige Kaminummauerung anbringen lassen. Den Boden hatte er mit schlichten Steinfliesen ausgelegt. Am anderen Ende des Raums hatte er unter der offenen Treppe eine einfache Küche eingerichtet: eine Arbeitsplatte mit Herd und Backofen, ein Abwaschbecken und einen kleinen Kühlschrank, darüber eine Reihe von Hängeschränken, an deren Unterkante eine Lichtschiene befestigt war.

Der Wohnraum war außerordentlich schlicht möbliert. Das Sofa war mit weichem, tabakfarbenem Tweed bezogen, dahinter stand ein langer Refektoriumstisch mit zwei schlanken versilberten Lampen, die mit cremefarbenen Pergamentschirmen versehen waren. Stapel von Büchern und Magazinen lagen auf dem Tisch, dazwischen eine kleine Zinkwanne, die ein glänzendes Lorbeerbäumchen enthielt, daneben ein schwarzer Drahtkorb mit alten Gläsern aus Bleikristall, eine Flasche Wodka und eine englische Karaffe mit silbernem Stöpsel, die Malt-Whisky enthielt. In der Mitte des Tischs stand eine viereckige Glasvase, die im Moment leer war. Gewöhnlich war sie mit frischen Blumen gefüllt, zuweilen mit Wildblumen aus der *garrigue* oder mit exotischen Lilien, die in Uzès gekauft wurden. Im August enthielt die Vase manchmal ein dickes Bündel Lavendel, das in der warmen Sommerluft einen intensiven, anhaltenden Duft verströmte.

Es war kein Raum, um Gäste zu bewirten oder ihn mit jemandem zu teilen. Er diente ausschließlich Giò allein, als Ort des Rückzugs, um ganz für sich zu sein. »Hallo, Katze«, sagte er und kraulte den seidigen Kopf zwischen den Ohren, »es ist schön, wieder dazusein.« Besonders befriedigend war es zu wissen, daß seine Eltern wahrscheinlich den Rauch aus seinem Kamin oder das Licht in seinem Fenster bemerkt hatten. Aber die Tatsache, daß keiner der beiden auf seine Ankunft reagierte, bis er entschied, sich bei ihnen zu melden, war von größter Wichtigkeit für ihn, obwohl dies nie ausgemacht worden war. Es ist komisch, dachte er, jahrelang bin ich dem Heiligen Gral des Glücks nachgejagt, habe jemanden gesucht, der mein Leben teilt, einen festen Partner, aber wenn ich ehrlich bin, bin ich allein am glücklichsten.

Er dachte an die Tage, die er in St. Gilles verbracht hatte. Es war lustig gewesen, er hatte sich vergnügt, aber in seinem Innersten hatte er dennoch gewußt, daß er dort allein war. Anna und Patrick waren zwar freundlich, aber sie waren ein Paar, und Josh und Philippe waren ebenfalls ein festes Gespann gewesen, das ausschließlich mit den Lämmern beschäftigt war. Was die beiden Jungen anbetraf, so waren sie ständig in geheimen Aktivitäten unterwegs und tauchten nur zum Essen auf. Am Abend, vor dem Kamin, hatte Giò sich bemüht, sie zu unterhalten, hatte 17 und 4 mit ihnen gespielt oder ihnen Kartentricks beigebracht, aber sie hatten schnell das Interesse verloren, und auch Giò war es ziemlich langweilig geworden. Schließlich hatte er Philippes umfangreiche Bibliothek durchstöbert und sich das dickste Buch ausgeliehen, das er finden konnte – ›Krieg und Frieden‹. Völlig gefangengenommen von den Schicksalen Pierres, Andrés und Nataschas, hatte er es sich vor dem Feuer im Wohnzimmer gemütlich gemacht und aufgehört, den Familienclown zu spielen.

»Fühlst du dich wohl, Giò?« hatte Anna gefragt und ihn besorgt angesehen.

»Ja, natürlich, mir geht's gut.«

»Müde?«

»Nein.«

»Gelangweilt?«

»Ja, ein bißchen.«

»Ich kenne das Gefühl.« Sie hatte gelacht und ihm eine Kußhand zugeworfen. »Solange es dir nur gutgeht.«

»Mir geht's ausgezeichnet, aber ich glaube, ich fahre morgen nach Souliac, Dad braucht unbedingt meine Hilfe.«

»Warum nicht? Wenn wir alle dort eintreffen, herrscht wieder ein Riesentrubel, nicht wahr. Genieße den Frieden ein bißchen, solange das noch möglich ist.«

Die liebe Anna, dachte Giò, sie weiß immer, wie ich mich fühle. ›Krieg und Frieden‹, das Buch, das er von Philippe geliehen hatte, war oben in seiner Tasche, und er freute sich darauf, es zu Ende zu lesen.

In der Pfarrhausküche goß sich Domenica ein Glas Wein ein und ging die Liste mit den Vorbereitungen für das Neujahrsessen durch. Morgen würde Olivia, ihre Enkelin, mit Basil, ihrem Mann, nach Uzès fahren, um die Austern und die zwei fetten Gänse abzuholen, die sie Anfang Dezember bestellt hatte. Der Champagner stand bereits auf dem kalten Kellerboden, und Domenicas besonderer Festbeitrag, ein kaltes Zitronensoufflé, wartete im Gefrierschrank darauf, aufgetaut und mit einer Schicht Schlagsahne gekrönt zu werden. Das Braten der Gänse würde Robert übernehmen; er würde sie mit Limonen, Bitterorangen, dicken Thymianbüscheln und ganzen Knoblauchzehen füllen, bevor er sie in den Brotbackofen schob, der eigens für die Gelegenheit angezündet werden würde. Olivia würde ihm bei dem Gemüse und den Soßen helfen, die zu dem Geflügel gereicht werden sollten, und Basil würde zwei verschiedene Salate zubereiten. Annas Zimmer war für sie und Patrick bereits hergerichtet, Josh sollte in Giòs altem Zimmer schlafen, und die beiden Jungen würden Gott sei Dank drüben in Olivias Häuschen schlafen.

Der Aussicht ein wenig überdrüssig, so kurz nach Weihnachten schon wieder soviel schweres Essen zu sich zu nehmen, stand Domenica vom Tisch auf, öffnete den Kühlschrank und fragte sich, was wohl zum Abendessen im Haus war. Das ist das Problem mit Weihnachten und Neujahr, dachte sie, man schenkt den Mahlzeiten dazwischen zu wenig Aufmerksamkeit. Plötzlich hatte sie große Lust auf einen großen Teller reifer, dick geschnittener Tomaten mit etwas Olivenöl und duftendem Basilikum und ein paar reifen schwarzen Oliven darüber, deren erdiger Geschmack dem Gericht die pikante Note gäbe, und nichts als frisches *pain de champagne* und ein Glas Wein dazu. Göttlich, dachte sie, ein echtes Sommeressen. Sie schüttelte den Kopf und erinnerte sich an Roberts Geniestreiche, wenn es darum ging, die Überreste des weihnachtlichen Truthahnbratens auf immer neue Weise zuzubereiten, wie gestern etwa, als sie vor Erleichterung geseufzt und aufgeatmet hatte, weil das schreckliche Geflügel nun endlich aufgegessen war; aus den Knochen war eine Brühe gekocht worden, die, in Schalen gefüllt, die Regale des Gefrierschranks verstopften. Zweifellos würde sie in drei Monaten die Wut packen, und sie würde die gefrorene Brühe wegwerfen. Jetzt starrte sie hilflos in den Kühlschrank, der erstaunlich leer wirkte, abgesehen von den verschiedenen Gläsern mit allen Arten von *coulis*, also flüssigem Püree aus Krustentieren, einem offenen Salatpaket, das ziemlich braun verfärbt war, und einem Glas eingemachter Gans. Es gab auch einen Gänseschlegel, der schon ziemlich abgenagt war, und eine blaue Schüssel mit drei Eiern. Unfähig, sich vorzustellen, was sie mit diesen Zutaten anstellen könnte, runzelte Domenica verärgert die Stirn und schloß die Kühlschranktür.

Oben im Salon läutete kurz das Telefon, offensichtlich hatte Robert abgenommen. Mit dem Weinglas in der Hand ging sie zum Fuß der Treppe und lauschte. Sie konnte Roberts Stimme hören und dann sein Lachen. Dann rief er: »Liebste! Es ist Anna, sie will dich sprechen.«

»Warte. Ich komme schon.« So schnell, wie ihre arthritischen Knie sie trugen, stieg sie die hohe Treppe in den ersten Stock hinauf und hielt sich dabei am Eisengeländer fest. Als sie in den Salon eilte, plauderte Robert, der an dem runden Bibliothekstisch saß, immer noch mit ihrer Tochter.

»Jetzt ist sie da. Wiedersehen, Liebling.« Robert reichte Domenica den Hörer und machte seinen Stuhl für sie frei.

Sie setzte sich. »Hallo, mein Schatz. Ist irgendwas nicht in Ordnung?«

»Nein, Mum, alles ist bestens. Ich habe nur gerade Dad erzählt, daß wir hier wieder starken Schneefall hatten und daß es den ganzen Tag weitergeschneit hat.«

»Wirklich? Seid ihr eingeschneit?«

»Nicht eigentlich, weil Philippes Auto Vierradantrieb hat. Aber die Sache ist die, die Lämmer kommen in immer kürzeren

Abständen zur Welt, und Josh möchte hier bleiben, um Philippe zu helfen, was ihm wirklich Spaß zu machen scheint.«

»Nun, das ist doch schön, oder?«

»Ja natürlich ist das schön«, sagte Anna. »Es ist großartig, die Antwort auf meine Gebete.«

Es entstand eine Pause.

»Was möchtest du mir eigentlich sagen? Daß ihr alle dort oben bei Philippe bleibt und nicht zum *réveillon* hier runterkommt?«

»Nun, es ist schwierig, Mum. Max möchte bei Josh bleiben, und Tom bei Max. Ich habe sogar das Gefühl, daß Patrick hier bei seinem Vater bleiben möchte, obwohl er das nicht ausdrücklich gesagt hat. Er ist jetzt Ende achtzig – du weißt, was ich meine, nicht wahr?«

Domenica brach in ihr typisches harsches und schallendes Gelächter aus. »Also komm, *dein* Vater ist auch in den Achtzigern, aber es sieht nicht so aus, als hätte er schon vor, den Löffel abzugeben!« Robert, der neben dem Feuer saß und zuhörte, obwohl er vorgab, Zeitung zu lesen, sah verblüfft auf. »Ist schon gut«, fuhr Domenica ziemlich schroff fort. »Ich verstehe schon. Mach dir deswegen keine Sorgen, ich glaube, wir werden auch ohne euch eine schöne Zeit haben.«

»Davon bin ich überzeugt«, sagte Anna ruhig. »Ich habe mich wirklich darauf gefreut, ein bißchen Zeit mit euch zu verbringen, Mum. Es tut mir sehr leid, das weißt du.«

»Wirklich, Liebling? Nun, dann sind wir schon zwei. Mach dir nichts draus, vielleicht zu einem späteren Zeitpunkt, ja?«

»Ja natürlich. Ist Giò schon da?«

»Ich weiß nicht.« Domenica wandte sich an Robert. »Ist Giò da?«

Robert ging zu einem der hohen Fenster, das auf den Hof hinausging und von dem aus man Giòs *remise* sehen konnte. »Ja, sein Licht ist an.«

»Ja, er ist hier«, sagte Domenica ins Telefon.

»Oh, gut. Grüß ihn bitte von mir. Ich rufe noch einmal an, um euch *bonne année* zu wünschen.«

»Wiedersehen, Liebling. Danke für den Anruf.«

»Wiedersehen, Mum. Danke, daß es dir nichts ausmacht.«

»Es macht mir schon was aus«, sagte Domenica, »aber das ist nicht wichtig. Grüß Patrick.« Sie legte den Hörer auf. »Wie ärgerlich«, sagte sie. »Wie sollen wir nur zu fünft zwei verdammte Gänse essen? Ganz zu schweigen von der verdammten Kiste Austern?«

»Kein Problem«, antwortete Robert und warf weitere Holzscheite aufs Feuer. »Kalte Gans ist praktisch mein Lieblingsessen, vor allem mit Meerrettich und der Cumberland-Sauce, die wir diesen Sommer gemacht haben. Geradezu himmlisch, wir werden Unmengen davon haben, wie herrlich.«

Domenica sah ihn erstaunt an. »Meinst du das wirklich, Robert, oder sagst du das nur, damit ich mich nicht so ärgere?«

»Ich meine es wirklich. Endlich haben wir einmal genug.«

»Na schön, wenn du meinst.« Sie leerte ihr Glas.

»Wie auch immer, meine Liebste, wir *haben* schließlich Olly und Baz hier und außerdem Giò. Ganz ehrlich, ich habe sie eigentlich lieber einzeln hier als den ganzen Mob, vor allem wenn ich an diese beiden schlecht erzogenen kleinen Teufel denke.« Seine dunklen Augen in dem immer noch hübschen Gesicht sahen sie voller Wärme an. »Ich bin sicher, Giò und Anna waren in dem Alter nicht annähernd so ungezogen.«

»Woher willst du das denn wissen?« erwiderte Domenica schroff. »Du warst doch die meiste Zeit gar nicht hier.«

»Stimmt.«

»Aber egal, du hast unrecht. Sie waren genauso schlimm, wenn du's wissen willst. Alle Kinder sind schrecklich.«

»Das Orakel hat gesprochen«, antwortete Robert gelassen und stand auf, um keinen Streit aufkommen zu lassen. »Soll ich dir nachgießen?«

»Danke.«

Er nahm ihr Glas und ging in die Küche. Domenica sah ihm nach. Warum bin ich nur so zänkisch? fragte sie sich. Ich muß wirklich aufhören, so gemein zu Robert zu sein. Kein Wunder, daß er sich so oft wie möglich aus dem Staub macht. Sie stand vom Tisch auf und setzte sich aufs Sofa vors Feuer. Ich weiß nicht, warum ich so bin, dachte sie schuldbewußt. Vielleicht weil ich solche Angst habe, ihn zu verlieren, und weil ich genau weiß, daß das früher oder später passieren wird. Ständig sage ich mir, daß wir noch viele Jahre vor uns haben, daß es nichts ausmacht, wenn ich ihn manchmal ruppig behandle, aber ich weiß, daß ich mir etwas vormache und daß wir gleichzeitig kostbare gemeinsame Zeit verlieren. Sie sah sich in ihrem wundervollen Salon um, der im warmen Feuerschein erglänzte und mit den Schätzen gefüllt war, die im Lauf von fünfzig Jahren zusammengetragen worden waren. Auf dem blaßgrauen Steinsims des Kamins lagen Weihnachtsgirlanden, und wie gewöhnlich stand eine Fichte zwischen den hohen Fenstern, die auf den hinteren Hof hinausgingen. Sie war recht klein dieses Jahr, und sie hatte sie mit echten Wachskerzen geschmückt, die in den viktorianischen Haltern steckten, die, ebenso wie das Schaukelpferd und die Teddybären, aus Roberts Kindheit stammten. Ich bin eine beneidenswert glückliche Frau, sagte sie sich streng, also wovor sollte ich Angst haben? Sie seufzte, denn sie kannte den Grund genau. Es ist, weil ich glaube, daß das alles war. Ich weiß, wenn Robert stirbt, werde ich ihn nie mehr wiedersehen. Und das kann ich nicht ertragen: Ich betrauere ihn bereits, bevor er gestorben ist. Vor ihrem geistigen Auge erschien ein klares Bild des Hauses ihrer Mutter in Aix und davon, wie sie selbst die Tür geöffnet hatte, vor der ein großer dunkelhaariger Engländer zu sehen gewesen war, der perfekt Französisch gesprochen und eine Unterkunft gesucht hatte. Sie hatte sofort gewußt, daß sie nie einen anderen lieben würde, womit sie recht behalten hatte. Liebster Robert, dachte sie. Ich wette, er vergeudet seine kostbare Zeit nicht damit, sich Sorgen zu machen über die Möglichkeit, *mich* zu verlieren; ich glaube nicht einmal, daß er einen einzigen Gedanken darauf verschwendet, der kluge Bursche.

Giò öffnete die Augen und sah auf seine Uhr: zwanzig nach sieben. Das Feuer war heruntergebrannt, er setzte sich auf und schob die Katze von seiner Brust. Blinzelnd stand er auf und schaltete die Lampen an. Verdammt, dachte er, ich muß eingenickt sein. Ich hätte zum Lebensmittelladen gehen sollen; ich habe nichts zu essen im Haus. Ich werde rübergehen und nachsehen, was Mum und Dad machen, und vielleicht mit ihnen zu Abend essen oder mir ein paar Eier ausborgen. Er ging nach oben, packte seine Taschen aus und legte ›Krieg und Frieden‹ auf seinen Nachttisch. Er hängte sein Jackett auf einen Holzbügel an der Tür und zog seinen bequemen alten grauen Pullover an. Er schlug sein Bett auf und erwog, eine Wärmflasche hineinzulegen. Ach was, dachte er, das mache ich, wenn ich schlafen gehe und es im Haus kalt sein sollte. Er ging nach unten, legte Holz aufs Feuer und achtete darauf, daß die Scheite nicht aus dem Feuerkorb fallen konnten. Dann öffnete er einen Küchenschrank und holte eine Büchse Katzenfutter heraus. Er schüttete den Inhalt auf einen Teller und stellte ihn auf den Boden. Die Katze lag dicht zusammengerollt vor dem Kamin.

»Also, ich gehe jetzt«, sagte er. »Das Essen steht auf dem Boden, falls du Hunger hast, du dummes altes Ding.«

Er öffnete die Tür zum Hof und trat in die kalte, glänzende Nacht hinaus. Der Himmel war mit Sternen übersät, die Luft war ruhig und still, und es roch nach Frost. Domenicas Buchsbäume waren bereits mit Reif bezogen, und alle grünen Blättchen waren silbrig umrandet. Morgen wird es warm und sonnig sein, sagte er sich, als er den Hof überquerte, wir müssen mit dem Beschneiden der Weinstöcke vorwärtskommen. Er öffnete die Tür zur Pfarreiküche, wo Robert gerade eine Flasche Veuve Clicquot aufmachte. »Hallo, Dad, was feiert ihr denn?«

»Hallo, Giò. Nichts Besonderes; ich will nur das alte Mädchen ein bißchen aufmuntern.«

»Oh? Was ist denn passiert?«

»Anna hat angerufen und gesagt, daß sie jetzt doch nicht kommen. Ich glaube, deine Mutter ist ein bißchen verärgert darüber.«

»Arme alte Mum. Sie wird mit mir vorlieb nehmen müssen, was?«

»Olly und Baz sind auch hier. Sie wohnen in ihrem Häuschen.«

»Ja, natürlich, das habe ich ganz vergessen.«

Robert stellte ein weiteres Glas auf das Tablett, und Giò trug es, gefolgt von seinem Vater, in den Salon hinauf. Er stellte das Tablett auf den Tisch, goß ein und brachte Domenica ein Glas.

»Hallo, Liebling.« Sie nahm das angebotene Glas. »Gütiger Himmel, Champagner! Was hat das denn zu bedeuten?«

Giò beugte sich hinunter und küßte sie. »Findest du nicht, daß die Rückkehr des verlorenen Sohns Grund genug ist?«

Domenica hob die Hand und berührte seine Wange. »Ja, natürlich finde ich das«, sagte sie und lächelte ihn an.

»Und wenn wir die Flasche geleert haben«, sagte Giò, »gehen wir ins Café und essen ein Steak.«

»Großartige Idee«, sagte Robert und setzte sich ans Feuer. »Vor allem weil uns offensichtlich ohnehin alles ausgegangen ist.«

»Wir haben drei Eier«, sagte Domenica würdevoll.

»Zumindest haben wir keinen Kühlschrank voller Reste«, antwortete Robert.

»Das ist wahr«, stimmte Domenica zu. »Die haben wir nämlich *aufgegessen*, wenn du dich erinnerst. Bis zum Erbrechen.«

Giò sah von einem zum anderen, schüttelte den Kopf und lachte.

Olivia überzog in ihrem Gästezimmer die Betten für Tom und Max. Das alte Ehebett, das sie mit dem kleinen Haus geerbt hatte, hatte sie weggeben und durch zwei relativ harte Diwanbetten ersetzt, zwischen denen eine kleine Kommode stand. Mit ihrer Großmutter hatte Olivia einen Handel geschlossen und den großen weißen provenzalischen Quilt mit der geblümten Borte gegen zwei pfauenblaue Überwürfe aus dem neunzehnten Jahrhundert eingetauscht, die mit einem scharlachroten Muster geschmückt waren. Sie wirkten sehr fröhlich in dem kleinen kahlen Raum, aber Olivia bedauerte dennoch den Verlust des schönen weißen *boutis*, der früher zur traditionellen Ausstattung einer Braut gehört hatte. Sie dachte an ihr großes Schlafzimmer in der Sologne, das sich unter der Balkendecke einer Scheune befand, die sie und Baz vor zwei Jahren gekauft hatten und immer noch Stück für Stück restaurierten. Sie war etwas ganz anderes als das hübsche Bauernhaus in der Touraine, das sich Basil ursprünglich als ihr zukünftiges Heim vorgestellt hatte. Es war ein ziemlich roher Kalksteinbau mit tief gezogenem Dach, der mit braunen, flechtenbewachsenen Ziegeln gedeckt und auf der gesamten Längsseite mit kleinen Dachgauben versehen war. Maulbeerbäume wuchsen an den Mauern, und überall rankte sich Efeu bis unters Dach hinauf. Im Moment hatten sie noch keinen richtigen Garten, sondern man trat aus dem Haus einfach in die freie Natur hinaus. Weiße Enten und ein paar bösartige Moschusenten aus dem benachbarten Bauernhof marschierten ungehindert an ihren Fenstern vorbei und kamen auch häufig ins Haus. Nach ihrer Ankunft hatten sie weitere Nachteile des Lebens in der Sologne entdeckt, vor allem die schlimmen Moskitos, die in den vielen Seen der Gegend brüteten, aber es war ihr erstes richtiges Zuhause, und sie liebten es.

Olivia machte es nichts aus, dort allein zu bleiben, wenn Baz aufgrund seiner Arbeit als Auslandskorrespondent häufig weg mußte. Während dieser Phasen der Einsamkeit beschäftigte sie sich mit ihrer eigenen Arbeit und versuchte gleichzeitig, irgendeinen Teil der Renovierung fertigzustellen, um Baz bei seiner Rückkehr damit zu überraschen. Wenn es ihr zu einsam wurde oder sie aus irgendeinem Grund nach Paris mußte, war es nicht weit nach Orléans, von wo aus sie den Zug in die hundert Kilometer entfernte Hauptstadt nahm. In Paris wohnte sie bei ihrer Mutter und Patrick am Quai des Grands Augustins oder bei ihrer Schwiegermutter auf der Ile St. Louis. Ihr Eheleben hatte Höhen und Tiefen, aber die Tiefen waren nicht von unglücklicher Natur, sondern eben nur anders. Oft dachte sie, sie würde sich weniger einsam fühlen, wenn sie Kinder hätte, und Basil wünschte sich nichts sehnlicher als das, auch wenn er kaum darüber sprach. Aber sie war erst vierundzwanzig und wollte ihre langsamen Karrierefortschritte als Grafikerin nicht unterbrechen, da sie ihrer Meinung nach noch viel Zeit hatte, eine Familie zu gründen. Es gab noch zu viel zu tun, zumindest noch eine weitere Ausstellung und, was noch wichtiger war, die Fertigstellung des Hauses. Aber es wird Spaß machen, die beiden Jungen ein paar Tage hier zu haben, dachte sie, als sie überprüfte, ob die Schubladen der Kommode leer waren, und den Heizlüfter ein wenig höher drehte. Wir müssen uns überlegen, womit wir sie unterhalten können.

Unten in der Küche briet Basil ein Huhn am Spieß überm offenen Holzfeuer. Er hatte zwei Gedecke aufgelegt und Brot, Käse und Wein auf den Tisch gestellt. In die Abtropfschale unter dem Geflügel hatte er vorgekochte Kartoffeln und Karotten gelegt, und während er zusah, wie sich der Spieß drehte, bestrich er das Gemüse mit dem nach Rosmarin und Knoblauch duftenden Bratsaft, der heruntertropfte. Er fühlte sich außerordentlich glücklich, wie immer, wenn er mit seiner Frau allein war, vor allem dann, wenn er eine Arbeit ausführte, die ihm gleichermaßen romantisch wie urtümlich vorkam, sei es nun, daß er den Boden pflügte, einen Brunnen grub oder überm offenen Feuer kochte. Natürlich wußte er, daß er sich dabei etwas vormachte, worüber er lächelte. Doch diese Art der unnachsichtigen Selbsterkenntnis hielt ihn nicht davon ab, sich diesen Freuden ganz bewußt und ausgiebig hinzugeben.

»Das riecht ja köstlich«, sagte Olivia, als sie in die Küche kam.

»Fast fertig«, antwortete Baz. »Schenk bitte den Wein ein, Liebling.«

Nachdem sie gegessen und abgewaschen hatten, schlug Olivia vor, ins Café zu gehen und dort im Fernsehen die Nachrichten anzusehen. »Wir haben fast eine Woche keine Zeitung gelesen und keine Nachrichten gehört«, sagte sie. »Leidest du nicht an Entzugserscheinungen?«

»Nicht im mindesten«, sagte Basil. »Sie wissen ja, wo ich bin, wenn sie mich brauchen. Im Moment bin ich vollkommen glücklich, hier mit dir zusammenzusein.«

»Wirklich?« Olivia schlang die Arme um seinen Hals. »Findest du es nicht ein bißchen zu ruhig?«

»Es ist himmlisch.« Er küßte sie, und sie zogen die Mäntel an und gingen über die Place de l'Eglise zum Café. Als sie durch die Tür traten, sahen sie Domenica, Robert und Giò an einem Tisch in der Ecke beim Abendessen sitzen. Basil ging zur Bar, Olivia schlängelte sich durch das volle Café, nahm einen Stuhl und setzte sich mit an den Tisch.

»Schön, dich zu sehen«, sagte Giò und küßte sie.

»Schön, *dich* zu sehen.« Olivia erwiderte seinen Kuß. »Bist du allein gekommen, Giò? Wann treffen die anderen ein?«

»Sie kommen nicht.«

»Sie kommen nicht? Warum denn?«

»Ach, das ist zu kompliziert, um es zu erklären«, sagte Domenica, obwohl sie dann genau das tat. »Sie sind eingeschneit, und Philippes Lämmer kommen alle zu früh zur Welt, wie es scheint, und Josh bleibt dort, um ihm zu helfen, und Max will bei Josh bleiben. Du weißt ja, wie das ist.«

»Nun«, sagte Olivia fröhlich, »macht ja nichts. *Wir* sind ja schließlich hier, oder?«

»Ich hoffe nur, ihr eßt gern Austern und Gans, das ist alles«, sagte Domenica mürrisch.

»Ich liebe Austern und Gans«, sagte Baz, der die Bemerkung aufgeschnappt hatte, als er mit dem Cognac an den Tisch kam. »Das kann doch nicht das Problem sein?«

»Nein, mein Lieber, das ist es auch nicht.« Domenica leerte ihr Glas. »Ist der Cognac für mich, Baz?«

»Für wen sonst?« sagte Basil, reichte ihr das Glas und ging an die Bar, um Nachschub zu holen.

18

»Hast du ihn erreicht?« fragte Mabel fröhlich, als sie mit der Whiskyflasche und den Zutaten für den Makkaroni-Auflauf zurückkam.

»Nein, es hat niemand abgehoben. Er muß ausgegangen sein.«

»Hast du auch *wirklich* angerufen?« Mabel klang mißtrauisch. »Du hast dir's doch nicht anders überlegt und plötzlich den Mumm verloren?«

»Nein, natürlich nicht.« Dido sah Mabel an. »Ich probier's später noch einmal, wahrscheinlich ist er mit Vassili und Heleni ausgegangen.«

»Ich dachte, er sei nicht so gesellig.«

»Gewöhnlich ist es auch so.«

»Oh.«

»Mabel, ich schwöre dir, es hat niemand abgenommen, ich versuch's später noch einmal, ehrlich.«

»Na schön. Solange du's nur tust. Also, wie wär's mit einem Schluck? Ich bin ganz ausgedörrt.«

»Gute Idee.« Dido holte Gläser, sie schalteten den Fernseher ein und sahen sich eine Weile den Weihnachtsgottesdienst an.

»Diese verdammten Weihnachtslieder«, sagte Mabel niedergeschlagen. »Sie bringen mich immer zum Heulen.«

»Mich auch«, sagte Dido und lachte.

»Ich würde mir lieber eine Wiederholung der Sketche von Morecombe und Wise ansehen.«

»Die gibt's sicher morgen«, sagte Dido und zappte die Sender durch.

»Nun, ich sollte mich lieber an die Arbeit machen, wenn wir vor acht essen wollen.« Mabel leerte ihr Glas und ging in die Küche.

Dido sah aufs Telefon. Vor mehr als einer Stunde hatte sie zum letztenmal bei Guy angerufen, vielleicht sollte sie es noch einmal probieren. Sie überprüfte die Nummer in ihrem Notizbuch und im Telefonbuch die Vorwahl. Dann nahm sie den Hörer ab und wählte. Zuerst war gar nichts zu hören, dann ertönte das bekannte Klicken, dann war wieder Stille, und dann hörte sie den Klingelton. Sie lauschte mit klopfendem Herzen und sah den langen Raum mit der Holzdecke, das große Sofa mit den warmen Lammfellen, den brennenden Kamin und Guys schwarzen Ledersessel mit dem Hocker für seine Beine vor sich. Der Sessel war leer, daneben lagen Guys Krücken auf dem Boden, als wäre er plötzlich aufgestanden und ohne Hilfe seiner Krücken davongegangen. Bedrückt runzelte sie die Stirn und ließ das Telefon weiterläuten, bis immer deutlicher wurde, daß entweder niemand zu Hause war oder er keine Lust hatte abzunehmen. Zögernd legte sie auf, wobei sie das Gefühl hatte, sogar jenen dünnen Kontaktfaden noch abzubrechen, der darin bestand, es weiterklingeln zu lassen. Sie seufzte, stand vom Sofa auf und sah kurz in die Küche hinein. »Ich gehe nur mal kurz an Deck, um ein bißchen Luft zu schnappen und mein Kopfweh loszukriegen, Mabel, in Ordnung?«

»Bleib nicht zu lange draußen. Das Essen ist in zehn Minuten fertig.« Und tatsächlich war der kleine Raum von dem köstlichen Duft einer Käsesoße erfüllt.

»Riecht herrlich«, sagte Dido. »Ich bleib nicht lange.«

Sie schloß die Küchentür, zog ihren Mantel an und ging an Deck hinauf. Ein paar Minuten sah sie auf den stillen Fluß, atmete tief die leicht modrig riechende Luft ein und versuchte, sich zu entspannen und ihre unterschwellige Angst niederzukämpfen. Mach dich nicht lächerlich, sagte sie sich. Er ist ein erwachsener Mann; sicher ist er heute abend ausgegangen, schließlich hat er keinen Grund, zu Hause zu bleiben, bloß weil ich ihn möglicherweise anrufen könnte. Sie setzte sich auf einen Poller, zog den Mantel fest um sich und beobachtete, wie am Londoner Himmel, der nie ganz dunkel wurde, der Mond aufging. Traurig erinnerte sie sich an die samtigen pechschwarzen Nächte in Koulari, an das Funkeln der Sterne und die wundervolle Mondsichel, die sich über den albanischen Bergen erhob. Was mache ich hier? fragte sie sich unglücklich. Was habe ich getan? Plötzlich begann unten im Wohnzimmer schrill und nachdrücklich das Telefon zu läuten. Das Herz klopfte ihr bis zum Hals, und sie sprang auf. Gott sei Dank! Das muß er sein, dachte sie und fiel in der Eile, rasch zum Telefon zu kommen, fast die Stufen hinab. Zitternd nahm sie ab. »Hallo?«

»Dido?« Es war Jake.

Enttäuschung und Schmerz überfielen Dido, gefolgt von Wut. »Was willst du?« fragte sie mit zusammengebissenen Zähnen.

»Ich wollte dir eigentlich nur frohe Weihnachten wünschen.«

»Danke«, erwiderte sie kalt.

»Ich dachte, vielleicht hättest du Lust, mit mir etwas trinken zu gehen.«

»Nein.«

»Ach komm, Liebling. Es ist Weihnachten; laß uns nicht streiten.«

»Jake, bist du wirklich so blöd und eingebildet, daß du nicht verstehst, was ich dir ständig sage? Zwischen uns ist alles aus, absolut und für immer.«

»Das meinst du doch ...«

»Doch, genau das meine ich!« Vor Wut und Enttäuschung zitternd und den Tränen nahe, knallte sie den Hörer auf die Gabel.

Mabel öffnete die Küchentür und kam mit einem Tablett heraus. Sie begann, den Tisch zu decken. »Das war wohl nicht er, mein Schatz?« Sie sah Dido verstohlen an, die mit verschränkten Armen, blaß und angespannt und mit zusammengekniffenem Mund dastand.

Dido sah Mabel an, versuchte zu lächeln und schüttelte den Kopf. »Nein, das war nicht er.«

»Also, dann versuch's noch einmal, während ich den Auflauf austeile, und dann essen wir.«

»Ich glaube, das hat nicht viel Sinn«, antwortete Dido.

»Mach schon!« sagte Mabel und schloß die Küchentür hinter sich.

Ohne Hoffnung wählte Dido die Nummer. Es war belegt. Ihr Herz machte einen Freudensprung. Er mußte inzwischen zu Hause sein! Sie wartete einen Moment und wählte dann aufgeregt und zitternd noch einmal. Wie zuvor klingelte und klingelte es, aber keiner nahm ab. Sie legte auf.

Mabel kam mit dem Makkaroni-Auflauf herein, und sie ließen sich zum Essen nieder. Mabel fragte nicht, ob Dido diesmal Glück gehabt hatte; es war ziemlich offensichtlich, daß dies nicht der Fall gewesen war.

Nach dem Essen wuschen sie ab und machten dann Didos altes Bett für Mabel zurecht. Dido fand einen Schlafanzug und ein altes Paar Hausschuhe aus gefüttertem Satin für sie, die ihrer Mutter gehört hatten.

»Mein Gott«, sagte Mabel, »sind wir nicht vornehm?«

Sie sahen die Nachrichten im Fernsehen an, dann verkündete Dido, sie gehe zu Bett – es sei ein langer, anstrengender Tag gewesen und sie habe immer noch Kopfschmerzen.

»Ich schau noch ein bißchen in die Glotze«, sagte Mabel. »Vielleicht kommt Des O'Connor. Das ist sicher lustig; ich mag ihn.«

»Warum nicht?« stimmte Dido zu. »Und mach dir meinetwegen keine Sorgen; geh einfach ins Badezimmer durch, wann immer du möchtest.«

»Ich hab wohl keine andere Wahl, mein Schatz, nicht wahr?«

Dido lachte. »Nein, das hast du nicht.«

»Also rufst du ihn nicht noch mal an?«

Dido sah auf ihre Uhr: zehn nach zehn. »Es ist jetzt zehn nach zwölf dort«, sagte sie stirnrunzelnd. »Entweder sind sie immer noch weg oder in die Kirche gegangen oder höchstwahrscheinlich schon im Bett.« Sie seufzte. »Ich warte lieber und versuche es morgen früh.«

Mabel sah sie anteilnehmend an. »Ich schätze, das weißt du am besten, meine Liebe. Versuch jetzt ein bißchen zu schlafen.«

»Das werde ich.« Dido beugte sich hinunter und gab Mabel einen Kuß. »Danke, daß du gekommen bist, liebste Mabel. Du bist ein Engel.«

Im Schlafzimmer warf sie die Schuhe ab, legte sich einen Moment nieder und schloß die Augen. Irgendwie fühlte sie sich erleichtert, daß es auf Korfu nun nach Mitternacht war und es daher ziemlich unhöflich wäre, zu so später Stunde noch anzurufen, aber eine leise innere Stimme sagte ihr, daß Guy dort im Bett liegen, das Telefon anstarren und sich wünschen könnte, es würde läuten. Sie legte die Hände über die Augen und fühlte sich erschöpft, schwach und ausgelaugt. Ich versuch's morgen früh, dachte sie, ich bin sicher, das ist das Beste.

Es war unbequem, flach auf dem Bett zu liegen, außerdem schienen sich ihre Kopfschmerzen auf diese Weise nur noch zu verschlimmern, also stand sie auf, ging ins Badezimmer, wusch sich und putzte sich die Zähne. Dann kehrte sie ins Schlafzimmer zurück, türmte die Kissen aufeinander, lehnte sich dagegen und massierte ihren steifen Hals. Auf dem Nachttisch lag ein Stapel Bücher, sie nahm eines davon und schlug es auf. Es war eine Sammlung englischer Gedichte, und sie begann zu lesen.

What, you want, do you, to comes unawares,
Sweeping the church up for first morning prayers,

And find a poor devil has ended his cares
At the foot of your rotten-runged, rat-riddled stairs.
Do I carry the moon in my pocket?

Dido las die Zeilen dreimal, und ein eiskalter Schauer überlief sie, eine übermächtige Ahnung, daß Guy etwas Schreckliches passiert war. Gelähmt vor Schreck blieb sie einen Moment liegen, dann nahm sie das Telefon und wählte die Nummer, während ihr das Herz bis zum Hals klopfte. Das Telefon am anderen Ende klingelte und klingelte, aber niemand nahm ab.

»Irgendwas ist passiert«, sagte sie laut. »Ich muß sofort zu ihm fahren.« Plötzlich ganz ruhig, stand sie auf, zog die Schuhe an, ging schnell ins Wohnzimmer und weckte Mabel, die vor dem Fernseher eingeschlafen war. »Tut mir leid, Mabel, ich brauche das Telefonbuch.«

Verwirrt setzte sich Mabel auf. »Was ist denn los?«

»Es geht um Guy. Ich bin sicher, daß ihm etwas passiert ist. Ich muß noch heute nacht einen Flug erwischen, wenn ich kann, und zu ihm fahren.« Sie fand die Nummer und rief den Flughafen an. Sie erklärte, daß sie dringend einen Flug nach Korfu brauche. Ob man ihr wohl helfen könne?

»Zufällig haben Sie Glück, Madam. Gerade ist ein Platz in der letzten Maschine nach Athen frei geworden. Von dort aus können sie dann nach Korfu weiterfliegen. Wäre Ihnen das recht?«

»Großartig.«

»Können Sie um zehn vor elf hier sein?«

»Ich werde da sein«, sagte Dido. Sie gab die Nummer ihrer Visa-Karte durch und vereinbarte, das Ticket am Schalter abzuholen.

»Respekt«, sagte Mabel, als Dido auflegte, »du bist ja schneller als die Feuerwehr. Wie steht's mit Packen?«

»Ich brauche nichts außer meinen Kreditkarten und meinem

Paß.« Sie rief ein Taxi an, dann warf sie alles, was sie brauchte, in ihre Tasche, zog ihren Mantel an und ging auf den Quai hinaus, um auf das Taxi zu warten. Mabel stand zitternd neben ihr.

»Warte nicht«, sagte Dido und legte den Arm um ihre Schultern. »Du holst dir sonst den Tod. Geh nach unten, ich ruf dich morgen an, das verspreche ich.«

Die Scheinwerfer des Taxis blitzten auf, als es sich näherte. Dido beugte sich hinunter und küßte Mabel. »Wiedersehen, meine Liebe. Hab ein schönes Weihnachtsfest.« Sie sprang ins Taxi und war fort.

»Schön wär's«, sagte Mabel. Vorsichtig trat sie auf die Gangway und stieg die Stufen der »Maid of Wapping« hinunter.

Guy lag mit geschlossenen Augen in seinem schwarzen Ledersessel, konzentrierte sich aufs Telefon und wünschte sich, es würde läuten. Er öffnete die Augen und sah auf seine Uhr: Zwanzig nach elf. Seit etwa einer halben Stunde war er aus der Taverne zurückgekehrt. In England ist es erst zwanzig nach neun, also nicht zu spät, um anzurufen, wenn sie es möchte. Er spürte, wie er immer tiefer nach unten rutschte und setzte sich wieder auf, entschlossen, nicht in den Schlaf zu fallen. Er sah auf die Whiskyflasche auf dem Tisch neben sich und war stark versucht, sich ein Glas einzugießen. Nein, sagte er sich, ich warte bis Mitternacht. Wenn sie bis dahin nicht angerufen hat, trinke ich die ganze verdammte Flasche aus. Seine Beine, die von den Eisenstützen aufgerieben und wund waren, taten ihm weh, und er versuchte vergeblich, sich trotz der starren, grausamen Riemen zu entspannen. Mein Gott, dachte er, warum bin ich so nutzlos, so hilflos und so deformiert? Warum muß ich die meiste Zeit Schmerzen erdulden? Warum mache ich überhaupt noch weiter, ist es das denn wert? Obwohl er sich wegen seiner Mutlosigkeit verachtete, gegen die er jedoch nichts unternehmen konnte, glitt er immer tiefer und tiefer in den vertrauten Zustand des Selbstmitleids und der Verwünschung seines verkrüppelten Körpers. Du solltest dir nichts vormachen, Guy, sagte er sich kalt, sie will nichts mehr von dir wissen. Sie hat begriffen, was es bedeutet, den Rest ihres Lebens mit einem Krüppel zu verbringen, und, ehrlich gesagt, wer könnte ihr das verübeln?

Erneut schloß er die Augen und versuchte mit aller Kraft, sich zu entspannen, da er nur allzugut wußte, daß Wut und Depression seine körperlichen Leiden nur noch verschlimmerten. Ich frage mich, was ich wohl an mir habe, das soviel Feindseligkeit bei anderen auslöst? Daß manche mich sogar zerstören wollen? Zuerst Lavinia, was ziemlich unverständlich war. Als Junge habe ich sie geradezu angebetet; das zeigt nur, wie wenig man sich auf sein Urteil verlassen kann. Dann der Hohn und die Belästigung in der Schule. Er konnte sich an keinen einzigen Lehrer oder Schüler erinnern, der ihn in seiner mißlichen Lage unterstützt oder ihm wenigstens freundlich begegnet wäre. Wahrscheinlich war ich als Jugendlicher stolz, aggressiv und sehr wenig anziehend, dachte er. Er erkannte, daß er wahrscheinlich alle Versuche, ihm freundlich zu begegnen, untergraben hatte, weil er sie für gönnerhaft hielt, und er war ein Meister des geschliffenen Worts und der schroffen, schlagfertigen Antworten geworden. Irgendein Schlauberger hatte ihm den Spitznamen »der Schakal« gegeben, obwohl Guy den Sinn dieser grausamen Verhöhnung nie verstanden hatte, die ihn bis heute vor Scham erbeben ließ. Es war ja nicht besonders intelligent oder originell, was ihnen da eingefallen war, dachte er, ich bin sicher, daß ich auf eine viel beleidigendere und verletzendere Bezeichnung gekommen wäre. Wie auch immer, sagte er sich nüchtern, ich weiß, daß ein großer Teil meines Unglücks allein meine Schuld war. Dennoch ärgerte er sich, daß ihn die längst vergangenen Ereignisse immer noch schmerzten.

Er hatte hart gearbeitet, um die Schule hinter sich zu bringen und nach Oxford zu kommen, in der Hoffnung, an der Universität auf aufgeklärtere und intellektuellere Menschen zu treffen, die weniger Gewicht auf körperliche Qualität legten. Aber wie sich zeigte, hatte der Ortswechsel nur wenig Veränderung gebracht, denn einige seiner Schulkameraden waren ebenfalls nach Oxford gekommen, und bald verbreitete sich die Meinung, daß Porteous ein aufgeblasener, anmaßender Krüppel sei, dem man am besten aus dem Weg ging. Es war praktisch unmöglich gewesen, einen neuen Freundeskreis zu finden. Er war ein paar Verbindungen beigetreten, und ein paar Wochen lang hatte er an ihren Besäufnissen teilgenommen und versucht, sich sogar in so dumpfen, geistlosen Gemeinschaften lieb Kind zu machen. Nach einer Reihe verheerender Vorfälle, wozu Zusammenstöße mit dem Aufsichtspersonal und eine Verwarnung durch seinen Tutor zählten, hatte er sich aus dem Getümmel zurückgezogen, da er keine Lust hatte, rausgeschmissen zu werden. Danach hatte er sich ziemlich einsam der Arbeit gewidmet und sich aus allen Schwierigkeiten herausgehalten. Mädchen hatten in seinem Leben überhaupt keine Rolle gespielt, wer hätte ihnen das auch verübeln wollen? Junge Leute fürchten alles, was außerhalb der Norm ist, sie lehnen es instinktiv ab, und er hatte ihr Zögern verstanden, sich mit ihm einzulassen. Schließlich war ihm die Befriedigung zuteil geworden, ans Gericht berufen zu werden, aber die Blicke und das verstohlene Lächeln seiner Kollegen, als er darum kämpfte, als ein vollwertiges Mitglied der menschlichen Gesellschaft anerkannt zu werden, waren schwer zu ignorieren, sowohl damals wie jetzt im Rückblick. Und nun hatte es den Anschein, als hätte sogar Dido ihn zurückgewiesen. Armes Mädchen, dachte er, ich kann es ihr nicht verdenken. Warum sollte sie sich an ein von Selbstmitleid zerfressenes Wrack wie mich binden?

Er sah auf seine Uhr: fünf nach zwölf. Er nahm die Whiskyflasche, entkorkte sie und genehmigte sich einen tiefen Schluck. Er verschloß die Flasche wieder und stellte sie auf den Tisch zurück, dann nahm er einen Block aus dem unteren Fach des Tischs und schrieb einen Brief an Dido. Er sagte ihr, wie sehr er sie liebe, wieviel Glück sie ihm gebracht habe und wieviel Leid er im Moment ohne sie ertragen müsse. Er zögerte einen Augenblick, dann schrieb er: Ich nehme an, daß Du Deine Differenzen mit Jacob Kroll beigelegt hast und zu ihm zurückgekehrt bist, schließlich war er so lange Jahre Dein Geliebter. Ich verstehe vollkommen, daß Du diese Beziehung nicht beenden und das abwechslungsreiche, interessante Leben, das Du mit ihm führst, nicht gegen ein beschränktes und eintöniges Dasein auf dieser kleinen Insel eintauschen willst, denn das ist alles, was ich Dir bieten kann. Er unterschrieb den Brief, faltete ihn zusammen und steckte ihn in seine Jackentasche. Dann stellte er die Beine auf den Boden, nahm seine beiden Krücken und stand auf. Er schaltete die Lampe aus, ging vorsichtig zur Gartentür und trat hinaus. Der Vollmond leuchtete am Himmel, und die silbrigen Blätter der Olivenbäume glänzten in der kalten Nacht. Auf dem hell erleuchteten Hügel war alles ruhig und still, kein Blatt bewegte sich, und weder aus der Taverne noch aus Vassilis Haus drang ein Laut. Guy hörte nicht einmal das sanfte Knirschen der Kieselsteine, die von den Wellen zum Strand gespült wurden. Es war, als hielte die Welt den Atem an und wartete, daß etwas passierte. Langsam ging er unter den schwarzen Schatten der Olivenbäume über das Grundstück zur Kapelle, die sich hoch aufragend und geisterhaft im blassen Mondlicht abzeichnete. Er öffnete die Tür und trat ein. Er sah auf die verblaßten Fresken, auf die Steinbank entlang der Wand, die mit Schwalbendreck bedeckt war, und erinnerte sich an die Kühle des Steins an seinem heißen Rücken, als er mit Dido dort gesessen hatte, und der Duft ihrer nackten Arme um seinen Hals und ihre weichen Lippen auf seiner Wange fielen ihm ein. Über die zersprungenen, im Mondlicht bleichen Steinplatten ging er zum Fuß der wackligen Leiter hinüber. Er sah zu der Plattform hinauf, die sich hoch droben unterm Dach befand, und überprüfte, ob der Brief noch in seiner Jackentasche steckte. Dann ließ er die Krücken fallen, griff nach den Leitersprossen und zog sich, vor Anstrengung schwitzend, langsam hoch, bis er das obere Ende des Gerüsts erreicht hatte. Mit letzter Kraft zog er sich die letzte Sprosse hinauf und schwang sich auf die Plattform. Es stank nach Eulenexkrementen, überall lagen schmutzige Federn, Gewölle und Ausscheidungen herum.

Einen Moment lang blieb er liegen und rang mit klopfendem Herzen nach Luft, während seine Wange in dem stinkenden Schmutz lag. Dann rollte er sich unter Schmerzen auf den Rücken und starrte zu dem bemalten Gewölbe hinauf. Die goldenen Sterne wirkten aus der Nähe überraschend groß, und er sah, daß sie eigentlich ziemlich primitiv gemalt waren und ihre Ränder auf den roh behauenen Steinen des Gewölbes ausgefranst erschienen. Wenn hier kein so entsetzlicher Gestank wäre und meine verdammten Beine nicht so weh tun würden, fände ich es hier oben eigentlich ganz schön und friedlich, dachte er. Er setzte sich auf, löste die Riemen seiner Beinstützen, warf sie über den Rand der Plattform hinunter und hörte sie unten krachend aufschlagen; diese verdammten Dinger werde ich nicht mehr brauchen, dachte er. Er legte sich auf die Seite und sah durch das klaffende Loch in der Mauer über die Baumwipfel hinweg auf das darunterliegende Meer. Er war traurig und fühlte sich erschöpft, aber gleichzeitig war er ruhig und fühlte sich seltsam erleichtert, als hätte er das Ende einer anstrengenden und offensichtlich sinnlosen Reise erreicht. Er sah auf den Mond, der in den Spitzen der Olivenbäume glänzte, auf die wirklichen Sterne, die wie ein Band aus Diamanten über den Himmel geworfen waren und sich im gläsernen Wasser des Meeres spiegelten. Es ist eine schöne Welt, sagte er sich; schade, daß darin so wenig Platz für Krüppel wie mich ist.

Pünktlich landete die Maschine in Athen. Sobald sie die Paßkontrolle hinter sich hatte, beeilte sich Dido, zum West-Terminal zu kommen. Am Schalter von Olympic Airways buchte sie einen

Platz in der nächsten Maschine nach Korfu. Bis zum Abflug hatte sie fast noch eine Stunde Zeit, daher wechselte sie etwas Geld und versuchte wieder, bei Guy anzurufen, aber die Leitung war tot, vermutlich gestört. Sie versuchte, ruhig zu bleiben und aus der Angst keine Panik werden zu lassen. Ungeduldig ging sie auf und ab, bis ihr Flug aufgerufen wurde und sie mit drei anderen Passagieren zu der Maschine ging. Die Passagiere hatten ihr Gepäck bei sich und verstauten es, wo immer sie wollten, sehr zu Didos Überraschung, die an die strikten Regeln internationaler Fluglinien gewöhnt war. Während die kleine Maschine durch die kalte Luft nach Norden flog, saß sie am Fenster und beobachtete den riesigen Vollmond, der langsam am Himmel hinabglitt und sein Licht über Berggipfel und gekräuseltes silbriges Wasser ergoß. Wenn ich nicht so aufgeregt wäre und keine solche Angst hätte, dachte sie, würde ich wahrscheinlich glauben, ich hätte selten etwas Schöneres gesehen. Nachdem sie gelandet und ausgestiegen war, beschloß sie, keine Zeit mit einem weiteren Anruf zu vergeuden. Statt dessen rannte sie so schnell sie konnte zu den wenigen wartenden Taxis, und fünf Minuten später war sie bereits auf dem Weg nach Koulari, begierig, dorthin zu gelangen, aber voller Angst, was sie dort vorfinden würde. Der Mond war schon lange untergegangen, als sie in dem dunklen Olivenwäldchen stand und dem Taxi nachsah, das den gewundenen Pfad zur Hauptstraße zurückfuhr. Das Haus war dunkel; auch in Vassilis Haus brannte kein Licht, und Guys Wagen stand nicht am gewohnten Platz. Als ihre Augen sich an die Dunkelheit gewöhnt hatten, entdeckte sie, daß die Gartentür zum Wohnzimmer offenstand. Sie ging hinein, durchquerte im Dunkeln den vertrauten Raum und schaltete die Lampe neben Guys Sessel an. Auf dem Tisch stand eine fast volle Flasche Whisky, daneben lagen ein Schreibblock und Guys Füller. Ein Stück weißes Löschpapier lag unter dem Block, auf dem in Spiegelschrift das Wort »Guy« zu erkennen war. Sie nahm das Löschpapier und konnte auch die vorhergehenden Worte noch entziffern: »eintöniges Dasein auf dieser kleinen Insel, und das ist alles, was ich Dir bieten kann.« Sie holte tief Luft, legte das Löschpapier zurück und ging schnell durchs Haus, um in allen anderen Räumen nachzusehen. Sie nahm die große Taschenlampe vom Haken, ging auf die dunkle Terrasse hinaus, leuchtete über die Balustrade hinunter und suchte die darunterliegende Bucht ab. Sie stieg die Treppe hinunter, ging langsam ums Haus herum, und der starke Lichtstrahl aus der Lampe erhellte die umstehenden Bäume und Büsche, während sie jeden Zentimeter absuchte. Angstvoll sah sie ins Schwimmbecken, das nun leer und für den Winter abgedeckt war. Im Umdrehen leuchtete sie auf den Parkplatz und entdeckte, daß die Tür zur Kapelle weit offenstand. O Gott, dachte sie, da wird er sein! Was hat er getan? Sie begann zu rennen und stolperte auf dem unebenen Boden, während der Lichtstrahl aus der Taschenlampe vor ihr auf- und abhüpfte. Sie trat in die Kapelle und sah sogleich Guys Krücken und Beinstützen am Fuß der Leiter liegen. Verständnislos starrte sie sie an, suchte dann mit der Taschenlampe die Wände der Kapelle ab und ging voller Furcht zum hinteren Ende des Gerüsts, konnte aber nichts entdecken. Sie kehrte zum Fuß der Leiter zurück und hob eine der Beinstützen auf. Er muß sie selbst abgenommen haben, dachte sie; ohne sie kann er nicht weit gekommen sein. Oben im Dach hörte sie ein schweres Stöhnen und sah verblüfft hinauf, dann richtete sie den Lichtstrahl auf die Plattform. »Guy? Bist du dort oben?«

Zwei Hände umfaßten den Rand der Plattform, dann erschien Guys Gesicht, das mit Schmutzstriemen überzogen war. »Hallo, Dido.« Seine Stimme klang ärgerlich in seiner Bemühung, nicht die Fassung zu verlieren. »Schalt diese verdammte Lampe ab, um Himmels willen!«

Vor Erleichterung lachend legte Dido die Lampe weg und kletterte schnell die Leiter hinauf. »Rück zur Seite, Guy, ich komme.« Er machte Platz, und sie kroch auf die Plattform und legte sich neben ihn nieder. Sie nahm sein schmutziges Gesicht in die Hände und küßte ihn sanft auf den Mund, dann sah sie ihn mit gerunzelter Stirn streng an. »Was zum Teufel machst du eigentlich hier?«

»Was glaubst du denn? Ich sehe mir die Sterne aus der Nähe an.«

Ihre Blicke trafen sich, und mit einem Mal begriff sie alles. Ein eisiger Schauer überlief Dido, und ihr Haar sträubte sich. »Können wir runtersteigen und ins Bett gehen?« fragte sie ruhig. »Es ist schrecklich kalt hier oben.«

»Warum nicht? Du gehst zuerst, dann falle ich auf dich, wenn ich abrutsche. Aber bei genauerer Überlegung ist das keine so gute Idee, ich gehe als erster.« Er schleppte sich zum Rand der Plattform und glitt dann langsam die Leiter hinunter, indem er sich abwechselnd jeweils mit einer Hand an den Sprossen festhielt. »In Ordnung«, rief er, »jetzt du.«

Sie folgte ihm und legte ihm anschließend die Beinstützen an. Langsam gingen sie zum Haus zurück und gleich zu Bett. Sie lagen nebeneinander, zu erschöpft, um zu reden, aber sie hielten sich fest und liebevoll umschlungen, und endlich kam der langersehnte Schlaf über sie. Einmal öffnete Guy schlaftrunken die Augen und lauschte den Eulen, die draußen im Olivenwäldchen riefen. Ihr Ruf erschien ihm nicht mehr unerträglich traurig, sondern schön und beruhigend. Er drehte den Kopf und sah auf das schlafende Gesicht der Frau, die er so liebte und fast verloren hätte, dann schloß er die Augen und fiel wieder in Schlaf.

Bei Tagesanbruch wachte er auf. Der Himmel war grau bezogen, und in den Bäumen unter der Terrasse hatten bereits ein paar Vögel zu singen begonnen. Sein linker Arm, auf dem noch immer Didos Kopf ruhte, war eingeschlafen, und seine Hand fühlte sich an, als steckten tausend Stecknadeln darin. Trotz der Unbequemlichkeit rührte er sich nicht, da er sie nicht stören wollte. Er sah auf den langsam heller werdenden Himmel hinaus und verspürte unendliches Glück und Erleichterung, daß ihre Anwesenheit kein bloßes Traumgespinst war. Er beobachtete, wie eine hell erleuchtete *caique* um die Landzunge kam und zielstrebig auf den Hafen von Koulari zusteuerte, vielleicht brachte sie eine Gesellschaft zurück, die in Korfu-Stadt die Mitternachtsmesse besucht hatte.

»Hallo.« Dido hob den Kopf von Guys Arm. Sie stützte sich auf die Ellbogen und blinzelte ihn schläfrig an. »Hast du nicht geschlafen, Liebling?«

»Doch« antwortete Guy. »Wie ein Toter.«

Dido schrak zusammen und legte einen Finger auf seine Lippen. »Sag bitte so was nicht.«

»Tut mir leid. Es ist mir nur so herausgerutscht.« Er setzte sich abrupt auf und schüttelte heftig seinen Arm, um den Kreislauf wieder in Gang zu bringen. Dann küßte er sie und lehnte sich in die Kissen zurück. »Ich glaube nicht, daß ich dir sagen muß, wie schrecklich unglücklich ich ohne dich gewesen bin, Dido. Versprich mir, nie mehr fortzulaufen!«

»Ich verspreche es.« Sie lächelte ihn reumütig an. »Es ist ein unausrottbarer Fehler an mir, bei Schwierigkeiten auszubüchsen. Immer renne ich davon, um alles hinter mir zu lassen. Damit muß jetzt wohl Schluß sein! Die Reisekosten nach Korfu sind zu teuer, als daß ich mir noch mehrere dieser Eskapaden leisten könnte.«

Sie stand auf, zog Guys Morgenrock an und setzte sich aufs Bettende. »Ich werde dir ganz genau erzählen, was mit Jake passiert ist, Guy, und dann können wir die Sache vielleicht auf sich beruhen lassen und vergessen, daß sie je geschehen ist.«

»Bitte nicht«, antwortete Guy. »Ich will es wirklich nicht wissen, und ich bin sicher, daß du nicht darüber reden willst.«

»Aber ich muß darüber sprechen, Guy, falls du der Meinung bist, es ertragen zu können. Es war dumm von mir, es dir nicht gleich zu sagen, das sehe ich jetzt ein. Wenn ich damals die ganze scheußliche Angelegenheit mit dir besprochen hätte, wäre sie zwar schmerzlich gewesen, aber wir hätten darüber reden können, und alles weitere wäre nicht passiert.«

»Wahrscheinlich nicht.« Er streckte die Hand aus. »Also gut, erzähl mir davon, wenn du meinst, es sei nötig, aber komm bitte ins Bett zurück.«

»Soll ich zuerst Tee machen?«

»Dido, komm ins Bett zurück!«

Sie stieg wieder ins Bett und erzählte ihm haarklein, was damals geschehen war, angefangen von dem Moment, als sie von ihrem Strohballen aufsah, bis zu ihrer Flucht aus dem Stall, dem anschließenden Bad, das sie von Jake reinigen sollte, und ihrem Entschluß, Guy nichts von dem Alptraum zu erzählen, wofür sie zum damaligen Zeitpunkt glaubte, gute Gründe zu haben. Nachdem Dido mit ihrer Erzählung fertig war, trat langes Schweigen ein.

»Du beschämst mich«, sagte Guy schließlich. »Ich verdiene dich nicht, Dido. Ich hätte viel sensibler sein müssen, was die Vielschichtigkeit der Beziehung zwischen dir und Kroll anbelangte, ich hätte in Betracht ziehen sollen, daß es zwischen euch vielleicht immer noch bestimmte Anziehungspunkte gibt.«

»Aber die gab es nicht«, sagte Dido. »Zumindest nicht, was mich anbelangte.«

»Das weiß ich jetzt. Aber die Sache ist die, *wenn* es sie gegeben hätte, hätte ich damit fertigwerden, mich sogar damit anfreunden und sie verstehen müssen. Aber das habe ich nicht getan. Ich habe wie ein Kind reagiert; ich war wütend und eifersüchtig.«

»Das nehme ich dir nicht übel«, sagte Dido lächelnd und schlang die Arme um seinen Hals.

»Was nimmst du mir nicht übel?«

»Daß du eifersüchtig warst.«

»Oh.« Er küßte sie. »Nun, du darfst gern wissen, daß ich eifersüchtig und auch besitzergreifend bin.«

Dido lachte. »Niemand war je eifersüchtig meinetwegen, soviel ich weiß, also ist das ein ziemlich angenehmes Gefühl.«

»Ich bin froh, daß du so darüber denkst. Eifersüchtig zu sein ist kein angenehmes Gefühl, das kann ich dir versichern. Es ist die absolute Hölle.«

»Ja«, antwortete Dido ernst, »das kann ich mir vorstellen.«

Guy sah sie eindringlich an, als könne er noch immer nicht fassen, daß der Alptraum vorbei war. »Was hat dich bewogen, so plötzlich zurückzukommen, Dido, sogar ohne vorher anzurufen?«

»Sogar ohne vorher *anzurufen*? Du machst wohl Scherze. Ich habe einen ganzen Abend versucht, zu dir durchzukommen, aber niemand hat abgenommen. Wo warst du eigentlich die ganze Zeit? Sicherlich nicht nur auf dieser schmutzigen Plattform.«

»Nein, ich war ziemlich lange in der Taverne.«

»In der Taverne?«

Er erzählte ihr von dem Tauffest von Katerinas Baby. »Es ist eine Schande, daß du nicht dabei warst, sie haben den *agiriótikos* getanzt; es war herrlich.«

»Und ich habe mit Mabel Makkaroni-Auflauf gegessen.«

»Mit Mabel?«

»Ja, und eigentlich ist es überhaupt ihr zu verdanken, daß ich hier bin. Sie hat mir deutlich gemacht, was für eine Närrin ich war, und sie hat mir geholfen, Jakes Sachen zum Strand-on-the-Green zu bringen und bei den Abfalltonnen abzuladen.«

»Wie um alles in der Welt habt ihr das denn geschafft?«

»Wir haben ein Taxi genommen.«

»Und dann?« fragte Guy lachend. »Was ist dann passiert?«

»Nun, ich ging zu Bett und wollte eigentlich am Morgen noch einmal anrufen. Ich griff nach einem Buch und las das schreckliche Gedicht über einen Leichnam, der am Fuße einer verfaulten, mit Ratten übersäten Treppe liegt. Das hat mich furchtbar erschreckt, und kurz darauf war ich schon auf dem Weg nach Athen. Die arme Mabel, sie war außer sich! Ich darf nicht vergessen, sie anzurufen.« Sie wandte sich Guy zu und sah ihn ernst an. »Und wenn wir schon beim Thema sind, warum zum Teufel, hast du mich nicht angerufen, du Scheusal?«

Guy sah ihr mit festem Blick in die Augen. »Wenn du wüßtest, wie gern ich das getan hätte, mein Liebling; und wie viele Male ich es fast getan hätte.«

»Und warum hast du es nicht getan?«

»Weil ich wußte, wenn ich mit dir gesprochen hätte, wäre ich zusammengebrochen, und du hättest sofort erraten, wie dringend ich dich brauche.«

»Wäre das so schlimm gewesen?«

»Ja, das wäre es. Ich wollte, daß du zurückkommst, weil du *mich* brauchtest, obwohl es dir vielleicht schwerfällt, das zu glauben.«

»Das fällt mir gar nicht schwer, weil es wahr ist. Ich brauche, dich, Guy.«

»Wirklich?«

»Ja, wirklich.«

Dann klopfte es an der Tür, und Heleni kam mit einem Frühstückstablett herein. »*Kali mera*«, begann sie und sah dann Dido in Guys Armen. Sie stieß einen gellenden Schrei aus und ließ mit lautem Krachen das Tablett fallen. Wie angewurzelt blieb sie stehen, bedeckte den Mund mit der Hand und starrte die beiden an. Guy und Dido begannen zu lachen, als im Gang schnelle schwere Schritte ertönten und Vassili, bleich und das Schlimmste befürchtend, in der Tür erschien. Als er begriff, was geschehen war, faßte er Heleni um die Taille, wirbelte sie herum, und aus ihren Mündern ergoß sich ein Wasserfall fröhlich klingender griechischer Worte. Dann rannte Vassili durchs Zimmer, nahm Didos Hand, küßte ihr Handgelenk und überschüttete die beiden mit aufgeregten Segenswünschen. Das einzige Wort, das Dido verstand, war *efcharistó*, danke. Heleni stand scheu in der Tür, nickte zustimmend und lächelte sie an. Dann kehrte wieder Ordnung ein, das Tablett und das zerbrochene Geschirr wurden aufgeräumt, und aus der Küche wurde ein Tuch geholt, um aufzuwischen.

»Glaubst du, wir kriegen ein neues Tablett?« fragte Dido, nachdem Vassili gegangen war und die Tür hinter sich geschlossen hatte. »Ich bin ganz ausgehungert, du nicht?«

»Jetzt, wo du es sagst, ja, ich auch.«

Zehn Minuten später klopfte es erneut, und Heleni, die sich inzwischen wieder gefangen hatte, kam mit einem frischen Tablett herein. Sie stellte es vorsichtig auf den Tisch neben Didos Bettseite.

»*Efcharistó*, Heleni«, sagte Dido und lächelte sie an.

»*Típota.*« Heleni machte eine liebevolle Geste mit der Hand, ging hinaus und ließ die beiden allein.

»Noch nie hat der Kaffee so wundervoll geduftet«, sagte Guy, als Dido ihm eine Tasse eingoß und sie ihm reichte.

»Oder der Joghurt so unglaublich köstlich ausgesehen«, sagte Dido.

»Und nie war der Toast so schrecklich verbrannt«, sagte Guy lachend.

Am Neujahrsabend bekam Guy einen Anruf seiner Anwälte in Dublin, die ihm mitteilten, daß der Leichnam seiner Schwester im Fluß von Inniscarragh gefunden worden sei. Trotz gründlicher Suche war kein Testament entdeckt worden, weshalb ihr gesamter Besitz an Guy, ihren einzigen lebenden Verwandten, übergehen würde. Falls Guy zur Beerdigung nach Irland kommen wolle, schlug McDonnell vor, könne damit auch der Verkauf von Inniscarragh abgeschlossen werden, was nun dringend geschehen müsse.

»Oh, Liebling, müssen wir wirklich hinfahren?«

»Nein, das müssen wir nicht. Ich möchte den verdammten Ort nie mehr sehen. Was den Verkaufsabschluß anbelangt, so habe ich alle notwendigen Papiere unterzeichnet. Falls noch irgend etwas zu tun ist, kann McDonnell hierher fliegen.«

»Arme alte Lavinia«, sagte Dido. »Ich frage mich, was wohl geschehen ist.«

»Das scheint niemand zu wissen. Offensichtlich hat sie Mantel und Stiefel angehabt, also ging sie wahrscheinlich auf einen Spaziergang. Sie ist auf der alten Brücke durchgebrochen, wird vermutet.«

»Armes Ding, wie traurig.«

Guy erwiderte nichts. Er hatte Dido nichts von dem letzten Gespräch mit seiner Schwester erzählt und sah auch keinen Grund, das jetzt zu tun.

Am späten Nachmittag gingen sie zur Kapelle hinüber. Sie saßen auf der Bank, genauso wie bei Didos erstem Besuch.

»Eines würde ich gern wissen«, sagte sie, »und dann sprechen wir nie mehr davon.«

»Ja?«

Sie sah zu der Plattform hinauf. »Was hast du dort oben gemacht, Guy?« Dann richtete sie den Blick wieder auf ihn. »Und warum hast du deine Beinstützen abgenommen?«

»Sie taten mir weh, und ich glaubte nicht, daß ich sie noch brauchen würde.«

»Hattest du vor, dich hinunterzustürzen?«

»Ja, das hatte ich vor.«

»Ich bin sehr froh, daß du es nicht getan hast.«

»Ich auch.« Er sah sie an. »Du bist gerade zur rechten Zeit gekommen.«

»Gott sei Dank.«

»Und nun Schluß mit dieser Sache.«

Beruhigt von der friedlichen Atmosphäre der kleinen Kapelle, saßen sie in der hereinbrechenden Dämmerung zusammen.

»Dido, meine Liebste?«

»Hm?«

»Ich schätze, wir müssen die standesamtliche Heirat in der Stadt vornehmen, aber es wäre schön, wenn uns der alte Priester hier seinen Segen geben würde, findest du nicht auch?«

»Ja, das wäre hübsch. Aber ist hier nicht alles zu verrottet?«

»Nun, wir könnten es ja restaurieren lassen, oder?«

»Aber das würde doch sicher eine Unmenge kosten?«

»Vermutlich, aber doch bloß Geld.«

Dido lachte. »Ja, aber dennoch müssen wir vernünftig sein. Diese ganzen Flüge haben doch sicher ein Riesenloch in dein Budget gerissen, und jetzt, nachdem ich Mabel gebeten habe, auf der ›Maid of Wapping‹ zu wohnen, haben wir auch das Geld nicht, das wir bei einem Verkauf bekommen hätten.« Sie runzelte die Stirn und sah besorgt aus.

Guy nahm ihre Hand und küßte sie. »Jetzt ist wahrscheinlich der richtige Moment, dir zu sagen, daß wir demnächst stinkreich sein werden«, erwiderte er ruhig und erzählte ihr von der enormen Summe, die ihm für Inniscarragh geboten worden war. »Und dazu kommt jetzt noch Lavinias Vermögen, und wie ich sie kenne, dürfte das ein ziemlicher Batzen sein. Ich wundere mich nur, daß sie nicht alles einem Tierheim oder so was in der Art hinterlassen hat.«

»Vielleicht hat sie das«, sagte Dido geheimnisvoll, »und man hat bloß das Testament noch nicht gefunden.«

»Vielleicht ist es so«, stimmte er zu und lachte. »In dem Fall müßten wir eben alles zurückgeben, nicht wahr?«

»Mir wäre das egal.«

»Mir auch.«

Epilog

Um zehn vor fünf stiegen Patrick und Anna in Montpellier aus dem Flugzeug, mieteten einen Wagen am Flughafen und fuhren nach Souliac. Patrick nahm den üblichen Weg über die Autobahn nach Nimes und Rémoulins, und Anna beobachtete, wie die rote Sonne langsam hinter den entfernten blauen Bergen versank. Es war kaum zu glauben, daß sie erst am Morgen die eisige und verschneite Normandie hinter sich gelassen hatten. Die Entscheidung, hier herunterzufahren, war schnell und problemlos gefallen. Am Abend zuvor, nach dem Essen, während Philippe, Josh und die beiden Jungen draußen waren, um nach den Mutterschafen zu sehen, hatten Anna und Patrick das Geschirr abgeräumt und abgewaschen. »Was ist los, Liebling?« hatte Patrick ruhig gefragt.

»Nichts ist los; warum denn?«

»Komm, sag schon. Ist es wegen Domenica?«

Anna sah ihn betrübt an. »Ja. Ich habe ein schlechtes Gewissen, weil wir ihr *réveillon* abgesagt haben. Ich weiß, daß sie deswegen ziemlich verärgert war. Was sonst eigentlich gar nicht ihre Art ist.«

»Mich erstaunt das nicht«, sagte Patrick. »Genaugenommen sind wir seit mehr als zwei Jahren nicht mehr bei ihnen gewesen. Hierher kommen wir so oft, es ist wie unser zweites Zuhause und schon zur Gewohnheit geworden, nicht wahr?«

»Nun, Philippe braucht uns doch?«

»Nicht mehr als Domenica, wenn ich recht verstanden habe.«

»Ach mein Gott«, sagte Anna. »Jetzt fühle ich mich noch schlechter. Du hast mich ganz durcheinandergebracht.«

»Sei nicht albern, Liebling. Wir haben einen Fehler gemacht, das ist alles. Wir fliegen morgen runter und überraschen sie.«

»Aber was ist mit den Kindern?«

»Was soll mit ihnen sein? Josh ist hier und Marie-Claude auch; ihnen wird's gut gehen. Sie werden uns nicht einmal vermissen. Tatsächlich fände ich es ganz schön, wenn wir ein paar Tage nur für uns hätten, ohne die Kinder.«

»Aber was ist mit Mum und Dad und den anderen?«

»Das ist was anderes; sie sind keine kleinen Jungen. Sie schlagen sich nicht und streiten auch nicht ständig.«

»Ist dir deine Rolle als Vater manchmal zuviel, mein Lieber?«

»Ja. Manchmal schon. Findest du das schlimm?«

»Nein«, antwortete Anna. »Überhaupt nicht.«

Kurz nach halb sieben fuhren sie auf die Place de l'Eglise und parkten vor dem grünen Eisentor des Pfarrhauses. Der geduckte Kirchturm und die nackten Äste der Platanen zeichneten sich vor dem samtenen tiefblauen Himmel ab, und die ersten Sterne begannen aufzugehen.

»Es ist herrlich, wieder hier zu sein«, sagte Anna und sah sich in der vertrauten Umgebung ihrer Kindheit um: dem plätschernden bemoosten Brunnen, dem Café, der *alimentation*, der *boulangerie* und dem Postamt. »Ich bin froh, daß wir gekommen sind.«

»Ich auch.«

Sie stiegen aus, und Patrick holte ihr Gepäck aus dem Kofferraum. Anna öffnete das Eisentor, das mit dem üblichen klagenden Quietschen aufsprang. Sie gingen über den Hof auf die große Doppeltür der Küche zu. Licht drang durch den unteren Spalt, und sie hören die Stimmen von Robert und Olivia. Anna öffnete den Riegel der schweren Tür und trat ein. Ihr Vater, der gerade die Gänse zunähte, damit während des Bratens die Füllung nicht herausquoll, sah abwesend auf.

»Anna! Was machst *du* denn hier? Ich dachte, ihr wolltet nicht kommen?«

»Wir haben es uns anders überlegt.«

Olivia, deren Hände vom Kartoffelschälen naß waren, eilte vom Abwaschbecken herbei und schlang die Arme um ihre Mutter. »Wie *großartig*, daß du gekommen bist! Da wird sich Domenica aber freuen! Sie war wirklich ziemlich sauer, als ihr abgesagt habt, nicht wahr, Großvater?« Sie umarmte auch Patrick und küßte ihn.

»Ja, das war sie ein bißchen«, sagte Robert.

»Wo ist sie jetzt?«

»Oben. Sie ruht sich vor dem Feuer aus.«

»Sie ruht sich aus?« sagte Anna. »Das klingt gar nicht nach Mum.«

»Nun, wir alle nähern uns allmählich dem Ablaufdatum«, erwiderte ihr Vater sanft.

Anna lachte, aber ein kleiner Schreckensschauer überlief sie, gefolgt von der zögernden Erkenntnis, daß die Zeit nicht aufzuhalten war. Sie zog ihren Mantel aus, hängte ihn an die Küchentür und ging dann in den Salon hinauf. Domenica lag mit geschlossenen Augen auf dem Sofa, und ihr dichtes graues Lockenhaar ergoß sich über die leuchtend orangefarbenen Samtkissen. Sie trug einen scharlachfarbenen Kaschmirpullover, den sie schon seit Jahren besaß, und eine Hose aus Maulwurfsleder. Ihre blaugeäderten arthritischen Hände waren über dem Bauch gefaltet. Zum ersten Mal bemerkte Anna, daß ihre Mutter älter wurde. Sie setzte sich auf den niedrigen Stuhl am Feuer und wartete, bis sie aufwachte.

»Hallo, Liebling«, sagte Domenica, ohne die Augen zu öffnen. »Ich dachte, ich hätte deine Stimme gehört.«

»Hallo, Mum.« Anna stand auf und kniete sich neben sie nieder. »Wie geht's dir?«

Domenica öffnete die Augen und lächelte. »Ich bin so froh, daß du gekommen bist«, sagte sie. »Mir hat ein wenig weibliche Gesellschaft gefehlt.«

Anna lachte und küßte ihre Mutter. »Was ist mit Olly? Reicht sie nicht?«

»Sie ist zu jung«, sagte Domenica. »Noch zu grün hinter den Ohren. Ist es noch zu früh für einen Drink?«

»Bestimmt nicht! Ich könnte selbst einen vertragen.« Anna stand auf und ging zum Tisch, auf dem das Tablett mit den Flaschen und Gläsern stand. Sie goß zwei kleine Gläser Armagnac ein und brachte sie zum Kamin hinüber. *»Salut«*, sagte sie und hob ihr Glas.

»Salut«, antwortete Domenica. »Seid ihr alle gekommen, Liebling?«

»Nein, nur ich und Patrick.«

»Wie herrlich.« Liebevoll sah sie Anna an. »Du mußt sie später alle anrufen.«

»Das werde ich«, sagte Anna.

Catherine Gaskin im dtv

»Gehobene Unterhaltung nach einem geradezu perfekten Rezept: ein Hauch von Märchen, viel Gefühl, ein bißchen historischer Hintergrund und harte Schicksalsschläge.«

Margarete v. Schwarzkopf in der ›Welt‹

Ein Windspiel im Nebel
Roman
dtv 12079
Die junge Kunstexpertin Joanna Roswell stößt in Schloß Thirlbeck auf zahlreiche Rätsel und Widersprüche, als sie den Auftrag erhält, die Schätze zu ergründen, die das alte Gemäuer birgt.

Das große Versprechen
Roman
dtv 12179
England um 1900. Ein reicher Fabrikant nimmt ein armes Mädchen auf... Der Roman über das schicksalhafte Versprechen einer Frau, ihre Familie nie im Stich zu lassen.

Das Familiengeheimnis
Roman
dtv 20005
Die schöne, kluge Kelly Anderson ist »nur ein einfaches Mädchen« von einer australischen Farm, als sie in das mondäne Londoner Leben gerät...

Ein Falke für die Königin
Roman
dtv 8382
Auf ein paar Worte hin, an den Rand einer Schriftrolle gekritzelt, war sie gekommen: ungebeten, unerwartet und – wie sie ahnte – unerwünscht...

Liebe auf Schloß Lynmara
Roman
dtv 20124
Kann die Emigrantentochter Nicole für sich und ihre Kinder erreichen, wovon sie als junges Mädchen geträumt hat: Glück und Geborgenheit auf Schloß Lynmara?

Das Erbe der Marquesa
Roman
dtv 20196
Zwei Frauengestalten stehen im Mittelpunkt dieser Familienchronik: die Marquesa, deren Liebe zu einem irischen Lord einst in tödlichen Haß umschlug, und Charlotte, die Enkelin jenes Mannes.

Mary Wesley im dtv

»Mary Wesley ist wie Jane Austen mit Sex.«
Independent on Sunday

Eine talentierte Frau
Roman · dtv 11650
Hebe ist noch keine zwanzig, mittellos und schwanger, aber sie nutzt ihre Talente gut.

Ein Leben nach Maß
Roman
dtv großdruck 25154
Drei Männer begleiten Flora ein Leben lang...
»Eine Vierer-Liebesbeziehung mit viel Esprit, sehr charmant und etwas böse.«
(Karin Urbach)

Matildas letzter Sommer
Roman · dtv 12176
Matilda glaubt sich mit Ende Fünfzig reif für einen würdigen Abgang. Doch sie läßt sich auf ein letztes Abenteuer ein...

Führe mich in Versuchung
Roman · dtv 20117
Fünfzig Jahre lang hat Rose zwei Männern die Treue gehalten. Jetzt, mit 67 Jahren, nimmt sie endlich ihre Zukunft selbst in die Hand.

Die letzten Tage der Unschuld
Roman · dtv 12214
Sommer 1939: Fünf junge Leute verbringen die letzten unbeschwert glücklichen Tage vor dem Krieg.

Zweite Geige
Roman
dtv großdruck 25084
Laura Thornby will sich auf keine enge Beziehung einlassen. Doch dann verliebt sie sich in den viel jüngeren Claud.

Ein böses Nachspiel
Roman · dtv 20072
Manche Dinge bereut man sein Leben lang... Aber Henry macht das Beste aus seiner mißglückten Ehe.

Ein ganz besonderes Gefühl
Roman · dtv 20120
Eine Liebesgeschichte zwischen zwei sehr eigenwilligen Menschen – und eine Liebeserklärung an den Londoner Stadtteil Chelsea.

Penelope Lively im dtv

»Penelope Lively ist Expertin darin, Dinge von zeitloser Gültigkeit in Worte zu fassen.«
New York Times Book Review

Moon Tiger
Roman · dtv 12380
Das Leben der Claudia Hampton wird bestimmt von der Rivalität mit ihrem Bruder, von der eigenartigen Beziehung zum Vater ihrer Tochter und jenem tragischen Zwischenfall in der Wüste, der schon mehr als vierzig Jahre zurückliegt...

Kleopatras Schwester
Roman · dtv 11918
Eine Gruppe von Reisenden gerät in die Gewalt eines größenwahnsinnigen Machthabers. Dabei entwickelt sich eine ganz besondere Liebesgeschichte...

London im Kopf
dtv 11981
Der Architekt Matthew Halland, Vater einer Tochter, geschieden, arbeitet an einem ehrgeizigen Bauprojekt in den Londoner Docklands. Während der Komplex aus Glas und Stahl in die Höhe wächst, wird die Vergangenheit der Stadt für ihn lebendig.

Ein Schritt vom Wege
Roman · dtv 12156
Annes Leben verläuft in ruhigen, geordneten Bahnen. Als ihr Vater langsam sein Gedächtnis verliert und sie seine Papiere ordnet, erfährt sie Dinge über sein Leben, die sie tief erschüttern. Dann lernt sie einen Mann kennen, dem sie sich ganz nah fühlt...

Der wilde Garten
Roman · dtv 12336
Die Geschwister Helen und Edward leben in einem großen Haus mit wildem Garten. Nach dem Tod ihrer Mutter gerät das Leben der Geschwister – beide unverheiratet und Anfang Fünfzig – plötzlich in Bewegung.

Hinter dem Weizenfeld
Roman · dtv 12515
Ein Roman von Müttern und Töchtern, Untreue und Eifersucht, Selbstbetrug und Solidarität.